BLIND SIDE

KANDI STEINER

BLIND SIDE

Amor en juego

ADVERTENCIA: Incluye contenido sensible

Obra editada en colaboración con Editorial Planeta – España

Título original: *Blind Side*

Bajo el sello editorial CROSSBOOKS M.R.
Avenida Presidente Masarik núm. 111,
Piso 2, Polanco V Sección, Miguel Hidalgo
C.P. 11560, Ciudad de México
www.planetadelibros.com.mx

Primera edición impresa en España: marzo de 2025
ISBN: 978-84-08-30035-9

Primera edición impresa en México: junio de 2025
ISBN: 978-607-39-2853-3

Impreso en los talleres de Corporación en Servicios
Integrales de Asesoría Profesional, S.A. de C.V.,
Calle E # 6, Parque Industrial
Puebla 2000, C.P. 72225, Puebla, Pue.
Impreso y hecho en México / *Printed in Mexico*

A las chicas que ven que la sociedad las ha encasillado
y se esfuerzan al máximo para acabar con esa mierda.
Este libro es para ustedes.

1
Giana

El día que fui víctima de la crisis posruptura de Clay Johnson era un día precioso.

El sol del verano estaba en lo alto y brillaba en el cielo, me calentaba la piel mientras cruzaba el campo de futbol americano de la Universidad de North Boston con mi iPad a cuestas. Repasaba la lista de jugadores a los que tenía que entrevistar después del primer día del campus. El otoño susurraba entre la brisa fresca, el leve aroma de las manzanas y el césped fresco prometían otro año emocionante para los Rebeldes de la NBU.

El año pasado era un manojo de nervios; lo cual no quiere decir que ya no me pusiera a temblar como una gelatina cada vez que intentaba darle órdenes a un jugador de futbol de casi dos metros. Pero ahora, al menos, tenía la poco creíble confianza de haber hecho unas prácticas y de que me hubieran contratado a media jornada como coordinadora adjunta de relaciones públicas del equipo.

Este era mi equipo, mi año para brillar y mi momento para salir de entre las sombras.

Mis rizos color caramelo rebotaban mientras recorría el campo, dándoles golpecitos en los hombros a los jugadores que necesitaba e indicándoles adónde tenían que ir. Solo me sonrojé tres veces y conseguí hablar por encima del volumen de un ratón y mantener el contacto visual con todos ellos.

Progreso.

Me había ganado mi puesto aquí, igual que estos jugadores lucharían por sus puestos en el equipo esta temporada.

Esperaba que la confianza llegara con el tiempo.

Sonreí cuando vi en mi lista una solicitud para Clay Johnson, uno de los jugadores más fáciles de dirigir en el arte de las relaciones con los medios de comunicación. Había nacido para ello, era divertido y carismático, pero a la vez elocuente y preciso en sus respuestas. Hablaba ante la cámara como si fuera un profesional de treinta y dos años y no un estudiante y deportista de diecinueve años, y era amable conmigo, respetuoso y atento. De hecho, solía ser él quien le daba un manotazo en el brazo al resto de los jugadores para que me prestaran atención si mi amable petición para que me siguieran no funcionaba.

Además, era la definición de un caramelito, y resultaba absolutamente irresistible sin importar el género o la orientación sexual con la que uno se sintiera identificado.

Lo localicé enseguida entre la multitud de jugadores, no solo por su estatura, sino porque ya se había quitado la camiseta del entrenamiento y sus músculos brillaban bajo el sol de Nueva Inglaterra. Hice todo lo que pude para no babear por las delicadas ondulaciones de su abdomen, para no seguir el rastro de las gotas de sudor que se deslizaban por el contorno de los pectorales y le bajaban a lo largo del cuerpo. Aquellos hombros anchos estaban bronceados y firmes, tenía unas caderas de otro mundo, era como si fuera un luchador de artes marciales mixtas en lugar de un *safety* universitario.

Me permití maravillarme unos veinte segundos con el filo de su mandíbula, el afilado puente de su nariz y la mata de pelo húmedo color castaño por la que se pasó una mano. Ese movimiento hizo que su bíceps se flexionara, y, ante aquella imagen, me abordó un destello de la portada de mi actual lectura, que era una novela romántica sobre mafiosos.

Podía imaginármelo: Clay Johnson estrangulando a un hombre con sus propias manos, levantándolo del suelo con aquellos bíceps abultados y unos ojos serios prometiéndole la muerte al delincuente a menos que le dijera lo que quería saber.

Un parpadeo después, estuve de vuelta en el campo, caminando hacia él con una actitud profesional.

—Clay —dije, aunque sabía que había hablado en un tono demasiado bajo, sobre todo cuando los chicos que había a su alrededor estallaron en carcajadas por algo.

Sonreí, acomodándome un rizo salvaje detrás de la oreja antes de hablar.

—Clay, te necesito para los medios de comunicación.

Sus penetrantes ojos verdes se clavaron en los míos, robándome el aliento. Esos ojos solían ser cálidos y se arrugaban en el rabillo del ojo, con un aro dorado y acentuados con una sonrisa amplia y contagiosa, pero hoy estaban... sin vida.

Apagados.

Fríos.

Casi... enojados.

Antes de que pudiera responder, me vi envuelta en un abrazo sudoroso por detrás que me levantó del suelo.

—¡Giana! Mi chica. ¿No es a mí a quien buscas?

Leo Hernandez me hizo darme la vuelta, y sabía que era mejor no forcejear con él. Me limité a esperar a que mis pies volvieran a estar en el suelo antes de volver a colocarme los lentes sobre el puente de la nariz.

—Ya tendrás tu momento para ser el centro de atención, Leo. No te preocupes.

—Nunca lo hago —dijo y me guiñó un ojo.

Leo Hernandez era un corredor ofensivo demasiado sexi para su propio bien y un auténtico dolor en el trasero. No es que fuera malo delante de la cámara, más bien todo lo contrario. Eran sus actividades extracurriculares fuera del campo las que me tenían ocupada. El chico no sabría decir que no a una rubia guapa y a una noche de fiesta aunque hubiera un contrato de la NFL y una bonificación por el fichaje de cinco millones de dólares de por medio.

Cuando me volteé hacia Clay, lo hice justo a tiempo para verlo pasar junto a mí de camino a los vestidores.

Corrí para alcanzarlo.

—Oye, los medios de comunicación están allí —dije, señalando el otro extremo del estadio.

—Me da igual.

Me quedé parada ante aquellas palabras, ante lo frías que sonaron, temblé un poco y observé el vaivén de los músculos de su espalda antes de negar con la cabeza y correr para volver a ponerme a su altura.

—No será mucho rato, solo una entrevista rápida de cinco minutos.

—No.

Me reí entre dientes.

—Mira, lo entiendo. El primer día de campus es difícil. Hace calor, tienes al entrenador vigilándote, yo...

—No, no lo entiendes —dijo, y me golpeé contra su pecho sudoroso al darse la vuelta. No intentó agarrarme cuando reboté, pero me incorporé y me ajusté los lentes para mirarlo a los ojos mientras continuaba—. No eres un jugador. No formas parte del equipo. Formas parte de los medios de comunicación. Y ahora mismo no quiero hablar contigo, ni con ellos, ni con nadie.

El rechazo me paralizó cuando se dio la vuelta, pero solo

duró un segundo antes de que soltara un suspiro y dejara que el sentimiento se fuera con él.

Tratar con deportistas presumidos y sus cambios de humor era parte de mi trabajo.

«Lo tengo controlado».

Me aclaré la garganta cuando llegué a donde estaba.

—Mira, siento que tengas un mal día, pero, por desgracia, esto es parte de tu papel como deportista en la Universidad de North Boston. Así que puedes hacer esta breve entrevista o explicarle al entrenador por qué no te has molestado en hacerla.

Eso hizo que se detuviera, y vi sus puños cerrarse a los lados antes de que se diera la vuelta las venas le sobresalían del cuello. Se tronó el cuello y pasó junto a mí, camino a la rueda de prensa.

Sonreí victoriosa.

Al menos, hasta que lo seguí hasta la simpática reportera de ESPN y vi horrorizada cómo se ponía en ridículo a sí mismo, al equipo y, lo que era más importante...

«A mí».

—Clay, después del partido de la pasada temporada que nos tuvo en vilo, todos tenemos grandes expectativas para el futbol americano de la NBU. ¿Cómo te sientes respecto a la temporada?

Sarah Blackwell le sonrió a Clay con una sonrisa recién blanqueada y con demasiados dientes, y acercó el micrófono que tenía en la mano a su preciosa boca, que en ese momento era una línea recta.

—Creo que podríamos concentrarnos mucho más en el futbol americano si no tuviéramos que perder el tiempo hablando con periodistas como tú.

Abrí los ojos de par en par, el corazón se me aceleró cuando Sarah frunció el ceño, parpadeó, me miró y volvió a mirar a la cámara antes de bajar el micrófono.

—Sabemos que están entusiasmados con la temporada, entiendo perfectamente el deseo de concentrarse en lo importante —dijo con una risa forzada, entrenada y preparada, a pesar de la cara seria de Clay—. La noticia de la temporada pasada fue Riley Novo, la pateadora de la NBU. Esta temporada ha vuelto, y esta vez anda con un compañero de equipo: Zeke Collins. Dinos, ¿crees que eso será una distracción para el equipo?

Clay empezó a hablar antes de que ella pudiera levantar el micrófono.

—Creo que nuestras vidas sentimentales no deberían importarle a nadie que no esté triste y solo y desesperado por opinar sobre las relaciones de los demás para evitar así la mierda de su propia relación.

Sarah intentó volver a quitarle el micrófono antes de que pudiera soltar una palabrota, pero yo sabía que era demasiado tarde, y se rio entre dientes con otra broma forzada y una sonrisa incómoda antes de despedirse de nosotros. Cuando la cámara se apagó, miró a Clay.

—Muy profesional.

Pero Clay se limitó a mirarme.

—¿Algo más?

Me temblaba el ojo, pero a pesar de ello sonreí, con un nudo en el estómago mientras intentaba inventarme excusas para la bronca que ya sabía que me iba a echar mi jefa.

—Tenemos aquí a un estudiante del equipo de noticias de la universidad —le dije, guiándola a lo largo de la valla detrás de los periodistas que entrevistaban a otros compañeros—. Es simpático. Y novato —dije, haciendo detener a Clay cerca de donde esperaba el joven. Bajé la voz—. Mira, no sé qué está pasando, pero si no puedes manejar...

Clay se apartó de mí antes de que pudiera terminar, su único saludo fue un asentimiento con la cabeza al chico del micrófono y al más delgado y alto que llevaba la cámara a cuestas.

No fue tan desagradable como en la anterior entrevista, pero no se acercaba ni de lejos al Clay Johnson que conocí la temporada pasada.

Apenas respondía las preguntas, contestaba haciéndose el listo y yéndose por las ramas, y cuando el pobre chico intentó lidiar con sus calificaciones y averiguar qué más preguntarle, Clay le dijo cortante:

—¿Hemos terminado?

Y luego se dio la vuelta y se marchó antes de que el pobrecillo pudiera responder.

Después de disculparme profusamente, les pedí a Riley y Zeke que hablaran con ambos periodistas sobre su verano juntos y cómo este año está siendo diferente al jugar no solo como compañeros de equipo, sino como pareja. Eran la noticia del momento en el futbol universitario, lo habían sido desde que hicieron estallar Twitter tras la victoria en el *bowl* del año pasado besándose en el campo.

Por suerte para mí, estaban de buen humor y hablaban muy bien ante la cámara.

Sonreí y les hice señas con un pulgar hacia arriba mientras escuchaba detrás del operador de cámara, sin dejar de lanzar miradas de odio a la espalda de Clay, que se dirigía a los vestidores dando pisotones como un niño.

Cuando terminó la entrevista, Riley dio las gracias a los periodistas que estaban conmigo antes de hacerme a un lado. Tenía el pelo largo y castaño con mechones dorados por jugar bajo el sol. Se lo recogió en una cola de caballo alta y estirada, aceptó un beso en la mejilla de Zeke y esperó a que él no la oyera antes de hablar.

—Te aviso —dijo, bajando la voz mientras miraba a su alrededor para asegurarse de que nadie estaba escuchando—. Tal vez quieras prescindir de Johnson por un tiempo. Maliyah y él han roto.

Me quedé impresionada.

—¡¿Qué?!

Fue inútil intentar que no se me notara la sorpresa. No conocía bien a Clay, pero no hacía falta conocerlo para saber que su novia de la escuela era todo para él. La trajo aquí cada vez que visitó nuestro campus la temporada pasada, y recordaba con claridad que me costó mucho hacer que se separara de ella para una entrevista después de nuestra victoria en el segundo partido en casa. Publicaba cosas sobre ella todo el tiempo en su Instagram, y los pies de foto eran siempre muy claros respecto a lo que sentía.

Iba a casarse con ella.

Pero ahora, no eran nada.

Riley se limitó a asentir, con el ceño fruncido.

—Lo sé. El pobrecillo hablaba con Zeke el semestre pasado sobre que creía que era su otra mitad. —Suspiró, ambas observamos a Clay desaparecer en el pasillo del estadio que conducía a los vestidores—. Ha estado hecho mierda.

Hundí los hombros.

—Sabía que había pasado algo. La temporada pasada siempre estaba tan feliz, tan... lleno de vida.

—Bueno, no creo que vaya a ser así durante un tiempo. —Riley tragó saliva, sin dejar de mirar hacia el lugar por donde Clay había desaparecido—. Eran novios desde la preparatoria.

Suspiré, con la esperanza de encontrar algo de empatía. Nunca había salido con nadie, y menos aún me había enamorado, así que lo único que sentía por Clay en aquel momento era una especie de compasión distante.

Y un poco de frustración por tener que lidiar con las consecuencias.

—Voy a tener que instruirlo —le dije—. A pesar de todo tendrá que hablar con los medios de comunicación, y el entrenador pedirá su cabeza y la mía si vuelve a hacer algo así.

Riley me miró como si me tuviera lástima y me dio un apretón en el hombro. Antes de que pudiera marcharse, la llamé.

—¿Algún consejo?

Se encogió de hombros, con un intento de sonrisa pobre.

—Asegúrate de que haya cerveza de por medio.

2
Giana

La tarde siguiente, Charlotte Banks estaba sentada detrás de su escritorio con la mirada clavada en la pantalla de la computadora en la que se reproducía la grabación de la entrevista de Clay. La pantalla también estaba volteada hacia mí para que pudiera verla desde mi asiento frente a ella, como si no la hubiera visto ya cientos de veces.

Si esperaba un regaño, no conocía a mi jefa. La señora Banks parecía casi aburrida mientras miraba la pantalla, de vez en cuando se miraba las uñas arregladas y se rascaba la piel que las rodeaba antes de volver a cruzarse de brazos. Llevaba el pelo corto y de color cobrizo, alaciado y peinado a la perfección, con dos mechones enmarcándole la barbilla afilada, sin un pelo fuera de su sitio. Tenía los labios pintados de un rojo apagado, y sus ojos, grandes y dorados, eran como los de un gato que observa con pereza a un ratón forcejear cuando lo tiene agarrado por la cola.

Tragué saliva cuando el video se detuvo y se congeló la imagen del ceño fruncido de Clay. Miré a mi jefa, que se limitó a parpadear y a esperar a que hablara.

—Lo siento —empecé a decir, pero levantó una mano, su

voz fue cálida y suave como el caramelo derritiéndose cuando habló.

—No es eso lo que quiero oír. Vuelve a intentarlo.

Cerré la boca, pensándolo antes de volver a abrirla.

—Clay y su novia han roto, cosa que yo ignoraba hasta después de la entrevista.

Charlotte frunció el ceño, abrió los brazos y volvió a girar la pantalla de la computadora para garabatear en un bloc de notas que tenía sobre la mesa.

—Es bueno saberlo —dijo, sin mirarme—. Pero sigue sin ser lo que quería oír.

Luché contra el impulso de hundirme, esforzándome por mantener la columna recta, la barbilla alta y la mirada clavada en ella.

Me miró antes de suspirar.

—¿Puedes con ello o no?

Me irritó la pregunta, el hecho de que tuviera que preguntármelo. Pero, por otra parte, no podía culparla, no después de lo que había tenido que trabajar desde la primera vez que entré por su puerta. Había tenido que esforzarme al máximo, cada día, solo para mirar a esos chicos a los ojos y hablarles lo bastante alto como para llevarlos a donde tenían que ir.

Había progresado mucho, sí..., pero sin duda aún me quedaba mucho camino por recorrer.

—Claro —respondí, esperando que mi confianza fuera convincente.

—Bien, entonces no hace falta que hablemos más de ello. —Tomó un sorbo de su agua a temperatura ambiente, sabía que estaba a temperatura ambiente porque parte de mi trabajo como becaria el año pasado había sido asegurarme de que así fuera—. Dependo de ti para que te encargues de este tipo de trabajo y no tenga que malgastar mi tiempo ni mi energía. Recurre a la becaria si hace falta.

La becaria.

Charlotte ni siquiera se molestaba en llamarla por su nombre.

A mí me sucedió lo mismo, hasta que demostré mi valía el otoño pasado. Aunque ya estaba en la cuerda floja antes de que empezara esta temporada, así que imaginé que el año pasado no tenía mucha importancia. Aun así, Charlotte tuvo que ver algo en mí: potencial, agallas, tenacidad..., de lo contrario, no estaría aquí.

Me aferré a eso cuando continuó hablando:

—El entrenador Sanders me ha informado de que le gustaría que el equipo se implicara más en ayudar a la comunidad —dijo sin esperar una respuesta por mi parte, y supe que el rápido cambio de tema significaba que esperaba que yo me ocupara de la situación de Clay, sin importar lo que eso significara—. Me contó una conmovedora historia para justificar sus motivos, pero sé, sin que haga falta que me lo aclare, que eso hará quedar bien al equipo... y a él también. Así que —dijo, haciendo clic con el ratón unas cuantas veces hasta que mi teléfono vibró con una alerta de calendario— reserva una fecha para la subasta del equipo.

—¿Qué vamos a subastar? —pregunté, añadiendo el evento con un golpecito de mi pulgar.

—A los jugadores.

Solté una carcajada, pero la disimulé aclarándome la garganta al ver que Charlotte hablaba en serio.

—Será una subasta de citas, en la que las actividades de las citas serán patrocinadas por varias personas de la comunidad que quieran participar, y todos los fondos recaudados se destinarán a obras benéficas.

Sonreí y añadí la tarea a mi lista de cosas pendientes.

—Puedes irte —dijo Charlotte a continuación, y luego balanceó su delicado codo sobre su escritorio, apuntándome con el dedo—. Controla a Johnson. Voy a volver a invitar a Sarah Blackwell para una exclusiva el día de la tabla de clasificación y quiero que esté feliz como una lombriz por poder hablar con ella.

Asentí con la cabeza, despidiéndome sin palabras porque sabía que no hacía falta. En cuanto salí de su oficina y cerré la puerta tras de mí, respiré hondo y con tranquilidad para no quemarme con el humo con el que el dragón de mi jefa llenaba la sala.

En el siguiente suspiro, me armé de valor y me dirigí hacia la sala de pesas.

Toda mi vida había deseado pensar diferente, actuar diferente, desafiarme a mí misma y al mundo que me rodeaba.

Al crecer, me quedé en la sombra, la hija mediana de un grupo de cinco hijos con un talento impresionante. Tenía dos hermanas mayores y dos hermanos pequeños y, como tal, pasé a un segundo plano en nuestra familia sin muchas consecuencias.

Era la tercera chica, insignificante por derecho propio, condenada a llevar ropa de segunda mano y a no tener nunca la oportunidad de crearme una identidad propia. Si a eso le sumábamos el hecho de que mis dos hermanos nacieron poco después que yo, los chicos por los que mis padres habían rezado, se podía decir que era tan invisible como el polvo que se acumula en la parte de arriba de un ventilador de techo. Parecía que solo se fijaban en mí cuando estorbaba, cuando mi presencia se convertía en una molestia o hacía estallar las alergias de alguien.

Aun así, no me sentí resentida mientras crecía. El juego de las comparaciones nunca me afectó. Me parecía increíble que mi hermana mayor, Meghan, destacara en el *softball* y fuera a la universidad con una beca completa. Me impresionó que mi segunda hermana mayor, Laura, entrara en el

MIT. Sabía, sin lugar a dudas, que cambiaría el mundo con su pasión por la ingeniería y la ciencia. Y no sentía más que amor por mis hermanos pequeños, Travis y Patrick, que eran unos pequeños inventores dispuestos a aparecer en *Shark Tank* en cuanto tuvieran la idea millonaria adecuada.

En todo caso, me encantaba existir en ese espacio intermedio. Nadie me molestaba cuando me encerraba en mi habitación el fin de semana a leer y ver documentales. Con toda la atención de mis padres puesta en mis hermanos, era libre de dedicar mi tiempo a explorar el mundo y lo que lo mueve, que era lo que más me gustaba hacer, aparte de perderme en una novela romántica obscena y llena de tabúes.

A mi madre la volvió loca que no tuviera un rumbo fijo cuando me fui a la universidad. Tampoco le gustaba que me hubiera alejado de la iglesia cuando estaba en la escuela, gracias a mi propia educación religiosa y a las nuevas preguntas que ni ella ni nuestro pastor podían responder. Añádase el hecho de que encontró una novela romántica sobre un club de motociclistas debajo de mi almohada y leyó una escena que la hizo llorar antes de declarar que «¡tenía prohibido volver a leer nada parecido jamás!». Se podría decir que no estábamos muy unidas.

Pero, a su favor, no me presionó mucho para que siguiera una carrera profesional o fuera a la iglesia, no sin antes suspirar, darse por vencida y volver a concentrarse en uno de sus hijos que temían a Dios y tenían la cabeza bien puesta sobre los hombros.

Lo que ella no veía, lo que nadie veía, era que aún no sabía lo que quería hacer con mi vida porque no sabía lo suficiente sobre la vida en sí.

Nunca había viajado fuera de Nueva Inglaterra, nunca había tenido novio y nunca me había acercado siquiera a la segunda base, por no hablar de llegar hasta el final.

Todavía había muchas cosas de la vida de las que quería empaparme y estudiar antes de comprometerme con mi papel en ella, razón de peso por la que salí de mi zona de confort cuando llegué a la universidad y elegí la carrera que menos encajaba conmigo.

Relaciones públicas.

Ponerme a mí, la virgen callada y friki, a cargo de la imagen pública me parecía un desastre a punto de estallar, pero por eso me encantaba. Por eso era importante para mí.

Era inesperado, diferente y un reto.

Y no me detendría hasta dominar cada una de sus ramas.

3
Clay

Tenía muchas expectativas puestas en mi segundo año en la Universidad de North Boston.

Después de ganar nuestro partido del *bowl* la temporada pasada y además batir el récord de victorias, esperaba que fuéramos el equipo a tener en cuenta en la conferencia *The Big North*. Y, después de haber tenido una de las mejores temporadas de mi vida, esperaba entrar en el equipo con facilidad, ser titular en todos los partidos y batir los récords que había conseguido el año pasado. También esperaba que ganáramos, que consiguiéramos no solo un partido del *bowl* esta temporada, sino uno de los partidos del *bowl*, los que servirían de semifinales y los que nos llevarían al partido del campeonato nacional.

Lo que no esperaba es que la que era mi novia desde hacía cinco años me fuera a dejar.

Cada vez que pensaba en ello, me dolía el pecho. Me parecía imposible que la chica a la que amaba, la chica con la que creía que iba a casarme, pudiera alejarse de mí con tanta facilidad. Era como estar a salvo dentro de un crucero y disfrutar del sol tropical para que, al día siguiente, te tiraran por la borda: no había nada a lo que aferrarse, nadie que oyera mis gritos mientras el barco seguía su curso y me dejaba atrás en medio de unas aguas implacables.

Lo peor era que no había sido una ruptura sin más, no como la mayoría de mis amigos creían que había sido.

Maliyah Vail no era solo mi novia, era de la familia.

Crecimos juntos. Nuestras familias se llevaban muy bien, estaban entretejidas en todos los sentidos como una manta muy tupida. Su padre y el mío eran mejores amigos en la universidad, e incluso después de que mis padres se separaran, su madre se aseguró de mantener relación con la mía, para saber de que estaba bien.

Cosa que no ocurría a menudo.

Lo que una vez consideré una infancia de cuento de hadas se vino abajo con una sola decisión: la de mi padre. De la noche a la mañana, pasamos de ser una familia feliz de tres a una familia rota en la que solo estábamos mi madre y yo y, de vez en cuando, mi padre.

Solo cuando no estaba ocupado con su nueva familia, con la que nos había sustituido sin problemas.

Maliyah había estado a mi lado durante todo aquello. Estuvo ahí durante los episodios de mi madre, que no sabía cómo afrontar la pérdida de su matrimonio y trató de encontrar consuelo en hombres de la peor calaña. Comprendió el abandono que sentí por parte de mi padre, y su propio padre ocupó su lugar, enseñándome todas las cosas que un padre debía enseñarme a medida que crecía. Por encima de todo, estuvo ahí durante todos los altibajos de mi carrera como jugador de futbol americano, recordándome, cada vez que podía, que algún día lo conseguiría, que llegaría a ser profesional.

No me sentía como si hubiera perdido a mi novia.

Me sentía como si hubiera perdido el brazo derecho.

Aún no había asimilado que habíamos superado un año

agotador a distancia, ella en California, donde crecimos, y yo aquí, en Massachusetts, para que entrara a la universidad, se mudara al otro lado del país y... rompiera conmigo.

Nada tenía sentido. Había intentado buscar en cada palabra de su discurso de ruptura, y cada vez que intentaba encontrar una explicación no lo conseguía.

—Clay, lo que teníamos fue un gran primer amor, pero solo era eso, un primer amor.

Maliyah arrugó la cara, pero no de una forma que dijera que le había dolido la afirmación. Fue una expresión de lástima, como si le estuviera diciendo a un niño pequeño por qué no podía subirse a la montaña rusa de mayores.

—Hicimos una promesa —dije, acariciando el anillo de compromiso que llevaba en el dedo. Nos lo habíamos dado a los dieciséis, la promesa de que estaríamos juntos para siempre: un anillo de boda en todos los aspectos, menos en el legal.

Pero cuando estiré la mano para tocar la suya, tenía el dedo desnudo, el anillo de oro no estaba a la vista, y tragué saliva cuando se apartó con una mueca.

—Éramos jóvenes —dijo, como si eso hiciera que romperme el corazón fuera lógico, como si nuestra edad desilusionara de algún modo el amor que sentía por ella.

El amor que yo creía que ella sentía por mí.

—Pero, por fin estás aquí. Estás en mi universidad.

Eso hizo que frunciera el ceño.

—Ahora también es mi universidad. Estoy en el equipo de porristas. Y tengo... metas. Cosas que quiero conseguir.

No pudo mirarme cuando lo dijo, y me llenó un sentimiento que me esforcé por mantener a raya. Conocía esa mirada. Era la misma que ponía cuando le compraba un vestido que no le gustaba, pero no quería decírmelo porque heriría mis sentimientos. Era la mirada que le dirigía su padre, Cory Vail, un poderoso abogado especializado en tecnología de Silicon Valley acostumbrado a conseguir lo que quería.

Y que esperaba que su hija hiciera lo mismo.

Fue bastante fácil encajar las piezas, y me quedé serio al darme cuenta.

—No soy lo bastante bueno.

Maliyah se limitó a mirar al suelo, incapaz siquiera de negarlo.

Y en un abrir y cerrar de ojos, la chica con la que pensé que me casaría y construiría una vida me abandonaba, igual que había hecho mi padre, incluso cuando ambos habían prometido que se quedarían.

Yo era el denominador común.

Lo que había hecho no había sido suficiente para ninguno de los dos.

—Ambos seremos más felices —dijo, había vuelto a ser paternalista mientras me frotaba el brazo—. Confía en mí.

El recuerdo se borró de mi mente con el duro chasquido de una toalla húmeda contra mi muslo.

—¡Argh!

Grité y siseé por el escozor que me había dejado mientras Kyle Robbins se reía a carcajadas. Se dobló por la cintura y la toalla con la que me había azotado cayó al suelo.

—Estabas perdido, amigo —dijo entre risas—. No me lo esperaba. —Entonces se levantó, y miró a otro compañero a través de la sala de pesas—. ¿Lo has grabado?

Antes de que la persona a la que había encargado que grabara la broma pudiera responder, lo agarré por el cuello de la camiseta de tirantes y lo bajé a la altura de mis ojos, sujetándolo firmemente cuando intentó zafarse.

—Borra esa mierda o te juro por Dios, Robbins, que te haré el calzón chino más grande de tu vida y te colgaré de las vigas por tus calzones destrozados y llenos de mierda.

Estuvo a punto de reírse, pero cuando torcí más el puño, intensificando el agarre, sus ojos brillaron de terror antes de que me diera un golpe en el brazo y lo soltara. Él y yo sabíamos que podría haber aguantado más si hubiera querido.

—Carajo, alguien está enojado —murmuró.

Uno de nuestros compañeros le devolvió el teléfono, y yo se lo arrebaté de la mano antes de que pudiera alejarse y borré el video antes de devolvérselo.

—Solías ser divertido —comentó.

—Y tú solías tener el nombre de Novo afeitado en un lado de la cabeza —le respondí, lo que hizo que los chicos que nos rodeaban estallaran en carcajadas ahogadas que intentaron disimular muy mal.

La cara de Kyle se volvió roja, el recuerdo de haber perdido al juego de los quinientos contra nuestra pateadora la temporada pasada y, por lo tanto, tener que hacer lo que el equipo decidiera como castigo, nubló su mirada entrecerrada.

Pero se limitó a pasarse la lengua por los dientes y a hacerme un gesto con la mano para que me fuera, dirigiéndose al banco de musculación, y me sentí como si una mosca por fin abandonara mi almuerzo para ponerse en el de otra persona.

Kyle Robbins era un imbécil, y el hecho de que se aprovechara de todo el asunto de su fama cada vez que podía significaba que atraía aún más atención al circo mediático que ya teníamos a nuestro alrededor cada día. Lo odiaba, y solo lo toleraba porque era un muy buen ala cerrada y estábamos en el mismo equipo.

Me troné el cuello cuando se marchó, capté la mirada inquisitiva de nuestro *quarterback* y capitán del equipo, Holden Moore, cuando volví a acomodarme en la máquina de prensa para hacer sentadillas.

—¿Estás bien? —me preguntó, levantando las pesas que había estado usando como si no le interesara mucho la respuesta. Yo sabía que no era así. Holden era un líder nato, uno de los pocos jugadores del equipo a los que admiraba. No me preguntaba porque fuera un entrometido, sino porque le importaba.

—Sí —fue lo único que respondí, y entonces volví a mi posición, dando patadas en la plataforma hasta que tuve las piernas rectas. Solté la pesa, incliné las rodillas hacia el pecho al inhalar y gruñí al extenderme para empujar la pesa hacia arriba.

Después de otra serie de diez repeticiones, bloqueé la pesa una vez más, me senté y me limpié la frente con una toalla.

En ese momento, un pequeño par de tenis se detuvieron entre mis Nike.

Mis pies eclipsaban aquellos zapatitos, por lo menos el doble de largos y anchos, y arqueé una ceja mientras mi mirada ascendía por las piernas que sostenían. Las piernas estaban cubiertas por unas mallas negras, transparentes salvo en las zonas donde la tela era más gruesa, creando un estampado de lunares. La comisura de mis labios se curvó divertida cuando esas mallas terminaron en el dobladillo de una falda negra con una nariz de gato y bigotes cosidos en la parte de delante.

Era Giana Jones.

Siempre iba vestida como una bibliotecaria estrafalaria, como una mezcla entre monja y colegiala traviesa. Por alguna razón, siempre me había parecido irresistiblemente adorable cómo mezclaba y combinaba la modestia con una especie de atractivo sexual encubierto. No estaba seguro de que se diera cuenta de que lo hacía, de que podía atraer más miradas llevando un suéter de cuello alto de las que atraían algunas chicas en bikini.

Cruzó los brazos sobre el pecho mientras yo me tomaba mi tiempo para subir la mirada y fijarme en su suéter rosa pálido y la camisa blanca que llevaba debajo. Cuando por fin la miré a los ojos, se subió los enormes lentes por el puente de la nariz con un dedo y sonreí aún más al ver el rizo que se le había salido del lugar donde se había recogido el grueso pelo en un chongo con trenzas.

—Gi —musité, sentándome un poco en el banco para poder apreciar mejor la vista—. ¿A qué se debe el placer?

—Giana —corrigió, aunque lo hizo con voz baja, tan baja que casi no la oí.

Bajé la mirada hasta los bigotes de gato que se extendían a lo largo de los huesos de su cadera.

—Bonita falda.

Puso los ojos en blanco.

—Me alegra ver que hoy estás de mejor humor.

—No dejes que te engañe —dijo Holden desde su banco—. Tenía a Robbins agarrado por el cuello dos minutos antes de que tú entraras aquí.

Giana le lanzó una mirada interrogativa a Holden antes de negar con la cabeza y volver a concentrarse en mí.

—Tenemos que hablar.

—Soy todo oídos, gatita.

Se sonrojó tanto como su suéter antes de fulminarme con la mirada. Fue como si aquel apodo le diera una nueva personalidad. La vi pasar de estar encogida y tímida a erguirse, con los hombros hacia atrás y la barbilla levantada.

—Después del numerito que hiciste ayer, me has metido en un buen lío y tenemos que hablar del protocolo con los medios de comunicación y la etiqueta ante la cámara.

Fue mi turno de poner los ojos en blanco mientras volvía a ponerme en posición para otra repetición de sentadillas.

—Hice el esfuerzo de aprenderme eso durante el verano

—le dije, y luego subí el peso, haciendo las siguientes diez repeticiones con ella de pie a mi lado. Cuando volví a levantar el peso y me senté, me dedicó una sonrisa condescendiente.

—Bueno, está claro que no recuerdas nada.

—Recuerdo todo.

—Después de lo de ayer, siento discrepar.

Me encogí de hombros.

—Así que soy malísimo delante de una cámara. Pues no me pongas. Así de simple.

—No, no es tan simple. Eres un jugador defensivo estrella con muchas solicitudes por parte de los medios. Y no apestas en cámara. La temporada pasada estabas como pez en el agua cada vez que te entrevistaban.

—Las cosas cambian, gatita.

Apretó los dientes.

—Deja de llamarme así.

Un compañero de equipo, en algún lugar detrás de mí, dejó escapar un suave maullido que hizo estallar otra burbuja de risas en la sala de pesas, y yo luché por contener las mías.

Giana tomó aire por la nariz antes de señalarme hacia el pecho con el dedo.

—Tienes una reunión de relaciones públicas obligatoria conmigo esta noche después de las reuniones del equipo. En la cafetería del centro de estudiantes. A las ocho en punto. Si llegas tarde, tendrás que responder ante el entrenador Sanders, ¿te ha quedado claro?

Sentí un hervor de aprecio en el pecho al ver cómo se mantenía firme, cómo alzaba un poco la voz e inclinaba la barbilla hacia mí mientras esperaba mi respuesta.

—Sí, señora —ronroneé sin poder evitarlo.

Volví a mirarle la falda.

A su favor hay que decir que me ignoró, si es que se dio cuenta, giró sobre sus talones y dio unos pasos antes de que Hernandez casi la golpeara con una máquina de tríceps. Esquivó los puños justo a tiempo y estuvo a punto de tropezar con una máquina de extensión de piernas antes de hacer un pequeño giro y esquivarla también.

La observé durante todo el camino hasta la salida de la sala de pesas y no me di cuenta de lo mucho que me gustaba la distracción que me producía hasta que desapareció.

Y lo único que me quedó en la mente fue Maliyah.

4
Clay

—Te va a encantar, Clay —me dijo mamá a través del teléfono, mientras el ruido de los platos me indicaba que estaba preparando la cena.

Iba a cruzar el recinto después de un día agotador de campus para reunirme con Giana para nuestro cursillo de relaciones públicas, y no estaba de humor para oír hablar del último novio de mamá.

Pero no tenía elección.

—Es todo un caballero. Y es una persona seria con los negocios. —Hizo una pausa—. Y también va en serio conmigo, algo que es nuevo para mí.

Me esforcé por esbozar una sonrisa, aunque no pudiera verme, sobre todo para que pareciera que le creía.

—Parece estupendo, mamá.

—Ya lo verás. Cuando vengas a casa en Navidad. —Hubo una pausa y luego—: Cuéntame qué tal tú. ¿Qué tal el futbol americano?

Suspiré antes de responderle, cosa que agradecí mucho. Sabía que mi madre estaba bien porque había preguntado, porque no se había pasado toda la llamada lamentándose de sí misma y de sus problemas. Tampoco es que me molestara que lo hiciera. Yo la apoyaba pasara lo que pasara.

Aun así, después de tantas veces de repetir la misma historia, me costaba creer que este hombre fuera distinto a los demás.

Mi pobre madre estaba atrapada en un bucle de angustia del que no podía bajarse desde que mi padre se fue cuando yo tenía ocho años.

El ciclo iba así:

Mamá conocía a un chico nuevo, casi siempre en Le Basier, el restaurante absurdamente caro en el que trabajaba de mesera en Los Ángeles. Mamá era muy guapa (heredé mis penetrantes ojos verdes y mi piel bronceada de ella) y siempre traía a casa a tipos que se enamoraban de su belleza. Además, era encantadora, lo que hacía que los hombres cayeran en su red y se dejaran consumir por su energía.

El problema era que una vez que la relación empezaba a ser real, una vez que el brillo desaparecía y se daban cuenta de que mi madre podía ser muy difícil de manejar, se iban.

Y siempre la dejaban con más cicatrices de las que ya tenía.

Que papá dejara a mamá la destrozó. Nos destrozó a los dos, sobre todo cuando se fue enseguida con otra mujer, tuvo dos hijos con ella y construyó una vida completamente nueva que no nos incluía a nosotros. Si añadimos eso a su ya traumática vida de novios antes de papá, se puede decir que mamá tenía sus razones para actuar un poco... demasiado a veces.

La mayoría de los hombres no podían soportarlo. No podían sentarse con ella en los momentos difíciles, no podían darle la mano en los ataques de pánico o transmitirle palabras de afirmación cuando las necesitaba con desesperación. Cuando los celos y la paranoia se apoderaban de ella como un huracán, no cerraban las escotillas y aguantaban la tormenta a su lado.

Tomaban la vía de escape más rápida para salir de la ciudad y la dejaban a cargo de los daños.

Y en sus palabras de despedida, se aseguraban de hacerla sentir como la loca, la gruñona, la zorra celosa, la psicótica, la mujer desconfiada. No importaba que le dieran muchas razones para sentir esas emociones.

Pero, al final, siempre era yo el que recogía los pedazos.

Y era entonces cuando me preparaba para la otra cara de mi madre.

Cuando estaba feliz, cuando las cosas iban bien, mamá era la luz más brillante del sol. Era enigmática y divertida, motivada y motivadora, apasionada con todo. Se involucraba en mi vida, en mantener nuestra casa limpia y ordenada y, sobre todo, en su relación con quienquiera que fuera el chico.

Pero ¿cuando se iban?

Era un desastre.

A mi madre siempre le había gustado beber desde que yo tenía uso de razón. La diferencia estaba en que cuando era más pequeño, cuando eran papá y ella, esa bebida solía ser una botella de vino entre los dos, que les llevaba a echarse unas risas y bailar en la cocina.

Pero mamá bebiendo después de papá era un poco distinta.

Se bebía cajas enteras de cerveza ella sola. Lloraba, gritaba y se aferraba al retrete mientras yo le sujetaba el pelo o le ponía una toallita fría en la nuca.

Y esa era otra parte del ciclo que se repetía: una borracha feliz cuando estaba con alguien, y un desastre de borrachera cuando la dejaban.

A veces, en la peor de las rupturas, recurría a las drogas.

En ocasiones, dejaba que la depresión la hundiera. A veces estaba tan cerca de que la despidieran que me preguntaba cómo había podido quedarse en el mismo sitio todo este tiempo. Se quedaba sin ahorros, se metía en tantos líos que tenía que pedir dinero a su único hijo y me hacía sentir culpable si no se lo daba.

Y yo se lo daba, siempre.

No importaba si tenía que liquidar mis ahorros, trabajar todo el verano o vender mi PlayStation.

Nunca le daría la espalda a mi madre.

Eso era un hecho, algo que había sentido con firmeza siempre, desde que ella no me dio la espalda cuando lo hizo mi padre. No era perfecta, pero siempre había estado ahí, y solo por eso le daría hasta el último centavo de mi cuenta bancaria y todo lo que me pidiera.

Pero eso no significaba que no me doliera, que no me diera cuenta, sobre todo a medida que me hacía mayor, de lo mucho que me había jodido su ciclo a mí también.

—El día de la tabla de clasificación está a la vuelta de la esquina —concluí después de contarle cómo me había ido en el campus hasta ahora—. Así que ya veremos.

—Vas a entrar al equipo, cariño —dijo sin vacilar—. Y arrancarás, y antes de que te des cuenta, estarás firmando un contrato multimillonario con la NFL y comprándole a tu madre una mansión enorme en la playa.

Sonreí, las expectativas que tenía para mí las había oído mil veces. Nacieron cuando era joven, cuando nos dimos cuenta de que tenía un talento bastante decente para el futbol americano. Todavía la recuerdo sentándome después de un partido cuando tenía doce años, con el uniforme sucio y los tacos puestos. Me hizo mirarme al espejo y se puso detrás de mí, con las manos en los hombros y los ojos clavados en los míos en el reflejo, mientras me decía: «Nunca vas a tener las dificultades que yo he tenido, Clay. Vas a ser rico».

—Hablando de futbol, ¿te he dicho que Brandon jugaba? —preguntó mamá, sacándome de mis recuerdos—. Era el *quarterback* titular de su equipo de la escuela.

Mi sonrisa se apagó y vi el letrero de la cafetería al rodear el patio de la universidad, donde los estudiantes estaban acostados en mantas, fumando porros, riendo y disfrutando de la noche.

Me pregunté qué se sentiría tener tiempo de verdad como estudiante universitario en lugar de que cada momento de vigilia lo consumiera un deporte.

—Seguro que hablaremos de ello en Navidad —dije—. Tengo que irme, mamá. Tengo otra reunión.

—¿A estas horas de la noche? Te tienen muy ocupado, ¿eh? —Se rio entre dientes—. Bueno, te quiero, cariño. Llámame esta semana para ponernos al día. —Hizo una pausa—. ¿Estás... has visto a Maliyah?

La sangre de las venas se me heló al oír su nombre.

—No.

Era echar sal en la herida, el recordatorio de que no solo yo sufría por nuestra ruptura, sino también nuestras familias. Llevábamos tanto tiempo juntos, habíamos pasado por tantas cosas, que sabía que mi madre veía a Maliyah como a una hija.

A veces estaban más unidas que nosotros, y compartían cosas que yo sabía que nunca podría hacer porque no era una mujer.

—Bueno —empezó a decir mamá, pero luego lo pensó mejor y dejó una larga pausa antes de decir—. Concéntrate en el futbol americano. Lo demás se arreglará solo.

—Te quiero, mamá —dije.

—Te quiero. Ah, y...

Antes de que pudiera preguntar algo más, colgué y me quedé un rato en silencio, aliviado, frente a la puerta de la cafetería. La brisa del atardecer era cálida y agradable, los últimos vestigios del verano se aferraban a los árboles, que aún estaban verdes.

Respiré hondo, odiaba que algo más que un poco de oxígeno hiciera que me ardiera el pecho. Me ardía desde que Maliyah se había alejado de mí, desde que me había dado cuenta de que esta era mi nueva realidad.

Ya había sido un día muy largo. Lo último que quería era que me dieran una paliza por no ser míster simpatía ante la cámara.

Pero si lo había ordenado el entrenador Sanders..., no tenía la opción de irme, no sin poner en peligro mi posición como titular.

Así que, con un último suspiro, empujé la puerta de cristal y una campanilla sonó con mi entrada.

Rum & Roasters era uno de los únicos bares del campus, quizá porque era civilizado y discreto en comparación con los bares de las afueras. Nunca estaba plagado de universitarios menores de edad borrachos con sus ridículas identificaciones falsas, sino más bien cómodamente lleno de estudiantes de cursos avanzados que tenían edad suficiente para beber y preferían pasar una velada tranquila de conversación o música en vivo en lugar de bailar en la pista.

Ellos se lo pierden.

Sin embargo, hubo algo reconfortante cuando me adentré en la oscuridad del lugar, donde el olor a libros viejos, velas y café se imponía al del alcohol que servían. Era mucho más agradable que el hedor de los bares que prefería frecuentar, y tenía que admitir que había ambiente.

Un tipo tocaba la guitarra acústica en un pequeño escenario en la esquina, y cantaba con suavidad junto al sonido, pero mantenía el volumen lo suficientemente bajo como para que todos los que estaban sentados en las mesas oscuras e iluminadas con velas pudieran hablar a su alrededor.

Me detuve en la barra, escudriñando las mesas en busca de Giana. Algo se me revolvió en el estómago al ver a una pareja besándose en uno de los reservados de la esquina, pero pasé de largo enseguida y miré a mi alrededor hasta encontrar a la persona que buscaba.

La luz de las velas y las sombras se disputaban el territorio en el rostro sereno de Giana, con los ojos grandes y suaves y una media sonrisa en los labios. Tenía una taza cómicamente grande de algún tipo de café espumoso entre sus diminutas manos, y bebía de vez en cuando mientras escuchaba la música.

Y escuchaba de verdad.

Tenía las piernas cruzadas, aún enfundadas en las modestas mallas sexis que llevaba antes, y su piececito rebotaba al ritmo de la melodía. Yo no la reconocía, pero ella seguía la letra en voz baja, con la mirada clavada en el músico.

Y cuando él levantó la vista de su guitarra y captó su mirada, ella se ruborizó tanto que pude ver el rojo incluso en la tenue luz del bar. Apartó la mirada enseguida, miró su café y reprimió una sonrisa. Cuando volvió a mirar al tipo del escenario, él ya había apartado la mirada y le guiñaba un ojo a un par de chicas sentadas cerca del escenario.

La curiosidad me hizo sonreír y me acerqué a su mesa, sin detenerme hasta estar justo entre el tipo de la guitarra y ella.

Parpadeó cuando interrumpí la vista, como si le sorprendiera verme, como si hubiera olvidado que me había invitado —no, exigido— a venir. Se sobresaltó y casi derramó el café cuando lo dejó sobre la mesa, se ajustó los lentes y se puso de pie.

—Estás aquí.

Enarqué una ceja.

—¿No se suponía que debía estar aquí?

—Bueno, sí, pero yo... —Cubrió su sorpresa con una sonrisa, agitando la mano antes de señalar la silla frente a ella—. ¿Quieres una cerveza o algo?

La mirada que le dirigí fue respuesta suficiente, y levantó un dedo hacia la mesera que caminaba entre la multitud.

La mesera no tardó en pedirme la identificación y, por suerte, tenía una falsificación bastante buena, gracias a Kyle Robbins. Eso era lo único para lo que servía, aparte de ser tan bueno como ala cerrada para que lo odiara más de lo que se odia a un hermano mequetrefe.

Una vez que tuve mi cerveza IPA en la mano, Giana apoyó los codos en la mesa, juntó las yemas de los dedos y me miró.

—Gracias por venir.

Asentí con la cabeza.

—Mira, no quiero ser una pesada y, desde luego, al igual que tú, no quiero estar aquí trabajando después de la puesta de sol. —Hizo una pausa para apartarse un rizo de la cara, y entonces me di cuenta de que se había soltado el chongo que llevaba atado todo el día, dejando que los mechones dorados, castaños y rubios enmarcaran su cara como un halo. Tenía las mejillas salpicadas de pecas y los labios carnosos—. ¿Podemos ponernos de acuerdo para repasar esto rapidito, encontrar la solución a nuestro problema e irnos a descansar, que nos hace mucha falta?

—Para ser más exactos, ¿qué problema tenemos?

—Ah, pues aparte de que casi le arrancas la cabeza a un periodista de ESPN... —Se encogió de hombros, sacó su laptop del bolso y la apoyó en la mesa que había entre nosotros—. No mucho.

—Era una pesada. Todos lo son.

—No parecía importarte la temporada pasada cuando ponían toda tu grabación y hablaban de que eras el próximo Ronnie Lott.

—Sí, bueno, muchas cosas han cambiado desde la temporada pasada.

—¿Como el estado de tu relación?

Las palabras fueron como una bofetada en la cara, y de hecho sacudí la cabeza al oírlas, sorprendido al escuchar la rápida respuesta de la chica a la que siempre había visto tímida.

—No quería ser grosera —se apresuró a decir, y de repente la suavidad volvió a invadirla. Su voz era más tranquila, vacilante—. Sé..., bueno, puedo imaginarme lo difícil que puede ser una ruptura, sobre todo con tu novia de la escuela.

—¿Cómo sabes tanto?

Me miró.

—Mi trabajo es saberlo. Y también es mi trabajo asegurarme de que estás bien.

—¿Se supone que eso debe hacerme sentir cómodo y tranquilo, gatita?

Se desinfló y se sentó en su silla.

—Rápido y sin dolor, ¿recuerdas? Podemos salir de aquí en cuanto te acabes la cerveza si cooperas.

Solté un gruñido, hice un gesto hacia su laptop y le di un largo trago a mi IPA mientras esperaba a que sacara lo que le hiciera falta.

—La señora Banks ha invitado a la reportera con la que te negaste a hablar para que venga el día de la tabla de clasificación. Quiere darle una exclusiva. —Giana me miró a los ojos—. Puedo dejarte en paz hasta entonces, si prometes dedicar este par de semanas a mentalizarte y conceder una entrevista en condiciones cuando vuelva.

—Con dejarme en paz, ¿te refieres a...?

—Me refiero a que no programaré ninguna otra obligación con los medios de comunicación. Ni entrevistas, ni pódcast, ni siquiera una sesión de fotos hasta el día de la tabla. —Tecleó algo en su computadora—. Y sé que no necesitas entrenamiento sobre cómo actuar ante la cámara. Eres una de las personas con las que me resulta más fácil contar cuando hablamos de esto. —Hizo una pausa, con los dedos sobre las teclas mientras me miraba, con la luz blanca de la pantalla reflejándose en su cara—. Pero puedo ver que no estás bien. Y no quiero echar más leña al fuego. Así que... ¿te parece un trato justo?

Hubo algo en cómo dijo «no estás bien» que hizo que las costillas me oprimieran los pulmones.

Me las arreglé para asentir con la cabeza.

—Bien —dijo, pero antes de que pudiera volver a teclear, miró por encima de mi hombro hacia donde el músico había empezado a tocar otra vez.

Y justo en ese momento, se sonrojó.

Entrecerré los ojos y la vi apartar la mirada y volver a su laptop antes de pasar el brazo por encima del respaldo de mi silla y girarme para poder ver bien a aquel tipo.

—Esta es una canción especial que escribí para una chica preciosa —dijo en voz baja por el micrófono y volvió a sonreír a otra mesa de chicas que estaban sentadas a sus pies. Las chicas se alegraron de su atención y él empezó a rasguear y cantar, con sus botas Chelsea café oscuro dándole golpecitos al último peldaño del taburete en el que estaba sentado.

Tenía el pelo oscuro y revuelto, una barba desaliñada y ojeras. Parecía crudo, pero tal vez eso le daba un toque de artista torturado. También llevaba una camisa más pequeña que la de Giana, si tuviera que apostar, y unos jeans negros ajustados con agujeros en las rodillas.

El cartel sobre el tarro de propinas que había a su lado decía Shawn Stetson Music, junto con su cuenta de Instagram y Venmo.

Tuve que contenerme para no burlarme mientras me inclinaba hacia Giana, cruzaba los brazos sobre el pecho y me hundía en la silla.

—¿Qué hay entre el chico de la guitarra y tú?

Giana tenía la taza de café a medio camino de los labios cuando lo dije, y la taza se tambaleó de forma peligrosa entre sus manos, se derramó un poco y cayó sobre la laptop mientras maldecía y la volvía a dejar en la mesa. Limpió enseguida las teclas salpicadas por el líquido espumoso y sacudió la cabeza con otro rubor furioso en las mejillas.

—¿Qué? ¿De qué hablas? No hay nada entre Shawn Stetson y yo.

Se le escapó una risa nerviosa, que desembocó en un extraño resoplido que hizo que la ceja que tenía fruncida rebotara para unirse a la que tenía enarcada.

«¿Acaba de referirse a él con nombre y apellido?».

—Convincente. —Fue lo único que murmuré en respuesta.

Apretó los labios, se sentó más erguida y echó los hombros hacia atrás.

—No sé adónde quieres llegar, pero volvamos a la conversación...

—Te gusta.

Se quedó boquiabierta y cerró la boca cuando se dio cuenta de que la tenía abierta.

—Claro que no...

—Estás tan loca por él que ni siquiera eres capaz de mirarlo a los ojos en un bar lleno de gente.

Nunca había visto a Giana tan agitada. Se apresuró a cerrar la laptop y a guardarla en su bolso.

—No sabes de qué hablas.

Pero me limité a sonreír y me incliné sobre la mesa, con los codos apoyados en la fría madera, mientras el pecho se me oprimía con una emoción muy distinta de la que ocupaba aquel espacio desde hacía semanas. Era emoción, aunque apagada, pero esa parte de mí que amaba ayudar a los demás se descongeló como un árbol helado que se sacude los últimos carámbanos del invierno.

Y bajo ese hielo que se descongelaba había un revoloteo de esperanza tan fresco como la primavera, una idea que brotaba en mi mente como una flor.

O tal vez una mala hierba.

—Puedo ayudarte.

—¿Ayudarme?

Un rizo le cayó sobre el ojo izquierdo antes de apartárselo con la mano, y cuando me incliné aún más hacia ella, me miró el pecho, llevándose las manos al regazo como si temiera que rozaran las mías si las dejaba sobre la mesa.

—Sal conmigo.

Abrió los ojos de par en par al oír eso, y los clavó en los míos antes de que esa risa burlona volviera a brotar de ella.

—O, al menos, finge que sales conmigo.

Eso la hizo reír aún más. Pero cuando no me reí con ella, se puso pálida, con una mano en el borde de la mesa y la otra en la frente.

—Creo que voy a desmayarme.

—Por favor, no lo hagas. Sería un comienzo aún más difícil en nuestro intento de convertir a Shawn Stetson en tu novio.

Y de que yo recuperara a Maliyah.

5
Giana

—Estás loco.

—Estoy loco, pero soy un genio —me discutió Clay y apoyó los codos en la mesa que estaba entre nosotros mientras se inclinaba hacia mí. Resultaba casi cómico lo enormes que eran sus brazos en comparación con la pequeña mesa, que se tambaleaba de forma precaria sobre unas patas delgadas al soportar su peso.

—Yo... Es que... es absurdo.

Me coloqué los lentes en el puente de la nariz, con las yemas de los dedos frías rozándome las mejillas acaloradas, y descrucé las piernas para cruzarlas hacia el otro lado. Luego crucé los brazos sobre el pecho, todo mi lenguaje corporal apuntaba a lo incómoda que me sentía con esta conversación y la propuesta que había en ella.

Estaba aquí para enseñar a Clay Johnson la mejor manera de tratar con los medios de comunicación tras su ruptura, que hasta el momento había sido angustiosa no solo para él, sino para todo el equipo.

No estaba aquí para que se burlara de mí porque Shawn

Stetson fuera mi *crush*, ni para que me metiera en una relación falsa de lo más ridícula para llamar su atención.

El hecho de que se diera cuenta de mi flechazo ya era bastante vergonzoso. Pensaba que siempre se me había dado bien ocultarlo, sobre todo porque, al menos para Shawn, era invisible. Desde la primera vez que lo oí tocar el semestre pasado, casi lo había perseguido, escuchándolo tocar en el campus cada vez que tenía ocasión.

Culpé de mi fascinación por él a uno de mis libros favoritos: *Thoughtless*.

S. C. Stephens hizo que me enamorara de Kellan Kyle, y cuando me terminé ese libro y me sentí completamente perdida, sumida en la peor depresión de mi vida, incapaz de funcionar..., me tropecé con Rum & Roasters.

Y allí estaba él, Shawn Stetson, melancólico, misterioso, moreno y guapo.

—Mira, Gi —dijo Clay.

—Giana —corregí.

—¿Prefieres que vuelva a llamarte gatita?

Mis ojos eran meras rendijas mientras él sonreía satisfecho de su propia broma.

—Soy un chico, y como chico que soy, sé lo que quieren los chicos. Por lo menos lo que quieren la mayoría de los chicos heterosexuales y cuerdos. Y te lo digo yo. ¿Ese tipo? —Señaló con el dedo hacia donde Shawn estaba tocando sobre el escenario de la pequeña cafetería en la que estábamos—. Quiere una mujer misteriosa, una que pueda ser su musa, que sea un poco difícil de conseguir, un poco fuera de su alcance.

Por poco se me salen los ojos de las órbitas antes de cubrir con las dos manos el gigantesco dedo de Clay y empujarlo hacia abajo mientras miraba rápidamente hacia Shawn para asegurarme de que no lo había visto.

—Puedo tenerlo comiendo de la palma de tu mano para Acción de Gracias.

Tenía las mejillas tan encendidas que me preocupaba que me chamuscaran el pelo al caer sobre mi cara.

—¿Qué te hace pensar que querría eso?

Clay se limitó a arquear una ceja.

«Bueno, al parecer ahora mismo soy tan fácil de leer como una valla publicitaria».

Me mordí el interior del labio, miré a Shawn y luego a Clay antes de bajar la voz a un susurro.

—Apenas sabe que existo.

—Otra cosa en la que puedo ayudar —dijo, pasándose una gran mano sobre sí mismo—. ¿Crees que alguien en este campus podría ignorar a la chica que tiene la atención de Clay Johnson?

Puse los ojos en blanco ante la insinuación arrogante, pero no pude rebatir su argumento.

Era cierto.

Ese enorme cuerpo musculoso y esos penetrantes ojos verdes habían estado fuera del mercado desde que Clay entró en el campus de la Universidad de North Boston, para desgracia de todas las chicas. Y aunque había sido un imbécil miserable desde que Maliyah y él habían roto, las fans que seguían al equipo como moscas rogaban por tener siquiera una muestra de su afecto.

Aun así...

—Es músico —señalé—. Probablemente el futbol americano le importe un bledo.

Y al universo le encantaba burlarse e mí porque en ese preciso momento, Shawn terminó la canción que había estado tocando y, tras rasguear la guitarra un par de veces, habló directamente al micrófono y dijo:

—Damas y caballeros, esta noche tenemos a una celebridad aquí con nosotros. Clay Johnson, el mejor defensa de la NBU y candidato a la NFL. Asegúrense de conseguir sus autógrafos mientras puedan.

Clay levantó una mano en un gesto humilde para saludar cuando todas las miradas se dirigieron a nosotros. Me agaché y traté de ocultar el rostro mientras Clay devoraba cada segundo, lanzando una sonrisa seductora y un guiño a una mesa de chicas en particular. Cuchichearon en voz baja entre ellas al mirar a Clay, sonrieron ansiosas y se dieron codazos como si estuvieran sorteando quién intentaría hablar con él primero. Puse los ojos en blanco cuando una de ellas grabó un video con su celular.

—¿Alguna petición, amigo? —preguntó Shawn a continuación, y el hecho de que estuviera hablando con Clay y Clay estuviera en mi mesa era lo más cerca que había estado nunca de estar en el mismo universo que mi *crush*.

Clay me miró con esa maldita sonrisa aún intacta.

—¿Qué tal *Just Say Yes* de Snow Patrol?

Volví a poner los ojos en blanco y, cuando Shawn empezó a tocar, Clay se inclinó aún más hacia mí.

—¿Ya se te han acabado las excusas?

Suspiré.

—A ver si lo he entendido bien. Tendríamos una relación falsa, en la que tú, en teoría, me ayudarías a conseguir a Shawn, y yo... —Parpadeé, quedándome en blanco—. ¿Qué haría yo exactamente? O sea..., ¿qué ganas tú con esto?

Entonces, la sombra de algo inundó su rostro y se sentó, encogiéndose un poco de hombros antes de beberse la mitad de la cerveza de un trago.

—Maliyah.

Fruncí el ceño.

—No lo entiendo.

—Conozco a mi chica —dijo, con más determinación en

los ojos de la que jamás había visto, y eso ya era decir mucho, porque lo había visto más de una vez lanzarse por una jugada imposible—. Sé que todavía me quiere, que todavía me desea, pero piensa que hay algo mejor ahí fuera. Siempre ha querido lo mejor. Así es ella.

Tuve que luchar para que no se me curvara el labio al ver cómo hacía que todo eso sonara como si fuera algo bueno.

—Pero ¿cuando me vea con otra? ¿Cuando piense que he pasado página? —Sacudió la cabeza con una sonrisa diabólica—. Los celos en persona se apoderarán de ella. Me suplicará que vuelva con ella.

Arrugué la nariz.

—No sé, Clay... No quiero jugar a estos juegos.

—Confía en mí; todo el mundo juega. Así que si no juegas... No, si no ¿ganas? —se encogió de hombros—, pierdes.

Sus palabras hicieron que algo se me retorciera en las entrañas, y desvié la mirada hacia donde Shawn rasgueaba la guitarra en el escenario. El corazón me dio un vuelco como siempre que me miraba, aunque fue tan fugaz que apenas percibí el color de sus ojos dorados antes de que volvieran a desaparecer.

Era invisible para él. Siempre lo había sido.

Nunca admitiría en voz alta cuántas veces había fantaseado con él, sobre todo cuando releía *Thoughtless*. Cada vez que tocaba en ese bar y miraba hacia mí, me preguntaba si sería la noche en que terminaría su actuación y se acercaría a mi mesa, exigiendo conocerme, exigiendo llevarme a casa. ¿Cuándo se daría cuenta de repente de que era la chica tímida que observaba cada actuación, que se sabía todas las letras de sus canciones originales, que se sentaba en silencio en un rincón mientras el resto de las chicas se le echaban encima?

Las fantasías siempre se ponían un poco más picantes después de eso.

Aun así, incluso cuando me miraba, mi reacción inmediata era apartar la mirada, esconderme, hundirme entre la multitud y volver a ser invisible. Una atención así me incomodaba, me cohibía, me hacía preguntarme si tenía algo entre los dientes en lugar de si era atractiva. No era el tipo de chica capaz de sostener su mirada una vez que la tenía, capaz de sonreír y levantar una ceja o lamerse los labios o dibujar un círculo seductor en el borde de mi taza de café.

No tenía madera de protagonista.

Era más bien la mejor amiga estrafalaria y simpática con todos sus sabios consejos.

Suspiré, con el corazón anhelando algo que parecía tan inalcanzable. Cuando Shawn volvió a mirarme, escondí la cara como hacía siempre, con las mejillas encendidas, y luego miré a Clay, que enarcó una ceja como si me hubiera descubierto con las manos en la masa, manchadas de sangre.

O, en este caso, con la sangre acumulada en mis mejillas.

Toda mi vida había tenido demasiado miedo de ir por lo que quería: yo era todo lo contrario a Maliyah, a Clay, a todos con los que trabajaba en el equipo. No era como mis hermanos, destinados a la grandeza y como un imán para cualquiera que estuviera cerca. No era como mi jefa, que llamaba la atención en todas las salas que pisaba.

Siempre me había contentado con estar en un segundo plano.

Pero ahora, por primera vez, ansiaba ser el centro de atención.

Y un novio, por el amor de Dios.

Descrucé las piernas y me incliné hacia delante, apoyando las manos en la mesa.

—Necesitamos términos. Condiciones. Reglas.

Cuando la única respuesta de Clay fue un suave movimiento de labios, me pregunté en qué lío me estaba metiendo.

Levanté un dedo.

—La primera regla es que, independientemente de que me ayudes con Shawn, harás lo que yo necesite que hagas para los medios de comunicación. Te dejaré en paz durante las próximas dos semanas como te he prometido, pero cuando llegue el día de la tabla de clasificación, serás el perfecto deportista universitario y me harás quedar bien.

—Ahora mismo suena a un trato poco equitativo.

—¿De verdad lo es si puedes recuperar a Maliyah?

Ladeó la cabeza ante mi desafío, se sentó en la silla y cruzó el tobillo sobre la rodilla opuesta. Tuvo que retroceder un poco para salir de debajo de la mesa y poder hacerlo.

—*Touché*. ¿Qué más?

Me apoyé en la silla y me di golpecitos con un dedo en la barbilla mientras intentaba recordar todos los tópicos sobre citas falsas que había leído. La verdad era que leía más o menos un libro al día, así que al cabo de un tiempo todos se mezclaban. Pero una cosa que sabía sobre fingir una relación era que hacía falta poner reglas, o las cosas se complicaban.

—Nada de muestras de afecto en público —dije al final.

Clay emitió un sonido tan fuerte que algunos estudiantes de las mesas de alrededor nos miraron por encima del hombro.

—Imposible. Las muestras de afecto son inevitables en una relación.

—Bueno. —Hice una mueca—. Entonces necesitamos una palabra de seguridad.

—¿Una palabra de seguridad? —Clay se rio entre dientes—. ¿Crees que voy a atarte, gatita?

Algo malvado brilló en sus ojos, como si acabara de pensar en lo que eso supondría, y una vez más, inclinó su torso corpulento sobre la mesita.

—Podemos hacerlo —añadió con una sonrisa burlona—. Si quieres.

La forma en que separé los labios ante la invitación, cómo se me aceleró el corazón antes de galopar un poco más rápido aún, no estaba bien. Por suerte, lo disimulé bastante bien mientras ponía los ojos en blanco.

Al menos, eso esperaba.

—Me refiero a que, si haces algo con lo que no me siento cómoda, quiero una forma de decírtelo.

—¿Por qué no repasamos lo que te parece bien? —sugirió.

Ladeé la cabeza, considerándolo, y luego asentí.

—¿Ir de la mano?

—Por supuesto.

—¿Besos en la mejilla, la cabeza y esas cosas?

Me sonrojé.

—Bueno.

Clay arqueó una ceja.

—¿Besos en la boca?

Una vez más, el corazón me palpitó, pero me puse el pelo detrás de la oreja y me llevé la taza de café a los labios para beber un sorbo de la espuma que se había enfriado.

—Supongo que sería raro que no lo hiciéramos. —Chasqueé los dedos, y lo fulminé con la mirada—. Pero sin lengua.

—¿Sin lengua? —Clay se pasó la lengua por los dientes—. ¿Quién va a tener envidia de un piquito? Desde luego tu Shawn no, te lo aseguro.

Gruñí, y como si me echaran una cubetada de agua helada por encima, me di cuenta de lo increíblemente estúpida que era toda aquella premisa. Yo no vivía en un maldito libro, vivía en la vida real, donde no había forma posible de que nada de esto resultara a nuestro favor.

—Esto es absurdo —dije—. No va a funcionar. Y es raro y desesperado, y deberíamos olvidarlo.

Empecé a recoger mis cosas, pero Clay alargó la mano y me la puso en la muñeca con tanta suavidad que me sorprendió, dado el tamaño de aquella mano áspera.

Me quedé quieta y tragué saliva mientras mis ojos recorrían la longitud de su tonificado brazo y lo descubría observándome con una profunda sinceridad. Me inquietó aquella mirada, tan firme y, sin embargo, de algún modo... aterradora. Me pregunté si eso era lo que sentían sus oponentes en el campo, si el miedo les erizaba los vellos de la nuca.

—Miau.

Solté una carcajada.

—¿Miau?

—Si voy demasiado lejos, si estás incómoda y quieres que me aparte, maúlla.

—Ay, Dios mío.

—Pero no tendrás que hacerlo —añadió enseguida—. Independientemente de lo que hayas investigado sobre mí y de lo que creas saber, soy un caballero. —No me di cuenta de que no respiraba bien hasta que, al soltarme, inhalé con fuerza—. Y quiero que Maliyah vuelva a quererme, no que tú te enamores de mí.

Resoplé.

—Créeme, no te preocupes por eso.

—Bueno —dijo Clay, se sentó y empezó a contar con los dedos—. Yo me comporto ante la cámara, te guío por todos los pasos para que el chico emo de la guitarra se enamore de ti, y tú me sigues el juego como mi falsa novia para poner celosa a Maliyah.

—Y si maúllo...

Clay sonrió burlón.

—Ahora tengo ganas de incomodarte solo para escucharte.

—No lo hagas —le advertí.

—De acuerdo. Si maúllas, me aparto.

Asentí con la cabeza, considerando todos los términos.

—Una cosa más —dije, aclarándome la garganta mientras sacaba los restos de papel que se habían quedado atorados en el espiral de mi cuaderno por arrancarle páginas—. ¿Qué pasa si las cosas se... complican?

—¿Qué quieres decir?

Me rasqué la nuca y me encogí de hombros.

—He visto suficientes películas y he leído suficientes libros como para saber que, a veces, estas cosas pueden... complicarse. —Lo miré a los ojos—. ¿Y si uno de los dos quiere dejar de fingir?

—No puedes echarte atrás —dijo con el ceño fruncido—. Eso sería romper el trato.

—Pero ¿y si...?

No podía decirlo, no con el pulso martilleándome tan fuerte en los oídos que parecía una batería.

Clay sonrió con suficiencia.

—Así que te preocupa enamorarte de mí.

Me cambió la cara.

—Argh, gracias por recordarme lo imposible que es eso.

Una carcajada salió de su pecho mientras extendía la mano sobre la mesa.

—Si en algún momento quieres parar, dilo. No te retengo como rehén. Pero —dijo, apartando la mano cuando iba a tomarla— no me abandones solo porque se te antoja hacerlo. Me comprometo con la causa. ¿Y tú?

—Créeme, si ayudarte a recuperar a Maliyah significa que no tendré que enfrentarme a otro desastre como el de ayer, haré lo que sea necesario.

Una sonrisa de satisfacción se curvó en sus labios, su mano volvió a estar en el mismo sitio que antes.

—Entonces tenemos un trato, gatita.

Deslicé la palma de la mano sobre la suya, un apretón fuerte que selló el ridículo plan.

Y arriba, en el escenario, Shawn Stetson nos observaba con una mirada curiosa en su hermoso rostro.

Una semana y media después, llevé a Clay a escondidas a mi oficina mientras echaba un vistazo por el pasillo para asegurarme de que no nos viera ningún jugador ni ningún miembro del personal. No es que importara, podía hacerlo pasar fácilmente por una preparación para los medios de comunicación, pero algo sobre la verdadera razón por la que estábamos juntos a solas me convenció de que no sería capaz de vender la mentira.

Una vez adentro, cerré la puerta con la mayor discreción posible y me volteé hacia él con una exhalación de alivio que nadie vio.

—¿Por qué actúas como si fuéramos a asaltar un banco?

—¿La verdad? Eso suena menos aterrador que el motivo por el que en realidad estamos aquí —admití.

Clay sonrió burlón, cruzándose de brazos sobre su enorme pecho mientras daba un paso hacia mí. Aún llevaba la camiseta del entrenamiento y los pants acolchados, ambos manchados, húmedos y pegados a él. Cuanto más se acercaba, más lo olía, y ojalá me repugnara la mezcla de sudor, tierra, hierba y algo parecido a la madera de teca, pero el coctel era como su propia marca de feromonas, y tuve que esforzarme para mantener la mirada clavada en su cara atractiva en lugar de seguir la longitud de sus gloriosos músculos.

—Es solo un poco de práctica con los besos.

—¿Escuchas lo ridículo que suena eso?

Se rio entre dientes.

—No hemos tenido mucho tiempo para hablar desde que hicimos el trato. Creo que tiene sentido repasar el plan.

Tragué saliva.

—Bueno. Que es... ¿qué? Repítelo.

—Haremos nuestra gran revelación el día de la tabla de clasificación. Empezaremos entrando en el estadio de la mano antes del entrenamiento, para que corran los rumores. El equipo bullirá de energía cuando todos sepan quién entra en el equipo y en qué rango.

—Y luego, en la cafetería, después del entrenamiento... hacemos una escena.

Asintió con la cabeza.

—Hacemos una escena.

—Corro hacia ti y... te beso.

La sonrisa burlona de Clay era incorregible y le di un manotazo en el brazo.

—Me alegro mucho de que esto te divierta —le dije fulminándolo con la mirada.

—Es que me hace gracia que apenas puedas pronunciar la palabra «beso».

Me troné el cuello, echando los hombros hacia atrás y negándome a contarle que solo me habían dado un par de besos en mi vida —ninguno de ellos había hecho temblar mi mundo— y que todo esto me daba ganas de meterme en un agujero y esconderme.

Podía hacerlo. Era una opción. Podía cancelar todo esto ahora mismo y ahorrarme la vergüenza.

Pero algo raro ocurrió cuando dejé a Clay aquella noche en la cafetería.

Me di cuenta de algo que odiaba admitir.

Quería esto.

Era una locura, y lo más probable es que fracasara, pero

incluso la posibilidad de que funcionara de forma que Shawn no solo se fijara en mí, sino que se interesara por mí...

Era una fantasía demasiado embriagadora como para dejarla pasar.

Así que si mi papel en todo esto era hacer una escena para que Maliyah se diera cuenta de que Clay seguía adelante..., cumpliría con él.

Aunque, el hecho de que pensara que podía poner celosa a una chica como ella era un poco ridículo.

—De acuerdo, hagámoslo —dije e ignoré la inseguridad que me atormentaba. Ya tendría tiempo de dejar que me quitara el sueño más tarde—. Así que quédate ahí, finge que estás en la fila o lo que quieras.

Señalé al lado de mi escritorio y Clay se colocó en su sitio, observándome con curiosidad.

—Muy bien —dije, retorciéndome las manos—. Allá vamos.

—De acuerdo.

Clay esperó y yo me quedé de pie, con los labios apretados y deseando que mis pies se movieran.

—Allá voy.

Se rio entre dientes.

—De acuerdo.

Tras otra larga vacilación, abrió la boca para interrogarme y me lancé antes de que pudiera hacerlo.

Fueron cinco zancadas rápidas antes de saltar, y cerré los ojos con fuerza ante la perspectiva de que me dejara caer o de que mi torpeza me despistara. Pero Clay me agarró con facilidad, me rodeó la cintura con los brazos y mis piernas se cerraron en torno a las suyas. Me quedé sin aliento por el impacto, el pelo se me cayó un poco hacia la cara y los lentes se me deslizaron por el puente de la nariz.

Volví a subírmelas despacio, con la respiración agitada, y enumeré cada lugar donde mi cuerpo tocaba el suyo: los brazos alrededor del cuello, el pecho apretado contra el de él, los muslos apretándose contra las caderas.

Y entre mis piernas, algo extraño hormigueaba donde me rozaba con el vientre.

El pánico se apoderó de mí y me zafé de sus brazos.

—De acuerdo. Lo tengo.

—¿No quieres probar el beso?

Entrecerré los ojos.

—No seas tonto.

—¿Qué? —Fingió inocencia y levantó las manos—. Creo que te sentirías más cómoda si lo intentaras ahora que no hay nadie delante.

—Te daré un buen pico y luego gritaré «¡Lo has conseguido!», así sello lo de la novia orgullosa.

Clay levantó un dedo y lo movió de un lado a otro.

—No solo un pico. Eso no va a convencer a nadie. Pensarían que somos hermanos en vez de una pareja.

—Bueno —refunfuñé—. Un poco de lengua. Pero algo rápido, *capisci*?

Enarcó una ceja.

—¿Ahora eres de la mafia italiana?

Le hice un gesto con la mano.

—Tengo que volver al trabajo. Y tú tienes que volver a entrenar. Creo que nos irá bien.

Clay sonrió, cedió y se dirigió a la puerta, pero se detuvo en el marco, algo le hizo bajar los hombros antes de voltear hacia mí.

—Gracias —dijo, algo carrasposo al dejar salir las palabras—. Por hacer esto.

Ese momento de debilidad me tomó desprevenida, pero me reí y me encogí de hombros.

—Te lo agradeceré cuando me consigas a mi primer novio de verdad.

En cuanto las palabras salieron de mis labios, me sobresalté, y la expresión de sorpresa de mi cara reflejó la de Clay.

—¿Primer novio? —repitió.

No tuve ocasión de contestar antes de que Charlotte entrara por la puerta de su oficina, que estaba conectada con la mía, y empezara a divagar sobre veinte cosas que quería de mí.

Empujé a Clay hacia la puerta sin responder a su pregunta y, cuando la puerta se cerró tras de mí, Charlotte entró.

—¿Me estás escuchando?

Me erguí de golpe y agarré mi cuaderno del escritorio.

—Sí. Y también tengo novedades sobre la subasta.

Me miró con cautela, alzó una ceja hacia la puerta que yo acababa de estar mirando antes de encogerse de hombros como si no valiera la pena hacer preguntas. Luego se dio la vuelta y volvió a su oficina, pisándome los talones mientras continuaba con su lista.

Y yo, de alguna manera, me las arreglé para prestarle atención a pesar de lo rápido que me latía el corazón.

6
Clay

—¿Preparado?

Giana se retorcía las manos delante del estadio, con unos ojos de cervatillo que miraban a nuestro alrededor como si le preocupara que alguien la oyera. El sol de la mañana iluminaba los diferentes colores de aquellos ojos, en los que nunca me había fijado: una extraña mezcla de turquesa, dorado y verde.

Su miedo a ser vista era injustificado. Casi todo el mundo estaba dentro ya, calentando e intentando superar la ansiedad de lo que este día nos deparaba a todos.

El día de la tabla de clasificación.

—Puedes echarte atrás —dije.

—No. —Giana respondió tan rápido como hice la sugerencia, negó con la cabeza y cuadró los hombros—. Estoy bien, es solo que... —Se mordió el labio inferior—. Mira, te creo cuando dices que vas a ayudarme. Eso tiene sentido. No sé ligar, mucho menos tener una cita, o conseguir que un chico que ni siquiera sabe que estoy viva me desee.

Estaba muy nerviosa, las manos le temblaban un poco cuando se miraba el esmalte descarapelado de las uñas.

—Pero yo, ayudándote a ti... —dijo, negando con la cabeza—. ¿Poner celosa a alguien como Maliyah?

No terminó la frase, se limitó a mordisquearse el interior de la mejilla y a mirarme como si fuera algo obvio, como si no pudiera despertar celos en nadie.

No me molesté en contener la sonrisa que se dibujó en mis labios cuando la recorrí con la mirada. Se había dejado el pelo suelto, con los rizos definidos aún un poco húmedos por el baño que se dio aquella mañana, y el maquillaje que se había puesto era lo bastante ligero como para que todas las pecas que salpicaban sus mejillas brillaran a través de la base. Llevaba unos lentes con el armazón rojo que combinaba con la falda de cuadros que llevaba y las medias hasta la rodilla que la complementaban. No era consciente de lo sensuales que eran sus piernas, de que ver aquella faldita en contraste con la modesta camisa abotonada hasta el cuello haría que cualquier hombre heterosexual deseara desabrochársela, que cualquier mujer deseara ser tan seductora como ella sin esforzarse lo más mínimo.

—Confía en mí —dije, tomándome mi tiempo mientras subía la mirada para encontrarme con la suya—. Maliyah va a perder la maldita cabeza cuando nos vea.

Giana negó con la cabeza y entrelazó las manos mientras se giraba hacia mí.

—¿Podemos repasarlo una vez más?

—Te dije que nos hacía falta más práctica.

Me hizo un gesto con una cara que decía «claro, claro» antes de esperar mi entrada.

—Entraremos juntos, tomados de la mano, y nos acercaremos un poco. Que empiecen los cuchicheos —le recordé—. Después del entrenamiento, nos vemos en la cafetería.

—Y haré un escena, correré hacia ti y te felicitaré por haber entrado al equipo. —Hizo una pausa—. ¿Y estás seguro de que lo conseguirás?

La fulminé con la mirada.

—Bueno. —Me hizo un gesto de desdén con la mano—. Y entonces... nos... besamos.

Sus mejillas se tiñeron de rosa.

Sonreí, burlón.

—Y entonces nos besamos. —Hice una pausa y arqueé una ceja—. ¿Estás segura de que no quieres practicar esa parte?

Puso los ojos en blanco.

—Ya quisieras.

—Yo solo digo. Podría calmar los nervios.

Giana me ignoró, soltó un suspiro y juntó los labios antes de dejar de retorcerse las manos y enderezar los hombros.

—De acuerdo. Hagámoslo antes de que me desmaye, o vomite, o cambie de opinión, o todo lo anterior.

Extendió la mano hacia la mía y yo sonreí, entrelazó mis dedos con los suyos. En cuanto lo hice, respiró con dificultad, como si el mero hecho de tomarse de la mano fuera algo nuevo para ella.

Me incliné hacia ella y le susurré al oído:

—Fíngelo hasta que lo consigas, gatita.

Se sonrojó y miró hacia la banqueta mientras la empujaba hacia las puertas del estadio. Algo parecido a los nervios también burbujeó en mi pecho cuando escaneé mi tarjeta de identificación y ambos nos pusimos en modo actuación.

Las dos últimas semanas habíamos estado tan ocupados que apenas habíamos tenido tiempo de dormir, por no hablar de idear una estrategia para el asuntillo que traíamos entre manos. El campus había sido brutal, un torbellino de entrenamientos diarios que se mezclaban con ejercicios de pesas, reuniones y proyección de videos. Giana estaba inmersa en su propia temporada ajetreada, atendía a los periodistas y gestionaba el circo mediático todos los días, lo que solo nos dejaba tiempo para hablar de lo que pasaría a continuación a última hora de la noche, antes de que cayéramos rendidos.

La convencí de que el día de la tabla de clasificación sería perfecto para nuestro debut como pareja, y ella estuvo de acuerdo, pero eso fue todo.

Además de que ella mantuviera su promesa de dejarme en paz con los medios de comunicación, y yo la mía de recomponerme lo suficiente para la entrevista que sabía que me esperaba al final del día, no habíamos hablado mucho. Habíamos plantado las semillas, claro, quedándonos en el vestidor después del entrenamiento, paseando juntos por el campus, pero hoy...

Hoy todo el mundo lo sabría y comenzaría el juego.

La mano de Giana tembló un poco entre la mía cuando cruzamos las puertas. El pasillo que conducía a los vestidores estaba vacío y en silencio. Podía oír el suave sonido de las voces y el claro repiqueteo de las protecciones y los tacos en el pasillo, y supe, antes de llegar, que todo el mundo iba a estar muy concentrado hoy.

Al final del entrenamiento, sabríamos quién había entrado al equipo, quién era titular, quién suplente y quién se había quedado fuera.

El día de la tabla de clasificación era muy importante. Se retransmitía durante todo el día en todos los canales deportivos y todo el mundo al que le interesaba el futbol universitario lo veía y analizaba. Incluso cuando estaba en la preparatoria, mis compañeros de equipo y yo hacíamos apuestas y revisábamos si habíamos acertado con los jugadores titulares de nuestros equipos favoritos.

También soñábamos con que un día seríamos nosotros los que ocuparíamos el puesto titular.

Giana y yo habíamos dado quince pasos cuando Leo Hernandez salió de la cafetería deportiva, con un panquecito a medio comer desmoronándose mientras le daba un mordisco enorme y se dirigía a toda prisa hacia los vestidores. Pero tropezó al verme con Giana. Estuvo a punto de estrellarse contra la pared al mirar por encima del hombro, y sus ojos se abrieron de par en par al ver nuestras manos entrelazadas antes de mirarme a mí.

Pero se limitó a sonreír burlón, darle otra mordida a su panquecito y trotar el resto del camino sin decir palabra.

—Respira —le dije a Giana, dándole un apretón en la mano cuando nos acercamos a la puerta.

Había planeado todo a la perfección porque sabía que no habría tiempo suficiente para las preguntas de los chicos antes de que nos llamaran al campo. Esto era solo una pequeña muestra para que hablaran, para que Maliyah se enterara, ya que estaría en el campo con nosotros y con el resto del equipo de porristas por primera vez esta temporada.

No la había visto desde la ruptura.

Se me revolvió el estómago al darme cuenta de que esa racha terminaría hoy. Tendría que enfrentarme a ella y, al mismo tiempo, mantener la compostura en uno de los días más estresantes de la temporada. No tenía ninguna duda de que había entrado al equipo, pero eso no me hacía estar menos nervioso, sobre todo sabiendo que mi ex estaría allí mirando cuando el entrenador colgara la tabla.

Cuando Giana y yo llegamos al arco de la puerta abierta de los vestidores, me llevé su mano a los labios y le di un beso en el dorso.

—Te veo después del entrenamiento —susurré contra su piel, y no sé si lo fingió o si fue real, pero la sonrisa tímida y seductora que me dedicó fue puro arte. Agachó la barbilla y me dio un apretón en la mano antes de separarse de mí y salir disparada por el pasillo hacia las oficinas de administración.

La vi marcharse, con una sonrisa, y cuando me volteé para entrar a los vestidores, al menos una docena de ojos me observaba.

Algunos tuvieron la decencia de apartar la mirada cuando me di cuenta de que me estaban mirando, fingiendo volver a atarse los tacos o estirar o lo que fuera que estuvieran haciendo antes de que llegara. Pero otros ni se molestaron, como Zeke Collins y su novia, Riley Novo, que me miraban con expresión de preocupación. Holden hacía lo mismo, y mientras tanto, Kyle Robbins tenía una sonrisa de idiota.

—Vaya, vaya —dijo, acercándose para pasarme el brazo por el hombro—. ¿Qué pasa, gran C? ¿Ahora te gustan las faldas?

Le hice un gesto de menosprecio, como si me molestara, pero también le dediqué una sonrisa socarrona que solo consiguió aumentar sus ganas de sacarme información. Por suerte, llegué en el momento justo, y el ayudante del entrenador hizo sonar el silbato para indicarnos que era hora de salir al campo.

Salí al último y dejé que todo el mundo pasara por mi lado mientras me ponía a toda prisa la camiseta de entrenamiento y los tacos. Luego salí corriendo con mi casco en la mano.

Y en ese momento, Giana y Maliyah fueron lo último que tenía en la cabeza.

Ni siquiera miré a las porristas que ya estaban calentando en la línea de banda mientras trotaba con el resto del equipo, todos reunidos en el centro del campo donde el entrenador Sanders esperaba para dar su discurso previo al entrenamiento. Me metí en esa zona familiar y cómoda que solo me ofrecía un campo de futbol. El olor del césped invadió mis sentidos, la sensación bajo los tacos fue como volver a casa después de un día largo, y cuando me arrodillé junto a uno de mis compañeros defensas, lo único que sentí fue concentración.

Lo normal era que el entrenador tenía que hacer sonar el silbato para que nos calláramos antes del entrenamiento, pero hoy nadie hablaba. Nos arrodillamos a su alrededor, con una mano en la rodilla y la otra en el casco, mientras esperábamos.

El entrenador Sanders era uno de los mejores del país. Había causado furor en el poco tiempo que llevaba al frente de la NBU, convirtiendo a un equipo que perdía siempre y que no había jugado un partido del *bowl* en décadas en uno de los mejores equipos por primera vez desde los años noventa. El hecho de que tuviera poco más de treinta años no hacía más que aumentar lo impresionante que era aquello, y la verdad era que no me importaba que fuera un imbécil la mayor parte del tiempo, que fuera severo y que casi nunca regalara cumplidos.

Lo respetaba y lo seguiría a un edificio en llamas.

Se puso las manos en las caderas y frunció el ceño mientras nos miraba a todos.

—La mayoría saben cómo serán las cosas hoy —dijo, y soltó un suspiro—. Me gusta esperar hasta después del entrenamiento para hablar del tema, porque tenemos trabajo que hacer, pero sé que es difícil para ustedes ignorar lo que les espera al final.

Hizo una pausa y miró el portapapeles que tenía en la mano antes de darle un golpe con el puño.

—No tomé ninguna decisión a la ligera. Y quiero que todos recuerden que nada es permanente. Puede que tengan un puesto de titular y que luego los retiren antes de que empiece la temporada la semana que viene. Puede que estén en el puesto número tres y acaben siendo titulares. Así que no importa dónde estén, sigan trabajando duro y no pierdan de vista el premio. ¿Entendido?

—Sí, entrenador —respondimos al unísono.

Asintió con la cabeza.

—La colgaré en la puerta de mi oficina después del entrenamiento para que puedan verla antes que nadie —dijo—. A las cinco de la tarde se publicará en internet para que el resto del país pueda verla. Espero que todos estén listos para los medios de comunicación después de los ensayos de esta noche.

La reacción de mis compañeros fue muy variada: algunos se movieron incómodos y otros esbozaron sonrisas arrogantes, como si no les preocupara lo más mínimo.

El entrenador nos miró a todos una vez más antes de que sus ojos se clavaran en los míos, y una sutil inclinación de su barbilla me dijo que era mi momento para tomar el mando.

Me levanté de un salto, me puse el casco y grité:

—¡¿Quiénes somos?!

Uno a uno, mis compañeros me siguieron, y corearon:

—¡NBU!

—¡¿Qué queremos?!

—¡Lo que quieren todos los campeones!

—¿Cómo ganamos?

—¡Luchando con clase!

—¿Y si todo falla?

—¡LES PATEAMOS EL TRASERO!

Levanté el puño y, un segundo después, un compañero tras otro repitió el gesto, provocando que mi puño desapareciera.

—Rebeldes a la de tres. Uno, dos...

—¡Rebeldes!

Choqué los cinco con mis hermanos al pasar junto a ellos, les choqué los cascos, les di palmadas en el trasero con palabras de ánimo y levanté a Riley en un abrazo giratorio antes de decirle que los hiciera pedazos.

Y aunque seguía sin mirar hacia donde ondeaban esos

pompones en la banda, podía sentir un par de ojos cafés que conocía demasiado bien observándome mientras trotaba hacia la zona de anotación para nuestra primera tanda de ejercicios.

El sudor me entraba por los ojos al final del entrenamiento y cada músculo de mi cuerpo pedía alivio a gritos mientras arrastraba el trasero hasta los vestidores. El calor era insoportable y se sumaba a la miseria que el entrenador Dawson, nuestro coordinador defensivo, había repartido durante casi tres horas. Había hecho tantas carreras y tantos ejercicios de placaje que estaba mareado, pero mantuve la barbilla alta cuando marché codo con codo junto al resto del equipo.

Riley se detuvo a mi lado y me dio un codazo.

—Hoy te has lucido ahí fuera.

—Podría decir lo mismo de ti, señorita gol de campo de cuarenta y dos yardas. —Arqueé una ceja—. La tabla ya estaba hecha, ¿sabes? No tenías que lucirte así.

—¿No? —Sonrió burlona.

Riley Novo era la única chica de nuestro equipo, la única chica que jugaba al futbol americano universitario en aquel momento. Había tenido que superar muchas cosas la temporada pasada para ganarse el respeto del equipo, incluido el mío, pero no había tardado mucho en conquistarnos a todos. Ahora la protegíamos como si fuera nuestra hermana pequeña.

Bueno, menos Zeke, que la protegía como si fuera su maldita vida entera.

Justo en ese momento Zeke se colocó detrás de ella, arropándola con el brazo mientras le pasaba los nudillos por el pelo ya alborotado. Ella apartó de un manotazo a nuestro regresador de patadas, pero luego volvió a sus brazos, inclinándose para darle un beso que hizo que me doliera el corazón cuando aparté la mirada.

«Yo también solía tener eso».

Ahora que el entrenamiento había acabado no tenía nada en lo que concentrarme, ningún motivo para evitar que mi mirada se desviara hacia donde las porristas estaban acabando su propio entrenamiento. Todas llevaban shorts color rojo teja a juego y unas camisetas de tirantes blancas y diminutas, y me bastó un vistazo para encontrar a Maliyah.

Su pelo rubio, largo y brillante, se agitaba tras ella mientras reía y daba una patada, intentando levantar el pie por encima de su cabeza para hacer una especie de acrobacia. Se cayó, riéndose con las chicas que tenía a su alrededor, con aquellos labios rosa fresa estirados sobre su amplia sonrisa. Incluso desde aquí podía ver cómo sus curvas se estiraban contra la ropa que llevaba, curvas que me habían vuelto loco a mí y a todos los chicos de la escuela.

Me miró con esos ojos castaños y la sonrisa que tenía se desvaneció al instante.

Me permití sostenerle la mirada un rato que fue largo y una tortura, y luego aspiré, me volteé hacia Zeke y Riley y fingí que participaba en lo que fuera que estuvieran hablando.

Ya casi era la hora.

Cuando por fin entramos a los vestidores, nos comportamos como si estuviéramos ocupados en nuestros lockers, maletas o botas hasta que el entrenador colgó la lista en el pizarrón que estaba afuera de su oficina, se metió y cerró la puerta tras de sí.

Después, aquello fue un caos.

Jugador tras jugador se dieron empujones para llegar a la lista, algunos retrocedían con los puños en alto en señal de victoria mientras otros agachaban la cabeza o le daban patadas a sus lockers. Yo me quedé atrás, sentado en la banca de madera frente a mi locker y observé cómo Leo saltaba hacia Holden y le rodeaba el cuello.

—Otro año dominando la ofensiva juntos, *quarterback* —dijo, aplastando su cabeza contra la de Holden como si llevaran puestos los cascos—. ¡Sí, carajo!

Holden sonrió burlón, y dejó que Leo hiciera una escena antes de encogerse de hombros con disimulo y volver a la humilde apariencia que siempre tenía.

Zeke se subió a Riley a los hombros en cuestión de segundos, llevándola de un lado a otro mientras celebraban que habían asegurado sus puestos, lo que no sorprendió a absolutamente nadie. Y ni siquiera tuve que moverme de mi asiento en la banca para que se me unieran Reggie y Dane, dos chicos que habían jugado conmigo en el equipo secundario la temporada pasada.

—¡Esta temporada será genial, chicos! —dijo Reggie, chocando los puños primero con Dane y luego conmigo. Dane también era *safety*, y siempre competíamos de forma amistosa para ver quién interceptaba más balones.

—Este año voy por tu récord, Johnson —bromeó, con los puños delante de la cara, haciendo un movimiento parecido al de un boxeador.

Me lamí los dientes mientras me ponía en pie.

—Ni lo sueñes. Será mejor que te acomodes en ese segundo puesto porque vas a estar ahí un tiempo.

Las bromas y las celebraciones continuaron hasta que todos nos dirigimos hacia la cafetería, donde teníamos más o menos una hora para comer, tomar una siesta si queríamos o hacer cualquier otra cosa que necesitáramos antes de presentarnos a las reuniones por posición. El campus se había acabado, empezaba la temporada y, por muy agotador que fuera todo ahora, sería aún peor cuando se esperara de nosotros que hiciéramos todo eso y, además, aprobáramos las asignaturas.

Sentí una presión en el pecho cuando entré en la cafetería con Leo y Zeke y vi a Maliyah en la fila de la comida con el resto de las porristas.

La observé lo más disimuladamente que pude hasta que se sentó a una de las mesas redondas cerca de las ventanas que daban al campus. Se había soltado el pelo de la cola de caballo que se había hecho fuera, y aquella espesa melena rubia le caía por los hombros. Aquella imagen me llegó al corazón de la misma manera que los recuerdos de California o las Navidades con mis padres. Me recordaba a mi hogar, a mi familia y a la suya, a cómo nos habíamos unido para formar algo que yo creía irrompible.

Verla aquí era surrealista, en mi universidad, en mi estadio, con el emblema de mi universidad en el pecho.

Pero ahora también era la suya.

La amargura se instaló como un ancla en mis entrañas. Fue una traición que me dijera lo mucho que me quería, lo mucho que se moría por estar aquí conmigo, y que luego me dejara como si fuera una cubeta de agua sucia.

Me pregunté si sería cosa de su padre.

Cory Vail era un hombre al que era imposible no respetar. No solo había dado un paso al frente para ayudarnos a mi madre y a mí cuando mi padre se marchó, sino que también era uno de los mejores abogados del estado. Había construido todo él solo y, gracias a eso, había desarrollado un gusto por las mejores cosas.

Quería lo mejor: los mejores coches, el mejor vino, el mejor asiento en cada espectáculo o partido al que asistía.

Y el mejor partido para su única hija.

Siempre pensé que ese era yo.

Tal vez lo fui, en algún momento. Tal vez vio mi futuro y

confió en que me convertiría en profesional, en que le daría a su hija un futuro que él consideraba digno. O tal vez solo estaba esperando el momento oportuno, dejando que nuestro amor adolescente siguiera su curso antes de plantar en su cabeza la semilla de que podía tener algo mejor.

O quizá no había tenido nada que ver con todo esto.

A pesar de todo, sabía que mi ansiedad nunca lo dejaría pasar. Daba vueltas en la cama todas las noches preguntándome por qué había roto conmigo tan de repente.

Pero hoy tenía que concentrarme en otra cosa.

Me costó mucho apartar la mirada de la suya, respiré hondo y miré el reloj.

Giana entró puntual.

Ahora tenía el pelo seco del todo, aquellos rizos llenos de vida rebotaron cuando entró por la puerta. Se pasó las manos por la falda y se acomodó los lentes mientras observaba la sala. Cuando se encontró con mi mirada, vi la preocupación, vi cómo sus manos se cerraban en puños sobre la falda, arrugando la tela escocesa.

Me parecía un enigma fascinante, era tímida y valiente a la vez. En un momento sufría un ataque de ansiedad y al siguiente levantaba la cabeza, sacaba pecho y fruncía el ceño con determinación, como si nada pudiera con ella.

La vi tomar aire, cuadrar los hombros y tensar la mandíbula. Me pregunté si se estaba dando a sí misma una charla motivacional, pero no tuve tiempo de debatirlo.

Ladeó un poco la cabeza, preguntando sin palabras si era el momento.

Asentí con la cabeza.

Y entonces echó a correr.

Puede que la forma en que su pelo y su falda rebotaban al compás con cada paso que daba hacia mí fuera lo más lindo que había visto en mi vida. Vi cómo se levantaban cabezas mesa tras mesa, tanto mis compañeros de equipo como las porristas y el personal de entrenamiento, que observaban cómo se dirigía hacia mí.

Leo se giró al oír el ruido de sus zapatillas contra las baldosas.

—¿Qué caraj...?

Pero antes de que pudiera terminar la pregunta, Giana se lanzó a mis brazos.

La atrapé en una ráfaga de aire y pelo y un olor dulce que me envolvió como en un bautizo, brisa marina y girasoles. Me rodeó el cuello con los brazos, los míos rodearon sus caderas, y noté el encaje de sus piernas cuando cruzó los tobillos por mi espalda, la piel suave de la cara interna de sus muslos rozándome la cintura.

Había corrido hacia mí con entusiasmo puro y confianza, pero en el momento en que la tuve en mis brazos, su sonrisa se desvaneció, y su respiración se volvió rápida y superficial.

Me miró con los ojos muy abiertos, bajó hasta mis labios y volvió a subir despacio.

Le apreté las caderas, concentrándome en todo lo que habíamos ensayado y no en el hecho de que me envolvía con sus piernas que solo llevaban una falda, lo que significaba que, aparte de la ropa interior, no había nada entre nosotros.

—Lo has conseguido —exhaló, con los labios entreabiertos una vez que las palabras salieron de ellos.

Hacía unos días, cuando habíamos ensayado en su oficina, habíamos estado de acuerdo en que se suponía que tenía que decirlo en voz alta, alegre y emocionada. «¡Lo has conseguido! ¡Estás en el equipo!». Pero ahora tragó saliva y se aferró más a mi cuello, mientras yo la envolvía con los brazos y cerraba cada centímetro que nos separaba.

—¿Acaso había alguna duda?

La sostuve en equilibrio con un brazo y dejé libre la otra mano para rozar el rubor que se deslizaba por sus mejillas. Luego le incliné la barbilla con los nudillos y vi cómo cerraba los ojos.

Y la besé.

No sé qué esperaba cuando se me ocurrió esta idea descabellada en el bar del campus, pero pensara en lo que pensase, dejó de existir en el momento en que mis labios se encontraron con los suyos.

Me sorprendió la suave firmeza con la que me recibió, tentativa, pero deseosa. Se quedó paralizada al primer contacto, con un suspiro atrapado en el pecho, pero luego exhaló poco a poco, me acercó hacia ella y profundizó el beso como si hubiéramos compartido cien antes que ese.

Solo había esperado un pico. Aunque estuvo de acuerdo cuando le dije que nos haría falta más que eso para ser convincentes, tenía la sensación de que cuando llegara el momento, no me permitiría más que un roce rápido de labios. Entonces, sonreiría y la dejaría caer sobre sus pies, arropándola con mi brazo y fingiendo que todo era de lo más normal mientras todo el mundo a nuestro alrededor enloquecía. Eso es lo que había imaginado.

No me había preparado para que Giana moviera las caderas, se arqueara contra mí y me diera otro beso más con un gemido escandalosamente seductor antes de que tuviera la oportunidad de romper el contacto. Aquel pequeño movimiento, la forma en que sacó el trasero y sentí su calor contra mi bajo vientre, me tensó el pene y gemí, apretándole la cadera antes de separarme a regañadientes.

Sabía que todas las miradas de la cafetería estaban puestas en nosotros, así que no pude decirle nada. Me limité a arquear una ceja para hacerle saber que el beso había sido toda una sorpresa, pero ella se sonrojó aún más, bajó la barbilla y dejó caer los rizos sobre la cara mientras yo volvía a ponerle los pies en el suelo.

Tal y como había planeado, la rodeé con el brazo y le di un beso en el pelo antes de ponerle la mano en la parte baja de la espalda y guiarla para que se colocara delante de mí en la fila.

—¿Respiras? —susurré.

—A duras penas.

Sonreí, quitándole la cuchara de servir de la mano cuando pasamos por delante de las verduras mixtas.

—Parecías un poco agotada cuando viniste hasta aquí.

—Ha sido una mañana de locos —dijo con un suspiro. Extendió la mano para agarrar una dona de arándanos, pero luego se detuvo y siguió su camino.

Agarré una al pasar y se la puse en la charola cuando no miraba.

—¿Qué tal te ha ido ahí fuera? —Señaló con la cabeza la cortada que me había hecho en el antebrazo—. Parece que ha sido duro.

—No ha sido fácil, pero al menos no llevábamos protecciones —dije—. La verdad es que prefiero esto.

Los dos nos concentramos en llenar las charolas, Giana me hablaba de todos los medios de comunicación que estaban preparados para esta noche mientras yo sonreía, asentía y escuchaba.

Pero cuando tuvimos las charolas llenas y nos giramos para buscar una mesa, nos quedamos inmóviles ante las miradas.

Giana tragó saliva y levantó la mirada hacia mí y yo me limité a hacer un gesto con la cabeza hacia la mesa donde estaban Holden, Zeke y Riley. Me siguió vacilante y, mientras yo ignoraba las miradas de todos, la vi escudriñar la sala por el rabillo del ojo.

Me senté al lado de Leo, pero Giana seguía de pie, con los dedos apretados alrededor de la charola roja que tenía entre las manos.

—Creo que voy a comer en la oficina —dijo, obligándose a esbozar una sonrisa que yo sabía que encubría el hecho de que estaba nerviosa por la cantidad de gente que seguía mirándonos—. El ajetreo del día de la tabla de clasificación no tiene fin. ¿Nos vemos en la fila de los medios?

Sonreí, rodeé con suavidad su antebrazo con la mano y la hice bajar un poco para poder darle un beso en la mejilla.

—Me muero de ganas —susurré.

No pudo ocultar la sonrisa tímida cuando saludó con la mano al resto de la mesa y se escabulló. Zigzagueó entre las mesas hasta cruzar las puertas y salir al pasillo.

La observé todo el camino y la sonrisa que esbocé fue de pura sorpresa cuando por fin me di la vuelta, agarré el cuchillo y el tenedor y corté el trozo de pollo a la parrilla que me había servido en el plato. Tenía el tenedor a medio camino de la boca cuando me dieron un codazo y el pollo salió volando y cayó sobre la mesa.

—Hermano —dijo Leo, y miró detrás de mí, hacia donde había desaparecido Giana, antes de volver a mirarme a los ojos—. ¿Qué demonios ha sido eso?

Me encogí de hombros.

—¿Qué?

—¿Cómo que qué? —Zeke intervino desde el otro lado de la mesa—. ¿Están... juntos?

Le respondí con una sonrisa socarrona, corté un nuevo trozo de pollo y me lo metí en la boca.

Zeke negó con la cabeza y Riley me observó con cautela

desde el asiento de al lado, mientras Leo me rodeaba los hombros con el brazo.

—Di que sí, amigo. Giana está tremenda.

Me dije a mí mismo que seguía actuando mientras me ponía tenso ante su comentario y me giraba despacio en el asiento para mirarlo. Se le borró la sonrisa y tosió, me quitó el brazo de los hombros y volvió a sentarse bien.

—Ya sabes. Con todo el respeto.

Le dediqué una sonrisa burlona antes de negar con la cabeza y seguir comiendo, y aunque todos esperaban más detalles, no di ni uno solo, y al final lo dejaron pasar y se pusieron a hablar de otras cosas.

Poco después, puse recta la espalda con indiferencia y estiré los brazos hacia arriba mientras me movía a derecha e izquierda. Miré a una de las mesas de porristas, a un par de cálidos ojos cafés que una vez me parecieron mi hogar.

Maliyah me observaba con un centenar de preguntas en sus iris, la mandíbula apretada y los labios casi fruncidos antes de esbozar una sonrisa vacilante. Levantó la mano, apenas un centímetro, para saludarme desde el otro lado de aquella cafetería abarrotada.

Pero me limité a tronarme el cuello y darme la vuelta, terminándome la comida sin volver a mirarla.

Salí de la cafetería con una sonrisa de suficiencia y me fui por el pasillo hacia la reunión para la defensa. Al menos, hasta que Holden me alcanzó y me detuvo.

—Vaya espectáculo —comentó.

—Me alegro de que lo disfrutaras.

Holden negó con la cabeza, con los ojos entrecerrados como si estuviera vigilándome.

—Mira, estoy a favor de que sigas adelante. Dios sabe que has sido un miserable desde...

No terminó la frase, tal vez porque lo desafié con una mirada asesina.

—Pero... Giana es una chica encantadora.

Me crucé de brazos.

—¿Y qué? ¿No me la merezco?

—Yo no he dicho eso.

—Entonces, ¿qué es lo que estás diciendo exactamente?

Suspiró y se pasó una mano por la barbilla antes de volver a mirarme.

—Solo ten cuidado, amigo. ¿De acuerdo? No es una chica de las que se usan por despecho. No es el tipo de chica con la que pierdes el tiempo para sentirte mejor.

Había algo en la sinceridad de su voz, en la forma en que me miraba con aquella petición, que me dejó sin un comentario inteligente con el que rebatirle. Me limité a asentir, y él también lo hizo, antes de darme una palmada en el hombro y dirigirse en sentido contrario hacia su propia reunión.

El celular me vibró en el bolsillo.

Giana: Bueno, ¿cómo lo hice?

Sonreí y seguí caminando por el pasillo mientras respondía.

Yo: Una actuación magistral, gatita. Sobresaliente.

Giana: Casi me desmayo cuando vi que todos nos miraban.

Yo: Te habría atrapado.

Giana respondió con el emoji que pone los ojos en blanco y, a continuación, aparecieron las burbujitas que indicaban que estaba escribiendo más.

Giana: Entonces, ¿cuándo es mi primera lección para seducir a Shawn Stetson?

No pude contener la carcajada que se me escapó.

Yo: ¿Impaciente?

Esta vez me mandó el emoji que me muestra el dedo medio.

Yo: Dime hora y lugar.

Giana: Acabemos con el día de la tabla de clasificación y ya vamos viendo. Creo que ya he tenido suficientes... emociones por hoy.

Yo: Así que besarme fue emocionante, ¿eh? ¿O excitante? Me pareció notarme un poco de humedad en los abdominales cuando te dejé en el suelo...

Giana: ¡CLAY!

Solté otra carcajada y volví a guardarme el celular en el bolsillo al meterme en la sala de reuniones. Volvió a vibrar en cuanto me senté, y aún tenía una sonrisa arrogante en la cara cuando volví a sacarlo. Esperaba una retahíla de mensajes de Giana.

Pero en mi pantalla no estaba el nombre de Giana.
Era el de Maliyah.
Y el mensaje que me esperaba solo decía una cosa.

Maliyah: Hola.

7
Giana

Dos noches después del día de la tabla de clasificación, estaba feliz y tranquila en mi habitación, lo único que se oía era el suave zumbido del ventilador de techo y el crepitar de mi vela con pabilo de madera. Estaba apoyada contra la cabecera de la cama, con las piernas cruzadas y los pies cubiertos con unos calcetines suaves. Mi última adicción se extendía como un mapa sobre mi regazo.

Con una mano sujetaba el libro y con la otra me llevaba a la boca un buen puñado de Cheetos crujientes del tazón que tenía al lado. Recorrí las páginas con los ojos y el corazón se me aceleró cuando Nino rodeó el cuello de Francesca con la mano y la inmovilizó contra la puerta de la habitación en la que la tenía secuestrada.

Tener un departamento para mí sola había sido algo muy crucial después del infierno que pasé al tener una compañera de cuarto en mi primer año de universidad. No tardé en aprender que crecer en una familia numerosa que me ignoraba casi por completo me había hecho valorar mi espacio personal.

No podía decir lo mismo de mi compañera de cuarto.

Había tenido suficiente con dos semestres seguidos entrando en mi habitación pasada la medianoche, borrachísima y llorando por un chico o contándome a gritos cosas sobre otro. Por no hablar de la cantidad de platos que ensuciaba o de que no se molestara en quitar el pelo del lavabo o la regadera por mucho que se lo pidiera.

La gota que derramó el vaso fue cuando se llevó una pila de mis libros sin preguntarme, y ni siquiera para leerlos, sino para usarlos como tope de puerta mientras metía las compras.

La furia me recorría la columna vertebral incluso al recordarlo.

Había ahorrado mucho y les había suplicado a mis padres para que me ayudaran a cubrir los gastos y así poder hacerme de este sitio, un estudio pequeñito a pocas cuadras del campus de la NBU. Era pequeño, viejo y olía un poco a humedad, pero me encantaba. Y como prefería estar sola a tener cualquier tipo de amistad forzada, era feliz aquí.

Y esta noche estaba en plena sesión de mimarme a mí misma, algo que necesitaba desesperadamente después de atender al circo mediático que me había tenido ocupada toda la semana. Las cosas se ralentizarían un poco ahora que el día de la tabla había pasado, al menos hasta que la temporada empezara este fin de semana, y yo estaba celebrando haber sobrevivido a la convocatoria de un montón de jugadores de futbol americano para las entrevistas, las artimañas en las redes sociales y las apariciones ante los fans.

Por no mencionar el hecho de que he sobrevivido al beso con Clay Johnson.

Al igual que había sucedido cientos de veces desde aquel día, el recuerdo me aceleró el pulso y dejé que el libro se me cayera sobre el pecho mientras agarraba el vaso de agua de la mesita de noche y me bebía la mitad. Después, me quedé allí sentada, con la mirada clavada en el estante a los pies de la cama, mientras lo volvía a recordar.

Me habían besado antes. Sí.

Estuvo Ricky, en quinto, que lanzó un balón prisionero por encima de la valla del patio y luego le preguntó al profesor si podíamos ir a buscarlo juntos. Apretó sus labios contra los míos y los mantuvo allí durante tres segundos (los contó con los dedos) antes de salir corriendo entre risas.

También estuvo Matthew, lo más cercano a un novio que he tenido, que se enrolló conmigo de una forma muy babosa cada vez que pudo durante todo mi segundo año de preparatoria. También fue el primer chico que me metió la mano por debajo de la camiseta, lo que me disuadió de querer que eso volviera a ocurrir si todos los chicos eran tan brutos como él.

Pero ¿más allá de eso?

No estaba muy versada en la materia.

Bueno, a menos que contaran mis novelas románticas, que era en lo único en lo que podía pensar en el momento en que salté a los brazos de Clay en la cafetería con todo el mundo mirando.

Habíamos practicado. Habíamos ensayado. Sabía exactamente lo que tenía que hacer, lo que tenía que decir, tenía que dar un espectáculo y que fuera convincente. Parecía que era la protagonista de una comedia romántica de las malas, atrapada en una trama absurda con un chico fuera de mi alcance. Fue emocionante. Divertido.

Hasta que me atrapó y le rodeé con las piernas, y me di cuenta de que entre nosotros no había nada más que mi tanga de algodón que decía *Monday* justo en la entrepierna.

Ser consciente de eso, de la forma en que había notado sus abdominales duros como piedras rozándome justo en el centro, me había dejado sin aliento. Pero no fue nada en comparación con cuando me inclinó la barbilla como lo haría el chico con el que se queda la protagonista en una novela romántica y me besó.

No fue mi intención inclinarme hacia él, perderme en aquel beso y pedirle más sin palabras cuando me arqueé hacia él.

Pero tampoco esperaba que me gustara tanto.

Me sostuvo como si no pesara nada, me colocó los nudillos bajo la barbilla cuando apretó los labios con suavidad contra los míos. ¿Y en el momento en que profundicé el beso y le rodeé el cuello con más fuerza? Se limitó a acercarme más y a soltar un gemido sordo en la garganta que hizo que me sucediera algo... distinto. Me hizo sentir una chispa en el interior de los muslos, una chispa que se encendió en mi interior y que ha hecho que me sonroje cada vez que pienso en eso desde entonces.

También había hecho que se me cayera la baba ante la idea de hacerlo con Shawn.

Con Clay fue divertido, por supuesto, pero era fingido. ¿Tener un novio de verdad que me besara así todo el tiempo? Lo había anhelado durante mucho tiempo.

Y hasta que Clay me ofreció esta ridícula situación de falsa cita, no me había dado cuenta de lo desesperada que estaba por tener eso, hasta dónde llegaría.

¿Ahora?

Estaba más que dentro.

Mi jefa se había quedado tan sorprendida como esa cafetería llena de jugadores de futbol americano y, aquella tarde, cuando los medios de comunicación se marcharon del campus, me llamó para que fuera a su oficina.

«Bueno. Veo que has descubierto cómo lidiar con Clay Johnson», había dicho Charlotte. Ni siquiera levantó la vista y tampoco dejó de teclear en la computadora.

Me limité a subirme los lentes por la nariz, sabiendo que no era necesario responder.

«Ten cuidado», me advirtió, pero luego sus labios se curvaron en una sonrisa cuando sus ojos se encontraron con los míos, «y diviértete».

Ahí estaba. Tenía su permiso.

Tenía la sensación de que tenía mucho más que ver con la fantástica entrevista que Clay le había concedido a Sarah Blackwell, de la cadena ESPN, que con cualquier otra cosa, pero no lo cuestioné. Como poco, me lo debía.

Y ahora también me debía su parte de nuestro trato.

Parpadeé y dejé atrás mis pensamientos al acomodarme más entre las sábanas y volver a abrir el libro. Me metí otro puñado de Cheetos en la boca, me apoyé el libro en el pecho y volví a sumergirme en otro universo.

—Olvidas quién pone las reglas aquí, Francesca —advirtió Nino sobre los labios de Francesca, su aliento era como el metal caliente de una pistola contra su cuello—. Y quién castiga a los que las rompen.

Se apretó contra él, sin apartarse de donde sus dedos le rodeaban la garganta.

—Te mueres por castigarme desde que me encerraste aquí —le espetó. Y en un movimiento tan audaz que no podía creer que fuera ella quien lo había hecho, Francesca rodeó con la mano el bulto que sobresalía de los caros pantalones Boglioli de Nino—. ¿Qué es lo que te detiene?

La agarró por la garganta y, en el siguiente suspiro, la tiró de espaldas sobre la cama y jadeó cuando por fin pudo respirar.

Nino se alzaba sobre ella, desabrochándose el cinturón con las manos mientras recorría con la mirada su figura esbelta.

Tragué saliva y el calor me recorrió el cuello, la columna vertebral y hasta los dedos de los pies mientras me empapaba de la escena. Con una mano sujetaba el libro abierto mientras con la otra exploraba, tocándome el cuello como Nino había tocado el de Francesca, siguiendo su ejemplo mientras la torturaba despacio. Suspiré mientras me pasaba la mano por los pechos, y luego bajé tocándome con las yemas de los dedos, deslizándolos por la cinturita de los shorts que usaba para dormir.

—De rodillas —ordenó.

Me estremecí, lamiéndome el labio inferior mientras movía las caderas y deslizaba la mano más abajo. Abrí las piernas, deseando tener más acceso...

Y al hacerlo, tiré el tazón de Cheetos de la cama.

—¡Mierda! —Maldije cuando el tentempié color naranja se esparció por el suelo y el cuenco de metal que contenía los gusanitos repiqueteó estrepitosamente contra la madera vieja. Me levanté de la cama corriendo, haciendo polvo unos cuantos Cheetos en el proceso, lo que hizo que volviera a maldecir.

Después de una limpieza rápida, me dejé caer de nuevo en la cama, y miré fijamente la escena que había dejado marcada y olvidada en el centro de la cama.

Quería tanto aquello: la pasión, la necesidad, el calor. Quería que Shawn me mirara de esa forma, con ese deseo posesivo que brotaba de él a borbotones. Quería que me besara como lo había hecho Clay, que no fuera una farsa o fingido, sino algo real.

Me mordí el interior de la mejilla y pensé en si debía o no continuar con mi noche de mimos donde la había dejado. Pero en lugar de eso, me puse boca abajo y busqué el teléfono que descansaba junto al cargador inalámbrico de la mesita de noche. Un par de toques después, ya estaba sonando.

—Hola, gatita —ronroneó la voz de Clay, profunda y seductora de una forma que me hizo creer que ni siquiera era consciente de que lo estaba haciendo.

Me mordí la uña del pulgar, pero antes de echarme atrás, tomé aire y hablé con toda la confianza que pude reunir.

—Creo que estoy lista para mi primera lección.

8
Giana

—¿Puedes concentrarte?

—Oh, créeme, estoy concentrado —dijo Clay el viernes por la noche, lamiéndose la yema del pulgar al pasar otra página de uno de mis libros.

Resoplé y crucé la habitación para quitarle el libro de las manos y volver a ponerlo en el estante. Me aseguré de que estuviera en su sitio antes de volver a mostrarle las dos opciones de vestido.

—¿Cuál?

—Eso es lo que quiero saber. ¿A quién va a elegir Cheyanne? —Negó con la cabeza y dirigió una mano hacia el estante—. A ver, ¿a su marido, que la quiere y ya hizo los votos, o a su primer amor, que ha vuelto a la ciudad y no puede vivir sin ella?

—Su marido es un maldito infiel y un narcisista, y Roland es un regalo de Dios para la Tierra. Así que, aviso de espóiler, se escapa con él.

—Qué escandaloso —dijo Clay y alzó una ceja en dirección al estante.

Chasqueé los dedos.

—Concéntrate.

Levanté los ganchos con ambas manos y Clay cruzó un brazo sobre el pecho y apoyó el codo opuesto sobre su muñeca mientras se colocaba una mano bajo la mandíbula a modo de reflexión.

Después de llamarle la otra noche, decidimos que este era el mejor momento para nuestra primera lección. El primer partido de la temporada era mañana por la tarde, lo que significaba que el entrenador le había dado al equipo la tarde libre para descansar y prepararse.

Por supuesto, solo la mitad del equipo descansaría de verdad. La otra mitad saldría de fiesta y esperaría que la cruda no les impidiera jugar mañana lo mejor posible.

Imaginé que Clay estaría en ese segundo grupo si no le hubiera tocado estar conmigo. Pero todo esto había sido idea suya, y me lo recordé mientras esperaba a que me dijera qué diablos ponerme.

—Ninguno de los dos parece muy tú —dijo tras una larga pausa.

Suspiré, los ganchos cayeron a mis lados y los vestidos en el suelo.

—Por supuesto que no. Los he comprado precisamente hoy con esa intención.

—¿Por qué? —Clay negó con la cabeza, me quitó los ganchos de las manos y se dirigió a mi armario. Metió los vestidos de cualquier manera y luego empezó a rebuscar entre mi ropa.

—Perdona —dije, deslizándome entre él y mis veinte faldas antes de ponerle una mano en el pecho y empujarlo hacia atrás—. ¿Un poco de intimidad, por favor?

—Me pediste ayuda.

—Solo... siéntate —ordené y señalé mi cama mientras me daba la vuelta. Me puse las manos en las caderas, no muy contenta con que me estuvieran mirando, al menos no para esto.

No existían guías de moda sobre *Qué ponerte para seducir a tu* crush *utilizando a tu novio falso*.

—Ponte algo que te guste —dijo Clay a mi espalda, quitándose los tenis y acostándose en mi cama como si estuviera en su casa.

Era injusto lo atractivo que lucía vestido solo con unos pants negros y una camiseta gris de la NBU a la que le había cortado las mangas y que dejaba a la vista sus abultados bíceps y los músculos de sus hombros, así como los músculos dorsales. Me quedé con la mirada clavada en esa zona durante un segundo antes de llevarla a un lugar más decente. Por supuesto, ese lugar decente era su cara, que estaba recién afeitada, con el pelo ligeramente húmedo y rizado alrededor de la gorra con visera plana que llevaba.

Aquí estaba yo, estresada pensando en qué ponerme y, mientras tanto, Clay estaba prácticamente en pijama, pero con un aspecto ridículamente sexi y listo para llevarse a casa a tres supermodelos con una sonrisa cómplice y un guiño.

Empezó a revisar su teléfono, sin darse cuenta de que lo estaba mirando.

—No quieres estar incómoda. Se notará.

—Pero ¿y si todo lo que me resulta cómodo es aburrido?

Dejó de escribir y me miró con una ceja arqueada.

—Créeme cuando te digo que nada de lo que te pones es aburrido.

Lo miré, aburrida.

—Ya sabes lo que quiero decir. Ya has visto a las chicas que babean por él a los pies del escenario. —Suspiré, y volví a mirar mi armario—. No tengo nada de eso.

—No te hace falta nada así. —Clay chasqueó los dedos—. ¡Oh! Ponte la falda de gatita. Mi favorita. Hace que tu trasero parezca...

—No termines esa frase —le advertí—. Y no puedo. La llevaba la última vez que me vio.

Clay parpadeó cuando lo miré fijamente como si fuera algo obvio.

Gruñí, le hice un gesto con la mano y me volteé hacia el armario.

—Estate calladito para que pueda concentrarme. Y no te acerques a mis libros.

—¿A tu porno? Por supuesto.

Puse los ojos en blanco, pero no le dije nada mientras buscaba entre mis blusas. Me detuve cuando llegué a una blusa blanca y sencilla de manga corta con botones, la saqué y la coloqué sobre el respaldo de la silla de mi escritorio antes de empezar a buscar otra vez.

—¿Te he contado que Maliyah me ha mandado un mensaje?

Me di la vuelta.

—¿Ya?

La sonrisa de Clay parecía la del gato de Cheshire mientras asentía con la cabeza.

—Justo después del almuerzo del día de la tabla de clasificación.

—Vaya —musité, volteándome hacia mi armario—. No tardó mucho.

—Lo único que dijo fue «hola».

—¿Qué le respondiste?

—Nada.

Volví a girarme, en la mano tenía una falda negra con corazoncitos blancos cosidos.

—¿Cómo que nada?

Se encogió de hombros.

—No he contestado.

—¿Por qué no?

—Porque eso era lo que ella quería. Si le hubiera contestado, habría sabido que no lo he superado y que, estemos o no juntos, sigue teniendo poder sobre mí. —Levantó un dedo—. Pero al no contestarle, le demostré que no me importa lo más mínimo que esté aquí, que he pasado página.

Parpadeé.

—Bueno...

Pero cuando me volteé para buscar unos zapatos adecuados, me encontré negando con la cabeza y preguntándome si algún día les encontraría sentido a todos estos jueguecitos.

—Confía en mí. Sé lo que hago —dijo Clay—. Ya lo verás después de esta noche. Si es que llegas a elegir qué ponerte.

Estaba buscando en mi cajón de los calcetines y las medias, y me giré lo suficiente como para darle con un par, cosa que lo hizo soltar una risita.

—Vuelvo enseguida —dije y desaparecí en mi cuarto de baño.

Diez minutos después, volví a salir y me encontré a Clay apoyado en la cabecera de la cama leyendo uno de mis libros románticos sobre un club de motociclistas.

—¿Voy a tener que guardar eso bajo llave? —Le quité el libro de las manos, apartándolo de su alcance mientras protestaba.

—¿Con escenas tan sucias? Lo más probable es que sí. —Movió las cejas—. He visto que has marcado con resaltador la parte de la asfixia suave...

El cuello me ardió más que en toda mi vida mientras los ojos casi se me salían de las órbitas. Sin pensarlo dos veces, eché el libro hacia atrás y se lo lancé a Clay, que lo esquivó por muy poco.

—¡Eh, no hay de qué avergonzarse! —Se rio—. Solo es información que quiero guardarme para más tarde —añadió, dándose unos golpecitos en la sien.

En un acto milagroso de fuerza de voluntad, tomé una bocanada de aire antes de soltarla con suavidad y extender los brazos.

—¿Qué tal me veo?

Clay bajó las piernas por el borde de la cama y se puso los tenis mientras sus ojos descendían poco a poco desde donde me había puesto una sencilla diadema negra en la coronilla de los rizos hasta donde me había subido el cierre de los botines negros de suela de diez centímetros que me cubrían los tobillos. La blusa blanca combinaba a la perfección con la falda negra, los corazones le daban un toque dulce, e incluso me había atrevido a atarme los extremos de la prenda por debajo del pecho para mostrar un poco de abdomen en lugar de metérmela por dentro.

Sin embargo, agarré mi saco de punto color crema y me lo puse encima del resto de ropa.

Los ojos de Clay se detuvieron en las medias negras hasta la rodilla que me había puesto en el último momento, lo que me hizo sentir lo bastante cohibida como para apretar las rodillas.

Al final soltó un silbido bajo y se puso en pie.

—Esto va a ser divertido.

Entrecerré los ojos.

—¿Por qué tengo la sensación de que debería tener miedo?

Pero él se limitó a reírse y señaló la puerta con la cabeza.

—Vamos. No queremos llegar tarde al gran concierto de tu novio.

—Entonces, ¿cuál es el plan exactamente? —le pregunté a Clay mientras me abría la gruesa puerta de metal. Cada pizca de luz se esfumó en cuanto entramos al bar. Tardé un momento en adaptarme y ver a la sonriente mesera iluminada solo por dos pequeñas velas.

—Sígueme la corriente.

—Pero ¿cuál es...?

No pude formular la pregunta antes de que Clay apoyara los codos en el atril y le dedicara su característica sonrisa a la belleza morena y esbelta que estaba detrás de él.

—Buenas noches. Mesa para dos, por favor —dijo, y me guiñó un ojo.

Me quedé mirándolo.

—Lo siento, señor, pero esta noche estamos llenos —dijo la chica, retorciéndose un mechón de pelo entre sus largas uñas color ónix.

Clay apretó los dientes y me miró en el momento en que hundí los hombros. Pero entonces volvió a sonreír, dándole golpecitos a la madera del atril.

—Menos mal que tengo una reservación.

Entonces se iluminó.

—¡Oh! Estupendo. ¿Cómo se llama?

—Johnson.

La mujer deslizó el dedo por una lista, y luego sonrió de oreja a oreja y sacó dos menús.

—Por aquí.

Tuve que admitir que me sorprendió tanto que Clay tuvo que extender el brazo hacia mí para apartarme del lugar en el que me había quedado congelada, junto a la puerta. Contuvo una sonrisa mientras seguíamos a la mesera por el bar poco iluminado, muy distinto del local informal del campus donde Shawn solía tocar. Este bar era conocido por sus cocteles de lujo que costaban más que una cena completa de cuatro platos.

Aun así, mientras recorríamos las mesas, me maravillaron los extravagantes candiles y el recargado, pero no de mal gusto, papel pintado de flores.

Nos acomodaron en una mesa del fondo. Justo al lado del escenario.

Se me revolvió el estómago al ver la funda de la guitarra de Shawn y el pañuelo gris oscuro que colgaba del micrófono. Era su firma, una sin la que nunca lo había visto tocar, y me llamó la atención mientras Clay se deslizaba a un lado del pequeño lugar reservado y yo al otro.

—Vendrán enseguida a atenderlos —nos aseguró la mesera, y se quedó mirando a Clay más tiempo del necesario, el suficiente para que yo frunciera el ceño como si fuera su novia de verdad. Tosió al verme, esbozó una sonrisa y salió por la derecha del escenario.

Mi rostro se suavizó cuando se marchó, solo para girarme y descubrir que Clay me observaba con una ceja arqueada, muy divertido.

—¿Qué?

—Nada —dijo, levantando el menú—. Haces bien tu papel.

Yo también levanté el mío.

—Bien podría haber dejado su número en una servilleta.

—Portavasos.

Parpadeé, pero Clay se limitó a sonreír, sosteniendo entre los dedos un portavasos blanco y fino con el nombre del bar. Vi sin tener que fijarme más de cerca que, en efecto, había escrito su nombre y su número en él.

Puse los ojos en blanco.

—No te preocupes, gatita —dijo Clay, acercándose y poniendo su brazo alrededor del respaldo de mi asiento y, por lo tanto, a mi alrededor también—. Soy todo tuyo.

Luché contra las ganas de volver a poner los ojos en blanco, sobre todo porque vino la mesera. Pedí un coctel de toronja porque, a diferencia de Clay, yo no tenía una identificación falsa y no tendría los veintiuno hasta dentro de año y medio.

Clay eligió un *whisky* tan fuerte que, cuando se lo sirvieron, le di un sorbo y sentí que respiraba fuego.

—Me impresiona que hayas reservado —dije.

—No lo hice.

Fruncí el ceño.

—Pero, tú...

—Con un apellido como Johnson, me arriesgué.

—¿Y si aparece el verdadero señor Johnson?

Se encogió de hombros.

—Ya veremos qué pasa cuando llegue ese momento.

Me quedé boquiabierta.

—¡Clay!

—De acuerdo —dijo, girándose hacia mí. Yo estaba en la esquina del fondo, desde donde se veía perfectamente el escenario—. Vamos a lo primero. Shawn va a salir a tocar su primera canción y tú vas a subir ahí y vas a dejar un billete de veinte en su bote de las propinas.

—¡¿Veinte?!

—El dinero habla, cariño —dijo—. Llamará su atención. Y en un bar tan oscuro como este, tienes que atraerlo de alguna manera. Muchas chicas intentarán hacerlo con los ojos, chupando las cerezas de sus copas mientras esperan a que él las mire. Nosotros adoptamos una táctica más directa.

Resoplé.

—De acuerdo. ¿Y entonces?

Clay se echó hacia atrás, colocando un tobillo sobre su rodilla opuesta antes de darle un buen trago a su *whisky*.

—Ya veremos qué pasa cuando llegue ese momento.

—¿Es esa la frase de la noche? —pregunté sin rodeos.

Antes de que pudiera sacarle más información, Shawn subió al escenario. Y a diferencia de en la cafetería de la NBU, donde le habrían aplaudido todas las fans que lo seguían por el campus, aquí solo recibió una mirada de cortesía desde donde charlaban los clientes. La mayoría de ellos siguieron hablando, sin molestarse en escuchar su presentación, aunque había unas cuantas mesas de chicas justo al lado del escenario que se inclinaron hacia él, impacientes.

Una de ellas se metió una cereza en la boca y sus exuberantes labios la recorrieron hasta que la arrancó del tallo.

Clay me miró y le di un codazo por debajo de la mesa.

—Buenas noches, soy Shawn Stetson y esta noche voy a tocar un poco de música para ustedes. —Sonrió, se pasó una mano por el pelo largo, se sentó en el taburete y apoyó una bota en la barra de abajo. Ya lo había visto hacerlo cientos de veces y, aun así, suspiré, sonreí y apoyé la barbilla en la mano mientras lo miraba con aire soñador jalar la correa de la guitarra por encima de la cabeza.

Clay frunció el ceño y su mirada pasó de mí a Shawn y viceversa antes de negar con la cabeza.

—Si hay algo que les gustaría escuchar, acepto peticiones. Pero, por ahora, vamos a empezar con un poco de Harry Styles.

Las mariposas revolotearon en mi estómago cuando los primeros acordes de *Cherry* llegaron al público y me encontré cantando con él, dando golpecitos con los pies bajo la mesa. Recorrí la barba incipiente de Shawn, me fijé en la plata del *piercing* que llevaba en el labio y caí en trance mientras canturreaba la canción, que era triste y seductora.

De repente, me vino a la mente una escena de *Thoughtless* y el corazón me dio un vuelco con el recuerdo, con la fantasía que todo esto podría desatar.

Cuando la canción estaba a punto de terminar, Clay deslizó disimuladamente hacia mí un billete de veinte dólares sobre la mesa y yo tragué saliva, mirándolo como si fuera una bomba.

—Vamos. Lección número uno: hazte notar.

Me empujó y recuperé el equilibrio justo cuando Shawn terminó de tocar. Una vez más, ahí donde yo estaba acostumbrada a que el público aplaudiera a rabiar cuando Shawn terminaba una canción en el campus, aquí solo unas pocas mesas aplaudieron antes de que volviera a reinar el silencio, salvo por las conversaciones que continuaban independientemente de que Shawn estuviera tocando.

Levanté la barbilla y avancé con toda la arrogancia femenina que fui capaz de reunir moviéndome entre las dos mesas que separaban la nuestra del escenario. Por supuesto, mi arrogancia era tan fuerte como mi resistencia a ver una buena película de Hallmark, así que tropecé con un mantel y me tambaleé al subir. Pero conseguí recuperarme.

Justo a tiempo para que levantara la vista.

Me temblaron las rodillas cuando los ojos dorados de Shawn se iluminaron al verme, primero con un leve reconocimiento y luego con una agradable sorpresa cuando dejé caer los veinte dólares en su tarro de las propinas.

—Gracias —dijo por el micrófono, y vi cómo la curiosidad bailaba en sus ojos antes de que añadiera—: ¿Alguna petición?

Por una fracción de segundo, el pánico se apoderó de mí. ¡No habíamos hablado de lo que debía hacer si me preguntaba si tenía alguna petición! Pero, de algún modo, mantuve la compostura y me sorprendí a mí misma cuando me encogí de hombros y dije:

—Toca una de tus favoritas.

Al oír eso, Shawn enarcó un poco las cejas y esbozó una sonrisa agradecida cuando me di la vuelta y caminé despacio, muy despacio, de vuelta al lugar reservado.

Esta vez conseguí llegar sin tropezarme.

Shawn seguía mirándome cuando me senté, con algo... nuevo en sus ojos. Empezó a tocar las primeras notas de su siguiente canción y seguía mirándome.

Fue como si alguien hubiera subido la temperatura a medida que me miraba, y en ese momento me di cuenta de por qué esto me parecía tan intenso.

Porque no se limitó a mirarme y luego apartar la mirada. No me guiñó un ojo mientras su mirada recorría al resto de la multitud.

Me había visto.

Todavía estaba eufórica cuando sentí una caricia que me robó el aliento.

Bajo la mesa, una palma cálida me acarició el muslo tan rápido que tomé aire con fuerza al sentir el contacto. Levanté la cabeza y vi a Clay, que me miró con una mirada baja y perezosa y una sonrisa ladeada arrogante que me encendió casi tanto como el hecho de que su mano se deslizara unos centímetros más hacia arriba.

—Clay —susurré, aunque pretendía que fuera una reprimenda. Fue más una especie de jadeo y una pregunta que otra cosa.

Descendió sobre mí, con un brazo detrás de mi respaldo de mi silla y el otro sobre mi muslo. Retrocedí por instinto hasta que su mano abandonó mi pierna y se acercó a mi cara para mantenerme quieta.

Un roce.

Un simple contacto, pero me hizo arder.

Separé los labios y Clay se acercó a mí, con su aroma a madera de teca y a especias, mientras me pasaba la yema del pulgar por la mandíbula. Luego subió con el pulgar, me acarició el labio inferior y lo arrastró hasta el centro. Lo saboreé, sal y *whisky*, y entonces me soltó el labio y me inclinó la barbilla como había hecho en la cafetería.

—Gatita buena —ronroneó, y entonces sus labios se posaron sobre mí.

No en los labios, sino en la barbilla, a lo largo de la mandíbula, deslizándose despacio por mi cuello mientras ponía los ojos en blanco y me arqueaba para facilitarle el acceso. Tenía los labios cálidos y suaves, me rozaban la piel con delicadeza mientras deslizaba despacio la mano a lo largo de mis costillas y volvía a pasar por debajo de la mesa. Apoyó la palma en mi rodilla con posesión, rodeándola con las yemas de los dedos y haciéndome cosquillas en el interior del muslo.

Quedé embriagada por la sensación hasta que él se apartó y, cuando levanté la cabeza, nuestras narices se encontraron en el centro. Me pesaban los párpados y respiraba con dificultad y despacio.

Por un momento, Clay pareció olvidar lo que estaba haciendo, sus ojos verdes recorrieron los míos cuando me agarró la rodilla con más fuerza. Pero luego tragó saliva y apoyó la frente en la mía.

—Míralo —susurró contra mis labios, y luego me besó a lo largo de la mandíbula hasta que pudo rozarme el lóbulo de la oreja con los dientes.

Fue vergonzoso el sonido que se me escapó cuando lo hizo, cómo se me cerraban los ojos al jadear e inclinarme hacia él. Pero los abrí un segundo después y, como me había dicho Clay, arrastré la mirada hacia el escenario.

Y vi a Shawn Stetson mirándome fijamente.

Estaba cantando una canción, una que no conocía o que no podía identificar con Clay todavía mordisqueándome el lóbulo de la oreja y el cuello mientras las yemas de sus dedos dibujaban círculos en mi rodilla. Se me aceleró muchísimo el corazón, como si fuera un leopardo, a pasos agigantados por la jungla de mi desinhibición mientras sucumbía a lo que sentía cuando un hombre me tocaba así.

Y tenía a un hombre distinto mirando.

Había algo oscuro en los ojos de Shawn mientras lo hacía, con las cejas tan fruncidas que la línea entre ellas parecía una sombra. Me costó mucho mantener los ojos abiertos y mirarlo a la vez con lo calientes que tenía las mejillas, cómo me temblaba el cuerpo, cómo se me erizaban los pezones y me dolían bajo la blusa.

—Haga lo que haga —me susurró Clay al oído— no dejes de mirarlo.

La canción terminó y empezó otra, y aprendí que la resistencia era otro de los atributos de Clay. No se cansaba de tocarme, de provocarme, de besarme por toda la piel que encontraba. Incluso me bajó la blusa por el hombro, succionando y mordiéndome la piel mientras yo lo miraba, antes de hacer un sutil gesto con la cabeza para que volviera a mirar al escenario.

No supe cuánto tiempo había pasado hasta que, de repente, paró.

Un grito ahogado salió de mi pecho cuando lo hizo, y me tambaleé hacia delante, hacia el nuevo, frío y vacío espacio que dejó entre nosotros con el gesto.

—Voy por algo de beber —dijo.

—¿Qué? Tenemos una mesera. Ahora mismo...

Clay se levantó y me miró antes de decir:

—Confía en mí.

Fruncí el ceño, sin entender nada, sin respirar bien después de tantas canciones con sus manos y su boca sobre mí. Pero se dio la vuelta y se marchó justo cuando Shawn terminaba de tocar la última canción, y yo me incorporé, me arreglé los lentes y el pelo y me pasé una mano por la blusa y la falda.

—Voy a tomarme un descansito y luego volveré para tocar para ustedes, gente maravillosa, durante toda la noche.

No olviden dejar sus peticiones —dijo Shawn, y luego apoyó la guitarra en el atril, pasándose las manos por el pelo. Pulsó unos botones en el control remoto que tenía al lado y una canción baja inundó los altavoces.

Un segundo después, sus ojos se clavaron en mí.

Me quedé blanca cuando bajó del escenario y sonrió a unas chicas que se encontraban en una de las mesas que estaban cerca. Una de ellas lo agarró del brazo. Él se rio de algo que ella dijo, y lo único que pude entender es que había prometido que volvería enseguida.

Entonces, se dirigió directamente hacia mí.

—Oh, Dios —murmuré, sentándome más erguida y rezando a la diosa que estuviera escuchando para no estar ni la mitad de hecha un desastre de lo que me sentía. No tuve tiempo de mirar qué aspecto tenía ni de arreglar nada antes de que él se plantara delante de mí con una sonrisa tímida en la cara y las manos en los bolsillos.

—Hola —dijo.

Parpadeé.

—Hola.

Me miró y su mirada se posó sobre mi blusa un instante antes de volver a levantarla. Se pasó el pulgar por encima del hombro.

—Gracias otra vez por la propina. Has sido muy generosa.

Sonreí, conteniendo de algún modo la carcajada que amenazaba con desbordarse.

—Me encanta escucharte tocar.

—Vienes al bar del campus, ¿verdad? —Volvió a meterse la mano en el bolsillo—. Te he visto allí.

«¿En serio?».

—¿Me has visto?

Quería darme una bofetada por no haberme guardado la

incredulidad de aquella afirmación, pero eso solo hizo que su sonrisa se curvara aún más.

—¿Cómo podría no verte?

Al oír eso, alcé las cejas, pero me quedé muda y estaba segura de que no sería la última vez que me sucedería con este hombre.

—Sin embargo, no recuerdo haberte visto con Clay Johnson. —Evaluó con cuidado, sin revelar ninguna expresión—. ¿Es tu...?

Resultaba entrañable cómo se le quedaban las palabras en los labios, y parecía que se estaba pensando mejor si preguntarlo antes de que yo contestara:

—¿Novio?

Shawn sonrió hacia el suelo antes de volver a mirarme.

—Dios, ha sido una frase muy trillada, ¿verdad?

«¿Una frase muy trillada?».

«¿Me estaba... coqueteando?».

—Bueno, es un chico con suerte —dijo, y volví a encontrarme con las cejas levantadas en algún lugar cerca del nacimiento de mi pelo.

Shawn parecía querer decir algo más, pero se limitó a tocarse la nuca antes de señalar hacia el escenario.

—Bueno, debería ir por agua y hacer una ronda antes de la siguiente actuación. Pero me alegro mucho de que hayas venido esta noche...

Hizo una pausa, esperando a que yo rellenara el espacio en blanco.

—Giana.

—Giana —repitió, sonriendo alrededor de las sílabas de mi nombre—. Espero que nos veamos pronto.

No esperó a que le respondiera para guiñarme un ojo, girarse sobre sus talones y abrirse paso entre la multitud, deteniéndose ante la mesa de chicas a las que había prometido visitar. Volvió a reírse con ellas, pero sus ojos se desviaron hacia mí, y me sostuvo la mirada hasta que Clay se dejó caer a mi lado con una copa nueva que en realidad no le hacía falta, ya que la mayor parte de la primera aún estaba allí.

Durante un buen rato, me quedé allí sentada, atónita, mirando la elegante mesa de mármol mientras Clay daba un buen sorbo a su bebida y se sentaba, colocándose el tobillo sobre la rodilla y pasando el brazo por detrás de mi silla como si nada mientras esperaba a que yo dijera algo.

Despacio, levanté mi mirada hacia él.

—¿Qué demonios acaba de pasar?

Clay se rio entre dientes.

—Te lo dije.

—Vino directo hacia mí. Dijo que me había reconocido del campus. Creo... creo que estaba coqueteando conmigo.

Clay enarcó una ceja y levantó su *whisky* hacia mí con una sonrisa cómplice, como si no le sorprendiera lo más mínimo.

Me quedé boquiabierta mirándolo y luego a Shawn, que volvía a acomodarse en el escenario, antes de negar con la cabeza y encontrar la forma de cerrar la boca. Golpeé la mesa con una mano, agarré el coctel y me bebí la mitad de un trago. Lo dejé sobre la mesa con más fuerza de la que pretendía y me giré para mirar a Clay de frente.

—Quiero más lecciones. Ya.

Una risa divertida fue lo único que obtuve como respuesta.

9
Clay

Aún recuerdo mi primer partido de futbol americano.

Yo era un niño de cinco años y apenas medía un metro y veinte. Recuerdo el olor del césped, que el casco y las protecciones me quedaban un poco grandes cuando salía corriendo hacia el campo. Recuerdo que no sabía nada de lo que se suponía que tenía que hacer, pero me divertía correr, atrapar el balón y mancharme los pantalones blancos con el césped.

Y recuerdo que mis padres estaban allí, los dos.

Todavía podía cerrar los ojos y ver sus caras: la expresión severa de mi padre cuando gritaba formas de mejorar, mientras mi madre estaba a punto de llorar de alegría y orgullo durante todo el partido. Los recuerdo agarrados de la mano.

Los recuerdo felices.

Fue una de las últimas veces que los recuerdo así.

Después de aquello, todo cambió. Al principio fue despacio y entonces, pasó de golpe, como un solo libro que se cae de una repisa antes de que te des cuenta de que ha sido un terremoto que acabará derrumbando toda la casa.

Empezaron por separarse, explicándome que iban a vivir en casas diferentes durante un tiempo.

«Mamá y papá necesitan un poco de espacio —había dicho mi padre—, es bueno que los padres tengan un poco de espacio».

Pero un poco de espacio pasó a convertirse en no ver a mi padre en semanas, después en meses, hasta que un día vino con un montón de papeles entre las manos. Recuerdo que los enrolló en un tubo, y yo se los robé y fingía que ese tubo era un telescopio, y que el techo era un cielo lleno de estrellas. No fue hasta que mamá me preguntó si podía mirar por el telescopio, y desdobló aquellos papeles mientras se echaba a llorar, cuando me di cuenta de que algo fundamental en mi vida había cambiado.

Papá me sentó en la mesa de la cocina y me dijo que seguíamos siendo una familia, aunque ya no fuéramos a vivir juntos.

Como si se tratara de un dominó, vi cómo mi vida tal y como la conocía se desmoronaba a mi alrededor.

Pero, a pesar de todo, tenía el futbol americano.

Todas las temporadas empezaban igual, con esa sensación de volver a casa, de que los restos del verano se resistían a desaparecer mientras el otoño se colaba en la brisa. Siempre era mi día favorito del año, el que me llenaba de esperanza y alegría como un globo aerostático elevándose poco a poco hacia un cielo azul despejado. Desde mi primer partido de la liga para niños hasta la primera vez que salí corriendo al campo de la Universidad de North Boston con una multitud rugiendo en las gradas, era una droga, poderosa y pura.

Pero esta vez... no sentí nada.

Nuestro primer partido de la temporada pasó como si fuera un sueño que tenía borroso, un sueño en el que me vestía, hacía ejercicios de calentamiento y jugaba los cuatro cuartos como si estuviera durmiendo durante todo el partido. Estaba allí, en el campo, junto a mis hermanos de la defensa, mientras era defensa, corría como una bala y saltaba por los aires para una intercepción que estuvo a punto de ser un *pick six*. Di palmadas en los cascos y coreé ovaciones, me limpié el sudor de los ojos en la línea de banda, me subí a Riley a los hombros cuando sonó el pitido final y ganamos el partido, y hablé con los medios de comunicación como si fuera el chico más afortunado y feliz del mundo.

Pero, por dentro, estaba paralizado.

Y por mucho que odiara admitirlo, sabía que era por Maliyah.

Verla calentar en el mismo campo, verla animar con el rabillo del ojo, intentar ignorar las miradas que le dirigían no solo los chicos del equipo, sino también los de las gradas..., fue una muerte lenta a base de pequeñas dosis de veneno.

Deseé ser más fuerte. Deseé que no me importara. Deseé que de todas las cosas en mi vida que podrían haberme roto, no fuera esta la que lo hizo al final.

Se suponía que íbamos a ser nosotros.

Se suponía que me besaría antes del partido, que me animaría mientras jugaba, que saltaría a mis brazos tras una victoria. Iba a llevar mi número pintado en la mejilla, como en la escuela, y mi chamarra sobre los hombros cuando llegara el frío del otoño.

Anoche, casi había olvidado el agudo dolor que sentía en el pecho cuando Giana y yo habíamos salido al Theater District para su primera «lección» sobre cómo llamar la atención de Shawn. Estaba tan concentrado en ayudarla, en enseñarle a jugar, que ni siquiera había tenido tiempo de pensar en Maliyah.

Fue una distracción bien recibida, ver la sorpresa de Giana cuando lo que le dije que hiciera funcionó, sentirla temblar y jadear debajo de mí mientras la provocaba, sabiendo que estaba volviendo loco a Shawn al verlo.

Lo sabía, porque si yo fuera él, me habría vuelto loco.

Me sorprendió lo fácil que fue, lo natural que me resultó besarla a lo largo del cuello, susurrarle al oído y provocar una oleada de escalofríos en su piel. Al principio me divirtió, con una sonrisa permanente en la cara mientras descubría qué botones podía pulsar para hacerla jadear, suspirar, arquearse contra mí o clavarme las uñas en la piel.

Pero a medida que avanzaba la noche, esa diversión se transformó en algo primitivo.

Cuanto más hacía como si fuera mía para provocarla de esa manera, más sentía que lo era de verdad.

Saboreé cada pequeño suspiro que se escapaba de sus labios como si fuera una recompensa por la que había trabajado mucho. Me sorprendió lo mucho que me costó despegarme de ella cuando supe que Shawn estaba a punto de irse al descanso, y tuve que reprimir una carcajada al darme cuenta de que estaba duro como una piedra cuando me levanté de nuestra mesa. Tuve que acomodarme los pantalones y apoyar la entrepierna en la barra hasta que conseguí tranquilizarme.

Giana era sorprendentemente adictiva. Ella y sus libros raros, su ropa única, su inocencia, que se esforzaba por disimular con una insolencia inquebrantable.

Era... refrescante. Y divertida.

Pero ni siquiera ella pudo salvarme de la niebla que tenía hoy en la cabeza.

—Espero jugadas así toda la temporada —dijo Holden, dándome una palmada en el hombro cuando llegamos a los vestidores—. Excepto que la próxima vez, mejor que sea un *touchdown*.

—Señor, sí, señor —le respondí con un saludo militar.

Holden sonrió con satisfacción, se quitó la camiseta húmeda y sucia y la dejó caer al suelo antes de inclinar la barbilla hacia mí.

—¿Estás bien?

—Sí.

—¿Seguro?

Me troné el cuello, dirigiéndole una mirada que esperaba que le dijera lo que no iba a decir en voz alta. No, no estaba bien. Ni un poco. Pero no quería hablar de ello.

Se limitó a asentir, con los labios apretados mientras se pasaba una mano por el pelo mojado.

—Lo único que puedes hacer es concentrarte en lo que sí puedes controlar —dijo, casi dirigiéndose al suelo o a sí mismo más que a mí.

Asentí, agradecido de que no me presionara.

Terminamos de desvestirnos en silencio, ambos arrastramos el trasero hasta las tinas de hielo antes de bañarnos. Al final, todos los músculos de mi cuerpo gritaban en señal de protesta, como al final de cada partido. Cuatro cuartos en los que mis músculos, huesos y articulaciones pasaban por un infierno nunca se hacían más fáciles. De hecho, cuanto más mayor me hacía, más talento adquiría..., más grandes y más fuertes eran los tipos a los que me enfrentaba en el campo.

No podía imaginarme cómo sería cuando me enfrentara a los tanques de la NFL.

Cuando por fin me puse la sudadera y salí de los vestidores, les prometí a los chicos que los vería en la fiesta de esta noche. Tenía que echarme una siesta antes, y tal vez también tomarme unas copas.

Cuando salí de los vestidores y entré en el pasillo, una risa familiar me paralizó.

La risita cantarina de Maliyah flotaba por el pasillo, envolviéndome como un abrazo cálido que me aplastó el esófago. La seguí como si fuera una sirena y yo un marinero indefenso en un mar embravecido, y la encontré apoyada en la pared a unas veinte yardas de distancia.

Kyle Robbins estaba de pie frente a ella, con el brazo apoyado en la pared junto a su cabeza mientras la recorría con la mirada. Se acercó aún más y le susurró algo al oído que la hizo sonrojarse y volver a reírse.

Y eché humo por las orejas.

Apreté tanto la mandíbula que casi me rompo un diente. Dejé caer mi maleta al suelo y di dos pasos hacia ellos con la intención de ir hasta allí y romperle la nariz a ese hijo de puta.

Pero dos pasos fue todo lo que conseguí dar antes de que apareciera Giana.

Sorprendió a Kyle y a Maliyah cuando pasó corriendo junto a ellos, con sus rizos botando y sus lentes deslizándose por el puente de la nariz con cada paso que daba. Pero sus ojos color turquesa estaban fijos en mí, y me agaché dispuesto a atraparla antes de que se levantara del suelo y cayera en mis brazos.

Al igual que en la cafetería, me rodeó la cintura con las piernas y se quedó sin aliento. Me rodeó el cuello con los brazos y mis manos le agarraron el trasero, que llevaba desnudo bajo la falda. Al parecer, era algo en lo que no había pensado antes de saltar, porque la sorpresa se apoderó de su rostro, que palideció al sentir mi calor sobre ella.

Aunque solo duró un instante porque, ¿un segundo después?, estaba besándome.

Su boca colisionó contra la mía casi con la fuerza suficiente para hacerme sangrar, y apretó las manos en mi pelo aún húmedo, estrechándose contra mí. Un gemido suave vibró en su interior cuando la abracé con más fuerza, y se quedó sin aliento cuando por fin apoyó una mano en mi pecho y rompió el beso.

Respiré hondo y su pecho subió y bajó a la par que el mío mientras yo miraba sus labios rojos e hinchados. Despacio, levanté la mirada hacia la suya y sus ojos brillantes se abrieron de par en par.

—Lo siento —susurró, colocándose bien los lentes—. Es que los vi, y te vi a ti, y pensé...

Interrumpí el resto de sus palabras poniéndole la mano detrás de la cabeza y la atraje hacia mí para darle otro beso apasionado. Esta vez la pegué contra la pared y jadeó cuando mi abdomen rozó su centro.

Apoyé la frente contra la suya, me aparté y apreté los labios.

—Estás aprendiendo a jugar rápido, gatita.

Se sonrojó y sonrió.

—Tengo buen maestro.

Alguien se aclaró la garganta, y Giana y yo volteamos para encontrarnos a Zeke y Riley saliendo de los vestidores agarrados de la mano. Zeke enarcó una ceja al vernos juntos, con mi cintura entre los muslos de Giana, y Riley se sonrojó tanto que tuvo que mirar al suelo y alejarse de nosotros.

—¿Nos vemos en el nido? —preguntó Zeke con una sonrisa estúpida en la cara.

No tuve que contestar. Giana enterró la cara en mi pecho y yo le di un beso en el pelo mientras Zeke y Riley pasaban por delante. Al seguirlos, mi mirada se desvió hacia Kyle y Maliyah, que me estaban mirando directamente.

Kyle parecía receloso.

Maliyah parecía... retarme.

No dejé que mi mirada se perdiera, volví a Giana e incliné su barbilla hacia arriba con el pulgar y el índice.

—Tú también vienes.

—¿Adónde?

—Al Nido de las Serpientes.

—¿Qué?

Solté una carcajada, dejé caer con cuidado sus pies al suelo y le pasé un rizo suelto por detrás de la oreja.

—Es una casa de fiestas donde viven algunos de los chicos de cursos más avanzados del equipo. Cuando alguien que vive allí se gradúa, un nuevo compañero se muda allí, y es donde celebramos cada victoria en casa. —Hice una mueca—. Es un sitio un poco asqueroso, la verdad, pero no mires demasiado el suelo ni las grietas y no pasará nada.

—No sé —dijo, y arrugó la nariz—. Quería pasar la noche en casa después de haber estado fuera hasta tan tarde.

—Qué pena —dije, agachándome para recoger mi maleta y caminar hacia la salida—. Porque alguien a quien quieres ver estará allí.

Giana se apresuró a alcanzarme y me jaló la manga.

—Espera, ¿en serio? ¿Shawn? —Negó con la cabeza—. ¿Por qué demonios estaría en una fiesta de futbol americano?

—Porque lo invitaré yo —dije—. Y se morirá antes de decir que se apunta. Seguro que también aparece con una botella de vino de regalo o algo así.

Giana puso los ojos en blanco, pero una sonrisa de emoción se dibujó en sus labios y empezó a dar saltitos mientras caminábamos.

Y justo cuando pasamos junto a Maliyah y Kyle, me agaché y entrelacé la mano de Giana con la mía.

10
Giana

—¡Fondo! ¡Fondo! ¡Fondo!

Me aparté justo a tiempo para esquivar un embudo de cerveza que tenían levantado por encima de mi cabeza, pero no me moví con el tiempo suficiente para escapar de las gotas que caían por el borde. La cerveza me salpicó el pelo y los hombros, y Clay se rio de mi cara de horror antes de agarrarme por los hombros y guiarme hacia un lado.

«El Nido de las Serpientes», como Clay lo había llamado, era una casa grande en un vecindario sorprendentemente bonito que en ese momento estaba a oscuras, con mucho ruido y repleta de estudiantes de la NBU. Un *DJ* ponía canciones conocidas en el salón principal, los sofás viejos con cojines rotos estaban apartados a los lados para crear una pista de baile gigante. Las luces se encendían y parpadeaban con todos los colores del arcoíris, mientras las chicas bailaban y los chicos intentaban unirse a ellas.

—¡Me encanta su *outfit*! —le grité a Clay por encima de la música, señalando a una chica en medio de la pista de baile. Llevaba un top blanco que se entrecruzaba sobre el escote, acentuando su vientre tonificado, y unos shorts que favorecían sus piernas, ya de por sí delgadas. Llevaba el pelo largo y rizado sobre la espalda, y un maquillaje que la hacía parecer una estrella de cine.

—Es Olivia Bradford — gritó Clay.

—¿Bradford? —Abrí los ojos de par en par—. ¿Como el rector de la universidad?

—Es su hija.

Volví a mirarla, aún más impresionada por su atuendo sabiendo que tenía un padre muy estricto que dirigía una de las mejores universidades de Nueva Inglaterra.

Seguí recorriendo la fiesta con la mirada, observando las partidas de *beer pong* y *flip cup* que se celebraban por toda la casa. Había grupos de estudiantes riéndose y hablando, bebiendo y besándose y, para mi sorpresa, incluso drogándose. Aunque ninguno de los jugadores de futbol americano estaba en esos círculos. Perderían sus becas y su puesto en el equipo si así fuera.

—Esto es un poco abrumador —admití, pero no era ansiedad lo que se cocía a fuego lento en mis entrañas. Era... emoción.

Estaba en una fiesta de un equipo de futbol americano universitario.

Era similar a algo que le pasaría a un personaje de uno de mis libros favoritos de *new adult*, y me vi con ganas de meterme en líos, de probar algo nuevo, de bailar o jugar al *beer pong* o...

Mis pensamientos se vieron interrumpidos cuando Shawn Stetson apareció ante mis ojos, con una sonrisa tranquila y confiada en el rostro al abrirse paso entre la multitud. No podía dar más que unos pasos antes de que una chica lo agarrara del brazo o del cinturón. No tenía que leer los labios para saber que le decían lo mucho que les gustaba su música, lo mucho que lo adoraban. Todo estaba escrito en el rubor falso que tenía y en la forma en que daba las gracias una y otra vez.

No era modesto. No tenía por qué serlo, ni con lo bueno que estaba ni con lo aterciopelada que era su voz. Era como si Caleb Followill, de Kings of Leon, hubiera tenido un hijo con Adele y hubieran volcado lo mejor de sus voces en su pequeño.

Clay se aclaró la garganta, justo al lado de mi oído para que pudiera oírlo de verdad, y me mordí el labio inferior para evitar sonrojarme cuando me giré para encontrarme con él viéndome mirar a Shawn.

—¿Lista para jugar? —me preguntó con una sonrisa burlona.

Y al igual que un jugador de futbol americano que se pone el casco antes de salir al campo, asentí con la cabeza, con una expresión seria.

—Lista.

Clay me abrazó por los hombros, estaba tan cerca que sentí cada centímetro de su cuerpo apretado contra el mío mientras me hablaba en voz baja al oído.

—Voy a ignorarte —me dijo—. Estaré con mis amigos, quizá coquetee con otras chicas. Utiliza eso a tu favor. Habla un poco mal de mí.

Fruncí el ceño.

—¿Qué? ¿A Shawn?

Clay asintió con la cabeza.

—Deja caer indirectas de que no eres feliz, de que estás acostumbrada a que te ignoren en situaciones como esta.

—Eso hace que parezca que eres lo peor.

Se encogió de hombros.

—¿Y? De eso se trata. Eso estimulará el interés despertado de Shawn y lo convertirá en un deseo ardiente de salvarte y demostrarte lo que mereces.

—Eso es un cliché —dije resoplando—. Y ridículo.

—¿Acaso no te he demostrado ya que sé lo que hago?

—Clay se apartó lo suficiente como para enarcar una ceja con incredulidad—. Confía en mí. Ah, e invítalo a pasar el rato contigo en algún sitio que sea un poco menos caótico. Dile que necesitas tomar el aire o algo así. Puedes preguntarle por su música, subirle un poco el ego.

Negué con la cabeza.

—Esto se te da demasiado bien.

Clay se limitó a sonreír, miró en dirección a Shawn y entonces se puso más serio. Ver cómo afinaba sus facciones era de lo más salvaje, parecía aburrido e incluso un poco enojado mientras se llevaba el vaso de plástico rojo a los labios. Con un buen trago de cerveza y sin mirarme a los ojos, dijo:

—Buena suerte. —Y desapareció entre la multitud.

Vi cómo se iba y cómo chocaba los cinco con algunos jugadores antes de reunirse con Leo Hernandez en la cocina. Dio la casualidad de que Leo estaba sirviendo los tragos y sirvió uno extra para Clay cuando se unió a él.

Pero no se tomaron los tragos de los vasos.

En lugar de eso, Leo despejó la barra de la cocina con el antebrazo, ensuciando el fregadero y el suelo con vasos de plástico, gajos de lima desechados y quién sabía qué más. Se giró hacia la chica que tenía al lado —reconocí a Olivia, de la pista de baile— y le rodeó las caderas con las manos antes de subirla a la barra. Ella se acostó, sonrojada y riéndose mientras él le ponía sal en el estómago y le echaba una buena cantidad de tequila en el valle de los abdominales y el ombligo.

Lo vi beberse un trago directamente del cuerpo de ella mientras se retorcía debajo de él, y en cuanto bajó de un salto, otra chica se arrastró para ocupar su lugar.

Clay ni siquiera dudó.

Leo le sirvió el trago de la misma manera y Clay se mordió el labio inferior, con los ojos entrecerrados mientras apreciaba el amplio escote de la chica al contacto del frío líquido con su piel. Sus enormes manos bajaron para enmarcarla a ambos lados y le colocó un gajo de lima en la boca con una sonrisa perversa mientras ella lo miraba con los ojos muy abiertos.

No podía apartar los ojos de él mientras recorría con la lengua la sal de su estómago y las yemas de sus dedos se clavaban en su piel mientras chupaba y lamía el tequila. Luego, se cernió sobre su cara y se inclinó despacio y de forma seductora para arrancarle el gajo de lima de la boca.

Durante un segundo, la lima desapareció y su boca se posó sobre la de ella.

El dolor me atravesó el pecho como si fuera un picahielos, y se intensificó cuando la chica le pasó las uñas postizas por el pelo. Abrió la boca para dejar entrar la suya, y aunque el golpe de su lengua contra la suya solo duró una fracción de segundo, hizo que me ardiera el cuello, que se me revolviera el estómago, hizo que...

¿Qué, exactamente?

Me quedé mirándolos, intentando diseccionar lo que sentía, pero no resolví el rompecabezas hasta que una voz ronca apareció en mi oído.

—No te llega ni a la suela de los zapatos.

Me estremecí, la áspera cadencia de las sílabas recorriéndome la nuca y dejando escalofríos a su paso. Incliné la cabeza y vi que Shawn me miraba con una sonrisa juguetona.

Me reí.

—Sí —dije, pero sin siquiera intentarlo, sin tener que fingir, mis ojos volvieron a Clay—. Claro.

Vi cómo ayudaba a la chica a bajar de la barra, con las manos en su cintura una vez que hubo llegado al suelo. Sabía que me había quedado mirando demasiado tiempo porque, cuando volví a mirar a Shawn, me observaba con el ceño fruncido, con lástima y algo parecido a nostalgia en sus ojos dorados, antes de inclinarse hacia mí para susurrarme al oído.

—¿Quieres ir a tomar el aire?

Mientras que el patio de delante del Nido de Serpientes estaba lleno de estudiantes, el patio de atrás era un jardín tranquilo, un oasis secreto que, al parecer, nadie se había molestado en investigar porque estaba demasiado tranquilo como para formar parte de la fiesta. Shawn y yo pasamos junto a un pequeño grupo de gente pasándose un porro antes de encontrar un banco junto al camino de piedra, una fuente para pájaros y un comedero delante junto a un jardín de rosas que yo estaba bastante segura de que había sido diseñado por una empresa privada.

Era imposible que hubiera un jugador de futbol americano universitario con buena mano para la jardinería.

Shawn hizo un gesto en dirección a la banca para que yo me sentara primero y una vez lo hice, se sentó a mi lado y su muslo rozó el mío. El contacto me calentó las mejillas, pero él no pareció inmutarse, se reclinó sin más y adoptó una postura más relajada mientras apoyaba un brazo en el respaldo de la banca.

—Impresionante —musitó, mientras recorría el jardín con la mirada.

Me reí entre dientes.

—Sí, no es exactamente lo que esperaba ver aquí. Suponía que sería más bien una parcela de tierra llena de basura.

—¿Es la primera vez que vienes?

Metí las manos bajo los muslos.

—Sí. Aunque, por el tiempo que he pasado en los vestidores, estoy bastante acostumbrada al nivel de ruido. Y al olor.

—¿Los vestidores? —Shawn frunció el ceño.

—Soy la coordinadora auxiliar de relaciones públicas del equipo —aclaré.

Shawn se sentó un poco más erguido.

—¿En serio? —Negó con la cabeza—. Estás llena de sorpresas. Perdóname, pero... no te imagino en ese puesto, en absoluto.

—En parte por eso lo escogí —dije con una sonrisa—. ¿Quién me miraría y vería a una persona tan segura de sí misma como para mangonear a jugadores de futbol americano enormes?

—Supongo que contigo debería esperar lo inesperado, ¿no, Giana?

Shawn me dirigió una sonrisa perezosa y yo me mordí el interior del labio, con el corazón acelerándose cada vez más. Estaba demasiado acostumbrada a verlo en un escenario. Era desconcertante que me devolviera la mirada, y tan de cerca.

«Háblale de su música».

Las palabras de Clay me devolvieron al presente.

—Me sorprende que esta noche no tengas concierto —comenté.

Shawn se relajó en la banca.

—Me gusta tomarme un sábado libre de vez en cuando. Y aunque no lo creas, soy un gran aficionado al futbol americano. No me perdería el primer partido.

—Es un poco difícil de creer —admití— que alguien tan artístico sea también un adicto al futbol americano.

—¿No puedo cantar canciones de John Mayer y también pintarme el pecho con los colores de la universidad y gritar desde las gradas como una *banshee* o qué?

Me reí entre dientes.

—¿Pintura corporal? Eso tengo que verlo.

Era una broma, me resultó fácil y natural cuando la dije, pero Shawn enarcó una ceja ante la insinuación de que quería ver su cuerpo, y yo palidecí al instante.

—Me refiero al espíritu universitario, claro. No a la pintura corporal. Ni a tu cuerpo. No es que no quiera ver tu cuerpo. Quiero decir, no es que quiera...

Shawn se limitó a sonreír, dejándome divagar, sin rastro alguno de intención de impedir que siguiera avergonzándome. Así que cerré la boca y hundí la cara entre las manos.

—Lo siento —murmuré a través de ellas—. Ha sido una noche larga.

Cuando volví a mirarlo, la sonrisa había desaparecido y la preocupación estaba grabada en sus rasgos.

—¿Quieres hablar de ello?

Fruncí el ceño, preguntándome a qué se refería, y estaba a punto de decirle que solo era que estaba un poco cansada después de haber estado fuera hasta tan tarde anoche cuando me di cuenta de que se refería a Clay.

«Habla un poco mal de mí».

Me crucé de brazos y me eché hacia atrás.

—La verdad es que no.

Mi objetivo era parecer una novia triste y abandonada, mientras dirigía mi mirada a mis tacones de gatita, sin ofrecer nada más.

—¿Siempre es así?

La pregunta fue en voz baja, tentativa, como si no estuviera seguro de poder hacerla.

Me encogí de hombros.

—Es un jugador de futbol americano. No significa nada. Solo está interpretando su papel.

Me sorprendió lo fácil que me salió la excusa, y me sorprendió aún más cuando Shawn se acercó un poco más, y bajó una mano para tocarme la rodilla con suavidad. Esperó hasta que mis ojos se clavaron en los suyos y me pregunté si podría oír cómo se aceleraba mi corazón al sentir su mano sobre mí.

—Si te duele, sí significa algo.

Me derretí con sus palabras, con su expresión sincera. Era una frase sacada directamente de una novela romántica, una prueba más de que Shawn Stetson era un auténtico chico perfecto sacado de un libro. Separé los labios para responderle, pero entonces sus ojos se posaron en mi boca, y cualquier intento de hablar murió.

Me miró fijamente mientras yo contenía la respiración y, despacio, sus ojos volvieron a posarse en los míos. Aquella mano en mi rodilla se tensó, solo una fracción, y él se inclinó, solo un centímetro, y sus labios se acercaron a los míos...

—Aquí estás, gatita.

Shawn retrocedió de un salto, apartó la mano de mi rodilla y se apartó un par de centímetros en la banca, justo a tiempo para que Clay doblara la esquina. Llevaba una sonrisa amenazadora, una que dirigió a Shawn antes de voltearse hacia mí, más amable.

—¡Clay! —exclamé, genuinamente sorprendida cuando me puse en pie de un salto. Ni siquiera lo necesitaba, pero me pasé una mano por la falda. Al parecer se estaba convirtiendo en mi tic nervioso favorito—. Shawn y yo estábamos tomando el aire.

—Ya veo. —Evaluó con frialdad, y una vez más, su mirada amenazadora se deslizó hacia Shawn. Observé, impresionada, cómo se le encogía un poco la nariz y se le tensaba la mandíbula mientras le echaba un vistazo a Shawn.

«Míralo, fingiendo que es un novio celoso».

—Vamos —dijo, buscando mi mano. Casi desapareció en

la suya mientras me arrastraba hacia la casa—. Riley y Zeke quieren jugar *pong*.

Fruncí el ceño.

—Pero Zeke no bebe.

Clay me miró.

—Riley beberá el doble por él. —Apenas miró a Shawn mientras decía—. Nos vemos, Steve.

—Shawn —corrigió, con el ceño igual de fruncido y el pecho hinchado.

Clay no le respondió, me rodeó con el brazo y se inclinó para susurrarme al oído.

—Míralo mientras nos alejamos.

Tragué saliva, hice lo que me dijo, y cuando mis ojos se encontraron con los de Shawn, me observaba con una mezcla de dolor desgarrador y celos apasionados. Abrió la boca, pero aparté la mirada y volví a mirar hacia delante mientras Clay me llevaba por el camino de piedra hacia la casa.

—¿Por qué has venido a buscarme? —pregunté, mirándolo—. Estaba yéndome bien.

—No puedo dejar que estés por ahí mucho tiempo con otro chico antes de que empiece a ser sospechoso —respondió Clay con facilidad.

Negué con la cabeza.

—Parecía que quería asesinarte.

—Entonces el plan funciona.

Me reí, pero el sonido murió en mi garganta cuando nos deslizamos de nuevo en la casa ruidosa solo para chocarnos, literalmente, con Maliyah.

—¡Oh! —Retrocedió, sorprendida, y la mano de Clay salió disparada para ayudarla a estabilizarse antes de que pudiera pensarlo mejor. Lo supe, porque al instante siguiente sus miradas se cruzaron y ambos tragaron saliva.

Verlos a los dos juntos era como estar en presencia de

estrellas de cine. Los dos eran altos, demasiado guapos para su propio bien, y tenían ese tipo de energía que hacía que los demás en la habitación giraran a su alrededor. La miré a ella y luego a él, mis ojos iban del uno al otro, y volví a preguntarme cómo demonios alguien como yo iba a ponerla celosa.

El brazo de Clay se quedó alrededor de ella, con la respiración entrecortada, antes de soltarla y volver a aferrarse a mí.

—Clay —dijo, y, a continuación, me miró con esos ojos de cervatillo.

Sonreí, pensando que se presentaría, pero en lugar de eso, me miró de arriba abajo, con las cejas arqueadas, y se fijó en cada detalle de mi ropa.

—Maliyah, vamos a bailar —dijo una chica que no me había dado cuenta de que estaba detrás de ella. Tenía el pelo largo y negro azabache y tatuajes en el brazo izquierdo, que Maliyah entrelazó con el suyo antes de dejar que la chica la jalara.

Se pasó el pelo por encima del hombro, sin mirar atrás, pero una vez en la pista de baile, su mirada se posó automáticamente en Clay.

«¿Qué demonios?».

Estaba claro que sabía que Clay estaba hecho polvo por haberse cruzado con ella, y en lugar de hablar con él, estaba bailando mientras lo miraba. No haría eso si no le importara que estuviéramos juntos, si no siguiera deseando a Clay.

Pero si lo quería, ¿por qué no iba por él? Podría tenerlo, aquí y ahora.

Apreté los dientes.

—¿A qué juega? —pregunté y miré a Clay.

Parecía un cachorro enfermo, con la cara casi verde mientras la miraba.

—Ojalá lo supiera.

Entrecerré los ojos, luego cuadré los hombros y le agarré una mano con las mías.

—Anda, vamos.

No sabía cuál era mi plan mientras lo arrastraba a través de aquella multitud, pero me aseguré de pasar justo delante de la pista de baile antes de colarme en uno de los sofás que se alineaban en la pared que había enfrente. Jalé a Clay para que se sentara a mi lado, y el espacio era tan pequeño por la gente que había allí que quedé aplastada entre él y el brazo del sofá. Cuando conseguí salir de ahí, estaba medio sentada en su regazo, atrapada bajo su brazo, consumida por cada centímetro tenso de él.

—Mírame a mí —le dije.

Clay arrastró la mirada desde donde estaba Maliyah en la pista de baile y yo le enmarqué la cara con las manos.

—Si no juegas, pierdes, ¿lo recuerdas? —Apreté los labios y tragué saliva para no sentir el nudo que tenía en la garganta—. Entonces, juguemos.

Clay frunció el ceño y ladeó la cabeza.

—Úsame —aclaré—. Haz que recuerde lo que tenían. Enséñale lo que está perdiéndose.

Clay arqueó una ceja y miró a su alrededor antes de que sus ojos volvieran a encontrarse con los míos.

—No solo estará mirándonos ella.

—Confío en ti —solté, y luego enredé los dedos en el pelo de su nuca y lo jalé hacia mí.

Debería estar acostumbrada.

Cada vez que sus labios se encontraban con los míos ya debería saber que todo era falso, fingido. Pero cuando me besó, me recorrió la misma sensación de sorpresa y me quedé sin aliento, con el corazón lanzándose desde el trampolín más alto hasta un mar de fuego.

Clay aspiró con fuerza por la nariz y me rodeó la espalda con una mano, mientras que con la otra me acunaba la nuca y me estrechaba contra él. Su pecho se hinchó contra el mío y luego me inclinó la barbilla con la punta de la nariz, exigiendo acceso a mi cuello.

Cerré los ojos y los pezones ardieron bajo la blusa delgada cuando sus labios grandes y cálidos me acariciaron la piel de la garganta. Cada roce de sus labios era más firme que el anterior a medida que descendía y me mordisqueaba la clavícula, provocándome un siseo mientras apretaba su camisa con las manos.

No tuve que abrir los ojos para saber que nos miraban. Sentí que las miradas, no solo la de Maliyah, sino las de todas las personas que estaban cerca de mí en aquella fiesta, se me clavaban en la piel con la misma intensidad que los besos de Clay cuando volvió a mi boca. Su siguiente beso fue como una marca, exigente y brutal, y por primera vez, deslizó la lengua por la comisura de mis labios, solicitando acceso.

Y yo acepté.

Separé los labios y un fuerte chasquido de electricidad me aturdió. Era como si su lengua me acariciara entre los muslos en lugar de hacerlo en la boca, y apreté las piernas con más fuerza contra aquella sensación extraña, incluso mientras me inclinaba en busca de más.

Clay gimió, con una mano firme en el lugar donde me sujetaba contra él, mientras la otra se deslizaba desde mi cara, por mi cuello, hasta mi pecho.

El grito ahogado que me arrancó aquel leve roce fue gutural y automático, tan violento que se me abrieron los ojos de golpe. Pero Clay me besó aún con más fervor mientras su mano seguía bajando, su palma cálida y segura cuando se posó en el interior de mi muslo.

La forma en que me acunaba, la forma en que me estrechaba contra él, la forma en que me besaba más fuerte, la forma en que su mano subía poco a poco por debajo del dobladillo de mi falda era posesiva.

Jadeé y arqueé la cabeza hacia atrás cuando Clay volvió a pasar con facilidad de mi boca a mi cuello.

Y, una vez más..., acepté.

La señal no procedía de mi cerebro, sino de un anhelo tan poderoso en lo más profundo de mi ser contra el que era imposible luchar. Descrucé las piernas y separé las rodillas lo suficiente para permitirle subir aún más esa mano por debajo de la tela de mi falda.

Mi siguiente respiración fue entrecortada y superficial, y Clay me dio un beso suave como una pluma justo debajo de la oreja.

—¿Bien? —me preguntó, en voz baja. Esa única palabra pareció anclarme, devolverme a la habitación, a la realidad, a él.

Creo que asentí. Creo que emití una especie de murmullo afirmativo antes de que me lamiera la mandíbula con la lengua y volviera a mi boca. Apretó la frente contra la mía y, cuando separé los párpados, vi que sus ojos color esmeralda me observaban.

El tiempo se detuvo, el ruido de la fiesta se apagó en un suspiro. De pronto, fui plenamente consciente del punto en el que el aliento de Clay se fundía en mi boca, en el que su pecho se hinchaba y bajaba al ritmo del mío, en el que arrastraba la mano dolorosamente despacio hacia arriba, más arriba, todavía más arriba.

Las ásperas yemas de sus dedos se deslizaron con ternura por la cara interna de mi muslo, una piel tan sensible que no pude hacer otra cosa que estremecerme y aferrarme a él con todas mis fuerzas. Era una piel sin explorar, que nadie, salvo yo, había tocado nunca.

Clay se arrastró el labio inferior con los dientes, hinchado de besarme hasta dejarme sin sentido, y sus ojos se clavaron en los míos mientras se atrevía a subir aún más.

Abrí más las piernas, dándole acceso.

Hasta que pasó todo el dedo índice por el algodón empapado de mi tanga.

Solté un gemido ahogado al sentir su palma firme y segura contra mi parte más íntima y sensible. Y cuando sintió mi deseo, gimió, su boca capturó la mía justo cuando retiraba el dedo solo para deslizarlo por esa misma línea de fuego con más presión.

Estrellas.

No, estrellas no, un agujero negro, sofocante y mortal, brotó donde él me había tocado. Jadeé, con los ojos abiertos de par en par y el corazón, presa del pánico, bajo mi caja torácica en tensión.

—Miau.

La palabra fue una súplica entrecortada cuando salió de mis labios sin que me diera cuenta, y Clay se quedó paralizado, con el corazón latiéndole con tanta fuerza que podía sentirlo a través de su camisa cuando apoyé una mano en su pecho y me separé un poco de él.

—Miau —repetí, más alto, más firme.

Al darse cuenta, Clay palideció y se despegó de mí con los ojos llenos de preocupación.

—Giana. —Intentó hablar conmigo, pero yo ya no podía mirarlo.

No podía estar cerca de él, no era capaz de contener el fuego que rugía en mi interior.

Fingí una sonrisa y le di un beso en la mejilla como si estuviera bien, por si Maliyah o alguien más miraba. Me levanté lo más despacio y con toda la calma que pude, me arreglé el pelo y me alisé la falda antes de caminar hacia el baño.

Pero en cuanto me perdieron de vista, giré a la izquierda a toda velocidad.

Y me eché a correr.

11
Clay

Mi corazón parecía una carrera de caballos de lo más ruidosa junto a los oídos mientras me abría paso entre la multitud con la vista clavada en la espalda de Giana. Su respiración era más entrecortada e irregular a cada paso, y cuando desapareció por el umbral de la cocina y se echó a correr hacia la puerta, solté una maldición y empujé a la gente para ir tras ella.

Había ido demasiado lejos.

Se suponía que nunca usaríamos la palabra de seguridad, nunca iba a ser más que una broma entre nosotros. Pero había ido más allá, aprovechándome de su confianza, cediendo a mi propio deseo egoísta cuando jugar con ella en aquella fiesta se convirtió menos en Maliyah y más en ver qué ruidos podía conseguir que salieran de aquella boca tan bonita que tenía.

No era mi intención. Solo quería besarla, abrir los ojos hacia donde sabía que Maliyah estaba mirando desde la pista de baile y mostrarle lo excitado que estaba. Pero cuanto más se abría Giana para mí, cuanto más se retorcía bajo mis caricias...

Menos atención prestaba a nada ni a nadie que no fuera ella.

Me mareó, su lengua contra la mía, el deseo resbaladizo

entre sus piernas que yo sabía que era por mí. Como un drogadicto, quise más.

Y no pensé en las consecuencias.

Giana salió disparada hacia la noche y yo le pisé los talones, y atrapé la puerta antes de que pudiera cerrarla de un portazo al salir.

—¡Giana!

Unos cuantos estudiantes que estaban reunidos en el césped se separaron cuando ella pasó corriendo por encima de ellos, sus ojos interrogantes me vieron enseguida cuando corrí tras ella.

—Gi, por favor, espera —le dije, pero siguió corriendo, rodeó la puerta principal y bajó por la banqueta.

La seguí, acelerando el paso mientras el corazón me latía como un tambor en el pecho. Cuando estuve unos pasos detrás de ella, la agarré por el codo e hice que se detuviera.

Se cayó sobre mí, soltando un pequeño grito ahogado cuando la atrapé y la retuve.

—Lo siento, yo...

—No, yo lo siento —le dije, tomándola por los brazos.

Respiraba con dificultad y sus ojos brillaban mientras evitaba mi mirada. Me mataba verla así.

Saber que yo era la razón.

—Oye —dije, levantándole la barbilla con los nudillos.

Esperé hasta que su mirada se detuvo en la mía y una lágrima se deslizó en silencio por su mejilla antes de que ella la apartara.

—Lo siento —repetí, buscándola con la mirada—. Lo siento.

Su respiración se volvió más lenta, solo un poco, una exhalación larga la encontró antes de derrumbarse sobre mí. La abracé con fuerza, como si pudiera protegerla de lo que le dolía.

Como si no fuera yo el culpable.

Se estremeció entre mis brazos, soltando lágrimas que yo sabía que estaba enojada por haber derramado. Se las quitó de un manotazo, pero no se separó de mí. Dejó que la abrazara, que le pasara la mano por la columna vertebral hasta que se calmó, hasta que su respiración fue más uniforme y se tranquilizó.

—Dios, soy un desastre —dijo cuando por fin se apartó, pero no dejó mucho espacio entre nosotros. Se limitó a hundir la cara entre las manos mientras negaba con la cabeza.

—He ido demasiado lejos.

—No —dijo, pero suspiró y por fin me miró a los ojos—. Sí. Pero no es culpa tuya.

—Sí lo es. Me dejé llevar.

—Yo también me dejé llevar.

Negué con la cabeza, estaba dispuesto a discutírselo, pero todo lo que iba a decir murió en mi garganta cuando Giana se me adelantó y habló.

—Soy virgen.

Parpadeé, sorprendido, sin estar seguro de haberla oído bien. Pero cuando me miró sin apartar la mirada, con la tristeza y la vergüenza coloreando sus mejillas, supe que no había oído mal.

Algo feroz rugió en mi interior, mostrándome los dientes mientras apretaba la mandíbula contra eso que amenazaba con salir de su jaula. Una bocanada de aire larga y abrasadora lo obligó a retroceder.

—Lo sé —dijo Giana, cruzándose de brazos mientras se derrumbaba sobre sí misma—. Es vergonzoso.

Me acerqué a ella de inmediato y le levanté la barbilla hasta que volvió a mirarme.

—¿Por qué dices eso? —le pregunté, con el ceño fruncido mientras buscaba su mirada.

—Porque estoy en segundo de carrera y no he tenido relaciones sexuales —respondió sin rodeos.

Negué con la cabeza, soltando el aire que había aspirado antes de atraerla hacia mí para darle otro abrazo.

—No es algo de lo que avergonzarse.

—Bueno, pues lo parece.

—No lo es —reiteré, y luego me aparté, enmarcando sus brazos en mis manos—. Gracias. Por contármelo.

Asintió con la cabeza y tragó saliva cuando sus ojos se clavaron en el suelo.

—Siento no haberme dado cuenta.

Entonces Giana gruñó y echó la cabeza hacia atrás mientras ponía los ojos en blanco.

—No quiero que sea la gran cosa.

—Bueno, en cierto modo lo es —dije con una sonrisa divertida—. Sobre todo cuando te manoseo como un animal en una fiesta llena de gente.

Se le escapó una carcajada y volvió a mirarme.

—A veces me gustaría poder hacerlo con cualquiera y olvidarme de ello, ¿sabes?

Aquel monstruo salvaje que había en mi interior arremetió contra su jaula, y lo único que pude hacer para contenerlo fue arroparla bajo mi brazo y acompañarla de vuelta al campus.

—Cuéntame qué ha pasado con Shawn —le pedí, ignorando su comentario, aunque sabía que se me grabaría a fuego en el cerebro para el resto de mi maldita vida.

Giana me miró como si hubiera visto a través de mí una forma no tan sutil de evadir el tema, pero al parecer, ella también estaba deseando pasar a otra cosa, porque suspiró y apoyó la cabeza contra mi pecho a medida que caminábamos.

—No sé cómo ni por qué, pero hice todo lo que me dijiste

y él... —Negó con la cabeza, riéndose un poco mientras enterraba la cara antes de mirarme—. Creo que, si no hubieras aparecido, me habría besado.

Me reí a pesar de la forma en que esas palabras hicieron que la ira se encendiera en mis entrañas. Ese era un efecto secundario para el que no me había preparado cuando empezamos esta relación falsa, la forma en que besar y tocar a Giana desdibujaría esa línea y me haría creer que era mía de verdad. No tenía derecho a sentir nada posesivo por ella, así que lo reprimí y me recordé por qué habíamos decidido empezar con todo esto.

Para que ella consiguiera a Shawn.

Para que yo recuperara a Maliyah.

—A ver si lo adivino, ¿dijo algo parecido a que te mereces alguien mejor que yo?

—Básicamente —dijo—. Estoy... asombrada. Ha pasado de ni siquiera saber que estoy viva a..., no sé..., querer salvarme de ti. —Soltó una carcajada por la osadía.

En cambio, yo tragué saliva ante la intensidad de su interés.

—¿Y ahora qué? —preguntó.

Cuando levantó la mirada hacia mí, las lágrimas habían desaparecido de su rostro, y su sonrisa era tan brillante y genuina como la que me dedicó cuando entramos en la fiesta al principio de la noche. Como si nada, se había recuperado. Y aunque me había pasado de la raya, me miraba con la misma confianza inquebrantable en los ojos, pidiéndome consejo como si no fuera el mismísimo diablo.

—Qué intensidad —bromeé, y sonreí al jalarla bajo un brazo para frotarle los nudillos en la cabeza.

Me empujó con una carcajada y se arregló el pelo antes de hablar de otras cosas que había visto en la fiesta, incluidos un par de *hippies* preparándose un té de setas y el jardín del fondo, que coincidí con ella en que era muy raro y no encajaba en ese sitio.

Me limité a escucharla, a asentir con la cabeza y a tener las manos en los bolsillos.

Sobre todo, para no volver a tocarla.

12
Giana / Clay

Giana

—Los quiero a todos pensando en su caso práctico —dijo la profesora Schneider el miércoles por la mañana, con un clic en el mouse que hizo aparecer los requisitos en la pantalla situada en la parte de delante de la clase—. Parece que falta mucho para el final del semestre, pero los tomará desprevenidos, y les adelanto que sabré si lo han dejado para última hora, y se reflejará en su calificación.

Aunque pasé la mirada por encima del texto de la pantalla, no me quedé con demasiada información. Las redes sociales como medio de comunicación de masas era lo último en lo que estaba pensando, sobre todo después de haber pasado la noche trabajando hasta muy tarde en la subasta del equipo, para la que faltaba muy poco.

Charlotte me hizo llamar a todas las personas de la comunidad que se le ocurrieron que podrían estar dispuestas a patrocinar o proporcionar itinerarios para la subasta. Y por si eso no fuera lo bastante agotador, me dijo que tenía que elegir la organización benéfica a la que se destinarían los beneficios y tenerla en su mesa por la mañana.

Podría haber sido una tarea fácil, si fuera una floja y no me preocupara por cada minúsculo aspecto de mi trabajo. Podría haber buscado en Google «organizaciones benéficas de Boston» y seleccionar la primera que apareciera. Pero como yo era una adicta al saber y a los detalles, no solo busqué organizaciones benéficas en la zona, sino también qué parte de su financiación se destinaba a su objetivo, cuántos otros patrocinadores nacionales tenían, cuál era su volumen de ayuda a la comunidad local y cómo encajaban sus ideales con los de la NBU y el equipo.

No había tomado una decisión hasta bien pasada la medianoche y, aunque me quedé dormida al llegar a casa desde el estadio, el despertador no sonó hasta seis horas después.

Las clases a primera hora eran una maldición.

—El cuestionario sobre los capítulos del uno al cinco ya está disponible en el portal online. Tienen hasta el viernes para hacerlo. Nos vemos la semana que viene.

En ese momento, los libros de texto y las laptops se cerraron, y el ruido de las mochilas fue lo primero que inundó la clase, antes de que le siguieran las conversaciones en voz baja. Recogí mis cosas en silencio, miré el reloj, que marcaba las diez de la mañana, y decidí que hoy sería un día de dos cafés.

Con la bolsa colgada del hombro, salí a rastras de la clase y del edificio de la Facultad de Comunicación, mientras la calidez de la mañana me descongelaba los miembros que tenía helados por el aire acondicionado. Me dirigí a Rum & Roasters en piloto automático y crucé la puerta justo cuando un bostezo me hizo abrir la boca.

Hice fila como un zombi y pedí un café americano con un poco más de café expreso. Tenía la taza entre las palmas de las manos mientras me dirigía a la mesa en la que solía sentarme.

Pero estaba ocupada.

Shawn estaba sentado en mi silla de siempre, con un tobillo apoyado en la rodilla opuesta, la guitarra entre los brazos y el ceño fruncido mientras acariciaba las cuerdas en silencio. El pelo oscuro le caía un poco sobre los ojos, y la luz de la mañana que entraba por las ventanas lo bañaba de dorado. Parecía la portada de un álbum de *rock* y cuando se apartó el pelo y levantó la vista para verme de pie frente a él, sus labios sonrosados esbozaron una sonrisa de lo más sexi y natural.

—Vaya, buenos días, ángel.

Me sonrojé y miré por encima del hombro como si me preguntara si estaba hablando conmigo. Cuando volví la vista hacia él, se echó a reír y dejó la guitarra a un lado.

—Tienes un halo ahora mismo, por cómo entra la luz —me explicó.

Sonreí.

—Oculta los cuernos que lo sostienen, seguro.

Shawn hizo un gesto hacia la silla de enfrente.

Me senté, vacilante, sobre todo porque me debatía entre estar demasiado cansada para mantener una conversación, y mucho menos para coquetear con alguien. Pero con un sorbo de mi café me convencí de que podía darle la vuelta a la situación.

«¿Qué haría Clay?».

«Me diría que a la mierda todo y que jugara el partido, eso es».

No había visto a Shawn desde la fiesta del sábado por la noche, y se me revolvió el estómago mientras me observaba con una mirada curiosa.

—¿Qué? —le pregunté.

Negó con la cabeza.

—Nada. Es que... Perdona si esto es demasiado atrevido, pero te ves guapísima.

Las mejillas me ardieron tanto que eran rival para mi café cuando bajé la mirada hasta las manos.

—Lo dudo mucho y más por lo que cansada que estoy ahora mismo.

—¿Una noche larga?

Suspiré.

—Muy larga. Estoy trabajando con mi jefa en un evento benéfico para el equipo de futbol americano para el que falta muy poco, y está llevándome más tiempo y absorbiéndome más energía que todas mis clases juntas.

—Todavía no me acostumbro a que te dediques a las relaciones públicas —comentó con una sonrisa.

—¿A qué me dedicaría según tú si no te hubiera dicho nada?

—Serías bibliotecaria.

Me reí.

—Es por los lentes, ¿no?

—Entre otras cosas —dijo, y paseó aquellos ojos metálicos por mi cuerpo. Arqueó las cejas al ver la blusa ecléctica que había combinado con mi viejo overol de mezclilla. Era suelto y ocultaba más de lo que revelaba, pero por la forma en que sus ojos recorrían cada centímetro, más bien parecía que iba en brasier y pantaletas.

Me aclaré la garganta y le di un trago al café.

—Entonces, ¿duermes en la bodega o...?

Se pasó una mano por el pelo largo y volvió a colocar su tobillo sobre la rodilla antes de volver a ponerse la guitarra en el regazo.

—Estoy trabajando en una canción, y estaba un poco estancado en mi habitación, así que pensé que un cambio de aire podría ayudarme.

—¿Ha ayudado?

—Por desgracia, no —confesó—. Hay algo raro, pero no sé qué es.

—Tócala para mí.

Abrió los ojos de par en par.

—¿Sí?

Me limité a sonreír, dándole un trago a mi café, fingiendo que todo esto era de lo más divertido y normal, y que no estaba enloqueciendo por dentro porque Shawn Stetson estuviera a punto de tocarme una canción inédita.

Se tronó el cuello, se sentó un poco más erguido y se aclaró la garganta antes de empezar.

La introducción era tranquila y lenta, con acordes suaves y breves golpecitos de la palma de la mano contra la caja de la guitarra. Era percusión y cuerdas a la vez, un ritmo seductor que atraía.

Asentí con la cabeza, y moví las caderas con sutileza en el asiento. Cuando Shawn levantó la vista hacia mí, sus ojos se detuvieron en aquel pequeño movimiento de cadera, y noté un calor en el cuello ante aquella mirada tan intensa.

Me moría de ganas de contárselo a Clay.

Estaría tan orgulloso de mí, de cómo me había acercado a Shawn en la mesa, de lo bien que había hecho mi jugada. Me estaba convirtiendo en toda una profesional o, al menos, estaba muy por delante de la chica que ni siquiera era capaz de sostenerle la mirada de Shawn en una cafetería llena hacía tan solo unas semanas.

Todavía estaba pensando en lo emocionada que estaba por contárselo a Clay cuando Shawn empezó a cantar, con su voz áspera y nerviosa, que humeaba como una hoguera.

I like
the moon
when it bleeds
through the window

and paints your flesh.
I like
your legs
when they're spread
and you're burning
for me, babe.

Estuve a punto de atragantarme con el café, pero de algún modo conseguí disimularlo y mantener la compostura mientras una sonrisa se dibujaba en la boca diabólica de Shawn.

I like
the mountains
of your breasts
when they're swelling
and peaking
and aching for my mouth.
I'll give
you what
you want if you
just open up and say
that magic word.

Hubo una pausa en los acordes, la parte de abajo de su palma golpeaba la guitarra al compás del movimiento de sus dedos en una percusión fluida antes de que se lanzara al estribillo.

Beg for me, baby,
scream out my name.
Get on your knees for me, baby,
let desire
erase all the
shame.

Antes de que pudiera continuar, salté de mi sitio y me bebí lo que me quedaba de café mientras Shawn dejaba de tocar de golpe.

—Ay, Dios, lo siento mucho. ¡Acabo de ver la hora! —Oculté mis mejillas sonrojadas cuando me deslicé la correa de la bolsa sobre un hombro—. La canción es muy buena. De verdad. Muy sexi. Me muero por escucharla en vivo.

Shawn dejó la guitarra a un lado y se puso de pie.

—Giana —dijo, pero yo ya estaba corriendo hacia la puerta. Tropecé con la pata de una mesa, me tambaleé hacia delante antes de equilibrarme y hacer una pequeña pirueta para no chocar con uno de los meseros que llevaba una charola de platos.

—Lo siento mucho, voy a llegar tarde si no me voy ya. ¡Pero nos vemos pronto! —dije por encima del hombro.

—¡Espera!

Me detuve, con el corazón latiéndome a toda velocidad, y me giré con un rubor, que sabía que era demasiado intenso como para ocultarlo, tiñéndome las mejillas.

Shawn se pasó una mano por el pelo.

—¿Me... me darías tu número?

La sangre abandonó mi rostro acalorado.

Estaba funcionando. Todo lo que Clay y yo estábamos haciendo... estaba funcionando.

Y por primera vez, me di cuenta de lo que eso implicaba.

Tragué saliva, extendí la mano y tecleé mi número a toda prisa cuando Shawn me puso su celular en la mano. Se lo devolví con la misma rapidez y esbocé la mejor sonrisa que me fue posible.

—Te enviaré un mensaje —prometió.

Le hice un gesto con la mano por encima del hombro mientras me daba la vuelta, intentando mantener una sonrisa tranquila y serena. Pero la forma en que se quedó de pie, con las manos en los bolsillos y una ceja arqueada, me dijo que se había dado cuenta de lo que pretendía.

También me dijo que le gustaba haberme alterado.

Cuando atravesé las puertas y salí al calor, cada vez más intenso, me llevé la palma de la mano a la frente y me la arrastré por la cara con un gruñido.

Podría haber tenido perfectamente unas luces neón de esas que parpadean, que dijeran «¡Soy virgen!» en la cara.

El pudor se convirtió en vergüenza y, con la misma rapidez, en pánico, mientras corría por el campus a un ritmo cada vez más acelerado.

«¿Qué demonios pensaba que estaba haciendo?».

Estaba jugando a este juego estúpido con alguien que me llevaba tanta ventaja que era algo irreal. Shawn era músico. Un músico sexi, talentoso y varonil. ¿Cómo no se me había ocurrido que seguramente ya se había acostado con un montón de chicas?

¿Y yo?

Ni siquiera había llegado a la segunda base.

Estaba casi corriendo cuando llegué al estadio, el café me aceleraba el pulso como un tambor de guerra. Atravesé las puertas de metal a toda prisa, bajé por el pasillo y entré a la cafetería, pero me di cuenta de que el equipo aún no estaba allí. Volví a mirar el reloj y entrecerré los ojos intentando recordar el horario de Clay.

Salón de pesas.

Cambié de dirección y caminé en sentido contrario. No pensé en lo que iba a decir ni en las consecuencias de lo que estaba a punto de hacer, abrí de golpe las puertas del salón de pesas y entré a toda velocidad.

El rap a todo volumen me invadió en cuanto lo hice, pero no fue rival para el corazón que me retumbaba en los oídos mientras recorría el lugar hasta encontrar a Clay. Estaba de espaldas, con una barra llena de pesas sobre el pecho mientras respiraba hondo y la empujaba hacia donde Holden lo miraba.

Respiré hondo una última vez y me dirigí hacia él, ignorando a los jugadores que me miraban con el ceño fruncido. Holden ayudó a Clay a subir la barra justo cuando yo me acercaba, y en cuanto se sentó en el banco, yo le rodeé la muñeca con la mano y lo jalé.

—Te necesito.

Clay

El agarre de Giana era muy fuerte para lo pequeña que era, y casi me arrastró por el salón de pesas mientras mis compañeros observaban con curiosidad. La seguí con una sonrisa divertida, encogiéndome de hombros ante los jugadores que ladeaban la barbilla hacia mí como preguntándome: «¿Qué demonios está pasando?».

El entrenador Dawson me puso una mano en el pecho antes de que llegáramos a las puertas.

—El entrenamiento no ha terminado —dijo, más a Giana que a mí.

—Lo siento, entrenador. Necesitamos a Johnson para una entrevista rápida, para un pódcast. Volverá en quince minutos o menos, lo prometo.

Echó los hombros hacia atrás al decirlo, pero aun así me di cuenta de la forma en que tragó saliva cuando levantó la mirada hacia él. Era, por lo menos, un metro y medio más alto que ella y tres veces más grande. Frunció el ceño y un suspiro salió de su pecho antes de apartar la mano de la mía.

—Diez minutos —aceptó—. Correrás unas vueltas por cada minuto que te retrases.

Asentí con la cabeza y Giana me empujó hacia la puerta.

—Entonces, ¿para qué pódcast es esto? —bromeé, sabía muy bien que esto no tenía nada que ver con las relaciones públicas.

Giana me ignoró hasta que pasamos por delante de una bodega con material de entrenamiento, cuya puerta abrió de un jalón antes de empujarme dentro.

El silencio era casi ensordecedor comparado con el ruido estridente del salón de pesas que estaba al final del pasillo. Giana tenía la respiración agitada en aquel silencio, parecía un animal enjaulado.

—La luz debería estar...

Fui a buscarla, pero Giana me dio un manotazo en el brazo, lo que me indicó que ella también sabía exactamente dónde estaba.

—Déjalo —me dijo—. No sé si seré capaz de decir esto si estás mirándome.

—¿Decir qu...?

—Quiero que me cojas.

Las palabras salieron en una súplica jadeante y aguda que me estremeció por dentro. Fue como un puñetazo en el estómago y tener una boca alrededor de mi pene al mismo tiempo, insoportablemente doloroso y deliciosamente estremecedor.

Ignoré a la bestia que se despertó en mi interior al oír aquellas palabras, sofocando la salvaje necesidad de que le concediera su deseo ahora mismo, aquí mismo, en esta maldita bodega. Tomé aire despacio y exhalé con la misma lentitud antes de hablar.

—Eh, gatita, no creo...

—No, lo digo en serio —dijo, interrumpiéndome—. Quiero que me quites la virginidad, Clay.

Agradecí la oscuridad absoluta de aquella bodega mientras me mordía los nudillos, reprimiendo un gemido por lo pecaminosamente dulce que era oír esas palabras salir de sus labios.

—Me vas a tener que dar un poco de contexto —balbuceé al final. Aquel monstruo que tenía dentro de mí era cada vez más difícil de contener.

Se escuchó un largo suspiro, un arrastrar de pies seguido de una suave maldición que me dijo que seguro que se había metido en un lío.

—Shawn tiene experiencia —dijo—. Es probable que se haya acostado con más chicas de las que yo he conocido en toda mi vida. Quiero decir, incluso camina con arrogancia sexual. Prácticamente destila *sex appeal*.

Arrugué la nariz, una vez más dando gracias por la oscuridad que cubría mi (no tan sutil) desacuerdo con cada palabra que acababa de soltar.

—Cuando por fin tenga mi oportunidad con él, si es que la tengo, no quiero ser tan mala en la cama que se ría o se apiade de mí o... o... se largue.

Esas últimas palabras fueron casi como un grito de sorpresa al darse cuenta de que esa era una posibilidad.

—Él no va a lar...

—Eso no lo sabes —dijo—. No sabes lo que es ser virgen con casi veinte años porque seguro que perdiste la virginidad a los dieciséis.

En ese momento cerré la boca porque tenía razón.

—Por favor, Clay —dijo, y sentí que sus manitas se acercaban a mí, envolviendo mi antebrazo y apretándolo—. Necesito tu ayuda. Por favor.

«Esta chica me está suplicando ahora mismo que le quite su virginidad en una bodega de suministros a oscuras».

—Enséñame cómo besar, cómo conseguir que un hombre disfrute —susurró—. Enséñame cómo hacer todo.

Dejé escapar un gemido bajo en mi siguiente exhalación porque, demonios, no estaba bien lo mucho que me excitaba esto.

Se me aceleró el corazón, que retumbaba como un montón de caballos mientras reflexionaba sobre lo que me estaba pidiendo. Todas las señales de advertencia, campanas y silbatos se dispararon como una sinfonía caótica en mi interior por siquiera considerarlo. Los besos fingidos y las caricias intensas eran una cosa, pero desnudarla, tomarla por primera vez...

Aquello era un terreno de juego completamente nuevo, para el que no estaba seguro de que ninguno de los dos estuviera preparado.

—Clay —susurró cuando no respondí, y sus manos subieron por mi pecho, aferrándose a mi camiseta—. No confío en nadie más. Por favor.

Cerré los ojos al oír otra súplica, con el estómago revuelto y un nudo en el pecho, porque antes de responder ya sabía que no se lo negaría.

No podía, no cuando me pedía ayuda.

Tragué saliva, me acerqué a su espalda y encendí la luz. Los dos parpadeamos por la claridad, pero entonces sus ojos azul caribe se clavaron en los míos, tenía la respiración tan entrecortada como cuando me arrastró hasta aquí.

Pero no vaciló.

No se acobardó ni retrocedió. No huyó. No se echó atrás. Me miró directamente a los ojos y me pidió de nuevo, en silencio, que fuera yo quien se llevara algo que yo sabía que era más valioso para una mujer de lo que jamás entendería como hombre.

Apreté los labios.

Y entonces, asentí con la cabeza.

Suspiró aliviada, como si respirara por primera vez después de años bajo el agua. Me echó los brazos al cuello y yo cerré los ojos al atraparla, con la advertencia recorriéndome la columna vertebral como una descarga eléctrica.

—¡¿De verdad?! —gritó, estrechándome con más fuerza—. Gracias, Clay. Gracias, gracias, gracias.

Le enterré la cara en el cuello cuando la abracé con la esperanza de que supiera mejor que yo hasta dónde podíamos llegar. Cuanto más tiempo permanecíamos abrazados, lo que me invadía era más incredulidad que otra cosa.

Había aceptado.

Iba a quitarle su virginidad.

A pesar de todas las señales de alarma que me decían que era una mala idea, no podía negarme.

En algún lugar de mi interior, esa criatura salvaje que tanto me había costado domar sonrió en señal de victoria...

Y anticipación.

13
Clay

Nuestro primer partido fuera de casa era contra los Vikingos de la Universidad de South Vermont, y les dimos una paliza.

El campo estuvo hecho un desastre desde el momento en que salimos a correr para calentar, y nuestros tacos y uniformes quedaron completamente cubiertos de barro al final del primer cuarto. Me dolían las rodillas de tanto correr y el tobillo izquierdo me dolía más que cuando me lo rompí en sexto.

Aun así, todo el equipo había estado increíble, demostrando, una vez más, que éramos un equipo al que tener en cuenta en la competición esta temporada. Después de nuestra victoria en el *bowl* del año pasado, muchas miradas estaban puestas en nosotros, y ahora íbamos dos a cero y acabábamos de derrotar por más de veinte puntos a un equipo contra el que el año pasado habíamos ganado por nada.

—Eh, perdona —dijo Riley, que corrió hacia mí después de una entrevista en el campo tras el partido. Tenía el pelo empapado y le caía sobre los hombros y los ojos mientras apoyaba las manos en las caderas y me miraba—. ¿Acaso mis tres goles de campo no merecen que me lleven en hombros a los vestidores?

Sonreí, la agarré por las caderas y la ayudé a subirse. Se me subió a los hombros, me agarró las manos mientras me ponía de pie, las levantó y empezó a corear uno de los gritos de guerra de nuestro equipo. Un jugador tras otro se unieron a ella y yo corrí con Riley a través de la multitud para que chocara los cinco con ellos de camino al túnel.

Se reía y gritaba a cada paso que daba hasta que la volví a dejarla con cuidado en el suelo una vez estuvimos dentro del estadio. En cuanto lo hice, Zeke la abrazó por detrás.

—Hiciste una intercepción muy buena, Johnson —me dijo, y le choqué la mano cuando me la extendió.

—La próxima vez será un *touchdown*. Recuerda mis palabras —prometí.

—No me cabe la menor duda. —Hizo una pausa y le dirigió a Riley una mirada que al parecer quería decir que se fuera, porque ella puso alguna excusa sobre que necesitaba hablar con el entrenador antes de desaparecer por el pasillo.

Zeke se volteó hacia mí.

—Bueno —dijo—. ¿Qué tal vas con Giana?

Sonreí, burlón.

—¿No te parece que estás entrometiéndote?

—Como si no hubieras hecho lo mismo el año pasado con Riley y conmigo —replicó, inexpresivo.

—Fue distinto. Giana y yo estamos muy bien. Y no negando nuestros sentimientos el uno por el otro como ustedes dos.

Algo en mi estómago se revolvió al decir esas palabras, pero lo ignoré, echando mi brazo alrededor de los hombros de Zeke.

—¿Por qué estás tan preocupado?

Soltó un suspiro.

—No sé, amigo. Giana es una chica estupenda. Es que... No me malinterpretes..., quería asegurarme de que no era una relación por despecho.

Me troné el cuello, quitándole el brazo de encima mientras la advertencia de Holden volvía a mi memoria.

—¿Por qué todo el mundo piensa que es eso?

—Porque estabas destrozado porque Maliyah rompió contigo hace como un mes, y ahora te fajas con Giana cada vez que puedes.

—Está buena. Y es muy divertido besarla. Y es mi novia —dije—. No entiendo por qué a todo el mundo le cuesta tanto aceptarlo.

—Tienes razón —dijo Zeke, levantando las manos en señal de derrota—. Lo siento. No debería haberlo asumido. Me alegra ver que te va tan bien, de verdad. Estaba preocupado al principio de la temporada.

—No eras el único —confesé, y al doblar la esquina hacia los vestidores, nos recibió una docena de porristas riéndose a carcajadas.

Maliyah incluida.

Estaba empapada de pies a cabeza, cada centímetro de su uniforme se pegaba a su esbelto cuerpo. El agua seguía deslizándose por sus brazos, su abdomen, sus piernas, y también de su pelo, que caía cada vez más y se sumaba a la marea.

Su risa vaciló cuando me vio, y sus ojos pasaron de mí a Zeke y viceversa mientras todas las porristas la miraban.

Nos miraban.

—Hola —dijo al final.

Tragué saliva.

—Hola.

Una de sus compañeras se agarró de los brazos de otras dos y las jaló hacia delante, el resto de las chicas las siguieron y nos dejaron solos. Zeke me miró y se despidió de mí con una inclinación de la barbilla antes de meterse a los vestidores.

Entonces nos quedamos los dos solos.

—Ha sido un partidazo —dijo Maliyah, y algo parecido a una sonrisa se dibujó en sus labios al pronunciar esas palabras—. Eres incluso más rápido de lo que recordaba. No tienen ninguna posibilidad de abrirse cuando estás ahí fuera.

Resoplé.

—Gracias.

No era lo que esperaba, estar allí con ella, por fin a solas por primera vez desde que empezaron las clases. Había soñado con este momento durante mucho tiempo, con lo que diría, con lo que haría..., pero nada era como pensaba que sería.

Una parte de mí deseaba abrazarla, extender la mano y acercarla hacia mí, exigirle respuestas y preguntarle por qué estaba actuando así.

Pero había otra parte de mí, más fuerte que nunca, que estaba... enojada.

—Papá también estuvo viéndolo —dijo—. Quería que te dijera lo orgulloso que está de ti.

Eso me reconfortó más de lo que quería admitir.

Cory era lo más parecido a una figura paterna que había tenido desde que mi padre se fue. Habían sido amigos íntimos cuando yo era más joven, y no sabía si era por eso o por Maliyah por lo que se había interesado tanto en mi vida. Me ayudaba cuando las cosas se ponían difíciles en clases y mamá no sabía qué hacer, o cuando me hacía falta liberarme de la presión mental del futbol americano. Era abogado, calculador, pero muy inteligente.

Su orgullo era algo que deseaba, incluso cuando odiaba admitirlo.

—Gracias —dije un poco menos mordaz.

Maliyah se cruzó de brazos, con los ojos un poco tristes al preguntar:

—¿Cómo estás?

—¿Cómo crees que estoy, Li?

Me dolió el pecho con el apodo, y me pregunté si a ella le pasaba lo mismo porque bajó la mirada hacia sus zapatos, frotándose los brazos con las manos como si tuviera frío.

—Parece que te va bien —dijo mirando al suelo, y luego volvió a subir la mirada para mirarme—. Con Giana.

El fuego se encendió en mis pulmones con la mención de su nombre, tanto por lo que le había prometido que haría como porque sabía, solo por esa evaluación, que Maliyah se había fijado en nosotros.

Y que nuestro jueguecito estaba funcionando.

—Y a ti con Kyle —le respondí.

—Kyle no significa nada para mí.

Aguardó, como si esperara que yo dijera lo mismo de Giana, pero conocía a Maliyah lo suficiente como para saber que, si cedía demasiado rápido, perdería el interés igual que antes. La había amado durante años, y sabía mejor que nadie que le encantaban los retos.

Y aún más, ganar.

Cuando no respondí, Maliyah suspiró y miró a su alrededor para asegurarse de que estábamos solos antes de descruzar los brazos y acercarse a mí. Su calor invadió mi espacio y me tocó el antebrazo con la punta de un dedo.

—Veo cómo sigues mirándome cuando estás con ella —dijo, y sonrió cuando mi piel se erizó bajo su contacto—. ¿Qué estás haciendo exactamente, Clay?

Su mirada se deslizó lentamente hacia la mía y sonrió con timidez, inclinándose aún más hacia mí hasta que su pecho quedó muy cerca del mío.

Y, una vez más, me sentí en conflicto.

El impulso de aplastarla contra mí y reclamar su boca

con la mía luchaba contra el poderoso deseo de darle a probar su propia medicina.

Y había algo más..., algo que no sabía identificar.

—Estoy haciendo exactamente lo que querías que hiciera —dije, acercándome a su oído.

Inclinó el cuello hacia atrás y me apretó el brazo con la mano mientras cerraba los párpados.

—Estoy pasando página.

Le susurré las palabras en el cuello antes de apartarme de golpe y quitarme su mano de encima. La aparté de un empujón y entré a los vestidores, sin molestarme en girarme y deleitarme al verla boquiabierta.

Maliyah no estaba acostumbrada a que la rechazaran.

Le di una patada al fondo del locker que me habían asignado en el espacio para visitantes, atrayendo algunas miradas de mis compañeros antes de respirar hondo y quitarme la camiseta. A continuación, me quité las protecciones y me fui cojeando hacia las regaderas, dejando correr el agua lo más caliente que pude y apoyando las manos en la fría pared de azulejos mientras el agua caía sobre mí.

Era la primera vez que hablábamos de verdad desde que ocurrió todo, desde que me desechó como si fuera basura y se fue como si no le hubiera dolido nada. Incluso ahora sabía que estaba jugando, dejándome caer un cebo tentador justo en la cara para ver si lo agarraba, solo para atraparme y volver a desecharme.

Me enojaba.

Me partía el corazón.

Pero eso no era lo que más me preocupaba.

Lo que hizo que me quedara en aquella regadera caliente hasta que se me arrugaron los dedos y se me enrojeció la piel fue el hecho de que algo de lo que sentía por ella había cambiado, se había transformado en un sentimiento que no reconocía.

Y, ahora, ya ni siquiera estaba seguro de en qué consistía el juego.

O a qué estaba jugando.

El viaje en autobús de vuelta a Boston fue largo y lluvioso, como el partido.

Aunque la mayoría de mis compañeros de equipo estaban haciendo un alboroto y gritando para celebrar nuestra victoria y haciendo planes para seguir celebrándolo cuando volviéramos al campus, yo me senté en silencio cerca de la parte de adelante, en un asiento junto a Holden, que parecía contento escuchando música con sus audífonos y dejándome en paz.

Mi madre me había enviado un mensaje después del partido diciéndome que Brandon y ella habían ido a casa de los padres de Maliyah a ver el partido en la televisión. Me dijo lo orgullosa que estaba de mí. Me dijo lo orgulloso que estaba Cory de mí. También me preguntó si iría a casa para Acción de Gracias.

> **Mamá:** ¡Me muero por que conozcas a Brandon!

No tenía fuerzas para contestarle, ni siquiera para terminar de leer el interminable mensaje que mi padre me había enviado poco después. No me sorprendió ver su nombre en los mensajes que tenía pendientes. Solo tenía noticias suyas los días de partido, y por lo general se trataba de una lista de cosas que podía hacer mejor, seguida de preguntas sobre si había encontrado un agente o si ya había planificado mi carrera profesional.

Estaba a punto de lanzar el teléfono al río más cercano

cuando Giana me envió un mensaje justo al entrar en el estacionamiento.

Giana: Siento no haber podido verte después del partido. El campo era una locura con todos los periodistas. ¿Ya estás en el campus?

Le respondí que acabábamos de llegar.

Yo: ¿Vienes?

Mi corazón se detuvo antes de volver a la vida, y le mandé un emoji con el pulgar hacia arriba antes de que mi humor de perros pudiera disuadirme. Había planeado ir directamente a mi dormitorio y tirarme boca abajo en el colchón, pero la verdad era que no quería estar solo.

No con todos los pensamientos arremolinándose en mi mente como un tornado.

El entrenador dio un discurso rápido en el vestidor antes de que todos nos fuéramos, nos dijo que disfrutáramos de nuestro domingo y volviéramos aquí listos para trabajar el lunes por la mañana. Salí volando de allí con los audífonos puestos para que nadie pudiera invitarme a ir a un bar o al Nido.

Fue un largo paseo hasta la casa de Giana, lejos del campus. Por lo general iba en tren o pedía un Uber. Pero había dejado de llover y agradecí el aire fresco de la noche mientras salía del campus y recorría Fort Point. Estaba lleno de gente, tanto lugareños como turistas, que acudían a restaurantes y bares ahora que el clima había mejorado.

Eran casi las nueve cuando llegué a casa de Giana, y me abrió, esperándome con la puerta abierta cuando llegué a su departamento.

—Bueno, me imaginaba que tendrías hambre después de ese partido monstruoso... ¡Por cierto, esa intercepción fue una locura! Pero no sabía de qué tendrías hambre en concreto —me dijo, abriendo por completo la puerta para que pudiera entrar. En cuanto lo hice, me asaltaron un montón de aromas—. Así que... pedí un poco de todo.

Tenía el pelo alborotado y encrespado por la lluvia en un chongo descuidado sobre la cabeza, con ricitos que se salían de él y le enmarcaban la cara. Esta noche llevaba los lentes negros, los que tenían el armazón ancho, y sus esponjosas pantuflas rosa repiqueteaban contra el suelo de madera mientras me acompañaba a la cocina.

Llevaba una sencilla camiseta blanca de tirantes, más corta, de modo que se le veía el estómago que había entre ella y los pants demasiado grandes que le colgaban de las caderas. Todo en ella gritaba hogar, junto con las velas encendidas en cada rincón de su casa.

Cuando llegamos a la cocina, se mordió el labio con timidez y señaló la comida, que era demasiada para dos personas.

—Hay albóndigas, arroz, *pizza* y unas hamburguesas del bar de abajo. Yo me he comido unos bocaditos de *pretzel* con queso y cerveza, ¡buenísimos! —Puso los ojos en blanco y se palmeó el estómago como un muerto de hambre antes de levantar un dedo—. ¡Oh! Y papas fritas. Y donas. Y helado en el congelador. Puede que también tenga... papas de bolsa... aquí... arriba... —añadió con esfuerzo mientras se ponía de puntitas para abrir la pequeña alacena que estaba encima de la parrilla.

En efecto, tenía papas fritas, dos bolsas de Cheetos, tanto de los gusanitos blandos como de los crujientes, y los añadió a la charola antes de ponerse las manos en las caderas, satisfecha por la victoria.

—*Bon appétit* —dijo. Cuando por fin me miró, frunció el ceño—. Dios, es demasiado, ¿verdad?

Intenté sonreír, negando con la cabeza.

—No, está genial.

Frunció el ceño aún más y se acercó a mí, mirándome a los ojos, mientras yo tragaba saliva y apartaba la mirada. Me quedé mirando el espacio que nos separaba, con las manos metidas en los bolsillos del pants.

—No estás bien —susurró.

Intenté volver a sonreír, pero mi sonrisa se desvaneció como una flor bajo el sol del desierto. Levanté la mirada, pensando si decir que estaba bien.

Pero al final me limité a negar con la cabeza.

Giana suspiró, y asintió como si lo hubiera entendido sin que yo dijera nada.

—Bueno —dijo, agarrándome de los brazos y llevándome hacia su habitación—. Siéntate —me ordenó, empujándome hasta que me senté en el borde de su cama—. Relájate. Voy a prepararnos un par de platos. Y tú eliges el documental que vamos a ver.

—¿Documental? —pregunté con una ceja arqueada, quitándome los tenis antes de volver a sentarme contra su cabecera.

—Sí, vamos a ver un documental estúpido sobre algo raro y a comer hasta reventar. —Buscó en Netflix, los ojos se le iluminaron un poco cuando hizo clic en la subcategoría de documentales—. ¡Oh! Mira. Uno sobre porristas.

Me miró, moviendo las cejas.

Le quité el control.

—Dame eso.

Con una sonrisa, me obedeció y desapareció en la cocina. Volvió unos minutos después con dos platos llenos de comida y se puso a mi lado en el colchón.

—¡*Our Planet*! Una elección excelente, amigo mío —dijo llevándose un gusanito a la boca. Luego me quitó el control de las manos, pasó unos cuantos episodios, le dio a reproducir y apagó la lámpara que estaba junto a su lado de la cama.

Empezó el documental y no apartó los ojos de la pantalla, salvo cuando agarró algo de los dos platos que había entre nosotros.

No me preguntó qué me pasaba. No se entrometió.

Se limitó a estar... ahí.

—¿No es una locura? —me preguntó con la boca llena de Cheetos cuando íbamos por la mitad del segundo episodio que habíamos elegido. Se llamaba *High Seas*, y en la pantalla nadaban criaturas que brillaban en la oscuridad y vivían en las profundidades del océano—. Parecen hechas a computadora. Pero no es así. Es real. —Hizo una pausa, moviendo su gusanito como si fuera una varita mágica—. Me refiero a que... eso es real. Ese extraño pez que brilla en la oscuridad y que parece un alienígena vive aquí, en el mismo planeta que nosotros.

Se metió una fritura a la boca y negó con la cabeza.

—Sé que los alienígenas son reales. Quiero decir, sería ridículo que hubiera tantos universos y ni un solo planeta más tuviera vida inteligente. Pero ¿alguna vez nos comunicaremos con ellos? Eso no lo sé. Pero esto... —Señaló la pantalla—. Tenemos alienígenas aquí mismo. Tenemos toda otra galaxia que ni siquiera podemos explorar del todo porque no podemos bucear a tanta profundidad. ¿No es increíble?

Sonreí divertido, arqueando una ceja mientras ella seguía mirando la pantalla con los ojos muy abiertos y mordisqueando esas polvorientas frituras de color naranja.

Era tan rara, inteligente, curiosa y sorprendente. Era como una niña y una mujer adulta al mismo tiempo.

Giana tuvo que notar que la observaba, porque me miró

antes de chuparse los restos de las yemas de los dedos y preguntar:

—¿Quieres hablar de eso?

Me troné el cuello y volví a mirar la pantalla.

—La verdad es que no. —Hice una pausa—. Pero... gracias. Por esto —añadí con un movimiento de cabeza hacia la tele—. Me ha ayudado.

Sonrió con un pequeño movimiento de hombros que me dijo que estaba orgullosa.

—Bien.

La luz del televisor contrastaba con las sombras de su habitación, proyectando su figura en una suave luz azul. Seguí la luz hasta su escote, el trozo de piel que asomaba por encima del pants, hasta sus pies y volví a subir. No podía explicarlo, pero había algo muy reconfortante en ella en aquel momento, algo que me pedía que la abrazara.

La bestia que llevaba dentro asomó su horrible cabeza, golpeando la jaula y reclamando mi atención. Y no sabía si fue por ella o por mi propio deseo egoísta cuando hice lo que hice a continuación.

—Bueno... —Me aclaré la garganta—. Ahora que me has hecho sentir mejor... —Me incliné hacia ella, apoyando la barbilla en la base de su mano—. ¿Quieres practicar?

Giana frunció el ceño.

—¿Practicar? —repitió mientras mordía un pastelillo con queso de cerveza.

Cuando me miró, enarqué una ceja, esperando que la sonrisa lasciva que se dibujó en mis labios fuera respuesta suficiente.

Separó los labios y abrió mucho los ojos antes de engullir lo que había en su boca.

—Dios mío. ¡Practicar! ¡Sí!

En un alarde de agilidad y rapidez, dejó caer lo que quedaba del *pretzel* que tenía en la mano y retiró los platos y los aperitivos de la cama, que estaban entre nosotros. Se apresuró a llevarlos a la cocina antes de saltar de nuevo a la cama y caer de rodillas sobre ella, aplaudiendo como una niña pequeña.

—Bien. ¿Qué hacemos?

Sonreí divertido y me incorporé para estar con ella, pero en cuanto lo hice, dio un grito ahogado y saltó de la cama.

—¡Espera! —exclamó, y desapareció en el cuarto de baño. Oí la llave abierta y dos minutos después estuvo de vuelta—. Lo siento. Me olía la boca a Cheetos —me explicó.

Solté una carcajada.

—Me da igual tu aliento. Y, además, he estado comiendo la misma mierda. ¿Quieres que vaya a lavarme los dientes?

—No. El aliento con olor a Cheetos en ti no sería tan asqueroso como en mí. De alguna manera encontrarías la forma de hacerlo sexi.

Me lamí el labio inferior, divertido, y Giana puso los ojos en blanco antes de darme una palmada juguetona en el pecho.

—Anda. Concéntrate. Dime qué tengo que hacer.

Se quitó los lentes con cuidado y los dejó a un lado antes de volver a mirarme. Y la forma en que estaba allí, de rodillas, con el pecho subiendo y bajando, la mirada ansiosa..., era la imagen más dulce y embriagadora que había visto en mi vida. Me miraba como si yo tuviera todas las respuestas, como si fuera su salvavidas.

Como si confiara en mí plenamente.

Tragué saliva, ignoré todas las voces de mi interior que me advertían de lo que estaba a punto de hacer y me acerqué a ella, enmarcando su cuerpo con los brazos contra el colchón mientras ella se apoyaba en la cabecera.

—Acuéstate —le pedí.

Un destello de deseo inundó sus ojos cuando obedeció.

14
Giana

Estaba consumida.

Por la oscuridad de mi habitación, los incesantes latidos de mi corazón, la imponente masa del cuerpo de Clay hundiéndome entre las sábanas. Su voz áspera reverberó en mis oídos, una orden en voz baja, pero firme.

—Acuéstate.

Obedecí y, cuando mi espalda quedó apoyada en el colchón, Clay se deslizó sobre mí, acomodando su voluminoso cuerpo entre mis muslos. Sentí un escalofrío en los brazos, y Clay sonrió antes de pasarme los nudillos por la barbilla.

—Relájate —me dijo—. Esta noche no vamos a llegar hasta el final.

Fruncí el ceño, hundiéndome en las sábanas, Clay se rio y me inclinó la barbilla. Iba a protestar, a señalar que Shawn ya tenía mi maldito número y que podía quedarme a solas con él en cualquier momento, sin estar preparada. Pero antes de que pudiera discutir, Clay volvió a hablar.

—No estés tan triste, gatita —bromeó, dándome un beso tan ligero como el aire en la mandíbula—. Hay muchas cosas antes de eso, y créeme cuando te digo que no querrás saltártelas.

Una sonrisa avergonzada apareció en mis labios antes de que él los besara, y yo inspiré, rodeándole el cuello con los brazos y pidiéndole más. Ahora que lo habíamos hecho varias veces, me resultaba natural, casi... reconfortante.

Pero se separó demasiado pronto.

—Paso a paso, ¿está bien? —susurró, esperando a que asintiera antes de descender sobre mí una vez más.

Y cuando me hizo una caricia con la mano a lo largo del rostro, enredó los dedos en el pelo de mi nuca y me mantuvo quieta mientras me besaba de nuevo, me rendí.

Solté un suspiro largo y embriagador y abrí la boca para que Clay deslizara su lengua en ella. Al igual que en la fiesta, sentí una descarga eléctrica entre las piernas, algo que palpitaba allí como un latido.

Gemí al sentirlo, y él se apartó del beso lo suficiente para oír el sonido completo de mis labios.

—¿Por qué me gusta tanto? —Solté un suspiro, con los ojos aún cerrados, mientras la lengua de Clay volvía a lanzarse contra la mía.

—¿Quieres que te lo explique en términos científicos o más fácil?

Me mordí el labio para no sonreír mientras me besaba en el cuello y sus caderas rodaban entre las mías, provocándome de nuevo esa chispa de electricidad.

—De las dos formas.

Una carcajada retumbó en mi garganta.

—Cuando nos besamos, tu cerebro libera un coctel de sustancias químicas —susurró, volviendo a subir con besos hasta reclamar mi boca—. Pero en realidad no se trata de eso. Se trata de lo que te dicen.

—¿Qué?

Me acarició la barbilla, mordisqueándome el cuello.

—Dímelo tú.

Dejé escapar una carcajada, retorciéndome debajo de él al lamerme la piel del cuello, con una mano estabilizándolo y la otra recorriéndome el brazo. Las yemas de sus dedos eran tan suaves y ágiles como las de un bailarín de patinaje sobre hielo ante una multitud. Bajaron hasta el lugar donde yo le apretaba la camiseta antes de volver a deslizarse hacia arriba.

Y entonces se apartó.

—¿Qué? —jadeé, con los ojos entrecerrados.

—Dímelo —repitió.

Me ruboricé.

—No puedo..., no sé...

Clay se quedó mirándome a los ojos y volvió a rodearme el cuello con la mano. Pero esta vez, colocó uno de sus pulgares sobre mi labio inferior, igual que aquella noche en el club, cuando fuimos a ver a Shawn. Sus ojos se posaron en el lugar donde tenía el pulgar y lo pasó por mi labio resbaladizo antes de deslizarlo hacia abajo, arrastrando mi labio con él.

—Dime cómo te sientes —volvió a pedirme.

—Excitada —jadeé, con el pecho agitado por la confesión—. Y... tengo mucho calor.

—Calor —repitió con una sonrisa llena de satisfacción, y su mano volvió a bajar, pero esta vez no por mi brazo. La deslizó a lo largo de mi garganta, con una mínima presión, antes de seguir bajando, por la clavícula y, por último, me tocó el pecho a través de la delgada camiseta de tirantes que llevaba.

La camiseta de tirantes sin nada más debajo.

Mi pezón se erizó aún más al contacto, y Clay gimió con aprobación, acariciándolo a través de la tela fina de algodón. Una punzada de calor me recorrió desde aquel punto de contacto, justo entre las piernas, y grité, arqueándome ante su tacto y apartándome de él a la vez.

—Ese calor es deseo —me explicó, volviendo a pasar el pulgar por mi pezón—. Estás excitada.

—Sí —jadeé. Luego apreté los labios, luchando por encontrar las palabras—. ¿Cómo hago que tú también sientas eso?

Clay se rio, con un sonido grave y delicioso en mi oído. Apartó la palma de la mano de mi pecho y sentí aire frío allí mientras bajaba por mi mano. Enroscó sus dedos alrededor de los míos, me llevó despacio por su vientre, y sentí cada cresta y cada valle de su abdomen mientras bajaba.

Hasta que me agarró la mano y la llevó hacia abajo, donde su erección, gruesa y sólida, presionaba contra sus pants.

—Diablos —susurré cuando lo noté, cuando Clay gimió y se tensó ante mis caricias. No pude evitar envolverlo lo mejor que pude con los pants en medio, y Clay dejó caer su frente sobre la mía, tragando saliva.

—Ahí tienes la respuesta, gatita —murmuró.

Estaba excitado. Su piel estaba tan caliente como la mía.

Por mí.

La fuerza de aquella verdad me recorrió como un maremoto y separé los labios para encontrarme con los suyos, para gemir en su boca mientras frotaba la palma de la mano contra su longitud. Se estremeció al contacto y se me hizo agua la boca, como si quisiera saborearlo, como si quisiera saber qué se sentía al hundirse en mi garganta.

«Culpa de los libros indecentes».

Con un gemido, Clay bajó, apartando su boca de la mía y su pene de mi alcance con un solo movimiento.

Hice un gesto, pero él se limitó a sonreír, sacudiendo la cabeza como si yo fuera a acabar con él.

—Tengo que concentrarme —me explicó.

—En qué...

Pero no tuve tiempo de terminar la frase porque un segundo después, Clay me pasó la mano por debajo del dobladillo de la camiseta de tirantes, empujándola hacia arriba y subiéndola por encima de los pechos. Fue fuerza bruta, la tela se me subió por el cuello y mis pechos quedaron expuestos sin previo aviso. El aire frío hizo que se me erizaran los pezones y que los ojos de Clay los recorrieran, observando cada centímetro de ellos antes de volver a tocarme con una mano.

Se me escapó un suspiro al tacto, al ver cómo se me contraían los músculos de los muslos cuando me tocó con la mano. Me apoyé en las almohadas para poder mirar, para poder ver su pulgar recorriendo la parte superior de mi botón morado claro.

—Es como... si saltaran chispas —intenté explicar entre jadeos, y Clay sonrió satisfecho, rodeando mi pezón con el pulgar mientras yo gemía y me retorcía.

—A algunas chicas les gusta, a otras no —dijo—. ¿Cómo vas?

—A mil por hora.

Se echó a reír.

—¿Para bien o para mal?

Consideré la pregunta, no muy segura. Era un poco de las dos cosas, como tocar con la lengua una pila ácida o un céntimo de cobre. Me sorprendía y me resultaba incómodo, pero al mismo tiempo me gustaba.

Al menos, eso creía.

Al ver que no contestaba, Clay se acomodó entre mis piernas, con el pecho apretado contra mi corazón dolorido mientras se apoyaba en los codos.

—Cierra los ojos —me dijo.

Lo hice y solté un largo suspiro.

Y entonces, tuve su boca sobre mí.

Gemí, la sensación me sacudió con violencia mientras su lengua se arremolinaba sobre mi pezón.

—Clay —jadeé y, sin querer, llevé las manos a su pelo, y me agarré a él como si aquellas hebras fueran riendas.

—¿Bien o mal? —volvió a preguntar.

—Bien —exhalé, humedeciéndome los labios—. Muy bien.

Sonrió contra mi pecho, y entonces su lengua empezó a bailar, a dar vueltas y a juguetear mientras pequeñas descargas de electricidad se disparaban entre mis piernas. Luego, me succionó el pezón entre los dientes, mordisqueándolo con tanta suavidad que apenas lo noté antes de que me soltara.

—¿Eso bien?

—Dios, sí —jadeé, con las manos enredadas en su pelo, y él me besó con dulzura y ternura en el centro del pecho hasta que me agarró el otro pezón entre los dientes, repartiendo amor.

Me pareció que habían pasado horas de aquella tortura, sus labios moviéndose de uno a otro, la lengua sin cansarse nunca, y cuando por fin se arrastró de nuevo para tomar mi boca con aquellos hermosos labios otra vez, lo abracé contra mí, arqueándome, queriendo alabarlo como si fuera un santo.

—Eso ha sido increíble —jadeé—. Y ahora ¿qué demonios te hago a ti?

Clay soltó una carcajada, pero se desvaneció enseguida, con la nuez de Adán moviéndose en la garganta mientras se ponía boca arriba. No me quitó los ojos de encima, pero no pude evitar fijarme en cómo bajaba las manos, con los pulgares deslizándose bajo la cintura de sus pants. Subió los talones, levantó las caderas y se los bajó hasta las rodillas antes de quitárselos de una patada.

Abrí mucho los ojos y Clay se detuvo con los pulgares en la cintura de los calzones.

—¿Estás bien?

—Quítate los calzones, Clay —dije, prácticamente jadeando mientras esperaba a que liberara a la bestia que se tensaba contra la tela negra.

Se le escapó una risita, hizo lo que le pedí y, cuando su erección se liberó, salivé de verdad.

Nunca había visto una en la vida real, nunca había sabido nada más que lo que había visto en programas de televisión subidos de tono o en el porno ocasional al que me entregaba. Pero había leído sobre ellas. Había sentido cómo se me calentaba el cuerpo cuando los autores describían la punta hinchada, el tronco lleno de venas, la base gruesa con pelo.

Nada era comparable.

Me acerqué a él automáticamente, pero levantó la mano, me agarró la muñeca y me detuvo.

—Tócate tú primero.

Me sobresalté.

—¿Q-qué?

Clay me llevó la mano al estómago, empujándola bajo la cintura del pants mientras mis ojos se agitaban ante la sensación. Ni siquiera me estaba tocando. Era mi maldita mano.

Pero la suya estaba encima.

Alineó sus dedos con los míos, la yema de los suyos presionándome las uñas, y me pasó la mano a lo largo de mi vagina, deslizando un dedo entre los pliegues.

—¿Estás mojada? —me preguntó.

Asentí con la cabeza, incapaz de articular palabra.

—Empápate —me dijo—. Mójate la mano con tu humedad y luego déjame sentirla.

Tragué saliva con fuerza, como si hubiera dado un mordisco demasiado grande... y tal vez lo había hecho. Quizá había mordido más de lo que podía masticar, pero, Dios, qué bien me sentía al tener sus ojos sobre mí, sus manos, su boca.

Ya pensaría en las consecuencias más tarde.

Hice lo que me dijo, y mi cuerpo se iba calentando más y más cada vez que mi palma se deslizaba sobre mi clítoris. Clay me ayudó a deslizar la mano hacia delante y hacia atrás, empapándome los dedos y la palma, y luego sacó las manos de debajo de mis pants y las acercó a él.

Me apoyé en un codo y vi cómo se envolvía la base con mi mano.

En cuanto lo toqué, gimió, cerró los ojos y se dejó caer sobre las almohadas.

Aparté la mano.

—Dios mío. ¿Te he hecho daño? ¿Lo hice mal?

—No —jadeó, agarrándome la mano y volviendo a colocarla ahí—. Me gusta —suspiró, y luego una suave maldición salió de sus labios mientras me ayudaba a deslizar el puño sobre su pene—. Me gusta mucho, carajo.

Me encendí bajo el elogio, imitando lo que él había hecho. Deslicé la palma de mi mano hasta la punta de su pene, ejerciendo una ligera presión mientras la deslizaba de nuevo hasta la base. Me recompensó con otro gemido de satisfacción y flexionó las caderas.

—Más.

Apreté con más fuerza en la siguiente bajada, y él maldijo, asintió y volvió a doblarse en mi mano. Era tan gruesa que apenas podía rodearla con la mano, y la idea de tenerlo dentro de mí me excitaba y me aterrorizaba a la vez.

—La punta es muy sensible —trató de explicarme entre jadeos, su pecho agitándose con cada nuevo giro de mi mano sobre él—. Quieres tocarla, sí, pero no demasiado, no con demasiada agresividad.

Asentí, tomando notas mentales mientras le acariciaba la punta antes de pasar al tronco.

—Igual que cada chica es diferente, cada chico también lo es. Algunos lo quieren lento, otros rápido, a algunos les gusta la presión suave, a otros más fuerte.

—¿Y qué hay de estas? —pregunté, metiendo las manos debajo de su pene sin previo aviso.

Dio un salto cuando le toqué los huevos, maldijo, abrió los ojos y rodó, aprisionándome contra las sábanas.

—Ay, Dios. ¿Mal? —pregunté, aterrada. «¿No decían los libros que eso estaba bien?».

Clay soltó una carcajada y negó con la cabeza antes de dejar caer su frente sobre la mía.

—Bien —jadeó—. Al menos, para mí.

—Entonces, ¿por qué me has detenido?

—Porque no quiero venirme antes de que acabe la lección.

Me mordí el labio y Clay besó mi tímida sonrisa antes de rodar a mi derecha. Se apoyó en un codo, con la mano libre bajando y dibujando una línea desde una de mis caderas hasta la otra.

Me estremecí bajo su contacto y levanté la mirada para encontrarme con la suya.

Tragó saliva y hundió la punta de sus dedos bajo la cintura de mi pants.

—¿Puedo tocarte, Giana? —susurró.

Nunca había imaginado que unas palabras tan sencillas pudieran deshacerme.

Asentí y, al igual que él, levanté las caderas y utilicé el brazo que no tenía atrapado para ayudarle a bajarme el pants. No llevaba nada debajo, y a Clay se le hinchó la nariz al verme desnuda ante él.

—No sabía... No estaba segura de si debía... depilarme o

algo así. Por supuesto, no creía que fuéramos a... Normalmente solo tengo esa línea —le expliqué, con las mejillas encendidas de calor cuanto más tiempo se quedaba Clay mirándome entre las piernas. Junté las rodillas—. Puedo meterme a la regadera enseguida y...

—Detente —me dijo, agarrándome las rodillas antes de que pudieran encontrarse en el centro. Presionó con suavidad el interior de la izquierda hasta que volví a abrirme, y su mano recorrió despacio el interior de mi muslo hasta el vértice.

Tragó saliva y levantó la mirada para encontrarse con la mía.

—Eres perfecta —suspiró.

No tuve la oportunidad de refutar esa afirmación, no antes de que volviera a centrar su atención entre mis piernas y su mano se deslizara más arriba.

Me acarició.

Primero con suavidad, luego con más firmeza, con todo el calor de su palma cubriéndome mientras yo jadeaba.

—Dios, estás mojada —murmuró, deslizando sus dedos entre mis labios mientras yo movía las caderas sin querer—. Esto es tan jodidamente sexi, gatita.

Lo único que podía hacer era aferrarme a él, con una mano en la espalda de su camiseta y la otra retorciéndose entre las sábanas.

—¿Alguien te ha hecho esto? —me preguntó, con la palma de la mano rozándome ligeramente mientras deslizaba el dedo medio un poco más entre mis pliegues.

—Solo yo —jadeé.

Clay hizo una pausa, encontrándose con mi mirada.

—¿Estás segura de...?

—Hazlo —le supliqué, moviendo las caderas otra vez—. Por favor, Clay. —Cubrí su mano con la mía como él había hecho antes conmigo, presionando su dedo hasta que la punta tocó mi entrada.

Los dos soltamos un suspiro y retiré la mano, mirándolo a los ojos mientras se cernía sobre aquel punto.

Sus iris verdes se encendieron, las pupilas se dilataron un poco al recorrer las mías.

—Por favor, si te duele, dímelo.

Asentí y Clay respiró hondo, sin apartar los ojos de los míos.

Y empujó.

La punta del dedo se deslizó en mi interior, haciendo que se me entreabrieran los labios y se me cortara la respiración. Volvió a retirarla, pero esta vez la introdujo más adentro, hasta el primer nudillo.

Poco a poco, una y otra vez, se salió y empujó hasta que me abrí poco a poco para él y lo dejé entrar. Cuando por fin presionó hasta el fondo, empujando aquel grueso dedo medio dentro de mí y enroscándose en un punto que me hizo ver las estrellas, grité su nombre.

Me dolió. Pero una vez más, no me dolió. Era como arrancarte una costra, doloroso, pero satisfactorio, y yo solo quería más.

Busqué su pelo con las manos y guie su boca hacia la mía. Necesitaba besarlo. Necesitaba sentir cómo abarcaba cada centímetro de mí.

Me lo concedió.

Su lengua tortuosa se deslizó en mi boca, con un largo movimiento sincronizado con el de su dedo, que se deslizó dentro de mí y volvió a curvarse. Esta vez, lo dejó ahí, muy dentro de mí, y lo movió.

—Ay, Dios —suspiré en su boca—. Yo... Qué es...

Mi siguiente bocanada de aire me robó las palabras, y Clay me estrechó más contra él mientras se salía y volvía a deslizarse dentro de mí. Esta vez sentí... más. Llena. Estaba llena y apretada, esa pizca de dolor luchaba contra el placer hasta que este último se impuso y consumió todo mi ser.

Me estremecí contra sus caricias, más aún cuando la base de la palma de su mano me presionó el clítoris y lo frotó al mismo tiempo que sus dedos me penetraban. El calor que había estado acumulando se hizo más intenso y peligroso, como si un incendio brotara de lo más profundo de mis entrañas, literalmente.

—Clay —le advertí, asustada por él, por cómo crecía y crecía y me inundaba y... algo... algo estaba pasando.

—Suéltalo —dijo, uniendo su boca a la mía. Sus dedos se movían dentro de mí, empujando y enroscándose, y la palma de su mano rozaba mi punto más sensible.

Negué con la cabeza, aterrorizada, pero ese miedo se disipó al instante siguiente con oleadas de placer. Gemí en su boca y esos pequeños gritos se convirtieron en gemidos cada vez más fuertes mientras me sacudía, me retorcía y me aferraba a él. Era como si todos mis sentidos se concentraran en el lugar donde me tocaba. Sentí, saboreé y olí todo y nada a la vez. Un agujero negro de placer, eso es lo que era.

Fue violento y lo consumió todo durante lo que me pareció el minuto más corto de mi vida, y luego se desvaneció poco a poco, incluso cuando intenté forcejear y aferrarme a él.

—No —gemí cuando se desvaneció lo último que quedaba, y Clay se rio contra mi boca, besándome mientras sus dedos se detenían en mi interior.

—No te preocupes, gatita —susurró—. Hay muchos más orgasmos de donde salió ese.

Jadeé.

—¿Ha sido eso?

—Espera —dijo Clay, apartándose para poder verme a los ojos—. ¿Ha sido la primera vez?

Me sonrojé.

—O sea..., yo... Ya sabes que me lo he hecho algunas veces, pero... nunca... nunca eso.

Clay frunció el ceño y negó con la cabeza.

—Dios, Giana..., no lo sabía. Yo... —Tragó saliva—. Gracias. Por confiar en mí.

Sonreí.

—Gracias a ti por la lección.

Me apoyé sobre los codos mientras sacaba con cuidado los dedos de mi interior y me estremecí al sentir la pérdida.

—Aunque —dije—. Aún no hemos terminado.

Me acerqué a él, me detuve y busqué entre mis piernas, recordando que él quería que mi mano estuviera húmeda antes de tocarlo. Jadeé cuando sentí lo mojada que estaba, aún más excitada por empaparlo y proporcionarle el mismo placer.

Pero estaba casi demasiado mojada.

Fruncí el ceño y levanté las yemas de los dedos para que la luz del televisor se reflejara en ellas.

Y entonces grité de horror.

—¡Ay, DIOS! —Me asusté al darme cuenta de que el mismo líquido carmesí que cubría mis dedos también cubría los de Clay.

—Eh, no pasa nada —me dijo, levantando la mano ensangrentada como si quisiera tranquilizarme—. Son cosas que pasan. Es normal.

—Te he sangrado encima —susurré. De inmediato, salté de la cama y corrí al baño—. Oh, Dios mío.

Como una loca, abrí la llave, me mojé la mano y me la lavé con agua caliente y jabón hasta que la sangre desapareció. A continuación, agarré una toalla, la empapé y volví para llevársela a Clay a la habitación, pero al hacerlo choqué contra su pecho.

Sus manos enmarcaron mis brazos.

—Eh.

—Toma —le dije, ofreciéndole la toalla caliente mientras cerraba los ojos con fuerza—. Lo siento mucho. Lo siento muchísimo.

—Ey...

—Estoy tan avergonzada. Debes de estar tan asqueado. Ay, Dios.

—Gatita —dijo Clay, más firme. Con su mano limpia me dio unos golpecitos bajo la barbilla. Esperó a que abriera los ojos y me miró con sus penetrantes ojos verdes—. Es solo un poco de sangre. No es asqueroso. Es algo normal. No me da asco. Es un maldito honor que me hayas dejado tocarte así por primera vez. ¿De acuerdo?

Cerré los labios, tragué saliva, fruncí el ceño, y me quedé boquiabierta.

—¿De acuerdo? —volvió a preguntar.

Asentí, aunque no acababa de entenderlo. Pero fue suficiente para que Clay me soltara y me quitara el paño húmedo de las manos. Se deslizó detrás de mí y se lavó las manos con rapidez mientras yo me quedaba mirándolo como una idiota.

Luego, se acercó a mí despacio, como si yo fuera un animal salvaje a punto de huir. Buscó mi cintura con las manos.

Mi cintura aún desnuda.

A continuación, deslizó las manos por mi abdomen, atrapó la camiseta de tirantes y levanté los brazos para que me la pasara por la cabeza.

—Báñate conmigo —me dijo.

No era una pregunta ni una petición, era una orden.

Abrí la llave y esperé a que saliera agua caliente antes de

girar la válvula para abrir la regadera. Agarré dos toallas y las coloqué sobre la tapa del retrete antes de entrar, y Clay entró detrás de mí.

El agua corría caliente por mi espalda mientras me acercaba hacia él, con la parte delantera de él alineada contra mi espalda, y podía notar lo duro que seguía estando, la cresta de su miembro presionando mi trasero.

—Clay —suspiré, acercándome a él, pero me detuvo antes de que pudiera alcanzarlo.

—Esta noche no —dijo.

—Pero tengo que aprender. —Me retorcí entre sus brazos y no estaba preparada para lo que me esperaba. La luz suave del baño, la sombra de la cortina de la regadera, el agua que corría a chorros por sus brazos, su pecho, su abdomen...

—Te prometí que te enseñaría, ¿no? —Arqueó una ceja.

Suspiré.

—Sí.

—Entonces lo haré. Pero esta noche no. Esta noche —dijo, jalándome hacia él y dándome un golpecito en la nariz con la yema del dedo— celebraremos tu primer orgasmo.

Hice un puchero con los labios y dejé salir el aire para imitar el sonido de un pedo, pero se me escapó una carcajada antes de que pudiera evitarlo. Enterré la cara en su pecho, mirándolo a través del vapor que se acumulaba a nuestro alrededor.

—Creo que los orgasmos pueden ser mi nueva cosa favorita.

—¿Mejor que los libros? —preguntó con una sonrisa burlona.

Me puse de puntitas.

—Mucho mejor —respondí, y entonces, aunque la lección había terminado, le rodeé el cuello con los brazos y atraje su boca hacia la mía. Deslicé la lengua por sus labios hasta que se abrieron y busqué su lengua con la mía, gimiendo al sentir el agua y su beso, ambos calientes.

La realidad me golpeó, y abrí los ojos de par en par antes de echarme hacia atrás.

—Oh..., lo siento —dije, metiéndome el pelo detrás de una oreja—. Aparentemente soy insaciable ahora.

El chiste me salió mal y me avergoncé de mí misma mientras me giraba hacia la regadera y buscaba mi gel de baño en la repisa de atrás.

—Dejaré que te limpies —dijo, y sentí el aire fresco del baño entrar mientras salía.

Me quejé internamente. Literalmente lo había espantado de la regadera con ese beso, uno que no tenía por qué ocurrir. No había nadie cerca para presenciarlo. No era un espectáculo para nadie. Y habíamos terminado con la lección de esta noche.

Lo había hecho porque quería.

La vergüenza me rozó el cuello, pero el pánico se apoderó de mí ante la idea de que Clay se marchara mientras yo estaba en la regadera. No sabía por qué, pero no quería que se fuera. Todavía no.

—¡Clay!

Me agarré a la cortina y la aparté con el puño justo a tiempo para ver cómo se envolvía la parte de abajo en una toalla. Se giró, pasándose una mano por el pelo húmedo, la imagen parecía la portada de un libro y un anuncio de Ralph Lauren a la vez.

—¿Sí?

Tragué saliva.

—¿Te quedas?

Una sonrisa dulce se dibujó en sus labios mientras exhalaba.

—Sí.

Le devolví la sonrisa, con la esperanza de que viera el alivio que eso me producía antes de volver a cerrar la cortina. Me enjaboné con jabón corporal, con cuidado al limpiarme entre las piernas y encogiéndome un poco ante el rojo que se escurría por la coladera cuando lo hice.

Pero una vez limpia, con el agua caliente recorriéndome la espalda, mi cuerpo completamente saciado y adolorido... me tapé la boca con la mano y moví la cabeza mientras otra sonrisa florecía como una rosa en mis labios hinchados.

Había tenido mi primer orgasmo.

Y lo único en lo que podía pensar era que me moría de ganas de tener el siguiente.

15
Giana

A la mañana siguiente, con los primeros rayos de sol de la mañana entrando en mi departamento, tarareaba en voz baja mientras despegaba los bordes de un omelette con la espátula.

Clay seguía durmiendo, su cuerpo era demasiado largo para mi cama y era gracioso. Eché otro vistazo por encima del hombro a su pantorrilla cubierta de vello que asomaba por debajo de las mantas y por encima del extremo del colchón, un brazo bajo la almohada y la espalda desnuda dorada a la luz de la mañana. Fruncía el ceño incluso dormido, como si estuviera estudiando la grabación de un partido.

Sonreí para mis adentros y me volteé a la parrilla, doblé el omelette en la sartén.

Se había quedado a pasar la noche.

Después del lluvioso partido y de nuestra lección, los dos estábamos agotados, así que al poco de bañarnos, caímos rendidos. Tenerlo a mi lado mientras ambos intentábamos mantenernos despiertos durante otro episodio del documental, pero sin éxito, fue más reconfortante de lo que esperaba. Lo vi cabecear antes de darme permiso a mí misma para hacer lo mismo.

Estaba contenta de que se quedara.

No era tonta. Sabía que no podía tener ningún tipo de sentimientos hacia Clay, incluso después de que todas esas sustancias químicas fluyeran y me dijeran que debía aferrarme a la persona que me acababa de hacer sentir así de increíble. Teníamos un trato. Le había suplicado literalmente que me hiciera esas cosas, que me quitara la virginidad y me enseñara qué hacer para que, cuando llegara el momento con Shawn, no estuviera tan poco preparada como para perderlo antes de tener mi oportunidad.

Aun así, esa parte débil de mí disfrutaba de que fuera Clay quien lo hiciera, de que se quedara a pasar la noche, como si yo de verdad le importara.

Aquello fue mejor que lo que la mayoría de mis amigas experimentaron en la preparatoria sus primeras veces, de eso estaba segura.

Un fuerte zumbido en el alféizar de la ventana de mi dormitorio se escuchó por encima del ruido del omelette, y Clay se quejó, estiró a ciegas su gigantesco brazo hasta que agarró su celular de la repisa. Miró la pantalla y se levantó para sentarse, con el ceño fruncido.

Luego me miró a mí, pero me volteé antes de que encontrara mi mirada, intentando darle privacidad.

Me pregunté si sería Maliyah.

También me pregunté por qué a mí se me cerró el estómago al pensar en si era ella.

—Hola, papá —contestó, malhumorado, y volví a mirar por encima del hombro justo a tiempo para ver cómo se destapaba. Me dedicó una sonrisa tensa y desapareció en el cuarto de baño.

Algo en mí se relajó un poco y puse el primer omelette en un plato antes de empezar con el siguiente.

La conversación se acalló un poco cuando estuvo en el baño, sobre todo cuando también abrió la llave. Estaba claro que no quería que lo oyera, así que hice lo que pude para ignorarlo, para concentrarme en cocinar y no en los atisbos de conversación que distinguí.

«Sí, yo también los echo de menos».

«Sabes que podrías venir aquí a un partido, ¿no?».

«Sí. Ocupado. Lo entiendo».

La llave se cerró y la luz se apagó a la vez antes de que él saliera con un suspiro, pasándose una mano por la cara al doblar la esquina de la cocina. Los pants le colgaban de las caderas y la camiseta estaba arrugada por haberla tirado al suelo mientras dormía.

—Buenos días —dijo.

—Buenos días —le respondí—. Ten. El desayuno —dije, deslizando el omelette aún humeante sobre la barra de la cocina—. El café está ahí.

Bostezó, pasó junto a mí y alargó la mano para agarrar una taza de café del gabinete que estaba encima de la cafetera. Era como si viviera aquí, como si ya supiera dónde estaba todo.

—¿Siempre haces un festín para desayunar?

Solté una carcajada.

—¿Un festín? Es un omelette.

—Te aseguro que es mejor que lo que puedo hacer en mi residencia.

Sonreí, encogiéndome de hombros mientras terminaba de hacer mi omelette y lo servía.

—No cocino siempre, pero a veces me gusta. Mi padre solía hacer omelettes todos los domingos. Supongo que la costumbre se me ha pegado.

Clay frunció el ceño, aunque seguía sonriendo.

—Eso es genial. ¿Son muy unidos?

—La verdad es que no soy muy unida a nadie de mi familia —admití, sentándome en la barra de la cocina. Clay se me unió y se sentó frente a su omelette mientras yo le añadía pimienta al mío—. Pero de todos ellos, diría que con el que más unida estoy es mi padre. Es el único que me entiende de verdad.

—¿Y eso?

Pensé antes de responder.

—No me presiona para que sea algo que no soy. Me quiere tal y como soy, como quiero ser.

Clay asintió.

—¿Qué quieres decir con «de todos ellos»?

—Mi madre y mi padre, y luego están mis cuatro hermanos.

Abrió los ojos de par en par.

—¿Cuatro?

—Sip. —La palabra salió de mis labios—. Dos hermanas mayores y dos hermanos pequeños, y yo en medio. No ayuda que todos ellos sean genios y tengan talento en algún área superespecífica. Algún día tendremos... —Levanté los dedos para contarlos a todos—. Una atleta profesional, una bioingeniera y dos emprendedores que venderán su primer negocio por millones de dólares. —Dejé caer los dedos, agarró el tenedor y me metí un trozo de huevo en la boca—. Y yo.

—Lo dices como si tú no fueras igual de increíble.

Resoplé.

—Ajá. La friki de los libros tímida que intenta triunfar en las relaciones públicas. Una fantasía.

Le dediqué una sonrisa irónica, pero él se limitó a fruncir el ceño.

—Eres muy buena en lo que haces —dijo, muy serio—. Hace falta alguien muy fuerte y seguro de sí mismo para mandar a un grupo de estudiantes deportistas, sobre todo a los descerebrados de nuestro equipo. Tú controlas todo y lo sabes.

El orgullo me hinchó el pecho, pero me lo tragué junto con otro bocado de mi omelette.

—Bueno..., gracias. Mi madre no estaría de acuerdo. Siempre quiso que fuera como mis hermanas mayores: inteligente, deportista, modesta. Odia que ya no vaya a la iglesia. —Hice una pausa—. Pero mi padre lo entiende. Es callado como yo, y siempre le parecía bien dejarme en paz cuando me retiraba a mi habitación y me perdía en mis libros. Cada vez que mamá empezaba a regañarme, él la llevaba hacia uno de mis hermanos, desviando la atención. —Sonreí—. La verdad es que no hablamos mucho, pero es como si nos entendiéramos sin palabras.

—A veces eso es más fuerte que las palabras.

Asentí con la cabeza, de acuerdo con él, agarré un trocito de aguacate y me lo metí entre los labios.

—Hablando de familia, ¿todo bien con tu padre?

Toda emoción se borró de la cara de Clay.

—Yo solo... te escuché un poco hablar por teléfono. No mucho, solo que era él.

Se tronó el cuello y se puso a mover su omelette.

—No pasa nada.

—¿Son muy unidos?

Se quedó quieto, con el tenedor congelado en el aire.

—Vamos —dije—. Yo te he contado todo. Te toca.

Dejó escapar un suspiro y luego probó el primer bocado del omelette. Entonces, le cambió la cara y gimió, volteándose hacia mí con una mirada de incredulidad.

—Ehtá buenihimo.

Me reí.

—En nuestro idioma, ¿por favor?

Tragó.

—Está buenísimo. ¿Qué tiene?

—Huevo, albahaca, *mozzarella*, aguacate y tocino de pavo.

Clay parpadeó.

—Eres algo así como una maldita chef.

—Ni por asomo —dije, riéndome—. Y deja de cambiar de tema. Cuéntame tus profundos y oscuros problemas con tu papi. —Me incliné hacia él, juguetona, como una reportera, y le hablé al tenedor como si fuera un micrófono antes de inclinarlo hacia él.

Puso los ojos en blanco.

—No hay nada tan original en ellos, lo prometo. Mis padres se divorciaron cuando yo era pequeño. Según él, ella era una manipuladora y una celosa. Según ella, él la estaba engañando. A saber cuál es la verdad. Lo único que sé es que menos de un año después mi padre tenía una nueva esposa y, poco después, una familia nueva.

—¿Una familia nueva?

—Tengo dos mediohermanos —me explicó—. Solo he pasado con ellos algunas vacaciones. Siempre tienen toda la atención de papá, salvo cuando juego un partido de futbol americano.

Fruncí el ceño, removiendo el huevo en el plato.

—Lo siento.

Se encogió de hombros.

—Es lo que hay. Mi madre y yo estamos muy unidos, aunque ella también tiene sus cosas. Un segundo está de maravilla con un chico nuevo en su vida, y al siguiente está... —Hizo una pausa—. Bueno, no es ella misma.

—¿Qué quieres decir?

La sombra de algo pasó por su cara, tenía la mirada clavada en su plato.

—Lucha contra su propia cabeza. Cuando las cosas se ponen difíciles, cuando está sola... recurre a cosas que no debería.

Lo dejó ahí, permitiendo que yo encajara las piezas que faltaban.

—Parece que has crecido con mucha carga sobre los hombros —reflexioné.

Me miró a los ojos y frunció el ceño.

—Sí. Sí, supongo que sí. —Me buscó con la mirada—. Parece que tú también aprendiste a valerte por ti misma muy joven.

La comisura de mi boca se deslizó hacia arriba.

—Creo que lo prefiero así.

Se encontró con mi sonrisa, pero entonces su celular vibró, y lo agarró enseguida. Frunció el ceño cuando vio que era Holden antes de volver a dejarlo.

—Pasó algo con Maliyah ayer, ¿no? —le pregunté.

Se aclaró la garganta y asintió.

—¿Qué pasó?

—Me encontré con ella después del partido —dijo, resoplando—. Hablamos un poco.

—¿Y?

Me sonrió, burlón.

—Chismosa.

—¡Anda! Yo te cuento todo lo de Shawn.

—Me parece justo —aceptó, sentándose de nuevo en su taburete—. Me preguntó cómo estaba, fingió que le importaba. Intentó no tan sutilmente preguntarme qué había entre nosotros —dijo, haciendo un gesto con la mano entre él y yo—. Le dije que estaba pasando página. Se enojó y se puso celosa.

Se me revolvió el estómago a la vez que sentí un cosquilleo.

—Bueno..., eso está bien, ¿no?

—Algo es algo —aceptó, cortando otro trocito de su omelette—. Creo que le chocó que no cediera.

—¿Por qué no lo hiciste? —Hice una pausa—. A ver, ese era el plan, ¿no?

—Sí, pero no tan pronto. La conozco lo suficiente como para saber que solo está probando a ver si cedo a lo que ella quiere.

Me mordí las ganas de decir lo retorcido que era eso, y en su lugar, comí otro poco de mi desayuno.

—Pero sé que le afectó. Maliyah es como de la familia para mí —dijo, y las palabras me dolieron por alguna razón que no entendí—. Y para su familia es como si yo fuera uno de ellos. Eso ha sido lo más raro de todo esto, no solo perderla a ella, sino también a sus padres y a su hermana.

Asentí con la cabeza como si lo entendiera, aunque no era así.

—Pero si algo tengo claro de ella es que es una niña de papá. Quiere ser como él. Y él es abogado.

Levanté una ceja.

—Exacto. Me conoce mejor que casi nadie y no tiene miedo de utilizar lo que sabe para conseguir lo que quiere. Está acostumbrada a que haga lo imposible por ella. A mi padre le pasa lo mismo, por eso se enojó cuando no lo llamé después del partido, como le había prometido. —Frunció el ceño—. Supongo que mi madre también está acostumbrada a eso. Quizá todos.

—Te gusta ayudar a los demás —dije con facilidad—. Lo vi toda la temporada pasada con Riley y Zeke, y lo veo todos los días en el vestidor y en el campo y en los entrenamientos físicos. Siempre estás apoyando a todos los que te rodean, guiándolos, sugiriéndoles cosas y dándoles consejos.

Se pasó la lengua por el labio superior.

—Sí.

—No es algo malo.

—Tampoco es siempre algo bueno.

Asentí con la cabeza.

—Bueno, ¿qué te parece esto? —dije, girándome hacia él

en mi silla—. A partir de ahora, antes de hacer algo por otra persona, asegúrate de que también sea algo que haces por ti. ¿Trato hecho?

—Es mucho más fácil decirlo que hacerlo.

—Inténtalo.

Sonrió.

—Bueno. Trato hecho.

—Hablando de tratos —dije, girándome hacia la barra—. No me estarás ayudando con..., ya sabes... cosas— porque te sientes obligado, ¿verdad?

—No —respondió con soltura—. Lo hago porque me gustas.

Me ardieron las mejillas.

—Y porque ya no puedo verte morir por el musiquito sin que me den ganas de vomitar.

—¡Oye! —Le di un manotazo en el brazo—. Yo no me muero por él.

Clay se levantó, batiendo las pestañas mientras se llevaba las manos a la barbilla.

—¡Oh, Shawn! ¡Me encanta esa canción! Oh, Shawn, ¡qué manos tan grandes tienes! Las mejores para tocar esa guitarra grande y pesada. ¡Oh, Shawn!

Agarré un trozo de tocino que se me había caído y se lo aventé antes de que pudiera continuar, y me encantó la carcajada que soltó cuando lo hice.

—Tengo que irme ya —dijo, mirando la hora en su celular antes de guardárselo—. Me veré con Holden para entrenar.

—Es domingo. Tu día libre —le recordé—. Ayer jugaste un partido.

Se encogió de hombros.

—Cuando quieres ser el mejor, no hay días libres. —Entonces hizo una pausa—. ¿Estás... bien esta mañana?

Me sonrojé, y bajé la mirada hacia el plato.

—Un poco adolorida, pero... sí.

—Bien.

Abrió la boca como si quisiera decir algo más, pero no lo hizo. En lugar de eso, agarró su sudadera del taburete donde la había dejado la noche anterior.

Luego se inclinó hacia mí y me dio un beso en la mejilla.

—Gracias por el desayuno, gatita —dijo.

Un minuto después, se había ido.

Y, de repente, mi departamento parecía mucho más vacío.

16
Clay

—¡Ten cuidado! —le grité a Dane en nuestro siguiente partido mientras señalaba a un receptor grande que acababa de trotar desde delante de mí para aterrizar enfrente de él. Asintió con la cabeza y yo me agaché, moviendo los dedos a los lados mientras miraba al jugador a través del metal del casco.

Solo quedaban veinte segundos en el reloj y les ganábamos a los leones de Filadelfia por tres puntos. Pero si se acercaban lo suficiente como para marcar un gol de campo, iríamos a tiempo extra.

No iba a ir a tiempo extra.

Y menos en mi cumpleaños.

—¡Vamos, chicos! —gritó alguien desde la línea de banda. Se parecía mucho a Zeke, y me agaché aún más, con la determinación erizándome la piel.

Se lanzó el balón y el *quarterback* se tiró al campo con los ojos bien abiertos. Necesitaban al menos quince yardas más para estar en una buena posición de gol de campo, y era el tercer *down*, así que sabía que iba a lanzarlo.

Su mirada se desvió hacia el receptor que había caído junto a Dane, pero Dane se le echó encima. Así que el *quarterback* siguió buscando y, cuando nuestra línea defensiva empezó a abrirse paso, le entró el pánico y lanzó el balón hacia el centro del campo.

Pateé el césped tan fuerte como pude, esquivando al receptor que estaba cubriendo para correr hacia el ala cerrada que estaba libre. Dane se dio cuenta un segundo después que yo, pero llegó demasiado tarde. Incluso cuando empezó a correr, supe que no llegaría a tiempo.

Así que apreté más, con más fuerza, con los muslos y las pantorrillas protestando mientras daba todo lo que tenía.

Entonces, de la nada, uno de nuestros defensas se levantó de donde lo habían empujado hacia nuestra zona y lanzó el balón.

Se tambaleó, desviándose de su objetivo y, sin dudarlo, salté al aire y lo atrapé antes de que los atacantes pudieran darse cuenta de lo que estaba ocurriendo.

El rugido del público me asaltó al aterrizar, giré justo a tiempo para evitar que me bloquearan y corrí en dirección contraria por el campo. Me ardían los pulmones y me dolían las costillas, pero seguí adelante, mirando a mi espalda para ver que el equipo contrario me pisaba los talones.

—¡Vamos! ¡Vamos! ¡Vamos!

La inconfundible voz de Riley atravesó el ruido y corrí más rápido, levantando la vista para ver que el reloj estaba a punto de agotarse.

Y lo hizo.

Justo cuando crucé la zona de anotación.

—¡*TOUCHDOWN* PARA LOS REBELDES! —gritó el comentarista, y nuestro equipo local enloqueció cuando hinché el pecho y lancé el balón a las gradas. En el siguiente suspiro, mis compañeros de equipo me rodearon y me golpearon el casco con tanta fuerza como para provocarme una conmoción cerebral. Entonces, antes de que el entrenador o los árbitros nos amonestaran por celebrar demasiado, todos corrimos hacia la línea de banda y nos vimos rodeados de periodistas.

Fue una locura, y contesté a todas las preguntas que me hicieron hasta que no pude más. Era mi maldito cumpleaños y no quería pasármelo respondiendo a la misma mierda una y otra vez, pero tampoco quería ser un dolor en el trasero para Giana. Así que contesté con amabilidad y luego me excusé educadamente y me dirigí a los vestidores.

—Vaya forma de acabar el partido, fanfarrón hijo de puta —dijo Holden cuando me metí. Sonrió y me dio un golpe con su camiseta antes de tirarla al cesto de la ropa sucia—. Habríamos ganado igual si te hubieras limitado a agotar el tiempo.

Crucé los pies y giré, quitándome la camiseta de los hombros.

—Sí, pero después en los resúmenes eso no sería tan divertido de ver, ¿verdad?

Holden negó con la cabeza, pero sonreía de oreja a oreja, con el pelo pegado a la frente tras un partido agotador. Por fin empezaba a refrescar, el otoño se apoderaba del noreste como siempre en esta época del año.

—Clay —dijo Leo, haciéndome un gesto con la cabeza mientras entraba en los vestidores y dejaba el casco en la banca—. Tienes visita.

Señaló con la cabeza hacia el pasillo y se me dibujó una sonrisa en la cara mientras salía corriendo, dispuesto a envolver a Giana en un abrazo sudoroso, quisiera ella o no. No la había visto fuera de nuestro trabajo en el estadio desde la semana pasada, yo enfrascado en los entrenamientos y ella con la próxima subasta.

Y desde aquella noche, lo único en lo que podía pensar era en sus pequeños gemidos de placer.

Desnudarla, tocarla, saborearla había sido mucho más de

lo que esperaba, mucho más de lo que jamás podría haber imaginado. Sabía que me había pedido que fuera el primero, pero no me había dado cuenta de que eso significaba su primer todo. La chica ni siquiera había tenido un orgasmo.

Hasta que llegué yo.

Fue una estupidez lo mucho que eso me llenó de orgullo, lo mucho que hizo que la bestia que había en mi interior caminara con un poco más de fanfarronería.

También era una estupidez lo mucho que había pensado en ella desde entonces.

Cada mañana me despertaba con un mensaje suyo, un simple buenos días o, lo que era más habitual, una pregunta al azar sobre sexo o sobre cómo excitar a un hombre.

«Tenemos que volver a hablar de los huevos. Quiero formación sobre cómo manipularlos».

«¿A los chicos les gusta el labial rojo o es solo un inconveniente?».

«Dime la verdad: ¿mis faldas me hacen parecer tierna o sexi? Porque yo creo que sexi».

«¿Para cuándo la próxima lección?».

Por supuesto, esas preguntas daban paso a que nos mandáramos mensajes durante todo el día, que nos escabulléramos un minuto juntos cada vez que podíamos en el estadio. Y cada vez que podía, me acercaba a ella para besarla.

Incluso cuando Maliyah no estaba cerca.

Me dije que era porque así todo parecería más real. Convencería a Maliyah de que no lo hacía solo porque sí. «Hará que vuelva —le aseguraba a mi cerebro—, hará que te quiera de verdad».

Me repetía esas palabras una y otra vez.

Eso no explicaba por qué había sacado a escondidas un par de libros de Giana bajo la camiseta cuando había pasado a llevarle la cena a mitad de semana. Me despidió enseguida porque estaba estudiando para un examen. Pero me llevé los libros y estudié un poco por mi cuenta.

Memoricé las páginas que había subrayado, las que tenían la marca de las yemas de sus dedos.

Y lo que encontré me sorprendió.

Estaba impaciente por poner a prueba las teorías que se me habían ocurrido la próxima vez que estuviéramos a solas y por hacerle burla, lo que se estaba convirtiendo cada vez más en mi pasatiempo favorito.

Salí al pasillo, dispuesto a soltar algún comentario ingenioso sobre cómo retener a la prensa, cuando me encontré cara a cara con Cory Vail.

Mi sonrisa se disolvió como sal en el agua caliente.

—Mi chico —dijo, con una amplia sonrisa mientras abría los brazos para abrazarme. No esperó a que me deslizara entre ellos. En lugar de eso, me envolvió en un abrazo de oso y me dio una palmada en el hombro al soltarme.

Me quedé sorprendido al ver al padre de mi exnovia, que siempre había sido como un padre para mí. Estaba lleno de orgullo, sus ojos eran del mismo color café que los de Maliyah. Era tan alto como yo, pero más corpulento, como el tronco de un árbol. Iba impecablemente vestido, como siempre, desde el traje azul marino a medida y las mancuernillas de plata hasta los zapatos de vestir de Prada.

Poder y confianza, eso es lo que siempre desprendía.

—Ha sido un partido increíble —dijo—. Me alegro de haber estado aquí para verlo.

Parpadeé, recuperándome del asombro.

—Yo también.

—Tu futuro es cada vez más prometedor. Sé que no hace falta que te lo diga, pero estoy orgulloso de ti, Clay. —Asintió con la cabeza, con algo de cautela en los ojos—. Nunca llegué a hablar contigo después de todo lo ocurrido.

«Todo», su hija haciendo mi corazón papilla.

—No voy a fingir que entiendo a mi niña —dijo con una sonrisa amable—. Pero te diré esto: creo que fue un error. Y espero que ella también se dé cuenta.

Se me formó un nudo en la garganta.

—Y también quiero que sepas que, a pesar de todo, sigo estando aquí para ti. Siempre. ¿De acuerdo? Cuando necesites algo, llámame.

Asentí, mordiéndome el interior del labio mientras la emoción me invadía. Casi quería lanzarme a los brazos de aquel grandulón y sollozar, darle las gracias por estar aquí, por quererme, por creer en mí.

Pero también quería poner distancia.

No importaba lo que hubiera sentido al crecer con él, no era mi familia, no lo era entonces y tampoco ahora.

Tenía que metérmelo en la cabeza tarde o temprano.

—Gracias, señor. Significa mucho para mí —logré decir.

Un gesto con la cabeza en señal de comprensión fue lo único que pudo ofrecerme antes de que Maliyah diera la vuelta a la esquina y se arrojara a los brazos de Cory.

—¡Papi!

—Hola, cariño. Estuviste genial ahí fuera.

Ella sonrió y resplandeció ante sus elogios, igual que yo, y anhelé una realidad en la que mi padre viniera a los partidos de casa y se reuniera conmigo después en los vestidores.

Maliyah me miró y tragó saliva, miró a su padre y luego regresó a mí.

—Quiero saludar a un amigo de la dirección —dijo Cory, y no me sorprendió que tuviera amigos en la plantilla.

Tenía amigos en todas partes.

—¿Te veo en el coche? —preguntó, y luego le dio un beso en la mejilla a su hija sin esperar respuesta.

Cuando nos quedamos solos, los ojos de Maliyah buscaron los míos.

Y entonces, sin previo aviso, se arrojó a mis brazos.

—¡Ha sido increíble! —jadeó, abrazándome con fuerza mientras yo la estrechaba igual. Por un momento, aspiré su aroma, inhalé la sensación de estrechar su cuerpo contra mi pecho.

Pero enseguida la solté, dando un paso atrás para dejar espacio entre nosotros.

—Pareces sorprendida —respondí con frialdad.

—Bueno, sabía que eras bueno, pero... me gusta que me recuerden qué tan bueno.

Me dedicó una sonrisa burlona, pasándome la yema de uno de sus dedos por el estómago.

—Vamos a salir unos cuantos —añadió—. Deberías venir.

Resoplé, y miré hacia el pasillo detrás de ella.

—Ya veremos.

—Vamos, después de esto tienes que celebrarlo —me suplicó, metió el dedo en la cintura de mi pantalón de futbol americano y me jaló hacia ella. Sus labios se pegaron a mi oreja mientras se ponía de puntitas—. Después de todo, es tu cumpleaños. Me gustaría hacerte un regalo.

Odiaba que mi pene respondiera a aquella voz que me susurraba al oído, que mi piel se erizara ante su tacto. Sonrió cuando se apartó, como si supiera que seguía teniendo ese efecto en mí, como si le encantara.

Y eso enfrió el fuego.

La aparté de mí.

—Tengo planes.

Antes de que pudiera darme la vuelta, me detuvo y me rodeó el antebrazo con la mano, aunque no me resistí.

—¿Con ella? —preguntó, entrecerrando los ojos.

—No es asunto tuyo.

Maliyah negó con la cabeza.

—¿Por qué juegas a esto, Clay? Sé que me deseas —Se acercó a mí y su escote me presionó las costillas. Su mano se deslizó hacia abajo y me tocó a través de los pantalones—. Lo noto.

Me aparté de ella tan rápido que casi me caigo.

—Eso es la concha de protección. Nos vemos.

La dejé boquiabierta y, una vez más, intenté decirme que lo había hecho porque sabía que era demasiado pronto. Su padre ya lo había insinuado. Me dejaría de lado igual de rápido si cedía en este momento.

Quería ponerme a prueba, y este era yo superándolo.

Todo esto era parte del plan.

Todavía estaba autoconvenciéndome cuando me bañé, me vestí y le envié un mensaje a Giana diciéndole que me reuniría con ella en su oficina.

Me contestó: «En diez minutos».

Y entonces sonó mi celular.

La brillante sonrisa de mi madre iluminó la pantalla, rodeándome la cintura con el brazo en mi graduación de la preparatoria. Sonreí complacido al verla, sabía que cuando contestara, oiría la peor y más ruidosa interpretación de la canción del cumpleaños feliz. Era lo que más le gustaba hacer, cantarla de forma tan ruidosa que tuviera que ocultar la cara por la vergüenza, y eso no cambió cuando me mudé al otro lado del país.

El año pasado, me hizo ponerla en el altavoz en medio de nuestro entrenamiento de pesas.

—Mamá, antes de que empieces, estoy solo. Así que no tienes público, por si quieres conservar tus cuerdas vocales.

La broma murió junto con mi sonrisa cuando me encontré con un sollozo ahogado al otro lado.

El calor se apoderó de mis oídos, mi corazón latía con fuerza mientras me metía en una de las oficinas de los entrenadores asistentes que estaba vacía.

—¿Qué ha pasado?

Durante un buen rato, se limitó a llorar, con unos sollozos tan fuertes que me quité el teléfono de la oreja y empecé a buscar vuelos que pudiera tomar esta noche. Pensé que estaba herida o que alguien había muerto. Pero entonces empezó a hablar.

—Ha roto conmigo.

Cerré los ojos en una exhalación de alivio, pero sabía que no podía dejar que esa fuera mi reacción con ella.

—Lo siento, mamá.

Moqueó.

—Era el indicado. Pensaba... pensaba que iba a pedirme que me casara con él.

Me rasqué la nuca, pensando en todas las cosas que podría decirle para consolarla. Era un ciclo que ya conocía, y esperaba que no se hubiera dado cuenta.

—Él se lo pierde.

Hubo más sollozos al otro lado mientras recogía mis cosas y me despedía con la cabeza de algunos chicos que quedaban en los vestidores mientras me dirigía al pasillo.

—Eres una mujer increíble, mamá. Si no se ha dado cuenta, es que es idiota. Hay alguien mejor ahí fuera para ti.

—¡No hay nadie ahí fuera para mí!

Gritó las palabras y lloró al terminar de hablar.

—Estoy mayor, cansada y no tengo un peso —se atragantó. Tomó aire, hizo una pausa y añadió—: Realmente estoy... sin dinero, Clay.

Se me erizó el vello de la nuca.

—¿Pasó algo en el restaurante?

Me encontré con otra pausa larga.

—Iba... iba a decírtelo cuando vinieras para Acción de Gracias. Lo dejé. Hace mucho tiempo, la verdad.

—¿Que tú qué?

—¡Brandon estaba cuidando de mí! —gritó en su defensa—. Se ocupaba de todo. Pagaba mis facturas, estaba haciendo planes para que me mudara con él, haciendo planes para... —Hipó—. Me lo prometió. Él...

Dejó de hablar cuando se le salieron las lágrimas. Maldije y me detuve al doblar la esquina del pasillo que llevaba a la oficina de Giana.

—Volverán a aceptarte —dije—. Siempre lo hacen.

—Esta vez no. —Sollozó—. Lo he intentado. Ya no les importa. Y no los culpo. No soy una buena empleada hace muchos años.

—Eso no es verdad. Eres la mujer más encantadora que hay allí y ellos lo saben.

Dejó escapar una risa sarcástica.

—Mi encanto se acabó junto a mi belleza hace ya años.

Respiré hondo y solté el aire con la misma lentitud antes de intentar volver a tranquilizarla.

—Sé que ahora las cosas son difíciles, pero todo se arreglará. Puedes buscar un trabajo nuevo.

—¡No es tan fácil!

Cerré los ojos mientras ella seguía llorando, deseando estar allí para consolarla tanto como deseaba hacerla entrar en razón.

—Oye, todo irá bien. Puedo ayudarte hasta que arregles las cosas.

—¿En serio? —Sorbió un sollozo.

El alivio instantáneo que sintió me revolvió el estómago.

Quería ayudarla. Siempre ayudaría a la mujer que me mantuvo, que me cuidó, que me crio cuando mi padre se marchó.

Pero el hecho de que ahora lo esperara me dolía.

—Ay, Clay. Eres demasiado bueno para mí.

—No tengo mucho —le confesé—. Pero nos dan un poquito de dinero con la beca. Puedo ayudarte con las facturas hasta que arregles las cosas. Pero... prométeme que empezarás a buscar, mamá.

—Te lo prometo.

Asentí con la cabeza.

—De acuerdo, bueno..., tengo que irme. Pero te quiero.

—Yo también te quiero, cariño.

—Todo irá bien.

No respondió, pero podía imaginármela asintiendo con la cabeza, podía imaginármela con el pelo hecho un desastre y los ojos hinchados y enrojecidos, porque ya la había visto así muchas veces.

La llamada se cortó y parpadeé, frunciendo el ceño cuando me quité el celular de la oreja. No es que su ruptura fuera sorprendente.

Pero sí era que no me hubiera deseado un feliz cumpleaños.

Pensé en cómo estaba yo cuando Maliyah rompió conmigo y lo achaqué a que estaba enojada. No pude ser un buen amigo para nadie durante aquella época. Así que metí el celular en el bolsillo de la sudadera y doblé la esquina en dirección a las oficinas.

Y recé para que no recurriera a la botella o a las pastillas mientras yo resolvía las cosas.

No tuve tiempo de pensar en cuánto dinero necesitaría mamá, en cuánto podía permitirme darle honradamente ni en nada más relacionado con la ruptura, porque en cuanto crucé la puerta de las oficinas de relaciones públicas, me cayó encima una lluvia de confeti.

—¡FELIZ CUMPLEAÑOS!

Giana bailó dando saltitos, y sopló una serpentina que sonaba como una bocina antiniebla. Sobre su cabeza colgaba un letrero gigante de diamantina, y sus ojos se abrieron de par en par, alegres, a la luz de las velas con los números dos y cero de un pastel casero que tenía sobre la mesa.

—Rápido, antes de que se derritan —dijo, empujándome hacia las velas—. ¡Pide un deseo!

Quería estar feliz. Quería sonreír. Quería decirle lo rarita que era y lo mucho que la adoraba.

Pero lo único que pude hacer fue soplar las velas con un soplo suave.

Giana aplaudió, las quitó y las dejó a un lado mientras empezaba a cortar el pastel.

—No tenía ni idea de lo que te gustaba, pero pensé que no podía equivocarme con el chocolate. Y con las chispas, por supuesto. A todo el mundo le gustan las chispas. —Me dio un plato con una porción enorme—. Shawn estuvo hoy en el partido. Hablamos un poco después del ajetreo de los medios. Me preguntó si estaría en la cafetería para verlo esta semana. —Me miró con el ceño fruncido mientras comía un poco de su trozo de pastel—. Por cierto, no tenías que esforzarte tanto con la última jugada, pero me alegro mucho de que lo hicieras. Ha sido increíble. Los periodistas estaban como locos. Vas a estar en toda ESPN esta noche.

Sonrió y me dio un tenedor, pero no pude corresponder a su entusiasmo. Y cuando se dio cuenta, su sonrisa desapareció.

—¿Qué pasa?

Tragué saliva.

—Mi madre.

Fue la única respuesta que pude darle, pero, por suerte, Giana no insistió más. Frunció el ceño y asintió en señal de comprensión, me quitó el pastel de las manos y lo volvió a dejar sobre el escritorio.

—Ven. Vamos a un sitio.

—¿Adónde?

—Ya lo verás.

17
Clay / Giana

Clay

Éramos los únicos en el observatorio de la universidad.

Pues claro que lo éramos, era sábado por la noche y nuestro equipo acababa de ganar un partido de futbol americano contra uno de nuestros rivales. Todos iban a salir de fiesta, ya fuera al Nido o a un bar de fuera del campus.

Todos, excepto Giana y yo.

No había dicho ni una palabra durante el trayecto, nuestros pasos se habían acompasado en la banqueta, que estaba en silencio. Podíamos oír a los estudiantes celebrando por todo el campus, pero el sonido se hacía más y más lejano a medida que nos acercábamos al perímetro exterior, y se desvaneció por completo cuando la cúpula blanquecina del observatorio apareció ante nosotros.

Un chico con la cara llena de granos que masticaba chicle demasiado alto nos dejó pasar, aburrido y sin levantar apenas la vista del juego al que estaba jugando en el celular.

—Avísenme si necesitan algo —nos dijo después de explicarnos las reglas de los telescopios, y la mirada que nos dirigió cuando nos dejó solos me dijo que más nos valía no necesitar nada, porque no estaba de humor para ayudar.

Entonces, nos quedamos solos.

Giana dejó su bolsa en un rincón de la sala ovalada, con los ojos brillantes bajo los cristales de sus lentes, mientras sonreía al cielo abierto que estaba sobre nosotros. La mayor parte estaba cubierta por la cúpula del observatorio, pero había un espacio abierto a través del cual apuntaba el telescopio. Cuando se inclinó para mirar por primera vez a través del visor, jadeó y sonrió.

—Tienes que ver esto —me dijo, apartándose solo para agarrarme de la muñeca y arrastrarme hasta el cacharro.

Había tres telescopios distintos, pero ella había elegido el más grande, y cuando me incliné para mirar, comprendí por qué.

El cielo de Boston solía dejar ver unas pocas estrellas y tal vez uno o dos planetas; las luces de la ciudad brillaban demasiado como para ver mucho más. Pero a través de esta lente, las estrellas cobraban vida, toda una galaxia que brillaba en el negro. Pero no era solo negro: se veían incluso gases de color rosa y azul arremolinándose en la oscuridad.

—Magnífico, ¿verdad? —preguntó Giana a mis espaldas.

Asentí con la cabeza y me aparté para que pudiera volver a mirar. Cuando encontró lo que buscaba, sonrió como una niña en una tienda de golosinas.

—¡Saturno! —exclamó, y me empujó hacia abajo para que mirara con ella.

Y no pude ocultar la sorpresa cuando lo hice.

—Vaya —solté, asombrado por la claridad, por ver los anillos extendidos alrededor del planeta como si estuvieran a un campo de futbol de distancia.

—Esta noche la visibilidad es perfecta —dijo Giana—. También deberíamos poder ver Marte y Júpiter.

Negué con la cabeza y me aparté para dejar que volviera a juguetear con los ajustes. Mientras lo hacía, la observé, completamente asombrado por cómo se iluminaba cuando tenía la educación al alcance de la mano. Estaba ansiosa, como un drogadicto antes de consumir una droga: daba pequeños saltitos sobre las puntas de los pies y tenía dibujada una sonrisa tan amplia que hacía que me dolieran las mejillas.

—Saturno es sobre todo hidrógeno —dijo mientras entrecerraba los ojos a través de la lente y movía despacio el telescopio con los controles—. También tiene ciento cincuenta lunas. ¿Puedes creerlo? Ese planeta está en el mismo sistema solar que el nuestro y es casi todo gas y lunas. —Negó con la cabeza—. Una locura.

La comisura de mis labios se curvó al verla en su elemento. Nada la entusiasmaba tanto como descubrir algo nuevo, y me maravillaba su curiosidad, el hecho de que fuera como una enciclopedia interminable de datos curiosos, no porque hubiera estudiado y memorizado algo, sino porque simplemente le gustaba muchísimo aprender.

Pero tan rápido como había florecido la sonrisa, volvió a apagarse, con el pecho adolorido por los pensamientos de mi madre sufriendo al otro lado del país.

—¡Lo tengo! —dijo Giana, y me empujó hacia el visor—. Marte.

Miré a través de él y comenté lo que parecía ser una capa de hielo antes de que Giana empezara a hablar de las fuertes tormentas de nieve de Marte. La escuché con una especie de conciencia distante, apoyado en la pared trasera de la cúpula y observando cómo manejaba el telescopio.

Y lo intenté.

Quería que me distrajera, ella, la ciencia, las estrellas y el universo. Pero, aunque debería haberme recordado lo insignificantes que eran mis problemas, de algún modo hizo lo contrario, y me encontré preguntándome por qué me había alejado tanto de mi madre desde un principio.

Quizá era culpa mía que ella buscara con tanta desesperación a alguien que la quisiera y la cuidara, porque yo había sido esa persona, y ahora me había ido.

Se me revolvió el estómago al pensarlo, aunque otro pensamiento le siguió, recordándome que siempre había estado buscando pareja desde que mi padre se fue.

Pero, aun así, podría haber estado allí, podría haber hecho más.

Fue egoísta de mi parte perseguir mis sueños de jugar en la NFL cuando podría haber estado en casa con ella. Ahora podría tener un trabajo de tiempo completo, con prestaciones y un salario decente. Podría estar cuidando de ella en todo lo que necesitara. Como mínimo, podría haber ido a estudiar a algún lugar cerca, en California, donde ella estuviera a un paseo en coche.

En lugar de eso, me concentré en mí.

Todos los pensamientos y la culpa se agitaron en mi interior, y Giana debió de darse cuenta, porque frunció el ceño cuando me miró por encima del hombro, apoyado contra la pared.

—Vamos —dijo, y recogió sus cosas—. Subamos a la azotea.

La seguí en silencio escalera arriba, y nos recibió una brisa suave y fresca cuando llegamos a lo alto de la plataforma de observación. Giana se abrigó más con el suéter de punto y yo metí las manos en el bolsillo delantero de la sudadera con capucha.

Había unos cuantos telescopios pequeños junto al barandal de la cúpula, pero Giana no se acercó a ninguno de ellos. En lugar de eso, tiró la mochila a un lado y se deslizó por el exterior de la cúpula para sentarse en la cubierta.

—Odio que estés así de triste en tu cumpleaños —confesó cuando me senté a su lado, con las rodillas separadas, los codos apoyados en ellas y las manos entrelazadas.

No respondí.

—Habla conmigo —me suplicó, inclinándose hacia mí—. Cuéntame qué ha pasado.

Cerré los ojos y negué con la cabeza antes de abrirlos otra vez y mirar fijamente mis tenis.

—No puedo. —Me costó decirlo.

—¿Por qué no?

«Porque es difícil de explicar. Porque es embarazoso. Porque me avergüenzo. Porque odio que sea responsabilidad mía y pienso que soy un idiota por sentirme así».

Todas esas respuestas y muchas más se agolparon en mi mente, pero volví a negar con la cabeza, incapaz de decir ni una sola.

Giana soltó un suspiro y asintió, como si hubiera oído lo que yo no me atrevía a decir.

—Bueno —dijo—. Entonces úsame.

Fruncí el ceño, sobre todo cuando se arrastró hasta sentarse entre mis piernas. Se sentó de rodillas frente a mí, obligándome a abrir mi postura, a separar las manos y dejarla entrar. Literalmente, se abrió paso a la fuerza hasta que no tuve más remedio que mirarla.

Cuando lo hice, me rompí.

No fue su pelo rizado, un poco encrespado por el partido y el día tan largo que había pasado. No fueron las pecas de sus mejillas, ni la suave luz de la luna reflejada en sus ojos color aguamarina. Ni siquiera fue la falda de cuadros rojo intenso y dorado, ni la modesta blusa negra que llevaba puesta, ni las medias negras hasta la rodilla que me volvían loco cada vez que se las ponía.

Fue cómo me miró.

Fue la forma en que me miraba, con tanto cariño y reverencia, lo que hizo que me quedara sin palabras, maldición, era incapaz de moverme, incapaz de hacer otra cosa que no fuera mirarla.

—Úsame para distraerte de lo que sea que te hace daño, para evadirte. —Tragó saliva—. Dame otra lección.

Dejé escapar un suspiro tembloroso por la nariz, dispuesto a argumentar que no era el momento, pero sus labios me silenciaron antes de que pudiera hacerlo. Se inclinó hacia delante, besándome despacio y con confianza, enmarcándome la cara con las manos mientras las mías se acercaban a su cintura como si fuera lo más natural del mundo.

—Te necesito. Enséñame qué sigue —respiró contra mi boca, sus labios se quedaron allí mientras añadía—: Y, esta vez, quiero que tú seas lo principal.

Fruncí el ceño cuando volvió a besarme, apretándole un poco las caderas al apartarme.

—¿A qué te refieres?

—Me refiero a que la última vez te quedaste con las ganas —aclaró, y luego, con toda la confianza de una mujer que lo sabía todo en lugar de la timidez de una chica que me pedía que le enseñe, se subió a mi regazo, con su calor contra mi abdomen mientras se acomodaba en su sitio—. Esta noche, quiero que tú disfrutes primero. Quiero... —Tragó saliva, como avergonzada, pero luego levantó un poco la barbilla y me miró a los ojos—. Quiero que me enseñes a saborearte.

«Demonios».

Cerré los ojos y solté una exhalación salvaje para no decirlo en voz alta. Sentí que el animal voraz que llevaba dentro rugía. Giana se abalanzó sobre mí y me besó antes de que pudiera pensarlo dos veces, antes de que se me ocurriera cualquier argumento para detenerla.

—Por favor —suplicó, moviendo las caderas contra mí, y yo siseé al contacto, por la erección que ya tenía.

No podía hablar, no podía expresar con palabras hasta qué punto oír que me necesitaba era exactamente lo que yo necesitaba. Así que le respondí con un beso, acunando su nuca y estrechándola contra mí mientras abría la boca y le pedía que hiciera lo mismo. Introduje la lengua y aprecié el suave gemido que se le escapó cuando lo hice. Sus manos se enroscaron en mi pelo hasta que una de ellas se metió entre nosotros y recorrió con la palma la longitud de mi pants.

—Demonios —maldije, restregándome contra el contacto. Conseguí hacer una pausa, abrir los ojos y ver la timidez con la que me miraba—. ¿Estás segura?

—Enséñame.

Respondió tan rápido, con tanta seguridad, que mi pene se crispó bajo su palma y ella se humedeció los labios, bajando los ojos para observar mi bulto mientras lo agarraba con un poco más de firmeza.

Con cuidado, la levanté de mi regazo y la dejé de rodillas mientras yo me levantaba. Me elevé sobre ella, con los orificios de la nariz dilatados al verla mirarme mientras me desabrochaba el cordón de los pants. Como si no se hubiera dado cuenta, se levantó sobre las espinillas y extendió las manos para terminar el trabajo.

—Déjame hacerlo.

Hice una pausa y gemí por dentro solo con esas dos palabras. Apreté la mandíbula con tanta fuerza que me dolió al verla aflojar los cordones con ternura, y luego metió las yemas de sus finos dedos en la cintura, jalándolos hacia abajo por mis caderas.

Vaciló cuando le costó un poco quitármelos, mirándome como si dudara. Y como un foco en la oscuridad, recordé sus libros.

Recordaba todas las escenas que había subrayado, y sabía sin preguntar lo que quería de mí.

—Demuéstrame que lo deseas —le exigí, con voz baja y firme.

Separó los labios, el pecho le tembló mientras no me quitaba los ojos de encima y jaló mis pants con más fuerza. Esta vez, se deslizaron por mis nalgas hasta las rodillas. Sin vacilar, me agarró los calzones e hizo lo mismo con ellos, liberando mi erección.

El aire era muy frío y, como si lo hubiera notado, me rodeó con una mano cálida en cuanto mis calzones me llegaron a las rodillas. Siseé al contacto y ella me miró con ojos preocupados.

Luego, sin una palabra de orientación por mi parte, apartó la mano de mí, se pasó la lengua por la palma y por cada uno de los dedos y luego me tocó con la humedad.

—Así, ¿verdad? —me preguntó mientras ponía los ojos en blanco y se me doblaban un poco las rodillas al sentir su puño cálido y húmedo envolviéndome.

—Sí —suspiré—. Ahora, provócame. Haz que me venga.

Frunció el ceño.

—¿Cómo?

—Haz lo que quieras y escucha cómo reacciono. —Me humedecí los labios—. Te encanta estudiar, gatita... Estúdiame.

Los ojos le ardían de deseo y pasó el pulgar por la punta de mi pene, hizo un pequeño círculo con él. Me mordí el labio mientras me pasaba la mano por el pene, hasta la base, antes de aflojarla lo suficiente como para llevarla a la punta y volver a bajarla.

—Justo así —la elogié y, como sabía que haría, Giana sonrió.

Su timidez desapareció y, con más confianza, volvió a pasarme la mano por encima, arriba y abajo, presionando con firmeza en los lugares adecuados.

Me doblé ante sus caricias.

—Me encanta verte así —murmuré—. De rodillas.

Sus párpados se movieron y tragó saliva, retorciéndose un poco mientras seguía acariciándome con la mano.

—A ti también te excita, ¿verdad? —le pregunté.

Parpadeó.

—S-sí.

La confesión me hizo curvar los labios.

—Tócate —le ordené—. Enséñame lo mojada que estás.

Giana se agarró el labio inferior con los dientes, mientras una mano me acariciaba despacio y la otra se hundía entre sus muslos. Abrió más las rodillas para tener mejor acceso, y supe el momento en que deslizó los dedos bajo las pantaletas porque se le cortó la respiración y abrió los labios.

—Déjame ver.

Despacio, retiró la mano y abrió los ojos de par en par al ver las brillantes yemas de sus dedos antes de mostrármelos.

—Buena chica.

Se estremeció y me agarró con fuerza, así que supe que mis palabras la habían afectado como yo quería. Sonreí, acercándome, y su espalda chocó contra la cúpula, de modo que no tuvo más remedio que ponerse cara a cara con el lugar donde me agarraba.

—Saca la lengua.

Dudó, pero aflojó el agarre e hizo lo que le pedí. Y cuando volvió a mirarme a los ojos, no pude evitar maldecir en voz alta al verla, con las rodillas aún abiertas, la boca abierta, la lengua fuera y el pecho agitado mientras esperaba mi siguiente movimiento.

—Igual que en nuestra primera lección, cada chico será distinto —le dije, rodeando con una mano mi longitud y llevándola a su lengua—. Así que esta noche, vas a experimentar hasta que descubras qué es lo que me gusta a mí.

Recorrí con la cabeza la longitud de su lengua, gimiendo ante el placer que me producía.

—Yo te guiaré —le prometí, notando la preocupación en sus ojos cuando puse el control en sus manos.

Entonces, me la solté y me llevé las manos a los costados mientras Giana miraba fijamente la longitud de mi pene.

Observé con asombro cómo se apoderaba de mi pene con la misma determinación y se ponía de rodillas, me agarraba por el tronco y se llevaba la punta a los labios. Primero se los humedeció, deslizándolos a lo largo de la punta, antes de abrirlos despacio y succionarme.

—Maldiiición —murmuré, cerrando los ojos y metiéndola más adentro sin querer. Giana se abrió para mí y se metió el primer centímetro y medio antes de deslizar su lengua a mi alrededor y soltarme.

Volví a mirarla con los párpados pesados y ella me sostuvo la mirada mientras volvía a abrirse, esta vez para absorberme aún más.

—Eso es —susurré, mientras le acariciaba la nuca con la mano. La sostuve sobre mí, llevándola hasta la punta antes de volver a guiarla con cuidado hacia abajo—. Así.

Volvió a encenderse, imitando el movimiento mientras yo retiraba la mano y la dejaba tomar el control. Su boca húmeda y cálida me tomó cada vez más y más, y cada centímetro que me envolvía hacía que se me enroscaran los dedos de los pies. Cerró los ojos, pero chasqueé los dedos cuando lo hizo, haciendo que los volviera a abrir.

—Mírame —le dije.

El corazón me latía a mil por hora mientras pensaba en lo

que quería decir a continuación, lo que sabía que a ella le encantaría oír. Si me equivocaba, esto podría tomar un rumbo completamente diferente.

Pero confiaba en estar en lo cierto.

Así que le sostuve la mirada y le dije:

—Mírame mientras te doy por esa boca tan bonita.

Gimió alrededor de mi pene, con los ojos agitados antes de abrirlos de par en par y clavarlos en mí. Se encendieron aún más de deseo cuando volvió a tomarme y, esta vez, lo hizo tan hondo que se atragantó un poco.

La vergüenza tiñó sus mejillas al retirarse y tosió por la sensación.

—No pasa nada —le aseguré, pasándole una mano por los rizos—. Tienes que respirar. Inhala y exhala por la nariz, aguanta la respiración cuando llegue lo bastante hondo como para provocarte arcadas.

Asintió con la cabeza, con los ojos clavados en mi pene el tiempo suficiente para agarrarlo y llevárselo a la boca antes de volver a mirarme.

El placer se apoderó de mí mientras la veía succionarme una y otra vez, hasta que volví a penetrarla hasta el fondo. Se le humedecieron los ojos y contuvo la respiración durante dos bombeos antes de volver a tener arcadas.

—Carajo, qué sexi —gemí cuando me soltó, con un poco de saliva cayéndole de los labios.

—¿Sí?

Asentí con la cabeza, guiándola hacia mí.

—Hazlo otra vez.

Se sentó aún más sobre sus rodillas para volver a tomarme y, esta vez, me lamió tres veces antes de tomarme lo más profundo que pudo. Aguantó la respiración, con los ojos llorosos mientras me miraba y, al final, tuvo una arcada y me soltó.

—Maldita sea, Giana —la alabé, pasándole la yema del pulgar por el labio inferior húmedo—. Eres increíble, carajo.

Una vez más, mi teoría se vio recompensada cuando el deseo cubrió sus ojos y abrió la boca, chupándome el pulgar con los labios y lamiéndolo con la lengua. Gemí, con el pene retorciéndose de celos por tener esa boca a su alrededor.

—Ahora, usa la boca y la mano —le dije, guiándola de nuevo hacia mí—. Juntas, enrolla tu mano en una línea con tu boca y hazlo tan profundo como puedas. Busca un ritmo. —Hice una pausa, sosteniéndole la mirada—. Haz que me venga.

Dejó escapar un gemido suave mientras hacía lo que le decía, colocando su boca sobre mí antes de que su mano se deslizara más abajo. Al principio la ayudé, diciéndole cuándo tenía que ir más despacio o presionar más, pero no pasó mucho rato hasta que ya no pude decirle nada porque me daba vueltas la cabeza, la piel me cosquilleaba mientras el orgasmo crecía al sentir sus caricias.

—Carajo, sí, gatita, justo así —dije, moviendo las caderas mientras presionaba un poco más dentro de su boca.

Me dejó, moviéndome al compás de su mano, moviendo la cabeza con la mirada clavada en la mía. Movió la lengua a lo largo de mí, haciéndome ver las estrellas y querer llegar más hondo.

—Estoy cerca —le advertí, con las palabras entrecortadas al intentar hablar mientras me consumía lo que me estaba haciendo sentir—. Puedes sacártela cuando esté ahí, o puedes metértela en la boca y tragártelo.

Gimió, intensificó sus esfuerzos, y yo no tuve forma de saber cuál sería su elección hasta que llegué allí. Así que me dejé llevar, renunciando a darle instrucciones y deleitándome con su mano aterciopelada y resbaladiza que me envolvía antes de que su húmeda boca ocupara su lugar. Una y otra vez, un poco más rápido cada vez, me bombeó mientras un fuego abrasador me lamía la columna vertebral.

Quería más.

Acunando con cuidado su nuca, la guie hasta el fondo, un poco más rápido, con los ojos entrecerrados mientras ella encontraba la presión y el ritmo adecuados para llevarme al límite.

—Me voy a venir —dije entre dientes, y esperaba que se alejara. Esperaba tener que expulsar el resto de mi eyaculación yo solo y derramarme sobre la maldita madera. Pero en lugar de eso, mantuvo el ritmo.

Y, para mi sorpresa, se la llevó aún más adentro.

—Carajo —maldije, y mientras me liberaba, me quedé atontado.

Me derramé en su garganta, el orgasmo fue aún más fuerte cuando le dio una pequeña arcada, pero siguió, exprimiendo hasta la última gota de mí mientras yo temblaba y enroscaba los dedos en su pelo.

Intenté no hacer ruido, sabiendo que el guía que nos había dejado entrar seguía en la cabina y podía subir a buscarnos sin problemas. Aquel pensamiento me puso aún más cachondo, que me la estuviera chupando sabiendo que nos podían descubrir en cualquier momento, y ahogué un gemido cuando lo último de mi orgasmo se derramó en la boca de Giana.

Un temblor involuntario me abandonó cuando ella continuó después de que yo me hubiera consumido, y la retuve, frenándola, con la respiración temblorosa escapándose por mis labios.

—Después está sensible —le dije, y ella me soltó con cuidado, no sin antes mirarme a los ojos y tragar saliva.

Luego, me dio un besito suave como una pluma en el pene y sonrió.

—¿Cómo lo he hecho?

Solté una pequeña carcajada mientras me recorría otro temblor y retrocedí lo suficiente para volver a subirme los calzones y el pants.

—Creo que ya sabes la respuesta.

Se sonrojó, y su sonrisa se iluminó.

—Pero quieres oírla, ¿no? —añadí, agachándome hasta donde estaba ella.

Abrió los ojos de par en par y se le borró la sonrisa cuando invadí su espacio personal.

—Quieres que te diga lo bien que me has hecho sentir, lo excitante que ha sido verte de rodillas para mí, ver cómo te daba por la boca.

La agarré de la cara y la levanté para poder besar su boca de forma posesiva y apasionada.

—Te has tragado mi semen —le recordé, mordiéndole el labio inferior con los dientes mientras ella dejaba escapar un gemido—. Y quieres saber si me ha gustado tanto como a ti.

—Sí —susurró y jadeó cuando dejé caer besos abrasadores por su cuello. Ya le estaba desabrochando la blusa, ya la había recostado contra la pared de la cúpula.

—Deja que te lo enseñe —le susurré en la oreja.

Y luego fui avanzando a base de besos, listo para el festín.

Giana

El corazón me retumbó en los oídos cuando Clay me apoyó contra el metal frío de la cúpula del observatorio y sus besos calientes recorrieron todo mi cuerpo mientras yo temblaba debajo de él. Aún respiraba con dificultad por habérsela chupado, por el poder que sentía en mí al ser la que lo había hecho estallar.

Se detuvo en el ombligo y me dio besos lentos y pausadamente a lo largo de cada costilla mientras me desabrochaba todos los botones de la blusa y la sacaba de donde estaba metida dentro de la falda. Mis modestos pechos se hincharon cuando los descubrió, y murmuró en señal de aprobación, pasando las copas del brasier por encima de cada bulto mientras la piel se me erizaba al tacto.

—Como antes, tendrás que decirme lo que te gusta —murmuró contra mi piel, besándome el punto sobre el ombligo mientras hundía un dedo bajo la copa de mi brasier. Me rozó el pezón al mismo tiempo que me pasaba la lengua por el vientre, y me estremecí—. Y lo que no.

Asentí con la cabeza, aunque el corazón me latía tan deprisa que apenas podía oírlo. Me limité a contemplar, con una mezcla de miedo y expectación, cómo bajaba sus besos, levantándome el dobladillo de la falda para dejar al descubierto la ropa interior blanca de encaje que llevaba debajo.

Clay me miró y luego pasó la yema de un dedo por el centro de la tela, con una sensación tan leve que fue una provocación brutal contra mi clítoris dolorido.

—¡Clay! —exclamé, echando la cabeza hacia atrás mientras se me cerraban los ojos.

—Maldición, gatita —dijo a continuación, jugueteando con la costura de mi tanga con las yemas de los dedos—. Te ha encantado, ¿verdad? Estar de rodillas para mí. Estás empapada.

Pasó un dedo por mi humedad con ese comentario, y el calor me invadió el cuello a pesar de que me abrí más para él. Estaba tan avergonzada como excitada, y venció lo segundo.

—Sí —confesé.

—¿Qué te ha gustado? —bromeó, recorriendo la tela con la yema del pulgar y volviendo a deslizarlo hacia abajo. Presionó el encaje áspero contra mí, una fricción abrasadora que me hizo retorcerme por la necesidad—. ¿Te gustó cómo sabía, cómo te atragantaste con mi pene?

—Sí —jadeé, cerrando los labios mientras me retorcía bajo sus caricias—. Y me encantó ser yo la culpable de que te vinieras.

—Todo fue tu culpa —corroboró, y eso hizo que se me erizaran los pezones, que me llenara de orgullo y poder.

Clay bajó aún más, hasta quedar boca abajo con los codos apoyados bajo mis piernas. No tuve más remedio que apoyar los muslos en sus hombros y doblar las rodillas hacia dentro, porque de pronto me di cuenta de que mi sexo húmedo estaba justo delante de su cara.

—Para —me dijo, deteniéndome antes de que mis rodillas pudieran llegar a tocarse. Tocó con suavidad el interior de cada una de ellas hasta que dejé que volvieran a abrirse—. Quiero verte, gatita —susurró—. Quiero probarte.

Un gemido escapó de mis labios cuando lo hizo, cuando pasó la parte plana de su lengua por el encaje de mis pantaletas sin dejar de mirarme. Empapó lo que mi vagina no había mojado ya, humedeció la tela y utilizó su lengua para hacer presión contra ella y ejercer una dulce fricción sobre mi clítoris.

—Oh, Dios —jadeé, con la cabeza volviendo a recostarse contra la cúpula. Por instinto, estiré las manos en busca de su pelo, pero las aparté y, en su lugar, me agarré los costados.

—Hazlo —dijo, agarrándome una mano y llevándola de nuevo a su pelo—. Enséñame dónde.

Enrosqué los dedos en los mechones suaves y él volvió a envolverme con su boca, lamiéndome desde la costura hasta el clítoris en un calor abrasador. Lo retuve junto a mi clítoris y él sonrió contra mis caderas agitadas antes de pasar la lengua por el encaje.

Gemí, impulsando las caderas hacia él, buscando más.

—¿Ahí? —preguntó, acariciándome el clítoris con la punta de la lengua.

Asentí, humedeciéndome los labios antes de arrastrar los dientes por el labio inferior.

—Vamos a quitar esto de en medio, ¿sí? —Clay se apoyó sobre los codos el tiempo suficiente para jalar mi tanga, y yo levanté las caderas, ayudándolo a deslizarla hacia abajo hasta que la sacó primero de una pierna y luego de la otra.

Se detuvo en mi tobillo, subió por mis medias hasta la rodilla y deslizó un dedo por debajo de ellas.

—Me vuelven loco, ¿sabes? —murmuró, tomándose su tiempo para volver a subir las manos hasta donde yo quería que estuvieran—. Cada vez que te las pones, pienso en todas las maneras en que podría quitártelas.

Sabía que estaba fingiendo. Sabía que solo me estaba diciendo las cosas a las que veía con claridad que yo reaccionaba. Pero, aun así, me encendí ante aquellas palabras como si fueran la más pura realidad, como si de verdad pudiera ser lo bastante sexi como para llevar a la locura a un hombre como Clay Johnson.

Volvió a colocarse entre mis muslos, y gimió cuando me tuvo abierta y justo en su cara.

—Diablos —suspiró—. Qué vagina tan bonita.

Me pasó el dedo por los labios y la zona sensible entre la vagina y el trasero. Me estremecí al contacto, y entonces sus manos me agarraron de los muslos y me atrajeron hacia él.

Me miró a los ojos y bajó la mirada.

La primera sensación de calor de su boca envolviéndome sin ninguna barrera entre nosotros me absorbió como una corriente. Me sentí incapaz de mantener la compostura mientras me chupaba y lamía de una forma que hizo que me temblaran las rodillas.

Solté algo entre una maldición y un gemido, algo así

como una plegaria entrecortada, y Clay sonrió contra mi piel sensible, dándome un beso más suave en el clítoris.

—Dime lo que te gusta —me recordó, y entonces se aferró a mis muslos con los dedos al volver a acercarse con la boca.

Me ardía todo el cuerpo al ver cómo balanceaba la cabeza con delicadeza, notaba cómo su lengua lamía cada centímetro de mí. La pasó caliente y plana a lo largo de mi apertura antes de tensarla en una punta dura para frotarla contra mi clítoris. Dibujó círculos y líneas, chupó y lamió, gimió con un zumbido que era como tener un vibrador en el mejor sitio posible.

No podía hablar, no podía decirle nada. En lugar de eso, mis manos volvieron a enredarse en su pelo y tensé el agarre cada vez que le prestaba atención a mi clítoris.

—Mmm —murmuró contra él, y me estremecí a su alrededor, mi orgasmo crecía más y más con cada latigazo de su lengua—. ¿Qué tal esto?

Desplazó su peso sobre un codo y la mano libre recorrió mi vientre hasta descansar entre mis pechos. Separó la palma de la mano sobre mi caja torácica y, a continuación, me subió con violencia una copa del brasier por encima del pecho y lo palpó.

Me arqueé ante aquel contacto brusco, jadeando mientras aquella sensación rivalizaba con el calor húmedo de su lengua entre mis muslos. Me masajeó el pecho mientras me lamía y luego me chupó el clítoris mientras me apretaba el pezón con los dedos y me daba un jalón suave.

—¡Clay!

Grité su nombre y no supe por qué. No sabía lo que quería. No sabía si estaba desesperada por que parara o si quería aún más. Me retorcí debajo de él mientras me sujetaba el muslo con toda la firmeza que podía, seguía con su asalto a mi vagina mientras su mano acariciaba un pecho y luego el otro.

La combinación me tenía al borde del éxtasis, pero me faltaba algo.

—Más —jadeé—. Quiero... más.

—Más —repitió Clay, y su mano bajó desde mi pecho hasta quedarse entre mis muslos. Me sostuvo la mirada mientras esa mano desaparecía debajo de mí, y entonces sentí la yema de un dedo presionándome la entrada—. ¿Aquí?

—Sí —le supliqué.

Con una sonrisa diabólica, Clay deslizó aquel dedo en mi interior, de golpe y hasta el centro de mí. Grité, pero acto seguido su boca volvió a mi clítoris, chupándome y lamiéndome mientras su dedo se retiraba y volvía a hundirse en mi interior.

Dobló la muñeca para poder meterme ese dedo y, mientras yo me sacudía y me retorcía debajo de él, añadió otro.

Era lo que quería. Estaba llena, con los dedos me dilataba mientras su lengua ejercía la presión justa donde la necesitaba. Eso, sumado a verle enterrar la cara entre mis muslos, fue demasiado como para mantener la compostura.

—Acaríciate los pechos para mí, gatita —susurró contra mi piel, el aliento frío donde yo estaba húmeda y caliente—. Acaríciate conmigo. Vente para mí.

No tuve más opción que obedecer y, cuando mis dedos tocaron el pezón duro, gimoteé, gemí, me retorcí y moví las caderas contra su boca. Respondió a mi ansiosa petición de más con una presión cada vez mayor, y el sonido de su boca chupándome y metiéndome los dedos fue lo que acabó de llevarme al límite.

Caí al vacío, en espiral, mientras el orgasmo se apoderaba de mí. Ardí como el hielo desde la columna vertebral hasta los dedos de los pies, que se me curvaron mientras las piernas me temblaban tan violentamente que Clay me agarró con fuerza para mantenerme quieta. No aflojó en ningún momento, moviendo su lengua al ritmo de los dedos hasta que el último de mis orgasmos se apoderó de mí.

Y me desplomé.

Cada centímetro de mí se quedó sin fuerzas, mi respiración era irregular, el corazón era un martillo acelerado en mi pecho mientras Clay sonreía contra mi vagina. Me besó con suavidad el clítoris, pero estaba tan sensible que me estremecí al contacto. Siguió besándome con dulzura cada centímetro del cuerpo mientras subía con cuidado hasta sentarse a mi lado.

Una vez allí, me atrajo hacia él.

Me sentí como la cosa más pequeña del mundo acunada entre sus brazos, con la vagina todavía palpitándome entre los muslos mientras me acurrucaba contra él.

—Lección completada —susurró, dándome un beso en el pelo.

—Diablos, esto se te da demasiado bien.

Soltó una carcajada.

—Y a ti también.

—¿En serio? —Me aparté para mirarlo—. ¿Lo he hecho bien?

Su sonrisa se desvaneció y recorrió mi rostro con la mirada antes de descubrir un rizo rebelde y colocármelo detrás de la oreja.

—Has estado increíble.

—¿Tengo que metérmela más en la boca? ¿Debería recibir algunas clases de garganta profunda o algo así?

—Por Dios, gatita, ¿estás intentando ponérmelo duro otra vez?

Me reí.

—Me sorprendió que me cupiera en la boca.

—Ya, en serio, deja de hablar.

Se agarró el pants y se lo acomodó, y yo me sonrojé, apoyándome en su pecho.

—Gracias por enseñarme todo esto.

Me dolía el pecho por algo a lo que no podía ponerle nombre, como si recordar que eso era lo único que estaba haciendo me doliera por algún motivo. Estaba agradecida porque me lo estuviera enseñando. Era lo que le había pedido.

Pero era tan bueno fingiendo que, a veces, parecía...

Ni siquiera pude terminar el pensamiento. Me callé, cerré los ojos y deseé que la angustia desapareciera.

—Gracias por confiar en mí —dijo, y tragó saliva—. Y por dejarme evadirme en ti.

Lo miré de reojo.

—Siempre me vas a tener aquí —prometí.

Y no me refería solo a cuando fingíamos ser novios, o cuando hacíamos un espectáculo para Shawn o Maliyah o quienquiera que estuviera mirando. Me refería a ahora, y después..., a lo que fuera que fuéramos después.

A cuando todo esto terminara, a cuando él recuperara a Maliyah y yo...

De nuevo, el pensamiento se me escapó antes de que pudiera terminarlo, y dejé escapar un ruido extraño mientras me despegaba de él y me incorporaba, recogiendo mi tanga de donde estaba, junto a sus pies.

—¡Necesitamos comer algo! —exclamé, poniéndome en pie y colocándome la tanga sin volver a mirarlo—. Y seguramente un baño.

Clay se echó a reír y se tomó su tiempo para levantarse. Me di cuenta de que seguía excitado, el bulto en el pants lo delataba. Me vio mirándolo y sonrió satisfecho, pero entonces algo lo invadió, algo triste y abrumador.

No sabía qué era, no sabía qué había pasado esa noche ni por qué estaba tan afectado. Pero todo lo que había hecho para aliviar el dolor había sido momentáneo, porque vi a cámara lenta cómo volvía a alejarse, con esa mirada perdida en los ojos.

—Creo que voy a volver a la residencia —dijo—. A dormir un poco.

Asentí, intentando no mostrar la decepción.

—De acuerdo.

—¿Estás bien?

Tragué saliva y extendí el pulgar con la mayor sonrisa posible.

—De maravilla.

Clay frunció el ceño como si no estuviera seguro de si creerme o no, y la sonrisa se le iba debilitando por momentos, así que me di la vuelta y agarré mi bolso del suelo, colgándomelo del hombro.

Me dirigí hacia la escalera, con Clay pisándome los talones, y cuando llegamos abajo y salimos del observatorio, nos detuvimos en la bifurcación de la banqueta: un camino conducía a su residencia en el campus, el otro apuntaba hacia mi departamento.

—Deja que te acompañe a casa.

—No —insistí y negué con la cabeza—. Voy por algo de comer. Puede que pase a la cafetería para ver a Shawn tocar.

Era mentira, una mentira descarada que intenté sellar con una sonrisa emocionada como si eso fuera lo único que quería de este mundo: ver a Shawn Stetson.

La verdad era mucho más oscura, mucho más desconocida y mucho más aterradora.

Huía de un sentimiento que exigía manifestarse, un monstruo con unos dientes espantosos y unas garras afiladas que sabía que acabaría conmigo si dejaba que me alcanzara.

Clay no dejó entrever ninguna emoción cuando preguntó:

—¿Toca esta noche?

—Sí. Me lo dijo cuando nos cruzamos en el partido.

—Ah.

Asentí con la cabeza, ajustándome la bolsa al hombro.

—Cuéntame cómo te va —dijo al final Clay.

—Lo haré —le prometí.

Y en la despedida más incómoda de la historia, le hice el signo de la paz antes de salir corriendo con el recuerdo de su lengua entre mis muslos grabado en mi cerebro para siempre.

18
Clay / Giana

Clay

Me mantuve alejado de Giana toda la semana.

Era como negarme a mí mismo el placer de saltar a un manantial refrescante en un caluroso día de verano, como privarme de beber agua mientras vomitaba por la deshidratación, pero tenía que hacerlo.

Me había involucrado demasiado.

Hacía casi una semana que Giana me había llevado al observatorio para que no pensara en mi madre, a pesar de que no sabía todo lo que había pasado. De alguna manera sabía lo suficiente como para no presionarme cuando le dije que no podía hablar de ello, y de alguna manera se preocupó lo suficiente como para no dejarme solo, incluso cuando le respondí de una manera cortante.

Sin que yo tuviera que decir nada, sabía que necesitaba algo.

Sabía lo que necesitaba.

Y dejó que me perdiera en ella.

Lo que significó perderme en ella y que ella se perdiera en mí llevaba persiguiéndome toda la semana. Todo fue bajo la apariencia de una lección, pero sabía que, si era honesto conmigo mismo, no había sido eso para mí.

La deseaba.

La deseaba tanto que el pecho se me abría en canal cada vez que no estaba con ella.

Ya ni siquiera pensaba en Maliyah, y quizá hacía tiempo que no lo hacía. No podía saber cuándo había cambiado, cuándo se había transformado mi objetivo, pero sabía que el cambio había sido fundamental. Sabía que ahora, cada vez que quería tocar a Giana, no era porque me importara un carajo que alguien nos estuviera viendo e informara a mi ex.

Era porque quería tocarla, abrazarla, saborearla.

Pero eso no era lo que ella quería.

Me había privado de su atención durante toda la semana para recordármelo, para meterme en la cabeza que ella quería a otro hombre y que yo no era más que el tonto que había accedido a ayudarla a conseguirlo.

No, yo era quien había ideado todo.

La frustración luchó con la gratitud dentro de mi alma durante toda la semana, por mucho que intentara combatirla en la sala de pesas o en el campo. Me consumía sobreanalizar cada momento que habíamos pasado juntos, preguntándome cómo había tardado tanto en verlo, en entender lo que sentía de verdad.

Y no sabía qué emoción sentía más.

Estaba enojado conmigo mismo, con ella, con Shawn y con Maliyah. Estaba hecho polvo por la situación, incluso por la idea de que Shawn la tocara como yo lo había hecho.

Y, sin embargo, si era así, si era la única forma de tenerla..., le estaría agradecido.

Aceptaría cada momento robado, cada beso falso, cada lección que me dejara enseñarle. Permitiría que tomara lo que quisiera de mí a pesar de que me dejara atrás al final si eso significaba que podía empaparme de todo lo que era ella ahora mismo.

Un idiota, eso es lo que era.

Un idiota que no dejaba de jugar un juego que sabía que perdería.

Durante toda la semana, el contraste entre Giana y Maliyah me rondó por la cabeza como una presentación de PowerPoint. No podía evitar compararlas, pero una era dulce y la otra, una navaja afilada. A Maliyah le gustaba manipularme, bajarme los humos, recordarme lo afortunado que era por tenerla y lo fácil que era perderla, tal y como la había perdido. Solía excitarme lo segura que era, los juegos a los que le encantaba jugar. Era excitante, una persecución.

Pero Giana era todo lo contrario.

Sabía, antes incluso de que me diera cuenta de que era un problema, que ponía a los demás por delante de mí mismo más de lo que debería, que dejaba que Maliyah e incluso mi propia familia me pisotearan porque eso es lo que siempre se ha esperado de mí. Cada vez que podía, me recordaba que valía la pena, que era bueno, que iba a llegar a alguna parte.

Se me revolvió el estómago mientras me ajustaba la corbata en el espejo sucio de mi dormitorio, consciente de que no podía evitarla esta noche. Ya había sido bastante difícil ignorar sus mensajes o decirle que estaba ocupado durante la semana, no mirarla cada vez que estaba en el campo o en la cafetería, adaptar mis horarios para no estar demasiado tiempo en el mismo sitio que ella.

Pero esta noche era la subasta del equipo.

Era su evento.

Y sabía que me destrozaría verla, estar cerca de ella, incluso estar en la misma habitación.

Me mataría.

Y, sin embargo, lo anhelaba.

Era enfermizo y tóxico, y ya no podía distinguir lo bueno de lo malo, no mientras me giraba a ambos lados y observaba mi reflejo en el espejo, pasándome las manos por el esmoquin completamente negro que había alquilado para esa noche. Estaba igual de hecho un lío que cuando la había dejado en el observatorio la semana pasada mientras apagaba la luz y salía de la residencia, diciéndole a mi compañero de habitación y de equipo que me reuniría con él en el estadio.

Necesitaba ir solo.

El otoño me saludó cuando paseé por el campus, sin hacer caso de las miradas que me dirigieron varios grupos de chicas al cruzarme con ellas. Mantuve las manos en los bolsillos, escuché la brisa entre los árboles y observé cómo caían al suelo más y más hojas de colores.

Mentiría si intentara decirme a mí mismo, o a otra persona, que la situación de mi madre no contribuía a aumentar el estrés. Había hablado con ella todas las noches y todas las veces había sucedido lo mismo. Se pasaba el día bebiendo o haciendo Dios sabía qué más, y cuando hablábamos, siempre arrastraba las palabras y las mezclaba con las lágrimas.

Y, por primera vez en mi vida, no solo reconocí que necesitaba ayuda.

Estaba dispuesto a pedirla.

Aun así, me ardió el pecho cuando saqué el celular del bolsillo y busqué el nombre de mi padre. Lo pulsé antes de que pudiera convencerme de lo contrario y me detuve en un banco junto a la fuente del campus cuando escuché el tono.

—Hijo —me saludó, con una voz profunda que conocía y me dolía—. ¿Listo para el gran partido de mañana?

Hice una pausa, sorprendido por su alegría, por lo tranquilo que estaba. Había estado así desde que dejó a mamá.

Desde que nos dejó.

Una vida completamente nueva lo recibió al otro lado de aquel divorcio, una en la que ya no estaba seguro de encajar en ningún sitio. Tenía su oficina en Atlanta, una casa enorme en las afueras, un césped perfecto, unos hijos perfectos y una mujer perfecta. Aparte del futbol, no teníamos nada en común.

No sabía absolutamente nada de mí, ya no.

—Providence es duro —continuó cuando no le contesté, confundiendo mi silencio con nerviosismo por el partido—. Su ofensiva es rápida y astuta. Pero tú eres una bestia. Les darás una paliza. Sé agresivo y no te confíes en la segunda parte, que es donde suelen hacer más daño.

—No me preocupa el partido —dije al final.

—Bien. No debería preocuparte. Tú...

—Mamá necesita ayuda.

Me sorprendió la profundidad de mi propia voz, la forma en que las palabras salieron de mi garganta con tanta firmeza. Sabía que a mi padre también le había sorprendido, porque se quedó callado y se aclaró la garganta tras una pausa larga.

—Tu madre ya no es asunto mío.

—Sí, ya lo sé. La dejaste a ella y a tu primer hijo hace años.

—Clay —me advirtió, como si estuviera pasándome de la raya. El profundo eco de su voz hizo que me detuviera, que se me erizaran los vellos de la nuca como siempre me ocurría antes de intentar hacer algo arriesgado, como una nueva jugada en el campo.

—Es verdad y lo sabes. ¿Y sabes qué? No pasa nada. De verdad no pasa nada. He seguido adelante sin ti. Ambos lo hemos hecho.

—¿Sin mí? —intervino—. ¿Quién crees que te ayudó a pagar tus estudios en Boston? ¿Quién te compró la laptop y te consiguió el camión de la mudanza y...?

—¿Y quién solo me llama después de un partido? ¿Quién no tiene nada de que hablar conmigo que no sea futbol americano? ¿Quién sabe todo sobre mis hermanastros y absolutamente nada sobre mí?

—No seas absurdo. Yo...

—Nombra una cosa que sepas de mí que no sea mi posición en el campo. Solo una. Anda.

Me enojé mientras reprimía el impulso de seguir mientras intentaba estar lo bastante callado como para que mi argumento calara hondo. Y así fue.

Lo supe porque mi padre no dijo ni una palabra más.

—No te guardo rencor —dije al final, más tranquilo—. Te quiero. Lo entiendo. Sé que mamá puede ser... demasiado —confesé—. Y sé que no era la mujer adecuada para ti. Pero necesita ayuda y yo solo no puedo, papá.

Soltó un suspiro.

—Déjame adivinar: su ligue de la semana la ha dejado y ahora está destrozada.

—Estuvieron saliendo durante meses —le aclaré—. Pero sí. Y él se ocupaba de ella, y ahora no tiene trabajo y sobrevive con el poco dinero que puedo permitirme enviarle a casa.

—Bueno, ¿de quién es la culpa? Ella se lo ha buscado.

Negué con la cabeza.

—Ella nunca supo que esta sería su vida, papá. Se suponía que eras tú el que iba a cuidar de ella. Sabías cuando la conociste que ni siquiera se graduó de la preparatoria. Nunca quiso una carrera. Quería una familia. —Hice una pausa—. Te quería a ti.

—Lo que quería era manipularme, controlarme y humillarme hasta que me perdí —gritó—. Algo de lo que deberías saber un poco después de salir con Maliyah, supongo.

Se me tensó la mandíbula.

—No hables de ella como si la conocieras.

—Puede que no haya estado presente en todo, pero conozco a esa chica. Conozco a su padre. Y sé lo suficiente para decirte que eres hijo de tu madre hasta la médula, porque incluso la buscabas en la chica con la que querías casarte. —Se burló—. Gracias a Dios que esquivaste esa bala.

Algo en sus palabras me escocía, no porque fueran un insulto, sino porque había verdad en ellas, una verdad que no quería admitir.

—Al menos Maliyah tiene un padre que es parte de su vida —espeté—. De mi vida. Cruzó el país para verme jugar. Estuvo aquí en el último partido que jugamos en casa. ¿Y adivinas quién no puede decir lo mismo?

Tomé aire e ignoré la parte de mi cerebro que me recordaba que, técnicamente, no había venido por mí. Había venido por Maliyah, y yo simplemente había estado allí.

Pero mi padre no tenía por qué saberlo.

—Ojalá fueras un poco más como Cory —dije en voz baja.

Mi padre casi se rio.

—No quiero parecerme en nada a ese hombre.

—Ya lo veo.

Se oyó una respiración frustrada al otro lado y me pellizqué el puente de la nariz, negando con la cabeza.

—Mamá no tiene dinero —dije entre dientes, y volví al motivo de mi llamada—. Le he enviado todo lo que he podido. Papá, por favor. Te lo suplico. Por favor, ayúdala. Solo hasta que se recupere.

—Nunca lo hará si le dan dinero, tú, yo o cualquiera, Clay.

Me pasé una mano por la cara.

—Increíble.

—Mira, puedes llamarme imbécil y pensar que soy cruel si esa es la imagen que quieres tener de mí. Pero déjame decirte la verdad, hijo, es una adicta. Lo ha sido durante años. Encuentra a un hombre que la cuida y le da todas las drogas que quiere y es feliz. En cuanto él se va, se vuelve loca. No es capaz de valerse por sí misma.

—¡Claro que sí! —grité—. ¡Ella me crio! Me crio ella, no tú. Estaba allí, cada noche, preparándome la cena con lo que teníamos en la despensa, incluso cuando no era mucho, después de trabajar todo el día, a veces turnos dobles.

—¿Y cómo crees que tenía energía para hacer eso?, ¿eh? ¿Por qué crees que apenas había comida en casa y, sin embargo, siempre tenía dinero para lo que ella necesitaba?

Ignoré lo que insinuaba, aunque la posibilidad de que tuviera razón me formó un nudo en la garganta.

—Eres un monstruo —espeté—. Eres un egoísta y solo piensas en ti mismo. Nunca has pensado en nadie más.

—¡Yo solía ser como tú! —gritó por encima de mí—. Solía hacer lo imposible por ella y por todo el mundo. Pero un día, fue demasiado. Ya no quería ser la maldita alfombra que todos pisaban. Y créeme, tú también llegarás a ese punto. O, al menos, espero que lo hagas. Porque vivir una vida en la que lo que pones no es recíproco no es vida.

Negué con la cabeza, sin escuchar la mayor parte de su discurso.

—Entonces, no me ayudarás. —No era una pregunta. Era un hecho, algo que sabía antes de hacer la llamada.

—No sería ayudar. Sería facilitárselo. Y no, no voy a hacer eso.

Me tragué los cuchillos que tenía en la garganta, con la nariz dilatada.

—Entonces, ¿qué se supone que debo hacer?

—Se supone que tienes que jugar futbol americano —dijo, ahora con voz más calmada—. Y terminar la carrera. Salir con chicas guapas y meterte en líos con tus amigos. Sé un joven, por el amor de Dios. Tu madre es una mujer adulta. Sabe cuidar de sí misma.

—Claro.

Hizo una pausa y un largo suspiro se encontró conmigo al otro lado.

—La vida es dura, Clay. Sé que ya lo entiendes, pero apenas estás empezando a descubrir lo dura que puede llegar a ser. Tu madre se las arreglará. Lo hará. Y si no lo hace, la culpa es solo suya.

Me desconcertaba cómo podía aliviarse con eso, cómo podía decir esas palabras y creerlas de todo corazón.

—No sé cómo llegaste a ser tan egocéntrico, pero espero que nunca tenga el estómago para darle la espalda a mi familia de la forma en que lo has hecho tú.

Colgué en cuanto pronuncié esas palabras y apreté el celular con tanta fuerza que la pantalla se resquebrajó en mis manos antes de metérmelo en el bolsillo.

El resto de mi paseo por el campus fue rápido, y cuando atravesé las puertas del estadio tenía una gota de sudor en la frente. Todavía estaba furioso por la conversación, y me planteé meterme en el salón de pesas para hacer una serie rápida y desahogarme.

Pero en cuanto doblé la esquina y salí al pasillo, la vi.

La entrada de lo que solía ser un club para nuestros benefactores más influyentes se había transformado, las luces y la música retumbaban desde el interior mientras una pancarta gigante colgaba sobre las puertas dobles de cristal. Giana estaba de pie frente a ellas, con un panel para fotos de fondo con el logotipo del equipo a sus espaldas y una gran cantidad de cámaras apuntándole a la cara mientras hablaba por el micrófono del podio.

Estaba radiante, con un vestido largo hasta el suelo, que brillaba como una estrella sobre su piel pálida. El vestido no tenía mangas en un brazo, pero le llegaba hasta la muñeca en el otro; el escote era elegante y fino en la parte del pecho. Incluso sin que se diera la vuelta, supe que tenía la espalda descubierta, ya que las franjas de su tórax que se veían desde donde yo estaba lo delataban.

Llevaba los rizos recogidos, peinados hacia atrás en un chongo alto y liso que la transformaba de una mujer joven a una estrella de cine atemporal. Sonreía con los labios pintados de rosa, los ojos azul grisáceo brillaban bajo las luces de las cámaras mientras hablaba con confianza, la barbilla levantada y los hombros erguidos.

Me quedé sin palabras.

Me quedé embelesado.

Y me quedé clavado en mi sitio hasta el momento en que sus ojos pasaron por la cámara que tenía delante y se posaron en mí.

Se apartó del alboroto de los medios de comunicación y empujó a Kyle Robbins hacia el podio para que ocupara su lugar. Empezó su entrevista con facilidad y Giana la observó solo un instante antes de escabullirse, con el dobladillo de su vestido negro deslizándose por las baldosas mientras se acercaba a mí.

—Vaya —suspiró, dejando escapar un silbido bajo mientras me recorría con la mirada—. Sabía que podías arreglarte, pero creo que nunca había visto lucir un esmoquin negro tan bien.

Me sonrió con el cumplido, tranquila y juguetona, como siempre se mostraba conmigo. Me encendió el corazón, pero lo disimulé lo mejor que pude cuando volvió a mirarme, sabiendo que eran sentimientos que tendría que enterrar vivos si era necesario.

—Y yo no sabía que las aberturas pudieran llegar tan arriba —le dije, arqueando una ceja hacia su muslo expuesto—. ¿Sin lentes?

—Lentes de contacto —respondió sin más, pero entonces frunció el ceño—. ¿Me veo... me veo bien?

—Te ves... —Me mordí el labio en contra de todo lo que quería decir, quedándome en un discreto—: impresionante.

Se sonrojó, se puso a mi lado y deslizó su brazo alrededor del mío.

—Ven, vamos a relacionarnos para que puedas robarle el dinero a alguna pobre mujer rica y hacerme quedar bien en el escenario de la subasta.

—¿Ese es mi trabajo esta noche? —le pregunté—. ¿Hacerte quedar bien?

—Y recaudar mucho dinero para obras benéficas —añadió.

Se le borró un poco la sonrisa cuando atravesamos la entrada, sin siquiera tener que hacer más que saludar con la cabeza a los voluntarios que sacaban las entradas. Sabían quién era.

Me maravillé al ver cómo se había transformado el club, la iluminación y la pista de baile, la fuente de champaña y varios meseros que se paseaban con aperitivos y canapés. Todos los miembros del equipo se habían arreglado para la ocasión, e incluso Holden parecía relajado mientras bebía agua y un grupo de mujeres mayores lo adulaban.

—Maliyah ya está aquí —dijo Giana en voz baja cuando entramos—. Luce preciosa. Y... he oído algo de casualidad.

Tragué saliva y miré hacia abajo, donde seguía agarrada a mi brazo.

—Creo que te echa mucho de menos, Clay. Creo... creo que nuestro plan está funcionando. —Me buscó con la mirada—. Le ha dicho a un grupo de porristas en el baño que quiere recuperarte.

Parpadeé ante la información que me revelaba, esperando que me impactara, que me golpeara el pecho, que me llenara de esperanza o de la sensación de orgullo que sentía después de ganar un partido.

Pero no sentí nada.

Hace dos meses..., maldición, hace un mes incluso, habría saltado de alegría, o tal vez incluso habría llorado. Habría corrido hasta Maliyah. La habría abrazado y le habría suplicado que me aceptara de nuevo, que creyera en nosotros, que viera el futuro que yo siempre había visto.

Pero ahora, ese futuro no era más que un sueño borroso y lejano, uno que ya no podía ver con claridad.

Un sueño que no quería volver a perseguir.

No sabía qué decir, pero intenté fingir felicidad, fingir que era la noticia que había estado esperando.

—Bueno —dije, con la mejor sonrisa que pude esbozar—. Que se enoje cuando te vea agarrada de mi brazo esta noche.

Giana trató de devolverme la sonrisa, pero un fruncimiento de sus cejas la empañó, y antes de que ninguno de los dos pudiéramos decir nada más, Charlotte Banks se acercó a nosotros.

—Giana, es la hora —le dijo, ofreciéndome una pequeña sonrisa antes de apartar a Giana de mi brazo—. Tenemos a los cinco primeros jugadores alineados junto al escenario y listos para salir.

Giana me miró por encima del hombro mientras su jefa la jalaba.

Sus ojos eran tan misteriosos como las profundidades del océano.

Giana

Desde el momento en que me apartaron de Clay y me empujaron al escenario de la subasta sin quererlo, la noche pasó volando.

La mayor parte del tiempo no era consciente de lo que decía, los nervios me crisparon los huesos mientras me las arreglaba para subir al podio, hablar alto y claro, presentar a cada jugador y en qué consistía su cita antes de aceptar las pujas del público.

No lo llevaba en la sangre. No conté chistes cuando tocaba ni encanté a la sala con mi deslumbrante personalidad, como había visto hacer a mi madre y a mis hermanas durante toda mi vida. Pero hablé con claridad, con la barbilla alta y con la confianza suficiente como para hacer creer a la sala que no estaba tan lejos de mi zona de confort, aunque estaba segura de que vomitaría en cuanto bajara del escenario.

—Muy bien, damas y caballeros —dije por el micrófono con una cálida sonrisa en los labios cuando vi quién era el siguiente de la lista—. Rellenen sus copas de champaña y preparen esas paletas, porque esta próxima cita es una que no querrán perderse. Por favor, ¡ayúdenme a dar la bienvenida al escenario a Clay Johnson!

Estallaron unos aplausos educados, igual que había pasado a lo largo de toda la subasta, pero también hubo algunos silbidos y grititos de emoción en el aire. La gente que pujaba no podía equivocarse con ninguna de las citas subastadas esta noche, pero mientras que algunas las ganaban mujeres mayores ricas de la comunidad que donaban el dinero para la causa sin aceptar la cita, otras se las disputaban estudiantes de la NBU. No estaban aquí solo por la caridad, estaban aquí para buscar marido.

Y, cuando se trataba de los mejores jugadores, estaban sedientas de sangre.

Clay se acercó al escenario desde la escalera, detrás de mí, y me rozó la espalda con la mano. Me sonrojé, aunque no le devolví la mirada, ni siquiera cuando me recorrió un escalofrío desde donde me había tocado hasta las orejas.

—El *safety* Clay Johnson mide 1.80 m y pesa 97 kilos de puro músculo —leí en el guion y me reí entre dientes cuando la sala se llenó de gritos—. Es un chico de Cali que ama la playa y la música *reggae*. Cuando preguntamos a sus compañeros de equipo qué palabra describe mejor a Clay, respondieron sin problemas y al unísono con... —Hice una pausa, sonriendo ante la palabra antes de decirla—. Leal.

Entonces miré a Clay y me encantó la humilde sonrisa que apareció en sus labios.

—Su cita ha sido amablemente patrocinada por Picnics & Posies —dije en el micrófono—. Acompañen a Clay a un pícnic romántico en Boston Common, con una botella de jugo de uva espumoso, o champaña para quienes tengan edad para beber legalmente, así como una tabla de embutidos y bollería local del North End.

La sala bullía con conversaciones susurradas, todo el mundo se preparaba para hacer sus pujas.

—Empezaremos la puja en cien dólares.

Las paletas se elevaron en el aire por toda la sala, lo que hizo que todo el mundo se riera y empezara a gritar cantidades aleatorias de dólares que estaban dispuestas a pagar para ganar.

—Quinientos —dije de golpe, sorprendida por la cantidad de números que aún quedaban en el aire—. ¡Mil!

Con esa cifra perdimos unas cuantas, pero aún quedaban algunas que se mantenían firmes.

—Mil quinientos —probé, y me reí con verdadera incredulidad al pasar directamente a—: Dos mil.

Eso descartó a todas, menos a tres.

Sonreí al ver a las aspirantes restantes, una que reconocí de la junta directiva de una agencia de publicidad local, otra que llevaba una camiseta de Zeta Tau Alpha y conversaba con sus hermanas como si todas estuvieran aportando dinero para la puja, y...

Maliyah.

La miré y sus ojos se entrecerraron en rendijas antes de que levantara aún más su paleta, como si yo no lo hubiera visto ya.

—Dos mil quinientos —dije, aunque mi voz no fue tan alta esta vez.

La Zeta hizo una mueca y miró a sus hermanas, que negaron con la cabeza antes de dejar caer la mano.

—Tres —dije, sin necesidad de decir «mil», y Maliyah miró a la encantadora mujer mayor que yo deseaba que ganara, solo para odiarme inmediatamente por desearlo.

Clay querría que Maliyah se llevara la puja más alta.

Para esto habíamos trabajado, para esto habíamos paseado nuestra relación falsa por el campus durante meses.

Maliyah quería recuperarlo, y lo demostró con una sonrisa victoriosa cuando la otra mujer asintió con la cabeza y bajó la paleta.

Mi lengua, que parecía papel de lija, no respondía, no tragaba ni me dejaba hablar mientras golpeaba el mazo contra el podio de madera.

—Vendido a la número dos-ocho-uno —conseguí graznar.

Maliyah me miró con una ceja arqueada y yo deseé haber podido controlar mi expresión, haberle negado la satisfacción de pensar que me había afectado. Pero me quedé como un fantasma pálido y congelado mientras la observaba.

Y ni siquiera tuve que fingir.

Uno de los voluntarios sacó a Clay del escenario y yo aparté los ojos de Maliyah, que se escabullía entre la multitud para reunirse con él al otro lado del escenario mientras el siguiente jugador ocupaba su lugar.

El espectáculo tenía que continuar y yo era la directora de la orquesta.

Se subastaron tres jugadores más antes de que hiciéramos un descanso, uno que yo necesitaba con tanta desesperación que casi salí corriendo del estrado en cuanto la banda volvió a ponerse a tocar. Bajé a trompicones los escalones del escenario y le quité de las manos a alguien la botella de agua que me ofrecía antes de reconocer de quién se trataba.

—Respira —me dijo Riley cuando me había bebido la mitad.

Parpadeé varias veces y volví a la sala, solo para que ella me agarrara del brazo con suavidad y me llevara a una parte menos concurrida de la sala. Se veía guapísima con el vestido rojo que se había puesto para la ocasión y sonrió a todo el que se cruzó con ella hasta que me escondió detrás de una mesa en un rincón.

—¿Estás bien?

—Estoy genial —dije, intentando sellar la mentira con una sonrisa.

Riley arqueó una ceja.

—Eso ha sido un golpe bajo por parte de Maliyah.

Me encogí de hombros.

—Ha sido generoso. Es una gran donación para una causa maravillosa.

—Deja de hacer esa mierda, Giana. Pujó por su exnovio. Por tu novio. Y lo hizo porque es una zorra. —Riley negó con la cabeza, mirando por encima del hombro hacia donde Maliyah estaba reunida con el resto del equipo de porristas en la pista de baile. Movían las caderas al ritmo de la música, riéndose y levantando las manos sin ninguna preocupación—. He visto tantas veces *Breaking Bad* que creo que podría ayudarte a deshacerte del cuerpo.

La risa que escapó de mí fue la primera bocanada de aire de verdad en lo que me pareció que habían sido horas y Riley me dedicó una sonrisa empática genuina cuando se volteó hacia mí.

—De verdad, no pasa nada —le aseguré—. Ha sido difícil de ver, pero no me intimida. —Me tragué la mentira mirando hacia donde estaba Maliyah en la pista de baile—. Después de todo, está conmigo. No con ella.

La acidez burbujeó en la base de mi garganta y, como si se lo hubiera indicado, Maliyah me miró a los ojos.

Una sonrisa de serpiente se curvó en sus labios rojos antes de soltarse el pelo por encima de un hombro y voltearse hacia sus amigas, y su lenguaje corporal fue mucho más convincente que mis palabras.

No importaba si creía que habíamos estado saliendo o si pensaba que Clay podía sentir algo por mí.

A pesar de todo, sabía que era suyo.

—Claro que sí —dijo Riley, pasándome el brazo por el hombro lo mejor que pudo al ser cinco centímetros más bajita que yo—. Deberías ir a buscar a tu chico y recordárselo. ¡Oh! Olvídalo —añadió con una sonrisa tímida—. Parece que se te ha adelantado.

Seguí su mirada hacia donde Clay separaba a la multitud con facilidad, todo el mundo le abría paso mientras se movía con determinación por la pista y se acercaba a mí. Caminaba con la fanfarronería de un deportista profesional, el esmoquin que llevaba le iba como anillo al dedo y sus ojos se iluminaban cada vez más a medida que acortaba la distancia que nos separaba.

—Haz que esa imbécil llore sobre la almohada esta noche —susurró Riley, dándome un beso en la mejilla y soltándome justo cuando Clay llegaba a la mesa. Le dirigió una mirada cómplice antes de situarse detrás de él, y Zeke la jaló hacia la pista de baile antes de que diera más de unos pasos.

Cuando se marchó, subí la mirada despacio hasta encontrarme con los ojos de Clay.

Aquellos pozos verdes estaban más oscuros de lo que nunca los había visto, ensombrecidos por algo que parecía pesar sobre cada centímetro de él mientras permanecía de pie frente a mí. Tragó saliva y, sin decir nada, me ofreció la mano.

Intenté parecer despreocupada y estar relajada mientras deslizaba mi mano en la suya y dejaba que me guiara a través de la curiosa multitud hasta la pista de baile. Llegamos justo a tiempo para que la banda ralentizara el ritmo, con melodías suaves y una armonía de voces que cantaban una versión de *Without You* de The Kid LAROI.

Clay me llevó hasta el centro de la pista y luego me atrajo hacia él y sus manos encontraron mi cintura con facilidad. Las mías se deslizaron por su pecho y me miró por encima del puente de la nariz, con la mandíbula tensa por las palabras no dichas mientras empezábamos a balancearnos.

Como cada vez que Clay me tenía entre sus brazos, captamos la atención de todas las miradas de la sala. Sentí el calor de las miradas clavándose en la piel desnuda de mi espalda, expuesta por mi escotado vestido, y como si pudiera sentirlo, Clay pasó el pulgar por el mismo punto que me escocía.

—Estás... —empezó a decir al mismo tiempo que yo soltaba:

—Bueno, parece que está dando resultado.

Clay frunció el ceño y ladeó un poco la cabeza.

—Con ya sabes quién —dije, haciendo una sutil inclinación de la barbilla en dirección a donde Maliyah estaba reunida con sus amigas en un lateral de la pista de baile. No quise decir su nombre por si nos estaba mirando.

Y sabía que estaba mirándonos.

—No tendremos que fingir mucho más —añadí, obligándome a sonreír, con la esperanza de que las palabras salieran tan claras y alegres como yo quería. Y así fue. Quería con todas mis fuerzas que Clay fuera feliz, no sentir más que una alegría desenfrenada en mi corazón porque él había conseguido exactamente lo que quería.

Maliyah quería recuperarlo.

Y yo le había ayudado a recuperarla.

Debería haberme llenado de orgullo, el tipo de orgullo que se siente por ser un gran amigo para alguien a quien quieres. En lugar de eso, aquello me revolvió las tripas, y dejé caer la cabeza sobre el pecho de Clay para evitar seguir mirándolo por miedo a romperme y revelar la verdad.

Que era... ¿qué exactamente?

Sentí cómo las manos de Clay se tensaban donde me tenía, cómo se le aceleraba el corazón en el pecho, donde tenía la oreja pegada a él. Dejó de balancearse y retrocedió hasta que sus manos me rodearon los brazos y sus ojos se clavaron en los míos.

—Giana, yo...

Pero antes de que pudiera decir otra palabra, la banda dejó de tocar, los aplausos resonaron tan fuerte que ahogaron el resto de lo que iba a decir, y en cuestión de segundos, Charlotte estaba diciendo en el micrófono que era hora de que la puja volviera a ponerse en marcha.

—Nos vemos en mi casa después —susurré.

Y entonces me zafé de su agarre a regañadientes.

19
Clay

Esperaba en la escalera del edificio de Giana después de la subasta, y hacía frío y viento. Había salido mucho antes de que terminara el evento, incapaz de soportar la farsa o las miradas no tan sutiles de Maliyah al otro lado de la sala durante más tiempo del que ya había aguantado.

«Estoy impaciente por nuestra cita», me había dicho de forma seductora cuando había bajado del escenario. Aún notaba el escalofrío de su uña arrastrándose a lo largo de mi brazo, aún podía ver la promesa en sus ojos.

Había funcionado.

Tal y como sabía que haría, verme con Giana la había vuelto loca, le había hecho darse cuenta de que aún me deseaba.

Pero ahora...

El leve sonido de unos tacones en la banqueta a oscuras me sacó de mi aturdimiento y me puse en pie de un salto justo cuando Giana se encontró conmigo al pie de la escalera. Parecía agotada, se le había soltado el pelo del chongo que se había hecho a causa del viento y tenía el maquillaje un poco corrido, ya que la noche había sido demasiado larga y complicada como para que saliera indemne.

Sin mediar palabra, pasó junto a mí, abrió la puerta de su edificio y me dejó pasar primero. Subimos en silencio la escalera hasta su departamento y, una vez dentro, se abalanzó sobre mí.

Estaba a punto de meterme las manos en los bolsillos cuando dejó caer las llaves y el bolso, y apenas se quitó el abrigo antes de lanzarse sobre mí, con su boca sobre la mía en un estado de pura desesperación y necesidad.

La agarré sorprendido, pero también con un gemido que resonó en lo más profundo de mi pecho cuando apretó contra mí cada centímetro de ese cuerpo tan suave con el vestido fino y peligroso que llevaba.

—Esta noche —susurró contra mi boca antes de reclamarla en otro beso cargado de necesidad—. Quiero que lo hagas esta noche.

Abrí los ojos de par en par, pero no pude responder, no cuando me estaba besando con fervor, haciéndome retroceder hacia su dormitorio mientras se quitaba los tacones por el camino. Cada músculo de mi cuerpo se tensó, el corazón se me aceleró y la mente también.

Esta noche.

Quería que le quitara la virginidad esta noche.

—Giana —intenté hablar, pero estampó la boca contra la mía antes de que pudiera terminar la frase.

—Por favor, Clay —me suplicó—. Te necesito.

Cerré los ojos al oír esas palabras, al ver cómo me iluminaban por dentro, cómo cada molécula que formaba lo que era brillaba ante la verdad con la que sabía que las decía.

Se zafó de mis brazos y retrocedió, iluminada solo por la luz de la lámpara de su mesita de noche. Con un pequeño jalón del cierre que cubría su costado, el vestido se abrió y ella se lo quitó del hombro, dejándolo caer a sus pies, en un charco brillante.

Estaba completamente desnuda.

—Demonios, gatita —gemí y tragué saliva mientras me acercaba a ella. Extendí la mano para rozar su caja torácica con el dorso de los nudillos, y me encantó ver cómo se arqueaba como si quisiera más—. Eres tan perfecta.

Se le cortó la respiración cuando subí los nudillos por encima de su pecho hasta trazar el surco de la clavícula antes de posar la palma en su pecho. La hice retroceder con pasos pequeños y calculados, la bestia que llevaba dentro se apoderó de mí hasta que la tuve contra la pared.

—¿Ya estás mojada para mí? —le pregunté contra su oreja, deslizando la palma hacia arriba para rodearle la garganta.

Giana se apretó contra el agarre, como si quisiera que la agarrara más fuerte, que le quitara el aire mientras respondía en una exhalación.

—Sí.

—Enséñamelo —dije con la voz ronca.

Metió la mano entre los muslos y levantó los dedos brillantes y húmedos para enseñármelos.

Entonces, para sorpresa de ambos, presionó las yemas de sus dedos contra mi labio inferior.

Me metí los dedos en la boca sin chistar, saboreando su excitación, que encendió la mía. El gemido que soltó cuando le chupé los dedos hizo que mi pene buscara alivio, y le apreté la garganta donde la tenía agarrada, dándole la presión que quería.

Entonces, se convirtió en un caos puro y hermoso.

Me arrancó el esmoquin a ciegas, jalando el moño, antes de jalar las solapas y quitarme el saco. Me solté lo suficiente para dejar que me desvistiera y observé con orgullosa diversión cómo me desabrochaba todos los botones de la camisa blanca antes de deslizarla por los hombros y los brazos. Me la dejó atada a las muñecas por detrás, como unas esposas, y sus manos se dirigieron al cinturón.

Su respiración se entrecortó al forcejear con el metal y la piel antes de soltar por fin la correa. Y cuando se puso de puntitas para besarme mientras sus dedos desabrochaban el botón de mis pantalones y bajaban el cierre, me sacudió una especie de descarga eléctrica.

Me quedé helado.

Entré en pánico.

Y domé al animal que llevaba dentro el tiempo suficiente para recordar todas las razones por las que esto no podía ocurrir.

—Giana, espera —dije en un suspiro, luchando por volver a ponerme la camisa sobre los hombros para poder detenerla. Mis manos rodearon sus muñecas y la mantuve allí, inmovilizada contra la pared, con su respiración agitada encontrándose con la mía en el oscuro espacio que nos separaba.

—Estoy bien. Estoy preparada —me aseguró, a pesar de que temblaba, a pesar de que su corazón latía tan fuerte que ambos podíamos oírlo.

Y puede que me estuviera diciendo la verdad.

Puede que estuviera preparada.

Pero yo no lo estaba.

Dejé caer la frente sobre la suya y tragué saliva para contener la bocanada de aire que expulsé a continuación.

—No... no puedo —balbuceé—. Así no.

La respiración de Giana se hizo cada vez más fuerte hasta que se detuvo en una inspiración, una en la que mantuvo el aire cuando sus ojos se arrastraron poco a poco hasta los míos.

No sabía cómo decírselo. No sabía cómo elegir las palabras adecuadas para explicarle que no quería quitarle la virginidad con el propósito de que se acostara con otro hombre, que no podía soportar mostrarle cómo encontrar el placer, solo para saber que sería Shawn quien se lo daría de verdad. Me mataba admitirlo, y deseaba con todas mis fuerzas dejar de lado todos mis malditos sentimientos para darle lo que necesitaba en ese momento.

Pero no podía.

—Ah —respondió.

Y entonces se detuvo.

Se zafó de mi agarre, pasó por debajo del brazo con el que la sujetaba contra la pared y buscó el vestido. Se lo subió de cualquier forma para cubrirse mientras miraba al suelo.

—Yo..., eh..., lo entiendo.

Tragué saliva, con el corazón roto al verla, al saber que se sentía rechazada cuando era lo último que se me pasaba por la cabeza.

«Díselo. Dile algo, lo que sea».

Me lo supliqué a mí mismo, pero me quedé paralizado, allí de pie en su dormitorio, semidesnudo, preguntándome si había perdido la maldita cabeza.

Tras una pausa, me agaché para recoger el saco y me lo puse por encima de la camisa abierta antes de abrocharme los pantalones y volver a ponerme el cinturón. Me quedé allí de pie un rato más una vez que estuve a medio vestir, observando a Giana y quebrándome a cada segundo que pasaba.

Me acerqué a ella despacio, le pasé la mano por la mejilla hasta que cerró los ojos y soltó un suspiro.

—No voy a romper la promesa —le dije, esperando a que volviera a abrir los ojos y encontrara los míos.

Y lo creía. Creía en lo más profundo de mi ser que seguiría arrebatándole la virginidad y mostrándole el mapa con todas las formas de sentir placer en la cama.

Pero no lo haría bajo el pretexto de que era falso.

Tenía que aclararme las ideas, filtrar todos los pensamientos y emociones que me habían estado atormentando toda la semana para poder decirle lo que sentía.

Y luego, tendría que rezar para que no fuera algo que solo sentía yo.

Le di un beso suave en la sien, la solté y salí disparado hacia la puerta de su casa antes de que la bestia que llevaba dentro pudiera perder el control.

Y, de camino a casa, empecé a trazar un plan.

20
Giana / Clay

Giana

—¿Cómo está mi ratona?

Era ridículo que esas cuatro palabras de mi padre casi me hicieran llorar. Se me llenaron los ojos de lágrimas sin aviso previo mientras caminaba por el campus dos días después, arropándome más con el abrigo para protegerme del viento brutal.

—Estoy bien, papá —mentí, pero no podía dejar de sorber por la nariz para evitar que me cayeran las lágrimas y los mocos por la repentina avalancha de emociones.

—Mmm —respondió, y los dos sabíamos que era muy consciente de que no estaba bien—. ¿Te has enterado de que van a darle un premio a Laura por la investigación que hizo el semestre pasado?

—¿En serio? —Mis emociones se estabilizaron al instante, mi padre había cambiado de tema por eso. Sabía cuándo quería hablar y cuándo quería ser una ermitaña—. Eso es increíble.

—Tu madre y yo iremos el mes que viene para asistir a la ceremonia. He pensado que tal vez podríamos ir a visitarte a ti también. Es cuando tienen partido en casa contra los Halcones. Nos encantaría verte en acción en el campo.

Dejé escapar una pequeña carcajada en mi siguiente respiración porque tanto él como yo sabíamos que era un «me», y no un «nos», lo que tenía que ir en esa frase.

—Sabes que yo no me visto ni juego futbol, ¿verdad?

—Y sabes que te veo trabajando duro en la banda cada partido, ¿no?

Me detuve a mitad de camino, la emoción me ahogó una vez más.

—¿Sí?

—Claro que sí, ratona. Y también seguí todas las entrevistas que hiciste para la subasta del viernes por la noche. Hablas muy bien, jovencita. Me impresionaste mucho.

El cumplido mezclado con orgullo que escuché en su voz me hizo sonreír, pero la sonrisa se me borró enseguida al recordar la subasta que había estado intentando olvidar. Ayer había sido fácil. Fue día de partido, estaba lleno de periodistas y disputas con el equipo. Pero hoy era domingo, día de descanso, un día en el que no tenía clases ni nada con el equipo que me tuviera ocupada.

Así que me ahogaba en mis pensamientos.

Clay me había rechazado.

No había forma de maquillarlo, darle una explicación o poner alguna excusa para la forma en la que se había alejado de mí cuando yo estaba literalmente desnuda para él. Había sido la vez que más vulnerable me había mostrado ante él, ante nadie, y él me había rechazado.

Por mucho que se me revolviera el estómago al pensar en esa sensación de rechazo, otra emoción luchaba con ella, una que me recordaba la desesperación con la que me había lanzado sobre Clay sin previo aviso. No le había dicho que aquella era la noche, no lo había preparado para nada.

Pero justo eso era lo que había sentido: desesperación.

Estaba perdiéndolo, perdiéndonos, y por eso intenté aferrarme a él incluso cuando Maliyah lo rodeó con sus brazos y lo apartó de mí. Por supuesto, él no querría acostarse conmigo cuando Maliyah pagó literalmente miles de dólares para demostrar que quería recuperarlo.

Se suponía que esto era lo que tenía que pasar.

Y, sin embargo, ahora que estaba pasando, me estaba destrozando.

—¿Me reservas una cena de padre e hija cuando vaya? —me preguntó papá, rompiendo el silencio en el que lo había dejado.

Dejé escapar un suspiro.

—Me encantaría.

—A mí también. Hasta entonces, prométeme que te cuidarás.

—Te lo prometo —conseguí decir, aunque me temblaba la voz.

—Te quiero, Giana. Recuerda que todo es temporal.

Aquellas palabras, aunque bienintencionadas, hicieron que me escociera la nariz con otra oleada de náuseas. Quería asegurarme que, pasara lo que pasara, no duraría para siempre, que todo se arreglaría.

Pero no hizo más que recordarme lo que causaba dolor en un primer momento.

«Todo es temporal».

Sobre todo cualquier relación que tuviera con Clay.

—Te quiero, papá —susurré y entonces colgué dando la llamada por finalizada y quitándome los audífonos de las orejas. Me los metí en el bolsillo junto con el celular antes de tirarme en la banca más cercana, uno que daba a un pequeño estanque en el campus.

El viento helado me soplaba en la cara, ya helada, y me

lloraban los ojos mientras cientos de hojas de colores se desprendían de las ramas de los árboles y volaban por el parque. El campus estaba tranquilo, ya que, al ser fin de semana y hacer tanto frío, la mayoría de los estudiantes estaban en sus residencias descansando o tomándose algo en alguno de los muchos sitios habituales para almorzar.

Tener noticias de mi padre debería de haberme dado paz y haber hecho que me sintiera arropada, pero, de alguna forma, hizo lo contrario. Me vi deseando haberme molestado en hacer más amigos cuando me mudé a la NBU, no haber dedicado todo mi tiempo a los libros o a las prácticas. Pensé en llamar a Riley, pero sabía que estaría pasando el día después de ganar un partido celebrándolo o descansando con Zeke, como debía ser.

La única persona a la que quería llamar, con la que quería estar, no me había hablado desde que se marchó de mi departamento después de que me lanzara sobre él.

Estaba sola.

Tan sola que sentía que no existía.

—Pero bueno, hacía tiempo que no veía esa carita tan bonita.

Parpadeé y levanté la vista para ver a Shawn acercándose a mí. Llevaba una chamarra verde oscuro y una bufanda café alrededor del cuello. Tenía la nariz sonrosada y respiraba en pequeñas bocanadas blancas mientras se sentaba a mi lado.

Justo a mi lado.

Su calor corporal me envolvió cuando su muslo se apretó contra el mío.

—El cllima está horrible, ¿no? —Sacudió la cabeza y miró por encima del estanque antes de que sus ojos se posaran en mis manos—. Por Dios, ¿no traes guantes?

Antes de que pudiera responder a alguno de sus comentarios, sacó sus manos cubiertas con unos guantes de los bolsillos y se acercó a mí, estrechando mis manos entre las suyas.

Me pasó la cálida tela por los dedos helados y luego, con cuidado, me acercó las manos a su boca, soplando aliento caliente sobre ellas antes de volver a frotármelas entre sus palmas.

Debía de estar a punto de bajarme la regla, porque se me llenaron los ojos de lágrimas cuando lo hizo.

—Eh —dijo, frunció el ceño y me estrechó las manos—. ¿Qué te pasa?

Negué con la cabeza, estirándome el labio inferior con los dientes en un intento de mantener la compostura mientras miraba nuestras manos, con la vista nublada y los lentes empañados. Unas semanas atrás, habría sentido mariposas en el estómago al ver aquello, al notar que me sujetaba las manos de una forma tan íntima.

Pero ahora solo podía pensar en otro par de manos, grandes y más ásperas, y tan familiares que las sentía como las mías propias.

—Ven aquí —dijo Shawn cuando no respondí, me arropó bajo su brazo, envolviéndome en un abrazo cálido que me protegía del viento. Se quedó callado un buen rato antes de preguntar al final—: Es por Clay, ¿verdad?

Enterré más la cara en su pecho, con dolor en el corazón solo de oír su nombre.

Shawn dejó escapar un suspiro largo y lento, y durante un buen rato se limitó a abrazarme, pasándome las manos por los brazos para darme calor a través de la chamarra, que no servía de mucho. Al cabo de un rato, se apartó un poco, sin dejar de abrazarme, pero esperando a que yo levantara la mirada y me encontrara con la suya.

—Odio dejarte así, pero tengo que tocar en la cafetería.

Mi actuación empieza dentro de veinte minutos. ¿Quieres venir?

Enseguida negué con la cabeza, pero no encontraba las palabras para decirle que no tenía ganas para nada ahora mismo y menos para una cafetería llena.

Asintió con la cabeza, entendiéndolo.

—Mira, no quiero abusar, Giana, pero... ¿crees que...? —Hizo una pausa y tragó saliva—. ¿Tal vez podríamos vernos el viernes por la noche?

Palidecí.

—¿Qué?

—¿Eso es lo que tenía que hacer para que hablaras? ¿Pedirte una cita? —Shawn sonrió, divertido.

No pude evitar la risita genuina que me salió en ese momento, y me limpié la nariz con el puño de la chamarra.

—Tengo novio —le recordé, aunque mi convicción era débil.

—¿Puedo ser sincero? —Shawn bajó la mirada hasta que volví a mirarlo—. No me importa. No cuando te trata así.

Fruncí el ceño y noté una presión en el pecho ante la insinuación de que Clay me tratara de otra forma que no fuera con respeto. Pero esa era la imagen que le habíamos dado a Shawn, que Clay era un deportista engreído, que me ignoraba, que yo no veía que merecía algo mejor.

Este había sido el plan que habíamos trazado para mí.

Mientras jugábamos para que Maliyah volviera a su vida, también habíamos tejido la trama perfecta para que Shawn entrara a la mía.

Y ambos planes habían funcionado.

Esto era lo que había querido. Esto era con lo que Clay se había ofrecido a ayudarme, para lo que le había pedido que me preparara de más formas de las que había firmado en un principio.

Shawn Stetson me estaba pidiendo salir.

Entonces, ¿por qué se me cerraba la garganta ante la idea de decir que sí?

—Oye, me comportaré —me prometió y sonrió al ver la preocupación en mis ojos—. Solo como amigos. Podemos salir como amigos, ¿no?

Solté un suspiro largo.

—No veo por qué no.

Su sonrisa se ensanchó.

—Genial. De hecho, por una vez tengo un viernes por la noche sin concierto. ¿Qué te parece si lo hacemos más discreto? ¿Vienes a mi casa? Podemos hablar, conocernos, ¿tal vez ver una película?

Mis mejillas se encendieron con la última parte, porque todos sabíamos lo que significaba ver una película en la universidad.

Pero esto era lo que había estado tramando, lo que había deseado tanto. Incluso ahora, la idea de que Shawn se inclinara para acortar la poca distancia que quedaba entre nosotros, ¿la idea de que me besara?, era embriagadora.

Puede que estuviera dándole demasiada importancia a todo lo que pasaba con Clay. Tal vez había dejado que mis sentimientos se enredaran en algo en lo que ambos acordamos mantener los sentimientos al margen.

Todo lo que habíamos hecho era fingido.

Las apariciones públicas, ir de la mano, los besos, incluso las noches que me había enseñado cómo complacerme a mí misma, cómo complacerlo a él..., todo había sido una farsa.

Ahora Clay tenía a Maliyah. El viernes por la noche, cuando se alejó de mí, me había demostrado que eso era lo que quería.

No sentía nada por mí.

Yo estaba siendo una idiota al sentir algo por él.

—Me encantaría —respondí al final, levantando más la barbilla—. De verdad que me encantaría.

Y así de fácil, tenía una cita con Shawn Stetson.

Clay

Parecía un idiota mientras cruzaba el campus con un ramo de flores en la mano que se movía por el viento de una forma peligrosa. Cada vez más pétalos se volaban y se unían a las hojas podridas que cubrían el césped, y por más que lo intentara, no podía protegerlas lo suficiente como para salvarlas.

—Giana, sé que no lo merezco, pero quería explicarte por qué me fui el viernes por la noche —murmuré para mis adentros, repitiendo las palabras que había preparado en mi cabeza—. No fue porque no te deseara. Créeme —respiré—. Maldición, te deseaba tanto que apenas podía respirar cuando me fui.

Me dolía en el pecho el recuerdo de haberla dejado, de esos ojos tan abiertos y esos labios temblorosos cuando me giré y salí de su departamento. No fue mi jugada más brillante, pero, una vez más, sabía que, si me hubiera quedado, la habría tomado. No habría podido resistirme, no con ella desnuda delante de mí, suplicándome que la tomara.

Mis sentimientos por Giana me habían sacudido de golpe como un mazazo en la cabeza, y me había llevado todo el fin de semana descifrarlos.

Ayer el futbol fue mi prioridad. Tenía que serlo. Como estudiante deportista becado, tenía un trabajo que hacer, y durante las horas que transcurrieron desde antes del partido hasta que me bañé anoche después del partido, mi cabeza estuvo puesta en eso. Logramos otra victoria, que nos acercaba cada vez más a otro partido del *bowl*.

Este año, queríamos el partido del *bowl*, el que nos llevaría a la final.

Si es que era posible, estábamos más animados que la temporada pasada. Teníamos mucha sangre fresca, yo incluido, y teníamos que aprender a trabajar los unos con los otros, a compenetrarnos. Esta temporada nos sentíamos cada vez más cómodos, ejecutábamos las jugadas como si las conociéramos mejor que la palma de nuestra mano.

Todo iba tomando forma.

Pero en cuanto terminó el partido, mi cabeza cambió de rumbo y todos mis pensamientos giraron en torno a Giana.

O debería decir, el noventa por ciento de ellos; el diez que quedaba lo reservaba para mi madre, sobre todo cuando solicité un préstamo estudiantil a última hora de la noche. Hasta ahora no lo había necesitado. Mi beca cubría la matrícula, los libros, la residencia y los impuestos, e incluso me daba para vivir, sobre todo teniendo en cuenta que la mayoría de mis comidas eran en el estadio.

Pero había gastado mis ahorros para ayudar a mi madre a pagar las facturas y salir adelante, y la renta tenía que pagarse la semana siguiente.

Era un préstamo muy pequeño, que esperaba poder pagar sin problemas en cuanto me seleccionaran y me dieran una bonificación por firmar. Aun así, me dolió el pecho cuando pulsé el botón de enviar, cuando recibí la aprobación automática y me di cuenta de que estaba endeudado por primera vez en mi vida.

Era tan fácil, y ahora entendía por qué tanta gente se hundía bajo el peso de las deudas.

«No te preocupes —le había dicho a mamá después de firmar el préstamo—. Yo cuidaré de ti».

«Siempre lo has hecho», fue su respuesta.

Tampoco había olvidado mi enojo con mi padre. No entendía cómo podía darle la espalda sin más a su familia cuando lo necesitábamos.

Pero no éramos su familia, no la principal. Éramos una vida anterior, una que estaba claro que quería dejar atrás.

Resoplé contra el viento feroz, una fría resolución se apoderó de mí junto con él. No lo necesitábamos. Estaríamos bien.

Había sido un tornado de emociones durante la última semana, en especial durante las últimas setenta y dos horas, y no podía controlar la esperanza que bullía en mi corazón ante la idea de decirle a Giana lo que sentía por ella y que ella me correspondiera.

Podía verlo ya, sus ojos llorosos mientras la atraía hacia mí. Podía sentir sus labios sobre los míos, su cuerpo derritiéndose mientras la abrazaba, podía saborear su lengua y oír los dulces gemidos que guardaba solo para mí.

Pero sentía un cosquilleo en el estómago mientras me acercaba a su edificio, porque sabía que esto también podía acabar de otra manera.

La verdad era que no sabía qué pensaba ella o dónde residía su corazón.

Y la única forma de averiguarlo era poniéndome en la línea de juego.

Levanté la mano para tocar el timbre de su departamento, pero antes de hacerlo, oí mi nombre detrás de mí.

—¿Clay?

Me giré y me encontré a Giana tiritando con una chamarra que sabía que no podía mantenerla calentita con este frío que azotaba la ciudad.

Tenía los ojos oscuros, marcados con un morado intenso justo debajo que me decía que no había dormido, la cara roja y teñida como si hubiera estado llorando. O tal vez fuera solo el viento. En cualquier caso, tenía el mismo aspecto que yo: estaba emocionalmente agotada.

Parpadeó al verme a mí y luego ver lo que quedaba de las flores en mi mano. Tragó saliva al verlas, levantó la barbilla y juré que la vi ponerse una máscara de indiferencia justo delante de mí.

—Iba a escribirte cuando llegara a casa —dijo, y esbozó una sonrisa mientras pasaba por mi lado y abría la puerta. Entramos, el calor era bienvenido después de haber estado bajo un viento glacial—. No vas a creer lo que ha pasado.

La seguí escalera arriba hasta su departamento mientras se quitaba la bufanda y el abrigo, y el corazón me latió cada vez más fuerte a cada paso porque sabía las palabras que diría una vez que estuviéramos en su departamento.

—Estaba paseando por el campus, estaba... —Hizo una pausa y me miró por encima del hombro antes de subir la escalera y abrir la puerta de su departamento—. Disfrutando del clima —dijo al final—. ¿Y a quién me encuentro?

Abrió la puerta y entró antes de que la siguiera y cerrara la puerta tras nosotros.

—A Shawn.

Se dio la vuelta con rapidez al pronunciar el nombre, sus ojos color turquesa se clavaron en los míos justo en el momento en que sus mejillas sonrosadas se elevaban al separar los labios.

Aquella sonrisa floreciente me provocó un nudo en la garganta que no pude tragarme mientras Giana colgaba el abrigo y la bufanda antes de agarrar las flores que tenía en la mano.

—Ah, sí, las... las he traído para ti —dije débilmente, encogiéndome un poco cuando las agarró y observó los tallos rotos y los pétalos hechos trizas que aún se sostenían—. Tenían mucho mejor aspecto antes del paseo.

Giana sonrió, aunque fue una sonrisa débil, con un destello de algo en los ojos cuando miró las flores, luego me miró a mí y se dirigió a la cocina. Sacó un pequeño jarrón de debajo del fregadero y empezó a cortar los tallos de las flores y a arreglar las que habían sobrevivido.

—En fin, hablamos un poco y... —Se mordió el labio inferior y dio un pequeño respingo cuando volvió a mirarme—. ¡Me pidió una cita!

La rabia se apoderó de mi interior.

—¿Que hizo qué?

—Lo sé, ¡¿verdad?! —Giana confundió mi pregunta con una sorpresa complacida y no vio el enojo que tenía—. Es una locura. De verdad sabes lo que haces —añadió guiñándome un ojo.

—¿Ese hijo de puta te pidió una cita cuando tienes novio?

—Bueno, técnicamente me pidió que salieramos. Como amigos —dijo con una sonrisa cómplice—. Para «ver una película».

Cerré las manos en puños y apreté los dientes para no protestar por la audacia de ese desgraciado.

—Qué cretino más irrespetuoso.

Giana puso los ojos en blanco, y me miró antes de cortar el tallo de una flor naranja parecida a una margarita y ponerla en el jarrón.

—Oh, vamos, esto es lo que hemos estado incitándolo a hacer durante todo este tiempo. ¿Te acuerdas? Fue idea tuya hacer el papel de novio descuidado.

Lo dijo de una forma tan risueña, como si no hubiera pasado nada entre nosotros el viernes por la noche, como si todo estuviera bien y aún estuviéramos fingiendo tener una relación.

Como si no fuéramos más que amigos.

—No puedo creer que haya funcionado —casi susurró y negó con la cabeza con una sonrisa aturdida mientras acababa con la última de las flores. Luego negó con la cabeza—. De todos modos, necesito tu ayuda. ¿Qué me pongo? ¿Y qué hago? Ambos sabemos lo que significa ver una película.

Se puso de puntitas y buscó algo que tenía encima del refrigerador justo antes de que mi furia hiciera acto de presencia. Hice todo lo posible por controlarla antes de que se diera la vuelta con la tetera en la mano.

—¿Quieres algo? —me preguntó.

Creo que asentí con la cabeza. O tal vez negué. No estaba seguro porque estaba entrando en la cocina con una sola cosa en mente.

—Así que, espera, ¿vas a ir a su casa y pasar el rato?

—Sí.

Parpadeé.

—Te das cuenta de lo que significa eso, ¿verdad?

—Sí —dijo con una sonrisa, como si estuviera agotada—. Eso es lo que intentaba decirte. Me refiero a... qué pasa si él quiere... Ya sabes.

No podía ni respirar, carajo.

—No tienes que ir tan rápido.

—¿Y si quiero?

Las palabras salieron disparadas de sus labios, sin ninguna sonrisa mientras los apretaba y apoyaba una cadera en la parrilla. Se cruzó de brazos y levantó un poco la barbilla mientras yo la miraba fijamente.

—Estoy preparada —dijo—. He estado preparada. Lo quiero.

Pestañeé al oír sus palabras, la desesperación se apoderó de mí.

—Quiero saber qué se siente, qué se siente al hacerlo —susurró, y bajó la mirada hasta posarla en el suelo, entre nosotros. Sonrió, aturdida, y volvió a mirarme—. Sobre todo después de los preliminares que me has enseñado.

Lo dijo en broma, e incluso se rio un poco mientras llevaba la tetera al fregadero y la llenaba de agua antes de ponerla en la barra y encender la parrilla.

—Me falta saber qué ponerme. Quiero ir informal, cómoda, pero también linda. Sé qué ponerme para una cena, pero ¿qué te pones cuando vas a la casa de alguien?

Se mordió el labio, y luego se puso a divagar, algo sobre que tal vez podría ponerse sus pants de color gris y una camiseta de tirantes, algo que dejara ver su escote. O tal vez me inventé esa parte. Quizá me estaba volviendo loco con mi peor pesadilla, imaginándome a Shawn quitándole aquellos pants como había hecho yo la primera noche que me dejó tocarla.

Me quedé sumido en mis pensamientos mientras ella seguía hablando, sin quedarme con ninguna palabra. Todo el plan estalló en pedazos ante mis ojos.

Había llegado demasiado tarde.

Había perdido mi única oportunidad de decirle lo que sentía.

Hacía apenas dos noches, estaba desnuda y aferrada a mí, besándome con desesperación, suplicándome.

Ahora sabía que nunca volvería a tocarla.

Shawn había visto su oportunidad y había movido su ficha.

Por otra parte, si Giana había accedido de tan buena gana, para empezar, ¿acaso había tenido yo alguna oportunidad con ella? ¿Para ella había sido todo una farsa, algo sin sentimientos?

¿Era solo un amigo ante sus ojos?

Unos pensamientos tras otros fueron golpeándome como si fueran olas implacables que chocan contra una costa llena de rocas hasta que ya no pude soportar su peso. Entre mi padre, mi madre, Maliyah, ¿y ahora esto?, ya no podía nadar. No podía luchar para mantener la cabeza fuera del agua.

Así que solté un último suspiro, le lancé a Giana una última mirada de anhelo cuando se iluminó al hablar de cómo sería su cita con otro hombre.

Luego me hundí hasta el fondo y me quedé allí sentado, con la vista nublada por el agua salada, ahogándome poco a poco, pero sin luchar por salvarme.

Yo había planeado todo esto, había sido idea mía.

Y ahora no tenía más remedio que ahogarme en el fondo del mar que yo mismo había creado.

21
Giana

La semana transcurrió como un peso muerto atrapado en unas arenas movedizas, y cada día parecía durar más que el anterior.

A pesar de que sentí que había extendido una rama de olivo y había limpiado el aire incómodo que había entre Clay y yo después de todo el desastre de «siento haberte dejado desnuda, aquí tienes unas flores», seguía actuando raro. O tal vez estaba pensando en el partido contra el segundo clasificado de nuestra liga. O a lo mejor estaba todo el rato con Maliyah. No lo sabía porque, después de la visita que me hizo el domingo en mi departamento, no había vuelto a saber nada de él.

No sabía lo que estábamos haciendo, no sabía si estábamos dejando que la relación falsa que había entre nosotros se diluyera poco a poco o si estábamos plantando sin querer las semillas de nuestra ruptura falsa. A mitad de semana, Riley me preguntó qué pasaba, pero yo me limité a encogerme de hombros y a decirle que todo iba bien. Traté de sellar la mentira con una sonrisa convincente.

Mientras tanto, Shawn había estado llenándome el celular con mensajes desde primera hora de la mañana hasta bien entrada la noche. Me enviaba memes divertidos, artículos de noticias interesantes, canciones que quería saber si había escuchado antes e incluso fotos suyas a lo largo del día. El único momento en que su nombre no aparecía en la pantalla de mi celular era cuando estaba en clase o en un concierto, y me maravillaba ver cómo había pasado de ser invisible para él a sentir que era el centro de su atención.

Y me gustaba.

Me gustaba que pensara en mí y que se esforzara por hacérmelo saber. Me gustaba que me llamara «guapa» y que me dijera «buenos días, preciosa» todas las mañanas.

Aun así, había algo que no encajaba, algo que estaba muy dentro de mí y que no reconocía, al menos no de una forma directa.

Tenía un bloqueo lector, era incapaz de leer más de una página o dos antes de resoplar y cerrar el libro, dejándolo en el estante para probar con otro. Ni siquiera me funcionaba releer mis libros favoritos, así que el tiempo que no estaba en clase o en el estadio me lo pasaba acostada en la cama con la vista clavada en el techo.

Hablé con mis hermanas y mis hermanos en una videollamada grupal, escuchando cómo me ponían al día de sus vidas mientras yo me quedaba en silencio, como de costumbre. Laura fue la única que me preguntó cómo me iba en el trabajo y, tras una respuesta breve, pero satisfactoria para ellos, la conversación volvió a girar en torno a la actual aventura empresarial de nuestros hermanos.

Por fin llegó el viernes y aunque no era como los viernes que recordaba, como aquel en que elegí qué ponerme para esa noche en la que Clay me llevó a ver a Shawn tocar en el centro, seguí notando las mariposas en el estómago mientras me vestía con mis pants y una camiseta de tirantes. Me peiné para que pareciera que no me había esforzado en hacerlo, me maquillé un poco y me puse una sudadera amplia antes de caminar las cuadras que me separaban de la casa de Shawn.

Vivía un poco fuera del campus, igual que yo, aunque su edificio era más nuevo y tenía un vestíbulo con una recepción que estaba abierta las veinticuatro horas del día. Llamó a Shawn cuando llegué, obtuvo su aprobación antes de dejarme entrar a los elevadores y presionar el número de su piso.

Sentí un cosquilleo de nervios en el estómago mientras los números iban subiendo, y entonces salí a un pasillo y de inmediato vi a Shawn de pie con la puerta abierta al final.

Aquellas extrañas mariposas revolotearon al verlo.

Se apoyó en el marco de la puerta, con los brazos y los tobillos cruzados de forma casual, y me observó avanzar hacia él. No ocultó que me recorría con la mirada, y yo no pude ocultar el rubor que me calentó las mejillas al ver que me miraba fijamente.

—Ey —dijo cuando estuve cerca, y entonces se apartó de donde había estado apoyado y me envolvió en un fuerte abrazo.

Aquel abrazo fue cálido y acogedor, como si nos conociéramos desde hacía años, como si estuviera dándole la bienvenida a casa a un viejo amigo al que había echado mucho de menos. Olía a algún tipo de hierba, quizá pachulí. Me dedicó una sonrisa relajada cuando se apartó, con los ojos algo brillantes, y me hizo pasar al interior.

—Espero que no te importe que haya pedido comida para llevar —dijo cuando cerró la puerta tras nosotros—. Estaba demasiado cansado para cocinar algo.

No le respondí, más que nada porque estaba demasiado ocupada observando la escena que me esperaba dentro. Su estudio oscuro estaba poco iluminado con unas velas suaves, cuyas llamas titilantes proyectaban sombras en las paredes y sobre la mesa que estaba en el centro de la habitación. Había cubierto una mesa baja con un mantel de seda color crema, una docena de rosas en el centro y más velas. Los cojines estaban puestos a ambos lados y formaban unas sillas improvisadas, y había puesto la mesa para dos, con comida italiana para llevar que reconocí de un restaurante de los alrededores que ofrecía de todo, desde pollo y pasta hasta cordero y *bruschetta*.

Una música baja, de *jazz* y tranquila, inundaba la escena, y miré por encima de la mesa para contemplar la estancia minimalista en su totalidad. Tenía un teclado frente a la ventana, la guitarra apoyada junto a él y la laptop abierta con una especie de programa de composición musical en la pantalla. Tenía un sofá pequeño, de piel café como las botas que siempre llevaba, y un somier y un colchón en el suelo pegados a la pared de la esquina.

Era un dormitorio, una cocina, una sala de estar y un estudio de música, todo en uno, y tenía un aire romántico casi *grunge*, como sacado de una película de los noventa por los vinilos que se escuchaban en la Crosley de la esquina y los pósteres que colgaban de la pared.

—Vaya —solté, empapándome de todo.

—Espero que no sea demasiado —dijo Shawn pasándose una mano por el pelo alborotado—. Me gustan las velas.

—Es precioso —le aseguré, con la voz pastosa en la garganta. Seguí su ejemplo y me senté sobre los cojines, frente al lado de la mesa en el que él se había sentado.

—¿Vino? —me preguntó inclinando la botella hacia mi copa antes de que le contestara—. Es moscatel. No he llegado a desarrollar el gusto por nada que sea más fuerte.

Me reí entre dientes.

—Bueno, como tienes diecinueve años, supongo que lo dejaré pasar.

—Tengo veinte —me corrigió después de servir las copas, y levantó la suya—. Por ti, Giana —dijo, con los ojos brillantes a la luz de las velas—. Y por la música que llena nuestras almas.

Sonreí y choqué mi copa con la suya antes de dar un sorbo. El vino estaba muy dulce, parecía más jugo de uva que cualquier cosa que tuviera alcohol. Pero me gustaban las burbujas que bailaban en mi lengua mientras paseaba la mirada por la estancia.

—Te he extrañado en mis conciertos —dijo Shawn poniéndose pasta con pesto en su plato antes de pasarme el recipiente.

—Para empezar, me sorprende que te dieras cuenta de que estaba allí.

—¿Por qué iba a sorprenderte? —preguntó con sinceridad—. Mírate.

Arqueé una ceja y miré mi sudadera grande y ancha y mis pants.

—Sí. Un bombón.

Shawn se rio.

—Lo eres. Y eres única. Destacas, nunca he visto a una chica destacar de la forma en que lo haces tú.

Había algo que me hizo arrugar la nariz, sobre todo porque detestaba la frase «no eres como las otras chicas». Me parecía que dividía y que era más un insulto a la feminidad que un cumplido.

—Hasta la noche en que te vi en el centro, no parecías muy consciente de ello —comenté.

—Fui consciente siempre.

No tardó en hablar y se detuvo mientras se servía una chuleta de pollo.

—Te veía en la cafetería el año pasado, te veía cantar todas las canciones, incluso las mías propias.

Me sonrojé.

—Te veía tomar el mismo café, una especie de expreso con mucha espuma —añadió, riéndose—. Todas las noches que estuve allí. Y siempre me preguntaba si alguna vez te quedarías, o te acercarías a saludar, pero nunca lo hiciste.

Me quedé perpleja, incapaz de creer que alguna vez me hubiera prestado atención, pero aún más que estuviera esperando a que yo hiciera algo.

—Podrías haber sido tú quien hubiera venido a romper el hielo, ¿sabes? —le dije.

—Puede ser —aceptó—. Pero cada vez que terminaba el concierto, salías corriendo. Y cuando tenía un descanso, agarrabas tu libro. —Me miró a los ojos—. ¿Sabes lo intimidante que es acercarse a una chica cuando está leyendo? Es como intentar acariciarle la barriga a un gato. Puede que salga muy bien, pero lo más probable es que te lleves un zarpazo en la cara por suponer que querían saber algo de ti.

La carcajada que solté me sorprendió, y el bufido que le siguió hizo que Shawn esbozara una amplia sonrisa.

—Me parece justo —dije entre risas, y luego le di un trago al vino dulce antes de probar la pasta.

—¿Puedo preguntarte algo? —dijo Shawn.

Asentí con la cabeza y él hizo una pausa con el tenedor cerniéndose sobre el plato antes de volver a hablar.

—¿Por qué sales con Clay Johnson?

Me quedé helada, un escalofrío intenso me invadió por más razones de las que podía imaginar. El sonido del nombre de Clay, el recuerdo de lo que había pasado entre nosotros, el recordatorio de que no estaba saliendo con él, no de verdad, todo me llegó a la vez.

Tragué saliva.

—¿Qué importancia tiene eso?

—Porque no logro entenderlo —respondió con sinceridad—. De verdad que no. Pensaba que era un buen chico, pero he visto cómo te ha tratado. ¿Esa noche en el club cuando básicamente abusó de ti para que todos lo vieran? ¿Y luego en el Nido, cuando se tomó un trago del cuerpo de otra chica?

«Falso. Todo fue falso».

—Ella no significaba nada para él —susurré.

—Bueno, ¿y tú sí?

Fruncí el ceño y levanté la vista para descubrir que Shawn me observaba como si fuera una pobre y patética chica que no se daba cuenta de que estaban abusando de ella.

Pero él no sabía lo que ocurría cuando nadie nos miraba.

—Te mereces ser feliz, Giana —dijo Shawn—. Y te mereces un hombre que te trate como la princesa que eres.

No pude ocultar que oír aquello me cambió la cara.

¿Princesa? Puaj.

Pero sonreí.

—Bueno, gracias —dije—. Y gracias por esto. Es... ¿La verdad? Lo más romántico que nadie ha hecho por mí.

Shawn se puso más recto, con los hombros erguidos.

—Bien. Me alegra tener ese título.

Después de eso la conversación fue sencilla. Por suerte, Shawn dejó de lado todo lo relacionado con Clay y se concentró en conocerme y en contarme más cosas sobre él. Sonreí cuando le escuché contarme que había crecido en una furgoneta con sus padres *hippies*, que había ido a más festivales de música a los diez años que la mayoría de la gente en toda su vida. Y se inclinó sobre la mesa, completamente embelesado mientras le hablaba de mis hermanos y de mi amor por los libros subidos de tono.

Antes de que me diera cuenta, la cena había terminado y nos trasladamos al pequeño sofá. Seguimos hablando durante un buen rato, pero entonces Shawn echó un vistazo a su

Netflix y puso un documental que yo, de milagro, aún no había visto. Me dijo que sabía que me encantaría si me gustaban las cosas del espacio.

Y así fue.

Volvimos a hundirnos en los cojines de piel, Shawn me ofreció una de sus mantas y se tapó con otra. Pero a medida que avanzaba el documental, sentí que se acercaba más y más, que la distancia entre nosotros se estrechaba hasta que su brazo rodeó el respaldo del sofá y, por tanto, también a mí.

El corazón me latía con fuerza en los oídos y era muy consciente de cada bocanada de aire que tomaba, de cada centímetro que recorría su brazo hasta rodearme. No era capaz de prestar atención a nada, y menos aún al hombre con voz monótona que enumeraba lo infinita que era la galaxia.

En ese momento, mi galaxia giraba en torno a Shawn Stetson.

Me atreví a mirarlo, y él inclinó la cara hacia mí, buscándome con la mirada en medio de la escasa luz de las velas y del televisor. Extendió la mano y me pasó el pelo por detrás de una oreja, aunque fue un toque tentativo e inseguro.

—Esta noche has sonreído mucho —comentó.

Con aquello se ganó otra sonrisa.

—Ha sido una gran noche.

—Deberías sonreír así todo el tiempo. Deberías tener un novio que te hiciera feliz, Giana.

Tragué saliva y, sin previo aviso, las lágrimas inundaron mis ojos.

Shawn se acercó, reduciendo el espacio entre nosotros mientras sus ojos se posaban en mis labios.

—Deja que sea yo quien te haga feliz —susurró.

Y entonces me besó.

Ese primer contacto me produjo un pequeño destello de

excitación y deseo, y tomé aire, respondiendo a su suave beso con otro igual.

Pero un segundo después, me sentí...

Rara.

Olía a incorrecto, sabía a incorrecto. Sus labios eran demasiado suaves, sus manos me sujetaban con demasiada debilidad. No me poseyó, no me envolvió en todo lo que era con ese beso. No sentí nada aparte de curiosidad por saber cuál era la diferencia.

Tal vez no estaba concentrada.

Arrastré toda mi atención hacia él mentalmente y lo besé con más ganas. Eso lo hizo gemir, y sonreí victoriosa cuando se apretó un poco más contra mí, inclinándome hacia atrás hasta que mi cabeza chocó contra el brazo del sofá y él se acomodó encima de mí.

Ya tenía una erección.

La notaba contra mi muslo, pero, una vez más, no pude concentrarme en otra cosa que no fuera que no me parecía lo correcto.

«Deja de compararlo con Clay», me advertí a mí misma y rodeé el cuello de Shawn con los brazos para darle un beso más profundo.

Quería esto. Quería a Shawn. Había sido mi obsesión todo el año pasado. Había soñado con esto, con cómo sería que me deseara, que me besara y me abrazara.

Pero ahora que lo tenía...

Intenté que mi cerebro se apagara, una y otra vez, intenté ahuyentar todas las comparaciones que me asaltaban. Pero fue inútil. Cada beso era insuficiente, frío e incómodo comparado con los besos ardientes que había compartido con Clay. Cada roce me incomodaba, cada movimiento de sus caderas contra mí me hacía retorcerme de dolor más que de necesidad.

La emoción me estrangulaba la garganta mientras intentaba sentir algo con besos desesperados, cualquier cosa que no fuera una tristeza atroz por lo que había perdido. Pero fue inútil.

No quería a Shawn.

No quería a nadie que no fuera Clay.

Resoplé para reprimir un sollozo y puse las manos contra el pecho de Shawn, deteniéndolo antes de que me besara en el cuello.

—Shawn, espera.

—Ya hemos esperado bastante —ronroneó, besándome las yemas de los dedos—. Te tengo, Giana. Estás a salvo conmigo.

Estuve a punto de poner los ojos en blanco al ver que no entendía nada.

—Debería irme.

Pero Shawn siguió besándome, intentando bajar por mi cuerpo antes de que yo empujara con fuerza su pecho hasta quitármelo de encima.

—Tengo novio.

Eso lo hizo recuperar la cordura y se sentó sobre sus talones, con el pecho agitado y los ojos muy abiertos mientras intentaba calmarse. Pude ver su erección a través de sus pants, pero asintió, pasándose una mano por el pelo antes de dejarme más espacio.

—Sí —dijo—. Sí, lo... lo siento.

Alargué la mano para tocar la suya.

—No lo sientas. Yo... quería que me besaras.

Sonrió.

—Pero... —añadí enseguida— no te corresponde a ti besarme.

Era más fácil que decirle que una vez que me había besado, no me había gustado.

Frunció el ceño, pero asintió.

—Lo entiendo.

Pasó un rato de silencio incómodo entre nosotros antes de que me pusiera en pie, agarrara mi celular de la mesa y me lo metiera en el bolsillo de la sudadera.

—Te escribiré —le prometí.

Y antes de que pudiera decir nada más, me fui.

Caminé las pocas cuadras que me separaban de mi casa sin sentir ni siquiera un escalofrío por la niebla fría que se había apoderado de la ciudad. Varios grupos de estudiantes que reían y se iban de fiesta pasaron a mi lado como si yo fuera invisible, y así era exactamente como me sentía.

Como siempre me había sentido.

Era un sentimiento patético que no estaba justificado después de que un músico muy sexi y muy codiciado prácticamente se me había lanzado encima. Debería haberme sentido halagada, debería haberme deleitado en lo mucho que me deseaba, en cómo me habría tomado si yo se lo hubiera permitido.

Pero la realidad era que él no era quien yo quería que me deseara.

Para Clay, yo no era más que un medio, una estrategia en su plan de recuperar a Maliyah. Y ni siquiera podía enojarme con él porque me había lanzado de cabeza a su oferta de ayudarme a conseguir a Shawn porque Clay ni siquiera estaba en mi radar por aquel entonces. Quería a Shawn, fantaseaba con él.

Fui una estúpida al no recordármelo cuando Clay me abrazaba, me tocaba y me besaba.

Fui una auténtica idiota al actuar como si fuera la protagonista de una ridícula novela romántica, en lugar de recordarme que no era más que una rarita y una friki que intentaba fingir.

Que intentaba fingir todo.

Fingí que tenía la confianza suficiente para desempeñarme en relaciones públicas, fingí que era la novia de Clay, fingí que no sentía nada cuando me desnudaba, cuando su boca y sus manos me producían un placer que no había sentido en toda mi vida.

Fingí que no me importaba, que quería que Maliyah volviera a su vida, que quería ayudarlo a conseguirlo.

Había estado viviendo una mentira enorme durante meses.

Y ahora, no tenía ni idea de quién era.

Arrastré los pies al doblar la última esquina que daba a mi edificio mientras rebuscaba la llave en el bolsillo. Estaba tan ocupada mirando la banqueta que no me di cuenta de que no estaba sola hasta que llegué a los pies de la escalera.

Y un par de tenis Allbirds blancos y grandes aparecieron ante mí.

El corazón se me detuvo en el pecho al verlos, al ver los pants gris oscuro que se ajustaban a los tobillos de unas piernas que podía dibujar a ciegas, que ahora conocía tan bien. Me aferré a la llave con la mano mientras recorría con la mirada aquellos pants, la sudadera del equipo de futbol americano de la NBU y, por último, el rostro de Clay.

Un rostro miserable y torturado.

No podía hablar, no podía hacer otra cosa que mirar el punto en el que rebotaba su rodilla, sus manos entrelazadas balanceándose sobre ella como si fuera un hombre a punto de derrumbarse. Tenía la nariz dilatada y los ojos rojos, me miraba de arriba abajo como si buscara algo que no podía ver ni con lupa.

—¿Cómo ha ido?

Su pregunta me sorprendió, sobre todo por la lentitud y el dolor con el que salió de sus labios. Apenas fue un graznido, como si las palabras le hubieran quemado el esófago al salir.

—¿Sinceramente? —pregunté, con un suspiro muy lento—. Fatal.

Clay no mostró ninguna emoción.

—Me refiero a que lo intentó —aclaré—. Yo... supongo que conseguí lo que quería. Pero es que... —Hice una pausa, con un dolor en el estómago por la verdad que no me atrevía a decir—. No me gustó. Sentí que... estaba mal.

Me miré los zapatos, los de Clay, sus manos aún apretadas.

Después de un buen rato, tragué saliva y volví a mirarle.

—¿Qué haces aquí? —susurré.

Juraba que veía una auténtica guerra mundial disputándose tras sus ojos, oía disparos y bombas estallando mientras luchaba contra lo que le pasaba por la cabeza. Era como si estuviera a punto de decidir si quería decirlo o guardárselo para siempre.

Y entonces, me miró, con la nuez de Adán moviéndose con fuerza en su garganta antes de atreverse a avanzar.

—No podía comer —empezó a decir, todavía con la rodilla dando saltitos—. No podía entrenar, no podía dormir, no podía hacer otra cosa que no fuera volverme loco pensando en él tocándote.

Se me cortó la respiración ante la necesidad, ante la pura y desesperada posesión que salió de su lengua junto a esas palabras.

—Intenté no pensar en ello, recordarme a mí mismo que eso era lo que tú querías, para lo que habíamos estado jugando a este juego. —Clay negó con la cabeza—. Pero fue inútil.

Dejó de mirarme y se quedó mirando al suelo.

—No he pensado en nada ni en nadie más que en ti desde aquella noche en la torre del observatorio.

Sus palabras fueron apenas un susurro, y la emoción me rodeó la garganta, agarrándome con fuerza mientras me aferraba a cada palabra que decía.

—Quiero que seas feliz, Giana —continuó, con la voz rasgada—. Quizá más de lo que he querido nada en toda mi vida. Y si él es lo que te hace feliz, me iré. Ahora mismo. —Me miró a los ojos—. Podemos romper públicamente y podrás hacer lo que quieras. Me iré. Te dejaré en paz. De verdad, de todo corazón, solo te desearé lo mejor cuando te deje marchar.

Me costó respirar al pensar que todo había terminado.

Clay se levantó despacio, sin apartar la mirada de la mía.

—Pero yo no quiero eso —dijo a continuación, tanteando el espacio que había entre nosotros—. Y hace tiempo que no quiero eso, por mucho que intentara luchar contra ello.

La brisa helada no hizo nada por enfriarme las mejillas encendidas cuando Clay dio otro paso tentativo hacia mí, pero no redujo todo el espacio. No llegó hasta mí, no me tocó, no se atrevió a tomar el control que me estaba dando.

—Te deseo —dijo y la confesión debió dolerle tanto como me alegró a mí. Frunció el ceño y la nariz, como si se arrojara a mis pies y me entregara una espada, sin saber si le pediría que volviera a ponerse en pie o le cortaría la cabeza—. Te deseo —repitió con la respiración entrecortada—. Y ya no quiero fingir.

Estuve a punto de sollozar cuando esas palabras bailaron en mi oído, cuando me di cuenta de que cada punzada de dolor en el corazón también la había sentido él.

Era real.

Todo era real.

Y la única forma que sabía de decírselo era con mis manos deslizándose por su pecho, rodeándole el cuello con los brazos y poniéndome de puntitas sobre la banqueta hasta que pude fundir mi boca con la suya.

—Soy tuya —susurré.

Y entonces me vi arrastrada a sus brazos.

22
Giana

Mi espalda se estrelló contra la puerta principal en cuanto se cerró tras nosotros.

Clay se apretó contra mí por completo cubriéndome el cuerpo con el suyo. Sus caderas me inmovilizaron contra la madera, lo rodeé con las piernas y le clavé los talones en el trasero, suplicándole más. Me agarró por las caderas con las manos, con fuerza, mientras me besaba, con unos labios suaves, cálidos y algo tiernos en medio de la exigencia.

Me abrí para él, ablandándome con cada caricia, liberando toda la tensión que se había entretejido en mis huesos desde la noche en que se marchó. Y como si percibiera que había perdido la cabeza, entrelazó sus manos con las mías, sujetándolas junto a mi cabeza mientras apretaba su pecho contra el mío.

—La semana pasada me fui por esto —susurró en el espacio que había entre nosotros, con la frente pegada a la mía y la respiración entrecortada—. Me marché incluso cuando todo mi cuerpo me suplicaba que me quedara porque cuando te tomara por primera vez, no quería que fuera bajo el pretexto de que todo lo nuestro era falso.

Me estrechó las manos entre las suyas, me dio besos en la

barbilla hasta que la incliné hacia arriba y le permití acceder a mi cuello.

—Esto no es falso —me juró contra la piel, besándola y pellizcándola al mismo tiempo—. Entre nosotros nada ha sido falso.

Tuvo la boca sobre la mía en el siguiente suspiro, y entonces me estaba llevando a través del departamento. Íbamos casi a ciegas, ya que ni siquiera había tenido tiempo de encender una luz. La única luz que estaba encendida era la de encima de la parrilla, que apenas iluminaba el espacio. La oscuridad luchaba contra la luz en todos los rincones.

Clay tuvo cuidado al dejarme en la cama, y yo me senté en el borde mientras él se alejaba de mí, llevándose consigo su calor.

Sin dejar de mirarme, se llevó la mano a la sudadera con capucha y se la pasó por la cabeza, tirándola a un lado antes de hacer lo mismo con la camiseta que llevaba debajo. Extendí la mano y con las yemas de los dedos apenas pude acariciar su abdomen antes de que me los quitara y volviera a colocármelos a los lados.

—Desnúdate para mí.

Sus palabras fueron sexis, seguras, y estaban cargadas de intención mientras se alejaba aún más y se quitaba los tenis antes de bajarse con cuidado los pants.

Era una obra de arte vestido tan solo con sus calzones negros y ajustados que contenían su erección cada vez más gruesa. Los ojos de Clay se oscurecieron aún más cuando agarré el puño de mi sudadera con capucha, jalándolo para zafármela de un brazo y luego del otro antes de sacármela por la cabeza.

Mis pezones asomaban bajo la camiseta de tirantes, y la tela delgada desapareció en un segundo. Lo miré cuando mi pecho quedó al descubierto, y sus ojos bajaron para contemplarme; un gemido salió de su garganta al verme.

Su mano se deslizó por el abdomen hasta debajo de la cintura de los calzones, acariciándose mientras sus ojos seguían el rastro de mi pants que aún me rodeaba las caderas. Me eché hacia atrás sobre el edredón, apoyando los talones para levantar las caderas y deslizarme la tela gruesa por los muslos, las rodillas, hasta que el pants llegó a mis pies.

—Alto ahí.

Clay avanzó hacia mí y no tardó más que un momento en quitarse los calzones y colocarse sobre mí en el borde de la cama. Me apoyé en las palmas de las manos, jadeando, deseándolo mientras recorría con la mirada cada centímetro de mí.

—Arriba —me dijo, agarrándome de la muñeca para ayudarme. Y una vez de pie, me dio la vuelta, recogiéndome el pelo con una mano enorme y jalándolo hacia un lado para poder susurrar sus siguientes palabras contra mi cuello—. ¿Quieres saber por qué no sentiste nada con él?

No entendí la pregunta, porque su mano me soltó el pelo, bajó por mis costillas y caderas hasta que las yemas de sus dedos se engancharon en el algodón de mi ropa interior. De repente, la jaló y dejó mi trasero al descubierto, y con otro jalón la dejó caer alrededor de mis muslos hasta los tobillos, donde se unió a mis pants.

—He estado leyendo tus libros —continuó, sacando la lengua para probar el lóbulo de mi oreja antes de mordisquearlo. El sonido de su aliento en mi oreja, combinado con ese pequeño mordisco, hizo que me recorrieran escalofríos por las piernas, y me arqueé hacia él, mi trasero se encontró con su firme erección que se deslizaba entre mis nalgas cálidas.

Gimió al contacto, pero continuó con su lenta tortura y me arrastró las manos por el abdomen hasta tocar con suavidad cada pezón.

—Sé lo que quieres —ronroneó—. Lo que no quieres.

Me retorció el pezón entre el dedo y el pulgar, un pequeño pinchazo de dolor que quedó minimizado enseguida por una oleada de placer al masajearme todo el pecho en el siguiente suspiro.

—No quieres suavidad, dulzura, ternura —me dijo, acentuando cada palabra con un beso en la nuca. Siguió bajando con esos besos hasta que sus dientes se hundieron en la carne de mi hombro, y yo siseé antes de que un gemido gutural que nunca me había oído soltar llenara el espacio que nos rodeaba.

Clay sonrió y besó el lugar que acababa de morder.

—Quieres posesión —continuó, deslizando una mano hacia abajo, abajo y abajo, mientras la otra recorría mis pechos—. Quieres que alguien tome el control, que te arruine para cualquier otro hombre.

Me acarició entre las piernas al mismo tiempo que me rodeaba la garganta con la otra mano, y la doble sensación me hizo temblar con violencia, derrumbándome sobre él en la más sincera rendición.

—Shawn es un artista, un músico —me susurró al oído, apretándome un poco el cuello. Hizo que me costara un poco más respirar.

Y me encantó, carajo.

—Pero controlas tantas cosas en tu vida: el equipo, el trabajo, la universidad... —Su dedo medio se introdujo entre mis labios, deslizándose por la humedad que se acumulaba allí para él, antes de volver a sacarlo y acariciarme el clítoris. Me estremecí al sentirlo, pero él me mantuvo firme mientras continuaba—. Así que en la cama quieres que ese deber recaiga en otra persona.

No pude expresar verbalmente que estaba de acuerdo, sobre todo porque no me había dado cuenta hasta el momento en que él lo dijo, aunque cada uno de sus sentimientos sonaba tan cierto que quería alzar las manos y gritar «amén». Pero también porque cada ápice de mi excitación se concentraba en sus manos, la que me rodeaba la garganta y la que tenía entre las piernas, cada una reclamándome por igual.

—No quieres ser la musa de alguien —dijo Clay con la voz ronca—. Quieres ser la perdición de alguien. Y déjame decirte, gatita... —Su voz retumbó en mi oído antes de chuparme el lóbulo entre los dientes—. Que eres la mía.

Gemí al oírlo, al saber que podía ser la perdición de un hombre tan poderoso y explosivo. Y, de repente, todo su calor me abandonó, las manos y la boca desaparecieron, salvo la presión que me hizo girar para voltear a mirarlo. Estuve a punto de caerme porque aún tenía la ropa interior en los tobillos, pero Clay me sostuvo.

Los ojos color esmeralda de Clay encendieron un fuego en mi vientre mientras arrastraba la punta de su nariz por el puente de la mía.

—Has leído mis libros —exhalé, como una pregunta y una expresión incrédula a la vez.

—Claro que lo hice.

—¿Por qué?

Clay tragó saliva y me rozó la mejilla con los nudillos.

—Me dije a mí mismo que era para ayudarte con Shawn —dijo—. Pero, en realidad, era para aprender a complacerte.

Me estremecí al oír esas palabras, y los pezones se me endurecieron al sentir el aire frío y la deliciosa calidez de ese sentimiento.

Quiere complacerme.

Ha leído mis libros.

—Ahora —dijo, recorriéndome la parte de delante con una mano. Sus dedos se hundieron entre mis pechos y el pulgar se deslizó hasta mi cuello. Lo agarró solo un segundo antes de enmarcarme la mandíbula con la mano, inclinarme la barbilla y deslizar el pulgar dentro de mi boca. Me rodeó los labios con la yema, arrastrando despacio el labio inferior hasta que se soltó—. Arrodíllate para mí, gatita.

Me arrodillé tan deprisa que Clay sonrió burlón, y luego se rodeó el pene con la mano, guiándolo hasta mis labios. Lamí el líquido preseminal que le caía de la punta como una gota de rocío y gemí al notar su sabor antes de chupar toda la punta con la lengua.

Soltó una maldición, con los ojos en blanco, antes de dejar caer también la cabeza. Me sostuvo la mía con la mano y me enredó los dedos en el pelo mientras me ayudaba a chupársela. Sabía muy bien lo que tenía que hacer después de la lección que tuvimos, cómo pasar la lengua por su largo pene y mantenerlo en lo más profundo de mi garganta antes de soltarlo con una pequeña arcada. Y Clay recibía cada caricia que yo le daba con pura adoración y agradecimiento, arrastrando la mirada sobre mí o mirando hacia el techo cuando era demasiado.

No pasó mucho tiempo antes de que volviera a subirme y me ayudara a quitarme la ropa que aún me aprisionaba los tobillos antes de volver a recostarme en la cama. Agarró sus pants y buscó en el bolsillo algo que dejó sobre la mesita antes de ponerse encima de mí.

—La última vez esto hizo que te mojaras mucho —comentó, dejando caer besos abrasadores y picantes por mis costillas y mis caderas—. Veamos si esta noche ha tenido el mismo efecto.

Se acomodó entre mis muslos, subiéndoselos a los hombros antes de hundir la nariz entre ellos. Me acarició el clítoris con aquel roce antes de que su lengua se deslizara con suavidad y lentitud sobre mis pliegues, y me estremecí al ver cuánto deseaba que los separara, que se sumergiera en mi interior y me proporcionara la sensación de conexión que necesitaba.

—Estás empapada, carajo —confirmó, y chupó mi clítoris con cuidado y ternura antes de deslizar una mano bajo la boca y comprobar la humedad de mi entrada—. Totalmente empapada para mí, gatita.

Me encantaba cómo me hablaba, cómo cada palabra obscena me hacía arquearme y jadear y suspirar por él. Yo también quería hacerlo, responderle y hacerlo sentir lo mismo. Pero cada caricia, cada beso, cada latigazo cálido de su lengua contra mi clítoris mientras usaba los dedos para separarme los labios lentamente y juguetear con mi entrada me hacían enmudecer.

—Enséñame qué te gusta —susurró contra la piel sensible—. Usa mi mano para darte placer.

Gemí, con el pecho agitado, y vi con los párpados entornados cómo Clay guiaba mi mano hasta la suya antes de meterse entre mis piernas una vez más. Se quedó allí, en mi entrada, hasta que presioné sus dedos contra mi interior; el deseo era tan intenso que se deslizó sin oponer mucha resistencia, y los dos gemimos mientras me llenaba.

—Dios, me encanta sentir esta vagina tan estrecha abriéndose para mí —ronroneó. Y yo me estremecí alrededor de sus dedos cuando los retiró y volvió a introducirlos a petición de mi agarre.

Sin prisa, pero sin pausa, me fue abriendo, lamiéndome el clítoris a la vez que me metía los dedos, aunque yo los controlaba. Siguió el ritmo que le marcaba mi mano alrededor de la suya y no tardé en retorcerme bajo su lengua y sus dedos, tan cerca de venirme que podía sentir el fuego en cada nervio de mi cuerpo.

—Clay —le supliqué, y él supo lo que necesitaba sin mediar palabra. Tomó el control y sus dedos entraron y salieron de mí al mismo ritmo que yo había dirigido antes de acelerar el movimiento poco a poco. Su lengua seguía el ritmo y mis puños se retorcieron en las sábanas justo a tiempo para venirme, con el cuerpo temblando y el corazón latiéndome demasiado deprisa mientras estallaba en un millón de estrellitas.

Solo me había venido un par de veces, pero cada vez parecía mejor que la anterior, como si mi cuerpo estuviera aprendiendo cada vez más a deshacerse y a aprovechar al máximo el placer que Clay estaba decidido a proporcionarme.

Grité con la última oleada, temblando en su agarre antes de caer completamente rendida.

—Así me gusta —alabó Clay, y lamió mi orgasmo como si fuera algo único antes de subir despacio por mi cuerpo—. Espero que sepas que es solo el primero de esta noche.

Sonreí, riéndome un poco mientras se me estabilizaba la respiración. Pero entonces volví a buscarlo, rodeando su cuello con las manos y atrayéndolo hacia mí para darle un beso profundo.

—Estoy lista.

Clay tragó saliva y correspondió a mis besos con los suyos antes de agarrar a ciegas lo que había puesto en la mesita de noche. Cuando oí el rasgón del papel, me di cuenta de lo que era.

El corazón se me aceleró en el pecho, palpitándome tan fuerte que podía oírlo en los oídos. Imaginé que Clay también lo oía, porque se detuvo con el condón en la mano y me apartó el pelo de los ojos con la otra mano.

—Podemos esperar —me dijo.

—No.

Agarré el condón, se lo quité de los dedos y lo besé mientras palpaba a ciegas su erección entre nosotros. Cuando la agarré y pasé el condón despacio por su longitud, gimió en mi boca, con las caderas flexionándose en él mientras yo seguía estirándolo sobre él.

—Te quiero dentro de mí —susurré, moviendo las caderas para encontrarme con las suyas—. Quiero que seas el primero en llenarme, Clay. Quiero que seas el primero al que sienta así.

Gruñó, mordiéndome el labio inferior mientras me agarraba las muñecas. Me sujetó ambas por encima de la cabeza, inclinándose un poco para abarcar toda mi longitud mientras yo jadeaba y me retorcía debajo de él.

—Quieres que sea el único —me corrigió, y por supuesto que solté un débil «sí» en señal de afirmación.

Los párpados de Clay se agitaron al oír la palabra, y su mandíbula se tensó cuando se introdujo entre nosotros y se colocó en mi entrada. Mantuve las manos donde él las había colocado, incluso sin su agarre, y doblé las yemas de los dedos contra la almohada que tenía a la altura de la cabeza, y me aferré a ella con todas mis fuerzas.

Deslizó la punta entre mis labios y la pasó por mi humedad antes de deslizarla hasta mi entrada. Hizo una pausa, sus ojos encontraron los míos, y entonces intentó, inclinándose hacia delante lo suficiente como para abrirme para él.

Jadeé, con el mismo coctel de placer y dolor de la primera vez que me metió los dedos.

La dominación desapareció de su rostro, frunció el ceño, se apoyó sobre los codos y acercó sus labios a los míos.

—¿Estás bien? —me preguntó con suavidad.

Asentí, rodeándolo con los brazos y hundiéndole los dedos en el pelo. Lo estreché contra mí, besándolo con más fuerza mientras hundía las caderas lo justo para ayudarle a deslizarse un centímetro más.

Los dos inhalamos con fuerza al sentirlo, y entonces Clay volvió a tomar el control, sacando ese pequeño trozo de su punta antes de flexionarse hacia delante y llenarme aún más.

El dolor se intensificó, pero se calmó enseguida mientras me besaba y se tomaba su tiempo, cada movimiento de sus caderas me abría un poco más. Una y otra vez, una y otra vez, centímetro a centímetro, me abrió, deslizándose cada vez más dentro y besándome con reverencia, con su corazón palpitando al compás del mío.

Y entonces, con un siseo y un gemido, me llenó.

Ambos nos estremecimos cuando estuvo completamente dentro de mí, y me aferré a él, clavándole las uñas en la piel de la espalda cuando me besó con suavidad donde tenía la cabeza enterrada en mi cuello.

—Maldita sea, gatita —gimió, apartándose solo para volver a penetrarme por completo—. Eres increíble.

No pude hablar para decirle que sentía lo mismo porque, demasiado rápido para ser normal, otro orgasmo se acumuló pesado y caliente en mis entrañas.

—Yo... Yo...

Intenté decírselo, intenté sacar las palabras que le hicieran saber lo que estaba sintiendo. No sabía si lo sabía o no, pero me dio justo lo que necesitaba. Salió de mí para volver a entrar, encontrando el ritmo mientras me besaba el cuello y me masajeaba el pecho con su mano grande y cálida.

Las sensaciones se disputaban mi atención y abrí aún más los muslos para él porque quería más.

Clay se apoyó en las palmas de las manos, elevándose sobre mí, y observé el sensual balanceo de su cuerpo mientras me cogía. Era el espectáculo más hermoso y hedonista que había visto en mi vida. Sus abdominales se contraían y se relajaban con cada movimiento, sus enormes ojos se clavaban en los míos mientras me llevaba al límite.

—Clay —susurré, tan asustada como excitada por la sensación que se acumulaba en mi interior.

—Tómalo —me exigió.

Me metí la mano entre las piernas y me bastó un suave

roce de los dedos sobre el clítoris, al compás de sus penetraciones, para llegar al clímax.

Me estremecí y grité, esta vez fue más fuerte que la anterior, más fuerte que ninguna otra vez en mi vida. Mis paredes se estrecharon a su alrededor mientras él seguía penetrándome, y yo me sacudía y me retorcía en las sábanas, estirando las manos para arrastrar las uñas por los valles y los picos de sus abdominales.

—Demonios, Giana —gimió, y justo cuando mi orgasmo se desvanecía, aceleró el ritmo.

Estaba cerca.

Me apoyé en las palmas de las manos y con los talones de los pies en la cama, para responder a sus embestidas con las mías.

—Oh, mierda —maldijo, observando cómo mis pechos rebotaban con fuerza al ritmo de sus embestidas, y le tapé la boca con la mía justo cuando gemía al venirse.

Lo sentí, sentí cómo se agitaba dentro de mí mientras su semen se derramaba en el condón. Estaba tan sensible que podía sentir cada gota que salía de él, y se me hizo agua la boca con el deseo de saborearlo como lo había hecho aquella noche en el observatorio.

Hacer que Clay se viniera, sentir cómo se liberaba dentro de mí y saber que era yo quien le había dado ese placer fue el éxtasis más feroz que había experimentado en toda mi vida.

Se desplomó sobre mí, obligándome a hundirme en las sábanas mientras una de sus manos me agarraba con fuerza la cadera y bombeaba lo último de su orgasmo. Tembló cuando terminó, con la frente pegada a la mía mientras los dos jadeábamos y nuestra piel resbaladiza se humedecía entre sí y con las sábanas.

Y con la misma ferocidad con la que había tomado el control, me lo devolvió.

—¿Estás bien? —preguntó en voz baja, buscándome con la mirada antes de darme un beso cariñoso en la nariz.

—De maravilla.

Sonrió, con una ceja arqueada mientras movía su pene, cada vez más blando, dentro de mí.

—Ya somos dos. —Hizo una pausa—. Ven. Vamos a darnos un baño.

Con cuidado, salió de mi interior y se deshizo del condón antes de ayudarme a levantarme. No me di cuenta de que necesitaba ayuda hasta que intenté caminar con las piernas temblorosas, con los muslos adoloridos en señal de protesta por haber tensado todos los músculos de mi cuerpo durante mis dos orgasmos.

Clay dejó correr el agua caliente de la regadera antes de ayudarme a entrar, y entró justo detrás de mí, cerrando la cortina y envolviéndonos en un cálido y oscuro enclave.

Me envolvió con los brazos cuando el agua me bañó la espalda, y suspiré ante la satisfacción que me invadía, el éxtasis puro de aquel momento.

Clay me abrazó así durante un buen rato antes de apartarse y tragó saliva mientras sus ojos se movían entre los míos. Me agarró la cara con las manos y me apretó la mandíbula con los pulgares, obligándome a mirarlo.

—Gracias por confiar en mí, por dejarme ser el primero.

Reprimí una sonrisa y negué con la cabeza.

—Eres como un novio literario de verdad, ¿lo sabías?

Al oír eso, se echó a reír y volvió a arroparme contra su pecho antes de darme un beso en el pelo mojado.

—Seré incluso mejor —dijo—. Espera y verás.

Y no me cabía duda de que era una promesa que no rompería.

23
Clay

Nunca me había sentido tan lleno.

Ni con un balón de futbol americano entre las manos, ni con el brazo de mi madre rodeándome con orgullo el día de mi graduación, ni en ninguno de los momentos que había compartido con Maliyah.

Nunca nada me había llenado tanto como despertarme junto a Giana.

Sus rizos oscuros eran un auténtico caos, encrespados y pegados hacia un lado y hacia el otro, los reflejos dorados en medio del café como un halo caótico alrededor de su cabeza sobre la almohada. Tenía la boca abierta y unos ronquidos superficiales se deslizaban de sus labios rosados mientras le caía un poco de baba por la comisura.

Sonreí y recorrí con la mirada los rayos de luz que entraban por las persianas y la iluminaban con un resplandor dorado. Y, de repente, me di cuenta de lo distinta que podría haber sido la noche anterior, de lo distinta que habría sido esta mañana si hubiera tomado una decisión diferente, si no hubiera dicho «al demonio» y no me hubiera lanzado por la chica.

Me dolió el pecho.

Una elección. Un momento en el que decidí que no podía seguir callado, sin importar el dolor que le causara a ella o a mí decir la verdad. Llevaba casi una semana dejando que mi orgullo se apoderara de mí, aguantando su peso y con el punzante recuerdo de que esa cita con Shawn era lo que ella quería, lo que yo le había prometido conseguirle.

Pero, anoche, cuando el entrenador nos dejó libres y nos dijo que descansáramos para el partido de hoy, supe que no podría descansar hasta que le dijera lo que sentía.

Una parte de mí deseaba haber sido lo suficientemente listo para hacerlo la semana pasada, cuando la tenía entre mis brazos, lista para que la tomara. Pero no era el momento adecuado, ni acompañado por el sentimiento correcto. Y por eso tal vez los últimos siete días de agonía fueron lo que hizo que lo de anoche fuera tan dulce.

Ella sentía lo mismo.

También me deseaba.

Dios, solo de pensar en cómo me había susurrado que era mía en la entrada de su casa me hacía sentir una opresión en el pecho, una mezcla de posesión y euforia.

Que una chica como Giana se abriera a mí, me dejara entrar, confiara en mí con todo lo que era y se entregara a mí de todas las formas posibles era suficiente para volver loco a un hombre cuerdo.

No daría ni un segundo por sentado.

El rechinido de un camión de la basura al detenerse despertó a Giana, que parpadeó un par de veces y apretó los labios antes de sacar la lengua para humedecérselos. Abrió los ojos cuando me vio mirándola fijamente.

—Buenos días —le dije.

Parpadeó, y al instante se cubrió la cabeza con el edredón.

—Dios mío, mira hacia otro lado. Cierra los ojos para que pueda huir al baño.

Las palabras quedaron amortiguadas bajo las sábanas, y me reí entre dientes, arrancándoselas de la cabeza antes de atraerla hacia mí y besarla, fue un beso largo y lento, con la intención de besarla durante toda la mañana.

—Te ves preciosa —le dije.

—No a las siete de la mañana. Para nada.

—Sobre todo en ese momento —discutí, dándole un beso en la nariz, pero seguí abrazándola—. ¿Cómo estás?

Su resistencia disminuyó y se fundió en mi abrazo, mirándose las uñas mientras me dibujaba líneas en el bíceps.

—Increíble —susurró, con las mejillas sonrojadas—. Adolorida y deshidratada —añadió riéndose—. Pero... genial.

Entrelacé su mano con la mía y la acerqué a mis labios para besarle las yemas de los dedos. Me miró mientras lo hacía y frunció el ceño a la vez que se le dibujaba una sonrisa en los labios.

—Esto es real —le dije, con la esperanza de poder calmar la ansiedad que ya estaba invadiendo su mente a la luz del día—. Tú y yo somos reales.

Soltó un suspiro largo.

—Entonces, no fue un sueño.

—Como si tu imaginación pudiera crear algo tan excitante.

Resopló, poniendo los ojos en blanco, antes de subirse encima de mí. La dejé maniobrar hasta que estuve boca arriba, ella se arrodilló sobre mí y se acomodó en mi regazo.

—Entonces, ahora, ¿qué supone esto para nosotros?

—¿Qué quieres que suponga? —le respondí.

Giana se quedó pensativa, con las manos unidas a las mías flotando en el espacio que nos separaba mientras movía la boca fruncida hacia un lado, pensativa.

—Bueno —empezó a decir—. Supongo que no tiene que cambiar mucho, ¿verdad? Todos creen que estamos saliendo.

—Corrección: cambiarán muchas cosas porque si ya me costaba mucho no tocarte a todas horas cuando fingíamos, ahora me va a resultar imposible.

Le recorrí los pechos con la mirada, visibles a través de la camiseta blanca de tirantes que se había puesto tras el baño de la noche anterior. Sus shorts de dormir eran tan diminutos que apenas le cubrían el trasero, y rompí el agarre de sus manos para poder tocarle el trasero y hacerla caer sobre mi pene cada vez más duro.

Se mordió el labio y movió el cuerpo para darme la fricción que deseaba.

—Promesas, promesas —bromeó.

Gemí cuando el centro de su cuerpo recorrió mi longitud y la jalé hacia abajo para poder rodearla con mis brazos y sentir su calor contra mí.

—Por mucho que quiera verte montarme a la luz del día —dije, moviendo las caderas para mostrar cuánto lo deseaba—. Necesitas descansar después de lo de anoche.

Hizo un gesto, hundiéndose en mis brazos.

—Confía en mí —le aseguré—. Te va a doler más de lo que crees.

—Estoy bien —dijo.

La miré, pero entonces, en un movimiento de necesidad egoísta y de obstinada persistencia por demostrar que tenía razón, metí los dedos por el interior de su muslo y por debajo de la tela de sus shorts de dormir. Giana se estremeció cuando le pasé la yema del pulgar por la entrepierna, y cuando presioné un poco en la entrada, siseó y se apartó de mí.

—¿Lo ves? —Arqueé una ceja.

Giana asintió con un suspiro.

—Además —añadí abrazándola en mi regazo—, tengo que irme al estadio. El autobús sale dentro de una hora.

Giana parpadeó como si saliera de una hipnosis.

—¡Mierda! Hoy hay partido.

Se bajó de encima de mí en un santiamén y corrió hacia su clóset, sin apenas mirar la hora en su celular.

—Ni siquiera he hecho la maleta.

—Es una noche.

—Se supone que ya debería estar allí. Tenemos que preparar todo el equipo.

—Charlotte lo solucionará —le prometí, pero siguió rebuscando entre su ropa hasta que me levanté y la tomé en brazos, de espaldas a mi pecho, hundiéndonos los dos de nuevo en la cama con ella en mi regazo.

—Eres un bruto —se burló, golpeándome el pecho.

—Te encanta.

—¿Otra cosa que aprendiste de mis libros?

—Son como un mapa del tesoro. Solo tienes que seguir las marcas y lo subrayado para encontrar el tesoro.

Le recorrí el muslo con los dedos hasta que pude abrazarla, y ella se dejó llevar por el contacto, suspirando mientras su cabeza volvía a caer contra mi pecho. Descansó allí un rato y luego giró sobre mis brazos para volver a sentarse a horcajadas sobre mí.

—Lo de anoche fue horrible —dijo, con el ceño fruncido—. Con Shawn. A ver, estuvo bien, si no hubiera estado pensando en ti, seguro que habría sido una cita estupenda. Pero estaba tan rara —admitió, negando con la cabeza—. Cuando me besó, yo...

—¿Te besó?

El hielo en mis palabras la dejó muda.

—S-sí.

Apreté los dientes.

—Voy a matarlo.

—Oye, técnicamente ese era nuestro plan. No creo que

podamos matarlo por hacer exactamente lo que queríamos que hiciera.

Arqueé una ceja en mi ruego de discrepar, pero Giana pasó el pulgar por encima antes de inclinarse para darme un beso largo y lento.

—No lo deseo a él —dijo contra mis labios—. Me has tenido desde el primer beso falso.

Dejé escapar un suspiro más profundo al oír eso, abrazándola.

—Ese beso no fue falso.

Giana enterró la cabeza en mi pecho solo un segundo antes de bajarse de mi regazo, agarrarme de las muñecas y jalarme también.

—Vamos. Tenemos un partido que ganar —me dijo lanzándome la camiseta. La agarré de la muñeca y la atraje hacia mí.

—Creo que ya hemos ganado.

Sonrió contra mi beso, dejándome recorrerle la espalda antes de volver a empujarme.

—La camiseta. Ya —dijo, chasqueando los dedos y señalando la tela que tenía en la mano—. Puedes probar otra escena subrayada conmigo más tarde.

—Oh, créeme. Pienso hacerlo. Las que marcaste en *Sated Love*...

Se sonrojó antes de golpearme el pecho y empujarme hacia la puerta principal.

—Cómprate algo para desayunar, robalibros —me gritó.

Pero eso no impidió que se abrazara a mí cuando la abracé para darle un último beso al salir.

—¡VAMOS, CHICOS! ¡A VENCERLOS!

La voz del entrenador Sanders se oyó por encima del estruendo de la multitud, casi treinta mil personas en las gradas, la mayoría de ellas vestidas con los colores del otro equipo. Los Bandidos de la Universidad de Waterville era el grupo más numeroso del estado, y ahogaban a los estudiantes de la NBU que habían hecho el esfuerzo de venir desde Boston para animarnos.

Había sido así durante los cuatro cuartos.

La lluvia nos volvió a sorprender en este partido, pero esta vez era lo bastante helada como para convertirse en aguanieve, una asquerosa mezcla de lluvia y nieve que hizo que las condiciones de juego fueran horrorosas. Estaba tan adolorido y cansado que pensé que mi cuerpo se rebelaría cuando me agachaba para prepararme para la siguiente jugada, concentrándome en nuestro único objetivo.

Impedir que la ofensiva de los Bandidos consiguiera el primer *down*.

Solo ganaban por tres puntos, y con poco más de un minuto por jugar, era tiempo suficiente para que pudiéramos llevar el balón campo abajo lo suficiente para que Riley pateara y empatara el partido para jugar más tiempo. Pero si conseguían un primer *down* más, estarían a una distancia de gol de campo, y eso nos pondría en desventaja por un *touchdown*.

Se lanzó el balón y salí disparado de la línea, persiguiendo al receptor que estaba cubriendo. Lo tenía, por mucho que intentara esquivar y huir. Los ojos desorbitados del *quarterback*, que buscaba con franqueza en el campo trasero, me decían que mis compañeros estaban haciendo bien su trabajo.

No tenía a dónde lanzar, y al pobre imbécil se le acababa el tiempo.

Uno de nuestros defensas atravesó la línea, envolvió al *quarterback* y lo derribó en un bloqueo que hizo enmudecer al estadio, salvo al pequeño rincón que estaba lleno de estudiantes de la NBU rugientes.

Lo celebramos de vuelta a la línea de banda, ya que sabíamos que no se atreverían a marcar un gol de campo. Y mientras nuestros equipos especiales trotaban para la recepción de la patada, yo bebí agua directamente de un envase e intenté conservar la poca energía que me quedaba para lo que estaba por venir.

Tuve que esforzarme al máximo para concentrarme en el partido y no en Giana.

Eso era algo nuevo para mí. El futbol americano había tenido toda mi atención desde que era un niño. Incluso cuando estaba con Maliyah, la chica con la que creía que acabaría casándome, me olvidaba de ella con facilidad cuando empezaba el partido.

Con Giana era diferente.

También estaba en la línea de banda, respondiendo a los periodistas y al equipo de operadores de cámara con una actitud tranquila y férrea. Era sorprendente lo bien que se manejaba con profesionales al menos cinco años mayores que ella, algunos incluso más. También se ocupaba de nosotros, los estudiantes, que éramos como una manada de gatos. Pero de algún modo, en el último año y medio, había encontrado su voz, su confianza. Hablaba con más claridad y más alto, sabía lo que hacía y tenía la habilidad de estar fresca como una lechuga mientras lo hacía.

Era difícil no mirar, admirar..., sobre todo cuando yo también sabía cómo descifrar a aquella mujer tan bien plantada cuando estábamos solos los dos.

El hecho de que Zeke atrapara el balón en la yarda diez me devolvió al presente, y vi cómo recorría casi treinta yardas antes de acabar derribado. Mantuve la concentración en el campo mientras Holden corría con la ofensiva, dirigiéndolos en una infinidad de jugadas que nos pusieron al alcance de un gol de campo.

Pero no lo necesitamos.

Leo Hernandez recibió un pase que debería haber sido una carrera corta, pero encontró un hueco y salió disparado, arrollando a todos los defensas que lo alcanzaban demasiado despacio como para hacer otra cosa que no fuera verlo pasar volando.

Y así, sin más, marcamos un *touchdown* cuando apenas quedaban unos segundos en el reloj.

Fue el tiempo necesario para que Riley marcara el punto extra, y para que los Bandidos hicieran un pase largo que no sirvió de nada.

Ganamos.

Y, demonios, estaba convencido de que éramos imparables.

Ni siquiera un largo baño caliente pudo descongelarme los huesos después de un partido glacial bajo la aguanieve, pero me sentí un poco mejor cuando me puse la sudadera. El equipo estaba alegre mientras nos bañábamos, nos vestíamos y nos preparábamos para subir al autobús que nos llevaría al hotel donde pasaríamos la noche. No me cabía duda de que el equipo saldría a celebrar.

En cambio, yo tenía unos planes muy distintos.

—Entonces, ¿a qué antro de mala muerte vamos a ir esta noche? —preguntó Leo, con la toalla en el cuello mientras movía las cejas hacia mí.

—He encontrado uno que se llama The Looney Bin —contestó Riley, y le enseñó su celular con las críticas que había estado leyendo—. Un bar para universitarios. Al parecer es bastante estricto con las falsificaciones, pero eso nunca nos ha frenado.

—Mira a Novo animándose —alabó Leo.

—¿Después de una victoria como esta? —Riley levantó el pulgar por encima de su hombro—. Tenemos garantizada un *bowl*.

—No solo un *bowl* —añadió Zeke, rodeándola con el brazo antes de darle un beso en la sien—. El *bowl*, en mayúsculas.

Empecé a mover la cabeza y a tamborilear sobre los casilleros.

—Campeones, campeones, oe, oe, oe.

Coreé y bailé hasta que el resto del equipo se sumó y, poco después, empezaron a oírse gritos y voces, hombres de pie en las bancas o literalmente colgados de las vigas. Era un caos absoluto, increíble, como solo puede entender un equipo que está al borde de la gloria.

Estaba absorto viendo cómo se desarrollaba todo cuando un par de manos frías me taparon los ojos.

Sonreí, dispuesto a girarme y arrastrar a Giana hacia mí para darle el beso que me moría por darle desde el principio del partido. Pero no fue su voz la que arrulló:

—¿Quién soy?

Era la de Maliyah.

Me puse tenso y me aparté de sus dedos antes de girarme con una expresión de aburrimiento en el rostro.

Estaba recién bañada, con el pelo largo y rubio recogido en un chongo húmedo y desordenado en la parte superior de la cabeza. A pesar de mi saludo poco entusiasta, esbozó una amplia sonrisa, balanceándose un poco sobre las puntas de los pies.

—Gran partido, guapo.

Hice una mueca al oír el apodo, pero preferí ignorarla mientras volvía a mi casillero y empezaba a guardar las cosas en mi bolsa.

—Gracias.

—Entonces, ¿cuándo tendré esa cita? —preguntó, inclinándose entre el casillero y yo para impedir que agarrara los tacos. Al principio fruncí el ceño, confundido, antes de acordarme de la maldita y estúpida subasta del equipo.

—Eres consciente de que no es una cita de verdad, ¿no?

—Para eso he pagado —argumentó mientras la apartaba educadamente a un lado para poder terminar de recoger mis cosas—. Además, no hemos pasado tiempo juntos de calidad desde que llegué a la NBU.

—¿Y de quién es la culpa?

Su expresión decayó, pero se recompuso y sonrió.

—Te he extrañado. Estaría bien que estuviéramos un rato a solas. Que habláramos.

—No tengo nada de que hablar contigo.

—Clay...

—Mira, puedes quedarte con el vale para un pícnic y llevar a alguien a quien le importes un carajo —dije, y cerré de golpe el casillero antes de colgarme la bolsa de un hombro—. O puedes ir conmigo y sentarnos allí, en silencio. Tú eliges.

No sabía por qué la rabia me recorría la espalda con tanta ferocidad. Tal vez fuera la voz de mi padre en mi oído, cómo me señalaba las tácticas manipuladoras que nunca me había dado cuenta de que ella utilizaba contra mí. O tal vez fuera Giana, que me hizo prometer que me pondría a mí primero y que no sería nada tímido al respecto.

En cualquier caso, no tenía ningún interés en seguir jugando a este juego con mi ex.

—Dudo mucho que nos quedáramos ahí sentados en silencio —me contestó Maliyah, intentando seguir tomándoselo a la ligera. Vi en sus ojos que estaba a punto de extender la mano y tocarme, pero antes de que pudiera hacerlo, me aparté y me dirigí a la puerta.

Me siguió.

—¿Qué demonios te pasa? —me preguntó, agarrándome del brazo y haciéndome mirarla. Podría haberme encogido de hombros sin problemas si hubiera querido, pero quizá una parte de mí estaba preparada para esta pelea.

—¿Que qué me pasa? —pregunté incrédulo, y no me importó que la mitad de los chicos que quedaban en el vestidor hubieran dejado de celebrar para interesarse por nuestra conversación. Me acerqué a ella, imponiéndome mientras se hundía—. Soy feliz, Li.

Hice una pausa, dejando que las palabras calaran mientras exhalaba sobre ella. Sus ojos entrecerrados se suavizaron, algo parecido al dolor brilló en esos iris azules.

—¿Puedes aceptarlo y dejarme ser feliz?

Esperé solo un segundo para ver si tenía algo que decir, y como no pronunció palabra, me limité a negar con la cabeza y me di la vuelta, dejándola atrás a ella y al resto del equipo mientras me dirigía al autobús.

Esperé a que la mayor parte del equipo hubiera salido, a que todos los entrenadores se hubieran retirado a sus habitaciones y dejé a Holden a cargo de avisar si algo iba mal. Casi me sentí mal por nuestro *quarterback*, nuestro capitán, nuestro líder más responsable. Llevaba mucho peso sobre los hombros.

Pero lo llevaba con orgullo.

—¿Seguro que no quieres venir? —me preguntó en la puerta de nuestra habitación de hotel, y supe que lo preguntaba no porque quisiera que saliera de fiesta, sino porque no quería estar solo con el variopinto grupo al que llamábamos equipo, sobre todo después de semejante victoria.

Sonreí.

—Lo siento, amigo. Tengo otros planes.

Holden sonrió divertido, pero no hizo ademán de irse. Se limitó a mirarme, evaluándome.

—¿Qué?

Se encogió de hombros.

—Nada. Es que... lo siento, por lo que dije al principio de la temporada. Aquello de que lo de Giana era por despecho. Se nota que es mucho más que eso para ti.

Me agarré la nuca.

—Bueno, la verdad es que... no te equivocaste. Al menos, no al principio. Pero ¿ahora? —Negué con la cabeza—. Estoy tan loco por esa chica que da miedo.

Holden se echó a reír.

—Sí, bueno, yo no sé lo que se siente. Pero confío en ti. Y me alegro por ti. —Me señaló con un dedo—. Concéntrate en la temporada, ¿eh? Y no dejes que tus calificaciones bajen. Puedes pasar toda la primavera adorándola, pero te necesito unos meses más.

—A sus órdenes, mi capitán —dije con un gesto de saludo militar—. ¿De verdad nunca te has sentido así con una chica?

—Vamos, Johnson —dijo golpeándose el pecho—. Sabes que el futbol americano es el amor de mi vida.

Arqueé una ceja.

—Sí..., ya veremos lo que dura eso.

Se limitó a sonreír mientras salía por la puerta y, en cuanto se marchó, le envié un mensaje a Giana para asegurarme de que todo estaba en orden.

Por suerte, no tenía que compartir habitación de hotel como los chicos del equipo; Riley y ella eran las únicas que tenían ese lujo. Incluso cuando venía Charlotte, era demasiado importante como para compartir habitación con una empleada. Pero ella no había venido a este partido y lo había dejado en manos de Giana mientras asistía a la boda de una amiga al otro lado del país.

Eso, por sí solo, debería haberle dicho a Giana y a todo el mundo lo buena que era en su trabajo.

Me escabullí sigilosamente por el pasillo hasta el elevador y subí dos pisos hasta la habitación de Giana. Abrió la puerta antes de que tocara, me metió y se hundió en mis brazos.

El aroma de su pelo recién lavado con champú de frambuesas me invadió mientras me besaba con fuerza. Absorbí aquel beso, a aquella mujer, envolviéndola con todas mis fuerzas mientras entraba a ciegas en su habitación.

—Te he extrañado —soltó contra mis labios.

—Me viste esta mañana. Y durante todo el partido.

—Calla y dime que tú también me has extrañado.

Me reí entre dientes, sin dejar de besarla mientras la recostaba en la cama, y todo en ella era cómodo y puro. Su pelo mojado, su piel cálida, la camiseta enorme y los minúsculos shorts que tanto me gustaban... Aquello era como estar en casa.

Ella era como estar en casa.

—Yo también te he extrañado —murmuré, deslizándome entre sus piernas y enmarcándola con mis bíceps sobre la cama—. He extrañado tu sonrisa —dije, besándola en los labios—. Y tu risa. —Le di otro beso mientras se reía—. Y la sensación de tenerte rodeándome.

Me hizo caso, enganchó los tobillos detrás de mi trasero y me jaló para besarme más. Su lengua, ávida, se encontró con la mía tras un gemido suave y giró su cuerpo contra el mío.

Gemí y la inmovilicé contra la cama para detenerla.

—Mujer —le advertí.

—Estoy bien —protestó al luchar contra mi agarre—. Dolerá un segundo, sí, pero quiero. Te deseo.

Por Dios.

¿Cómo podía un hombre negarse a Giana Jones? Era imposible.

Desde luego, yo no era el hombre adecuado para intentarlo, no con ella aferrándose a mí y atrayéndome hacia sí misma, exigiendo que le diera más.

Fue distinto a la noche anterior, nuestros movimientos fueron más lentos y suaves mientras nos desnudábamos el uno al otro por turnos. La besé por el abdomen cuando se quitó la camiseta y la ayudé a quitarse el short antes de acomodarme entre sus muslos, listo para el festín.

Ver cómo mi cuerpo cobraba vida al oír cómo disfrutaba era una adicción. Me deleitaba que fuera yo quien la hiciera disfrutar, que retorciera cada vez más las sábanas con cada movimiento de mi lengua sobre ella.

Me tomé mi tiempo, besé, lamí y succioné hasta que tuvo la vagina empapada, hinchada y con deseo de aliviarse. La quería excitada y lista para que la ayudara a combatir el dolor que sabía que había sentido después de su primera vez.

Cuando empezó a abrir más las piernas, con los ojos entrecerrados mientras buscaba el orgasmo, reduje la velocidad y volví a darle besos hasta llegar a la boca.

—No —dijo, y me reí contra sus labios antes de girarnos para que ella estuviera encima.

—Qué impaciente —bromeé.

Se sentó a horcajadas sobre mi cintura y sus labios resbaladizos se deslizaron a lo largo de mi pene sin que hubiera ninguna barrera entre nosotros. Ambos siseamos ante la sensación, y antes de que pudiera detenerla, Giana movió las caderas para volver a hacerlo, para sentir cómo me deslizaba entre sus labios y le acariciaba la entrada.

Se hundió, apenas un centímetro, lo suficiente para encajar mi punto en su abertura estrecha.

Lo suficiente para que ambos viéramos las estrellas.

La agarré con fuerza por las caderas y la frené con un gemido a pesar de las ganas que tenía la bestia de que se posara sobre mi pene y la llenara, sin control ni contención. De algún modo, conseguí tomar aire, logré alcanzar el condón que había colocado en la mesita de noche y me lo puse.

Entonces, las manos de Giana encontraron mi pecho, y me mantuve firme para ella mientras bajaba poco a poco.

Cuando la punta de mi pene se hundió en su interior, los dos gemimos, sus uñas se clavaron en mi piel y yo le agarré el trasero con la misma fuerza. La ayudé a levantarse, solo un poco antes de que se hundiera aún más.

—Dios —jadeó, moviendo las caderas mientras repetía el movimiento—. Me encanta así.

La agarré con menos fuerza, dejándola tomar el control y permitiéndome apreciar la belleza de su cuerpo desnudo mientras me montaba. Se movía a medida que encontraba el ritmo, hundiéndose un poco más cada vez hasta que, al final, me recibió por completo.

Jadeó y yo reprimí un gemido al sentir cómo sus paredes se contraían a mi alrededor.

—Demonios, gatita —maldije, con la voz entrecortada mientras se ponía de rodillas y bajaba del todo antes de volver a sumergirse en un movimiento fluido.

—Sí —jadeó, con los ojos cerrados—. Más.

La balanceé en mi regazo y me moví hasta sentarme, con la espalda apoyada en la cabecera de la cama, aparté los cojines y la tomé por completo en mi regazo. En esta nueva posición, podía abrir los muslos, soportar su peso mientras me montaba y recibirla con embestidas que me hacían penetrarla aún más.

Se estremeció al sentir esa profundidad, me rodeó con los brazos y me besó con fuerza mientras rozaba su clítoris contra mi pelvis con cada embestida.

—Me encanta cuando montas mi pene —murmuré, deslizando la mano entre sus pechos que se movían sin parar. Subí y subí hasta que conseguí enroscarle los dedos alrededor de la garganta, puse la palma caliente contra su esófago y reclamé su jadeo como si fuera mío—. A ti también te encanta, ¿verdad, gatita?

—Sí —gimió.

—Enséñame cuánto te gusta —le ordené, agarrándola un poco más fuerte mientras mi otra mano la ayudaba a cabalgar—. Móntame hasta que te vengas tan fuerte que grites mi maldito nombre.

Fue casi demasiado brutal para ser la segunda vez que lo hacía, pero al igual que la noche anterior, se dejó llevar por mis sucias órdenes, jadeando y gimiendo cada vez más con cada obscenidad que le susurraba al oído.

Le encantaba así, duro, salvaje y posesivo, y yo le daría exactamente lo que quisiera todo el tiempo que tuviera el placer de hacerlo.

Cuanto más cabalgaba, más rápidos se volvían sus movimientos y más me costaba concentrarme en otra cosa que no fuera su vagina abrazando mi pene. Pero seguí concentrado, chupándole el pezón con la boca a medida que sus movimientos se volvían más salvajes y caóticos. Al final, intentaba moverse tan deprisa que no se movía nada, y yo tomé el control, abrazándola a mí mientras la penetraba al ritmo que necesitaba para venirse.

Y lo hizo.

Sus gemidos fueron en aumento hasta que empezó a gritar, tan fuerte que le tapé la boca con una mano para ahogarlos. No me perdí cómo sonaba mi nombre en esos gritos ahogados contra mi palma, y lo devoré, cogiéndomela duro y rápido hasta que cayó completamente sin fuerzas entre mis brazos.

—Oh... Dios... mío —jadeó cuando aflojé el agarre.

Sonreí divertido, dándole besos en el pelo y medio esperando que parara en ese momento. Sabía que estaba agotada, sabía que tenía que estar adolorida y, dado que ya no podía sentir el orgasmo a pesar del dolor, no la habría culpado por querer parar.

Pero poco a poco, volvió a montarme.

Movía las caderas y de sus labios escapaban gemidos suaves mientras volvía a adaptarse a mí. Su vagina estaba aún más apretada, hinchada por el orgasmo, y yo saboreaba la sensación de penetrarla cada vez que lo hacía.

—Date la vuelta —le pedí, y antes de que pudiera obedecer, lo hice por ella: la levanté de encima de mí y la puse boca abajo antes de sentarme a horcajadas desde atrás. Le levanté las caderas para que se encontraran con mi pelvis y me coloqué en su entrada antes de penetrarla por completo.

—Demooonios —siseó, arqueándose. Aproveché la ocasión para agarrarla del pelo húmedo, sujetándolo con fuerza e impidiéndole mover el cuello hacia atrás. La mantuve arqueada, con la mirada clavada en el techo mientras la penetraba.

Era increíble cómo la sentía, cómo estaba: completamente saciada y, sin embargo, totalmente concentrada en asegurarse de que yo encontrara la misma satisfacción. Cuando por fin le solté el pelo, sus ojos hambrientos miraron hacia atrás por encima del hombro; entonces, le agarré las caderas con las dos manos mientras observaba cómo los labios de su vagina succionaban mi pene cada vez que me apartaba.

—Ojalá pudieras ver lo que estoy viendo —dije, aminorando la marcha y tomándome mi tiempo con cada embestida—. La forma en que te abres para mí, cómo tu vagina estrecha abraza mi pene cada vez que lo saco.

—Clay —gimió, y entonces, en un movimiento que yo no esperaba, hundió el pecho en la cama y metió la mano entre sus piernas, entre las mías, hasta que las yemas de sus dedos me acariciaron los huevos con suavidad.

El ruido que me salió fue uno que no reconocí, y vi todo un universo de estrellas cuando volvió a hacer ese movimiento. Apenas podía mantener el ritmo, apenas podía concentrarme en nada con ella tocándome y, con más confianza cuando no le dije que se detuviera, los metió en su palma, apretándolos con la cantidad justa de presión para llevarme al límite.

—Diablos, Giana. Voy... Voy...

Ni siquiera pude avisarle, no pude decir ni una maldita palabra mientras me venía a chorros, liberándome con toda mi fuerza y concentrándome en aquella sensación de euforia. La penetré con fuerza, saboreando cada embestida de mi orgasmo como si fuera la droga más dulce.

Y lo era.

Ella lo era.

Fue el orgasmo más largo que había tenido, uno que siguió asaltándome oleada tras oleada incluso cuando estaba seguro de que había terminado. No sé si fueron sus manos en mis huevos o ella y punto, pero estaba tan agotado cuando dejé de venirme que me costó lo indecible salir de ella con cuidado y rodar hacia un lado, con el pecho agitado y los pulmones ardiéndome por el ejercicio.

—Maldición —dijo Giana, arrastrándose hasta quedar acostada sobre mi pecho—. ¿Es... es siempre así?

—Nunca —le contesté con sinceridad, y enarcando una ceja la miré antes de que ambos estalláramos en carcajadas.

Entonces la atraje hacia mí, nuestras piernas se enredaron mientras nos abrazábamos y trazábamos líneas sobre nuestra piel desnuda a la vez que nuestra respiración se iba calmando poco a poco.

Al final, nuestras respiraciones se igualaron y la habitación se volvió más silenciosa, más tranquila. Le pasé los dedos por el pelo y le di un beso en la frente mientras algo extraño y doloroso me oprimía el corazón.

—Soy tuya —susurró, como si supiera adónde me llevaba mi espiral, imaginándome un día en el que decidiría que no era suficiente para ella, un día en el que se marchara y me dejara hecho polvo.

Tragué saliva contra el nudo que se me hizo en la garganta ante aquella pesadilla y preferí encontrar consuelo en sus palabras en lugar de cuestionar su veracidad.

—Y yo soy tuyo —susurré.

Me rodeó con fuerza con los brazos y, por una noche, todo fue perfecto.

Deberíamos haber sabido que no iba a durar.

24
Giana

En todas mis películas favoritas y en todos mis libros favoritos hay un momento que me gusta llamar el momento «nube de algodón de azúcar».

Suele ser al principio, pero a veces un poco hacia el final, cuando todo le sale perfectamente a los protagonistas. Están en la cresta de la ola, todo va como ellos quieren y tienen una sonrisa imborrable mientras parecen flotar todos los días en una nube de azúcar de color rosa y morado. Suele ocurrir justo antes de que todo se venga abajo.

Así estaba yo.

Estaba teniendo mi momento nube de algodón de azúcar.

Y no había ninguna caída a la vista.

Charlotte quedó tan impresionada después de la subasta y, sobre todo, por mi actuación en nuestro partido fuera de casa, en Maine, que me ofreció renovar mi contrato hasta la próxima temporada, con una prima de contratación y un aumento de sueldo. Me quedé en silencio cuando me lo dijo, pero ella se limitó a sonreír y a arquear una ceja.

—Ha funcionado tu determinación para demostrarle a todo el mundo que se equivocaba contigo —dijo—. Pero ahora, quiero que te preguntes qué es lo que quieres de verdad de esto. Y luego, quiero que lo consigas.

Su fe en mí había avivado el fuego, haciéndome considerar todas las opciones que podía tener mi carrera. Pensar en ello era fascinante.

Pero nada me fascinaba tanto como Clay.

Me despertaba con él en mi cama casi todas las mañanas, y las que no, estaba en mi puerta a los pocos segundos de despertarme. Las clases se me hacían eternas, los entrenamientos siempre me parecían demasiado largos y, a pesar de lo feliz que era en mi trabajo, me moría de ganas de que acabara la jornada laboral, de que terminaran las entrevistas y los eventos publicitarios.

No veía la hora de volver a estar entre sus brazos.

Cada minuto que pasaba desnudándome era puro éxtasis, mi cuerpo cantaba como nunca bajo su dirección musical. Justo cuando pensaba que había encontrado mi forma favorita de que me tocara o me llenara, encontraba una nueva, algo que me excitaba y me sorprendía y me proporcionaba un placer con el que ni siquiera mis libros podían competir.

Y eso ni siquiera era lo mejor.

Los mejores momentos eran cuando nos enredábamos entre las sábanas de madrugada, cuando hablábamos y reíamos y nos descubríamos el uno al otro más que físicamente. O cuando manteníamos toda una conversación en el abarrotado campo de entrenamiento con una sola mirada. O cuando la ansiedad empezaba a apoderarse de uno de nosotros y el otro la aplacaba enseguida con las palabras adecuadas y un beso para sellar la promesa.

—¿Qué te parece venir a mi casa en Navidad?

Palidecí ante la pregunta de Clay una mañana, las primeras palabras que pronunció con la luz del alba.

—¿A California?

Asintió con la cabeza.

El corazón me explotó al ver cómo me miraba, con reverencia y un poco de miedo. Me aferré a esa mirada mientras me acurrucaba en él, le rodeé la cintura con los brazos y apoyé la cabeza en su pecho.

—Con dos condiciones.

—Di.

—Una, que conozcas a mi padre cuando venga dentro de un par de semanas a la entrega de premios de mi hermana.

—Hecho.

Sonreí en su pecho.

—¿Y la segunda?

—La segunda —dije y dibujé un círculo en su estómago con el dedo—. Tienes que enseñarme a hacer surf.

—No sé hacer surf.

—Entonces podemos aprender los dos.

—El agua estará helada.

Le miré de reojo.

—Apuesto lo que quieras a que encontraremos cómo entrar en calor después.

Su sonrisa soñolienta igualó la mía, me besó y me sentí la chica más feliz del mundo.

Cada día era un regalo, más brillante y prometedor que el anterior, y yo flotaba en mi nubecita de algodón de azúcar en una felicidad pura e inquebrantable.

Incluso cuando Maliyah intentó lanzarme a la fría y dura realidad.

Una semana después de nuestra victoria contra los Bandidos, estaba en el baño del estadio, limpiándome el rímel que se me había corrido debajo del ojo. Había sido un día largo, sobre todo porque Kyle Robbins había firmado otro contrato que me obligaba a ayudarlo en una sesión de fotos para una bebida para deportistas. La verdad es que no podía culparlo.

Si yo pudiera ganar un par de cientos de miles de dólares por una sesión de fotos, también lo haría.

Mientras me volvía a aplicar el labial e intentaba que mi pelo recuperara algo del volumen que le había quitado el frío y la humedad, Maliyah entró por la puerta.

Se detuvo al verme y tragó saliva mientras sus ojos me recorrían de pies a cabeza. Esperaba que se metiera en uno de los cubículos, pero en lugar de eso se dirigió hacia los lavabos, abrió la llave y empezó a lavarse las manos.

—¿Un día largo? —me preguntó. Arqueó una ceja, pero no me miró.

Tragué saliva, pero me quedé mirando mi reflejo.

—Al parecer todos lo son durante la temporada.

—Ni que lo digas. Estoy deseando que llegue el día en que pueda volver a dormir hasta pasadas las seis.

Sonrió con el comentario, y tuve que esforzarme para que no se me notara la confusión en la cara.

«¿De verdad estaba intentando mantener una conversación conmigo?».

Mientras se secaba las manos, apoyó una cadera en la barra de los lavabos, mirándome.

—Así que... las cosas entre Clay y tú parecen ir bastante en serio.

«Oh, Dios».

«Allá va».

No supe qué responder, así que me limité a sonreír.

—Es un buen chico —dijo, con la voz más débil y el ceño fruncido—. No me di cuenta hasta que fue demasiado tarde.

—Lo es —dije, de acuerdo con ella.

—Y se merece ser feliz —añadió—. Esto..., bueno, para serte sincera, me enoja que seas tú quien lo haga. Que no fueras solo un ligue por despechado como muchos pensábamos.

No sabía si quería hacerme enojar con ese último comentario, pero la verdad era que lo único que podía hacer era sonreír para mis adentros por todas las cosas que ella nunca sabría.

Que nadie sabría nunca.

—De todos modos, solo quería disculparme si he sido un poco... pesada —dijo después de un segundo—. Me sentí amenazada por ti.

No pude evitar la carcajada que se me escapó.

—No me imagino por qué.

—Al principio yo tampoco podía —dijo, sin inmutarse—. Pero mira quién se ha quedado con el chico.

Mantuve los labios apretados en una línea.

Maliyah me observó durante mucho tiempo, el suficiente como para que me planteara despedirme de ella y pasar por su lado. Pero antes de que pudiera hacerlo, dio un paso hacia mí y bajó la voz.

—Pero deja que sea clara —dijo, mirándome a los ojos—. Quiero que sea feliz. Lo dejaré en paz. Pero en cuanto te descuides, estaré aquí, esperando. —Sonrió, y el contorno de sus labios hizo que se me formara un nudo en el estómago—. Y te prometo que si lo recupero —levantó una ceja mientras me miraba—, no recordará tu nombre, y mucho menos por qué te quería.

Se me tensó la mandíbula, el corazón se me aceleró con el tipo de respuesta de lucha o huye que imagino que sentían mis antepasados cuando los perseguía un depredador.

Pero me recordé a mí misma que no estaba indefensa.

Tenía una lengua tan afilada como una espada.

—Y yo te prometo —dije, acercándome a ella de la misma forma— que no tendrás la oportunidad.

Le sonreí con dulzura y le di una palmadita en el hombro mientras la empujaba.

Cada molécula de mi interior quería saltar y levantar el puño en señal de victoria cuando salí del baño, pero mantuve la calma y caminé despacio y con tranquilidad hasta mi oficina.

Nadie iba a bajarme de mi nube.

El primer lunes de noviembre, iba prácticamente dando saltitos por el campus y ni siquiera el aire frío que hacía me borró la sonrisa de la cara cuando entré en la cafetería y pedí lo de siempre. Cuando tuve el humeante café con leche entre las manos, me dirigí a la puerta.

Y me encontré con Shawn.

—Vaya —dijo, agarrándome de los brazos para ayudarme a recuperar el equilibrio con una sonrisa—. Calma ahí, vas a hacer que alguien se quede mirando y se caiga con toda esa luz que desprendes.

Me reí con un suspiro, acomodándome los rizos detrás de la oreja mientras me enderezaba.

—Hola —dije, y al instante me sonrojé, no por el calor de la cafetería ni por el café con leche, sino por la forma en que Shawn me miraba, por cómo lo había ignorado después de la noche en su departamento sin siquiera enviarle un mensaje para darle explicaciones.

Parecía una mezcla entre un perro al que le habían dado una patada y el pobre imbécil que le había dado una patada y luego se había arrepentido.

—Hola —respondió.

Se metió las manos en los bolsillos y me miró mientras fruncía el ceño.

—Te ves estupenda —dijo—. Feliz.

—Lo soy —dije, y esbocé una sonrisa genuina—. De verdad que lo soy.

—Bien. —Shawn asintió con la cabeza y cerró la boca para evitar decir lo que quería decir, hasta que estalló—: ¿Estás... Clay y tú han roto?

—¿Qué? —Fruncí el ceño y negué con la cabeza—. No.

—No —repitió Shawn, con el ceño fruncido—. ¿Cómo que no?

—Pues no, no hemos roto. Seguimos juntos y... —Sonreí y sacudí la cabeza—. Estamos genial.

Shawn tenía el mismo aspecto que si le hubiera dado un puñetazo en el estómago.

—Giana, vamos..., tú no eres tonta. Por favor, dime que no crees lo que acabas de decir.

Levanté las cejas y me quedé mirándolo, incrédula, un segundo antes de girar sobre mis talones.

—Vaya. Adiós, Shawn.

Me siguió a pesar de que me despedí de él y de mi intento de cerrar la puerta de cristal tras de mí antes de que pudiera alcanzarla.

—No es bueno para ti, no es bueno en general y punto.

Me giré para mirarlo.

—Ni siquiera lo conoces.

—Sé cómo te trata —dijo, respirando con fuerza, hinchando el pecho como si fuera mi caballero andante que venía a salvarme—. Y con eso me basta.

Luché contra las ganas de echarme a reír y solté un suspiro largo y lento.

—Shawn, te lo prometo..., no es lo que hice que pareciera. Tú no...

—No me digas que no lo entiendo. Vi cómo te hizo llorar, cómo te hizo sentir que no valías nada y te faltó al respeto con la boca en el cuerpo de otra chica delante de ti.

Me debatí entre contarle toda la historia o no hacerlo, pero decidí que ni él ni nadie tenía por qué saberlo.

—Ya hemos hablado de todo —acabé diciéndole, apretándole el antebrazo—. Y siento haberte metido en esta situación. No debí hacerlo. Me equivoqué y fui egoísta. Pero... ahora estamos bien. Estamos mejor que bien.

Shawn negó con la cabeza.

—¿No lo ves? Así es como van los tipos como él. Te aplastan y te aplastan hasta que estás a punto de irte, y luego hacen lo que sea para que vuelvas. El egoísta es él.

Las defensas se me dispararon, más por Clay que por mí misma.

—No quiero seguir con esta conversación. No lo conoces. Ni a mí tampoco.

—No es por falta de ganas.

Solté un suspiro, aunque no podía negar lo mucho que me habían dolido sus palabras. No era propio de mí jugar con la gente y, aunque no era mi intención, eso era justo lo que había hecho con él.

—Tengo que irme —dije—. Cuídate, ¿sí?

Antes de que pudiera decir otra palabra, me di la vuelta, dirigiéndome al estadio y dejándolo en la banqueta de la cafetería. Me sentí mal por él, por la jugada que tan bien nos había salido. Lo habíamos engañado a él, a Maliyah y a todo el mundo.

Pero me deshice del sentimiento, decidiendo que era mejor dejar todo eso en el pasado.

Y seguí flotando, deleitándome en mi paraíso de azúcar y colores pastel.

25
Clay

Me había olvidado de ella.

Puede que esa no fuera la manera más adecuada de decirlo porque sonaba como si nunca pensara en mi madre, y sí lo hacía. Pensaba en las ganas que tenía de presentarle a Giana, en lo encantada que estaría cuando le dijera que íbamos a casa por Navidad. Pensaba en ella en la cocina, cocinando con Gi, enseñándole a hacer nuestras croquetas de salmón, nuestras favoritas, y sacando álbumes de fotos viejas mías de pequeño mientras fingía estar avergonzado.

Pero había olvidado que dejó el trabajo porque pensaba que su ex se ocuparía de ella.

Había olvidado lo mal que estaba mental y emocionalmente, los problemas que tenía para hacer algo más que levantarse de la cama, por no hablar de buscar trabajo. Había olvidado que se drogaba, que se le notaba en las palabras arrastradas cuando hablaba por teléfono.

Quizá fue porque no había llamado desde la última vez, cuando pedí un préstamo estudiantil y le envié el dinero suficiente para pasar al menos un mes, o dos. Quizá fue porque quería suponer lo mejor, que estaba bien, que estaba buscando trabajo y encontrándose a sí misma. Quizá fue porque estaba tan obsesionado con Giana que no había pensado en nada más.

En cualquier caso, el hecho de que me hubiera olvidado de ella me golpeó como un sartenazo en la cabeza cuando su cara iluminó la pantalla de mi celular después del entrenamiento de un jueves por la tarde a principios de noviembre.

Se me revolvió el estómago y se me helaron las venas al ver la palabra «mamá» y ver que me vibraba el celular en la mano. Qué egoísta, no quería contestar porque no quería enfrentarme a su miseria, a su dolor, a sus lágrimas.

Y al hecho de que, una vez más, tendría que buscar la forma de ayudarla.

Me estaba quedando sin ideas.

Me dolía el corazón, tenía un nudo de papel de lija en la garganta mientras deslizaba el pulgar por la parte inferior de la pantalla y me ponía los audífonos, encaminándome hacia la residencia.

—Hola, mamá —contesté—. ¿Estás bien?

—Oh, cariño —respondió con un suspiro, las palabras entrecortadas por el llanto.

Me preparé.

—Estoy mejor que bien.

Algo más parecido a la confusión que al alivio fue lo que acompañó mi siguiente respiración, sobre todo porque mamá seguía llorando mientras yo esperaba a que me lo explicara.

—Hemos sido bendecidos con un milagro —dijo—. El Señor ha hecho brillar su luz todopoderosa sobre nosotros.

Dejé de caminar.

—Maldita sea, ¿te has ganado la lotería?

—¡Esa boca! —me reprendió con una carcajada—. Y supongo que podría decirse que sí.

—Mamá, ¿qué pasa?

Seguí caminando, subiéndome la bolsa al hombro.

—Cory.

Fruncí el ceño y, aunque no tenía motivos para estar preocupado, algo dentro de mí se puso en alerta máxima.

—¿Cory? ¿El padre de Maliyah?

—El mismo —confirmó—. No sé qué pasó. O sea, Maliyah me llamó anoche para hablar, que, por cierto, fue muy amable. No había hablado con ella desde que rompieron y me encantó saber de ella.

Apreté los labios.

—Mmm.

—Da igual, la cosa es que estábamos hablando y tú sabes lo unidas que estamos. Siempre me ha dado muy buenos consejos cuando se trata de los hombres. —Hizo una pausa—. Debería ser al revés, teniendo en cuenta la edad.

—Mamá —dije, para que no se fuera por las ramas.

—Bueno, le estaba contando lo del restaurante, lo de... lo de Brandon. —Se le quebró un poco la voz al decir su nombre—. Y fue tan dulce ahí escuchándome con el corazón roto. —Resopló—. Y supongo que le habrá contado todo a su padre, porque me ha llamado esta mañana.

Esperé, con el corazón latiéndome en el pecho como si supiera mucho antes que yo que algo andaba mal.

—Nos va a ayudar, cariño —dijo, llena de alegría a pesar de las lágrimas—. Vino esta tarde con un cheque de diez mil dólares.

—¡¿Que qué?!

—¡Lo sé! Lo sé —dijo, como si yo estuviera emocionado, cuando la verdad era que estaba completamente horrorizado—. Quería que tuviéramos suficiente para pasar las fiestas, para que pudiera concentrarme en estar mejor en lugar de buscar trabajo. No sabes el alivio que me ha dado. Me siento... me siento... querida.

Se atragantó con la última palabra, mientras yo intentaba respirar con calma.

—Es un buen hombre. Un buen padre —añadió—. Mucho mejor que el tuyo. Si hubiera sido una mujer más lista, habría tenido una cita con él cuando vinieron todos al restaurante aquella noche.

—Mamá.

—Ay, solo bromeaba —dijo, y pude imaginármela haciéndome un gesto con la mano para restarle importancia, aunque ambos sabíamos que no estaba bromeando, ni siquiera un poco.

—No lo entiendo —dije—. ¿Por qué lo ha hecho?

—Porque es un hombre bueno y cristiano —dijo, casi a la defensiva—. Y porque vio a alguien que necesitaba ayuda, y resulta que él está en posición de ayudar.

Tragué saliva.

Cory era un buen hombre. ¿Acaso no se lo había discutido a mi padre? ¿Acaso no había deseado yo lo mismo que mamá? Que fuera Cory quien estuviera en nuestra vida en lugar de papá.

Entonces, ¿por qué me sentía como si hubiera tomado leche en mal estado?

—Esto es algo bueno, cariño. Y puedo devolverte lo que me enviaste, así que puedes pagar ese préstamo sin que ni siquiera tengas que acumular intereses. Todo va bien, ¿no lo ves?

Pero yo veía todo negro.

Porque sabía que, aunque Cory tenía los medios para ayudar a mucha gente, rara vez lo hacía sin querer algo a cambio.

—Mamá, tengo que irme.

—De acuerdo, cielo. Te quiero. Ahora todo está bien. Te enviaré un cheque, ¿está bien?

Ni siquiera pude despedirme de ella antes de colgar con las manos temblorosas y buscar de inmediato entre mis contactos el número de Maliyah. Le escribí un mensaje.

Yo: Tenemos que hablar. Ahora.

Las burbujas rebotaron en la pantalla y desaparecieron.

Apreté los dientes mientras recorría el resto del campus y acababa de cruzar la puerta de mi habitación cuando sonó el celular.

Maliyah: Tengo clase hasta las seis.
¿Nos vemos después?

Solo respondí con el emoji del pulgar hacia arriba y el número de mi habitación, aunque estaba bastante seguro de que ya lo sabía, y luego tiré el celular y me pasé las manos por el pelo mientras intentaba averiguar qué demonios estaba pasando. Eran las cuatro y me iba a volver loco intentando descifrar todo esto en el tiempo que me quedaba hasta que Maliyah llegara.

Estaba a punto de darme un baño, uno frío, cuando sonó mi celular.

El nombre que aparecía en mi pantalla era Cory Vail.

Se me hizo un nudo en la garganta y respiré hondo antes de contestar.

—¿Hola?

—Hola, hijo —me respondió con su voz profunda—. ¿Cómo estás?

Las emociones que se agitaban en mi interior eran demasiado fuertes, una mezcla de orgullo familiar y la cautela de un animal que se ve acorralado.

—Estoy teniendo una tarde interesante —respondí, dejando el asunto en sus manos.

Se rio entre dientes.

—Imagino. Tu madre me ha dicho que te ha llamado para decírtelo.

—Lo ha hecho.

La línea quedó en silencio.

Me aclaré la garganta.

—Gracias, señor, por... por ayudarla.

—No suenas muy contento de que lo haya hecho.

Suspiré, hundiéndome en el viejo sofá de 1972 que había sido asignado a cada dormitorio para deportistas.

—Lo estoy. De verdad que lo estoy. Es que...

—Te estás preguntando por qué lo he hecho.

—¿Sinceramente? Sí.

—Eres un chico muy listo —comentó—. Pronto serás un hombre inteligente. Sabes que nada es gratis.

Se me erizaron los vellos de la nuca.

—Aquí tienes el motivo, hijo: Maliyah ha estado muy mal este último mes. Sé que eres consciente. Sé que también sabes tan bien como yo que es porque te extraña.

—Ella rompió conmigo —protesté.

—Lo sé —respondió Cory, tan tranquilo como siempre—. Pero las mujeres jóvenes hacen muchas cosas de las que luego se arrepienten. Y como es mi hija, mi trabajo como padre es ayudarla a deshacer esos errores, si puedo.

Sacudí la cabeza.

—No lo entiendo.

—Es muy sencillo. Yo cuido de tu madre —dijo—. Y tú cuidas de mi niña. Tan fácil como eso.

—No.

—¿No? —La respuesta de Cory fue incrédula.

—No es fácil, por más de una razón. Ya no quiero hacer

nada por Maliyah —respondí con sinceridad—. Y ella dejó bien claro que ya no me quiere.

—Y es evidente que mintió.

—Bueno, ese es problema suyo. He pasado página. Ahora estoy con otra persona.

—Creo que con quienquiera que estés es imposible que tenga tanta conexión como Li y tú tienen ahora —dijo, riéndose como si yo fuera un niño al que intenta explicar algo de lo que no sabe nada—. Crecieron juntos. Tuvieron una relación durante años. No puedes haber estado con esta nueva persona más de, ¿qué?..., ¿unos meses?

—Con todo respeto, lo que yo tenga con Giana no es asunto suyo.

El cuello me ardía de rabia, pero mantuve la voz firme y lo más calmada que pude.

—Me parece justo —dijo al cabo de un rato—. Bueno, muchacho, la elección es tuya. Pero si yo estuviera en tu lugar, sé cuál sería la mía. —Se oyó un ruido de papeles antes de que continuara—. Puedes aceptar mi oferta, o seguir endeudándote para tapar el agujero en el barco sin resolver el verdadero problema.

Fruncí el ceño.

—Necesita rehabilitación, Clay —dijo, con la voz más baja, más seria.

Cerré los ojos para evitar las lágrimas que me invadieron ante sus palabras, ante la verdad que contenían y que había esperado negar hasta el día de mi muerte. Mi siguiente bocanada de aire fue tensa y estaba llena de fuego.

—No espero que lo entiendas a tu edad. Demonios, no quiero que lo entiendas. No quiero que tengas que pensar en ello, por eso intento... —Hizo una pausa, como si se sorprendiera a sí mismo diciendo tonterías—. Es una adicta, hijo, y necesita ayuda de verdad. Puedo dársela. Podemos dársela.

Negué con la cabeza, aunque él no podía verme, nadie podía verme. Pero tenía que comunicar sin palabras al maldito universo que no podía seguir con esto.

—Sé que no es justo. Sé que es duro. Eres demasiado joven para tener que tomar decisiones como esta. Pero créeme cuando te digo que esto es solo el comienzo de las decisiones difíciles que marcarán tu vida. Y lo que decidas hacer con esta primera te definirá como hombre.

Me atraganté con algo entre una carcajada y un grito de auxilio.

—No le des la espalda a tu madre, Clay —continuó diciendo, y sus palabras dieron en el blanco que buscaba cuando se me desgarró el pecho—. Vi cómo lo hacía tu padre, y no puedo verte hacer lo mismo. Te necesita. Y esto es tan fácil como ayudarla y, al mismo tiempo, seguir haciendo lo que quieres. —Hizo una pausa—. El futbol americano.

Tragué saliva, con la mirada perdida en el suelo.

—Todavía no ha cobrado el cheque —dijo en voz baja—. Solo quiero recordártelo.

El frío me heló las venas.

—Así que me está chantajeando.

—Te estoy haciendo una oferta justa —respondió—. Una que deberías aceptar.

Se me dilató la nariz.

Tras una larga pausa, Cory continuó.

—Piénsalo. Te daré esta noche. Ah, y no se lo digamos a Maliyah, ¿de acuerdo? No hace falta involucrar a las mujeres que amamos en cómo se hace el pastel. Podemos ocuparnos nosotros. ¿Sí?

No respondí, pero tomó mi silencio como una afirmación.

—Ese es mi chico. Muy bien, tengo que irme. Hablaremos por la mañana.

Con eso, la llamada se cortó, y me derrumbé, con la cabeza hecha un caos por todo lo que acababa de ocurrir en la última hora.

Y en aquel dormitorio tranquilo, el peso de la responsabilidad me aplastó como una roca.

Tenía razón.

Tenía toda la razón.

No podía darle la espalda a mi madre, pero también sabía que no podía hacer mucho más para ayudarla. No estaba allí para ayudarla a desintoxicarse como había hecho tantas veces durante la preparatoria, alimentándola mientras pasaba por todas las horribles etapas del síndrome de abstinencia antes de volver a sentirse ella misma.

Tampoco tenía los recursos económicos para ayudarla. Aún no era profesional. No tenía un trabajo ni tiempo para trabajar. Y sin la ayuda de mi padre, pedir más préstamos era la única solución, si es que conseguía que me los aprobaran.

El pánico se apoderó de mí, pero era un pánico sordo, como si ya me estuviera muriendo y alguien me lo acabara de decir, como si todavía no lo supiera. Me sentí en una calma inquietante dentro de aquel agobio, como si me mereciera este castigo, como si fuera culpa mía que mi madre fuera una adicta, que estuviera metida en el problema en el que estaba metida.

Aunque pudiera convencerme a mí mismo de que no era mi culpa, no podría hacer eso si me alejaba de ella ahora, si le daba la espalda a la oportunidad de salvarle la vida, literalmente.

Cerré los ojos, con el corazón latiéndome con tanto dolor que me doblé al pensar en el costo de todo esto.

Giana.

Ahora sería ella la que estaría al otro lado de esta relación falsa, una relación de la que nunca podría hablarle. Maliyah tampoco sabría que no era real, nunca.

Para ella, para Giana, para todo el mundo, sería real. Sería yo volviendo con mi ex, tal y como pensaban que haría desde el principio.

Como una vez pensé que haría.

Ahora, el hecho de pensarlo me ponía enfermo.

Deseé tener a mi propio padre aquí, que me dijera lo que tenía que hacer y que confiara en él. Pero no era un hombre al que admirara, un hombre al que quisiera parecerme.

Ese era Cory.

La cabeza me daba vueltas, el corazón se me rompía cada vez más con cada golpe demoledor.

No tenía elección.

Era mi madre. Mi madre. La mujer que se quedó conmigo, que me cuidó ante cualquier adversidad, que me mantuvo y me apoyó y que creyó en mí y me quiso.

No podía abandonarla a su suerte.

Daba igual que Giana nunca lo entendiera, que nadie lo hiciera. Esta era la elección que tenía que hacer no solo como hombre, sino como hijo.

Dependía de mí.

Y al contrario de mi padre, yo no iba a dejarla tirada.

Sin importar el dolor o el infierno que eso me causara.

26
Giana

Tenía demasiado pelo para moverlo con tanta energía, pero no me importaba.

Mis rizos rebotaban y volaban a mi alrededor mientras bailaba y cantaba al ritmo de Lizzo el viernes por la noche antes de nuestro partido en casa contra los Halcones, con los lentes deslizándose por el puente de mi nariz con cada movimiento de mis caderas. La espátula que tenía en la mano era el micrófono, y los calcetines con peluche que llevaba en los pies me servían de material perfecto para dar vueltas cuando me deslizaba de la parrilla al fregadero para escurrir los espaguetis largos.

En mi celular sonó el tono que se activaba de forma automática cuando alguien apretaba el botón situado junto al número de mi departamento en el exterior, avisándome de que Clay estaba aquí. Pulsé el código para que entrara y noté cómo se me ensanchaba la sonrisa sin que yo quisiera. Le envié un mensaje justo después.

Yo: Está abierto.

La salsa de vodka casera que había preparado burbujeaba de forma peligrosa en la parrilla, así que bajé el fuego antes de inclinarme para comprobar que el pan de ajo con queso se estaba tostando en el horno. La salchicha ya estaba hecha, cubierta con papel de aluminio en el microondas para que no se enfriara. Mi departamento entero olía a paraíso italiano y mi estómago rugió justo cuando la puerta principal se abrió con un rechinido lento.

Clay ni siquiera tuvo la oportunidad de saludarme, no antes de que saltara hacia él y lo agarrara de las muñecas, jalándolo el resto del camino a través de la puerta y cerrándola de una patada con el pie detrás de nosotros.

Me puse a cantar la letra de la canción cuando empezó mi parte favorita, e incluso hice el gesto de *chill* con las manos extendiendo el pulgar y el meñique mientras curvaba los otros dedos y hacía un movimiento con el que lo lanzaba hacia atrás al ritmo de la letra. El ritmo era enérgico, y jalé a Clay hacia el centro de la sala, haciendo un pequeño giro bajo su mano antes de soltarlo del todo y darme la vuelta justo a tiempo para hacerle *twerking*.

Debería haberse reído.

Debería haberse puesto a bailar conmigo y a divertirse como siempre hacíamos juntos.

Como mínimo, debería haberme puesto las manos encima después de ese *twerking*, porque sabía que me quedaban muy bien estos pants.

En lugar de eso, me miró con una cara larga e inexpresiva, con la mirada muy perdida y distante.

Y sentí que el corazón se me partía al verlo así.

—Mierda —dije, corriendo hacia mi celular para pausar la canción y quitar la salsa de vodka del fuego. Saqué el pan del horno antes de volver corriendo a él—. ¿Qué te pasa? ¿Ha pasado algo en el entrenamiento? —Mis ojos se abrieron de par en par al pensar en otra posibilidad—. Ay Dios, ¿estás herido? ¿Te has hecho daño?

Lo agarré por los brazos, recorriéndolo por completo en busca de algo que pudiera estar vendado o supurando sangre. Cuando no encontré nada, dejé que mi mirada volviera a encontrar la suya.

Y la miseria con la que me miraba me dejó sin aliento.

—Clay... —le advertí—. ¿Qué pasa? Me estás asustando.

Vi cómo se esforzaba por mantenerse firme, por no mostrar ninguna emoción. Pero, poco a poco, fue delatándose. Arqueó las cejas, abrió las fosas nasales, le tembló el labio inferior una vez antes de soltar un suspiro y zafarse de mi agarre.

Me quedé de pie allí, en su ausencia, y noté el viento fresco que soplaba a mi alrededor. Cuando me volteé, estaba frente a la cocina, de espaldas a mí, con las manos entrelazadas sobre la cabeza mientras los músculos de la espalda se flexionaban con cada respiración entrecortada.

—Clay —intenté que hablara, con el miedo crispándome los nervios.

Permaneció en silencio durante tanto tiempo que estuve a punto de volver a pronunciar su nombre. Pero al final se llevó las manos a los costados y echó los hombros hacia atrás, con la barbilla alta, mientras se giraba para mirarme una vez más.

—Se acabó, Gi.

Fruncí el ceño, con la confusión luchando contra la ansiedad que me atormentaba.

—¿Qué es lo que se acabó?

Se le cerró la garganta.

—Lo nuestro.

Me reí. Fue automático, incluso cuando fruncí el ceño, negué con la cabeza y sentí que se me llenaban de lágrimas los ojos.

—¿Qué? No seas ridículo. ¿De qué estás hablando?

No contestó.

—Clay, pero ¿qué dices ahora? ¿Qué estás...? ¿Qué...?

Todo lo que intentaba preguntar quedaba interrumpido por mi absoluta negativa a aceptar lo que me estaba diciendo. Sacudí la cabeza una y otra vez, cruzándome de brazos mientras lo miraba y asimilaba todo el dolor que estaba claro que sentía.

—Para mí todo fue un juego —dijo, con una voz estoica e impasible y los ojos brillantes—. Siento haberte utilizado, haber fingido que quería estar contigo. Tuve que hacer lo necesario para recuperar a Maliyah.

Una lágrima cayó por mi mejilla, tan rápido que no pude atraparla con el golpe de mi mano, que llegó demasiado tarde.

—¿Recuperar a Maliyah? —repetí.

—Vino a verme anoche —dijo, y la frialdad de su voz me hizo temblar como un árbol en medio de una tormenta—. Hablamos y quiere que volvamos a estar juntos. Yo también quiero eso. Siento haberte metido en esto.

La traición y la emoción me cambiaron la cara, el estómago se me revolvió con tanta violencia que me doblé un poco por el dolor. Pero luego volví a ponerme en pie, mirándolo a través de mi mirada borrosa.

Y, otra vez, la fachada se vino abajo.

Le temblaba tanto el labio inferior que se pasó la mano por la cara para disimularlo, y luego se agarró las caderas con las manos y volvió a darme la espalda para disimular el resto.

Entrecerré los ojos en señal de sospecha.

Y luego lo ataqué.

—Estás mintiendo —espeté, empujándolo por la espalda. Se tambaleó hacia delante antes de girarse para mirarme justo a tiempo para que volviera a empujarlo—. Todo esto es una estupidez y lo sé. ¿Por qué haces esto? ¿Qué demonios está pasando, Clay?

—Acabo de decirte lo que está pasando. Este ha sido mi plan desde el principio —dijo, con la voz más clara, y vi cómo intentaba con todas sus fuerzas enojarse, mirarme con desprecio..., pero fracasó de forma patética y se le llenaron los ojos de lágrimas, que cayeron sobre sus mejillas mientras se me partía el corazón al verlo.

Me acerqué a él y le quité la humedad de la cara antes de sujetarle las mejillas con las manos.

—No hagas esto —le supliqué—. No sé qué está pasando pero, por favor, no lo hagas.

Su rostro se retorció de dolor y se apartó de mí, pero se apoyó en mi palma, cerró los ojos y soltó otra marea de lágrimas antes de apartarme de él.

—Tengo que irme —susurró, esquivándome.

Pero antes de que llegara a la puerta, lo detuve.

—¡Detente! —grité—. Detente ya. Mírame —le supliqué, tomándolo de la barbilla con las manos y obligándolo a mirarme—. Mírate. No lo dices en serio. No sientes nada de esto. —Negué con la cabeza—. No lo sientes.

—Por favor —suplicó, y mientras más lágrimas llenaban sus ojos, intentó apartarse de mí. No sabía si le daba vergüenza llorar, o si le avergonzaba lo que estaba diciendo, o ambas cosas—. No puedo.

—¿No puedes qué? —pregunté, desesperada, intentando leer entre líneas.

Negó con la cabeza, librándose de mis manos antes de besarme las yemas de los dedos y soltarlas por completo.

—Te mereces ser feliz, Giana. Quiero que seas feliz. Tú solo... sigue adelante. Sal con Shawn y...

—NO QUIERO ESTAR CON SHAWN —grité e invadí su espacio. Me puse de puntitas, le rodeé el cuello con los brazos y me negué a que hubiera distancia entre nosotros cuando susurré—: Quiero estar contigo.

Se quebró y un sollozo atravesó su fachada cuando acerqué la boca a la suya y saboreé las lágrimas frescas. Me rodeó con los brazos y me besó como si me odiara, como si fuera su perdición.

Y entonces, me apartó.

—Tengo que irme —dijo, con la voz entrecortada mientras se dirigía a la puerta.

—Sea lo que sea, a quienquiera que creas que estás ayudando, estás rompiendo la promesa que me hiciste —le dije a sus espaldas, y supe que tenía razón, supe que había tocado un nervio cuando se detuvo de golpe, con la espalda temblándole con cada respiración.

Con cuidado, lo rodeé y me incliné hacia atrás para mirarlo.

—La promesa que te hiciste a ti mismo —le recordé.

Cerró los ojos y dejó escapar una exhalación larga y profunda.

—Tengo que hacerlo.

—¿Tienes que hacer qué? ¿Qué estás haciendo exactamente?

Pero no me contestó. Se limitó a negar con la cabeza y a luchar con todas sus fuerzas contra la emoción que trataba de escapar.

Y en un segundo, en un abrir y cerrar de ojos de una cuerda que no me había dado cuenta de que estaba tan tensa, pasé de la tristeza y el dolor a la rabia más absoluta.

—Eres un cobarde, Clay Johnson —susurré.

Sus ojos se clavaron en los míos, cargados de dolor, pero no me importó.

Él también me estaba haciendo daño.

—Eres un cobarde y un idiota, y esto no es lo que quieres

y lo sé. —Sacudí la cabeza—. Déjame entrar. Cuéntame qué ha pasado. Cuéntamelo y lo arreglaremos, juntos.

Clay se me quedó mirando, con las fosas nasales dilatadas mientras recorría mi rostro con la mirada, como si estuviera saboreando cada centímetro y guardándolo en su memoria.

Como si nunca fuera a volver a verme.

Y eso me rompió.

—¡Genial! —grité, y en un movimiento que nos sorprendió a ambos, le di justo en el pecho, con los dos puños—. ¡Bien! ¡Vete!

Clay recibió cada golpe con los ojos cerrados, sin inmutarse cada vez que mis manos le caían encima.

—Vete con Maliyah. Haz como si nada de esto importara, como si yo no importara.

Negó con la cabeza e intentó atraparme, pero lo aparté de un manotazo.

—No. No, no intentes retractarte ahora.

—Gatita —susurró en un suspiro de dolor.

—¡FUERA! —grité, golpeándolo una y otra vez mientras lo empujaba hacia la puerta—. ¡Te odio! ¡No quiero volver a verte! ¡Te odio!

Las palabras salían cada vez más desesperadas y confusas con cada respiración, mientras los sollozos se me escapaban del pecho y resonaban en todas las paredes de mi departamento.

—Lo siento —susurró contra otro torrente de lágrimas, intentando aferrarse a mí mientras yo lo empujaba una y otra vez.

—Tú... —Me detuve, derritiéndome en sus brazos mientras me envolvía con fuerza. Me estremecí y lloré, y él hizo lo mismo—. Me has roto el corazón.

El silencio se apoderó de nosotros, un buen rato de silencio.

—También he roto el mío —susurró.

Y entonces me soltó.

Jadeé por la pérdida, pero no me dio más tiempo que a alcanzarle la espalda cuando abrió de un jalón la puerta de mi casa y salió como un rayo sin mirarme.

Solté un grito desgarrador cuando desapareció, me desplomé en el suelo y me abracé las rodillas contra el pecho como si fuera la única forma de mantenerme entera.

Así, sin más, mi momento nube de algodón de azúcar había terminado.

Y por mucho que me preparara, sabía que no sobreviviría a la caída.

27
Clay / Giana

Clay

Al día siguiente, arrastré el trasero hasta el vestidor después de nuestra derrota contra los Halcones, preguntándome por qué no compartía la misma decepción que mis compañeros de equipo.

Zeke lanzó el casco contra el casillero con más fuerza de la necesaria, y el ruido resonó en las paredes de la sala. Riley intentó tranquilizarlo, pero la forma en que negó con la cabeza y la dejó caer entre los hombros me dijo que estaba igual de disgustada. Kyle estaba sentado en silencio en la banca que estaba frente a su casillero, sin ningún celular a la vista, sin presumir en las redes sociales ni bailando para celebrarlo. Incluso Holden tenía la mandíbula apretada mientras pensaba qué decir para animarnos.

Fue una paliza brutal, un partido muy malo por nuestra parte contra un equipo al que deberíamos haber derrotado sin problemas.

Mi equipo estaba enojado. Estaban decepcionados.

En cambio, yo estaba tan jodido que no sentía nada.

Debería haber sido algo a lo que ya estuviera acostumbrado, al vacío en el pecho. Después de romper con Maliyah pensé que había sentido el peor dolor emocional de mi vida, pensé que había sobrevivido al peor desengaño que jamás experimentaría.

Ahora quería reírme de eso, pero no podía encontrar nada que se pareciera a una sonrisa, ni siquiera una sarcástica.

Esto no era dolor y ya. No era solo angustia. No era echar de menos a alguien y que te lo recordaran sin piedad allá donde miraras con recuerdos que te perseguirían durante lo que parecía una eternidad, aunque todas esas cosas estuvieran presentes.

Era el tipo de tortura que solo podían entender aquellos que, a propósito, hacían pasar por un infierno a alguien que les importaba.

Era culpa, sentimiento de fracaso y el hecho de reconocer que el villano era yo. Era la sangre de otra persona en mis manos. Era el grito de que tenía que hacerlo, de que no había otra manera, saliendo tan débil de mis labios.

Mi madre estaba más feliz de lo que había estado nunca, no solo desde que Brandon se fue, sino desde que lo hizo papá. Cory la iba a llevar a un centro de rehabilitación de cinco estrellas en el norte de California que solía recibir a ricos y famosos, y ella estaba encantada, no solo por la posibilidad de encontrarse con uno de ellos, sino por haber empezado a cambiar de verdad.

«Voy a ser una mujer mejor —me había dicho por teléfono la noche anterior, aunque yo estaba demasiado jodido como para escucharla—. Una mejor madre».

Estaba haciendo las maletas, preparándose para marcharse mañana, con un cheque para devolver el préstamo que yo le había pedido, y algo más, ya en correos y de camino hacia mí.

Y aunque era mi dinero, aunque era yo quien se lo había

prestado y por tanto merecía que me lo devolviera, me parecía dinero sucio, como si también estuviera manchado de sangre.

«Estás haciendo lo correcto, hijo».

Esas fueron las palabras que Cory me dijo por teléfono ayer por la mañana cuando acepté su trato después de no haber dormido ni comido ni hecho otra cosa que mirar la pared de mi habitación. Casi podía imaginármelo dándome palmaditas en el hombro, orgulloso.

Y esperaba que tuviera razón. Esperaba que esto fuera lo mejor para mi madre, que por fin pudiera darle, aunque fuera una pizca de todo lo que me había dado a lo largo de mi vida. Había sacrificado tanto por mí: su juventud, su cuerpo, su tiempo y su energía. Nunca la vi comprarse nada en todos los años que me educó porque cada dólar que tenía era para pagar las facturas o para mí, sobre todo para que pudiera jugar al futbol americano.

Así que me sacrificaba por ella. Una y otra vez, sin importar cuánto me costara.

Pero eso no hacía que doliera menos.

Maliyah se iluminó como los fuegos artificiales del 4 de julio cuando le dije que quería volver a intentarlo, y me confesó lo doloroso que había sido verme con Giana. Le dije que todo había sido un truco para recuperarla, y ella había sonreído con la satisfacción de saber que había ganado.

Fue una mentira horrible y repugnante, que no pude sellar más que con un abrazo, y me sorprendió que Maliyah no sospechara. Le dije que quería ir despacio.

La verdad era que no podía imaginarme besando a alguien que no fuera Giana.

Así que mi madre era feliz, y Maliyah y Cory también.

Pero yo era un desgraciado.

Y Giana también.

Eso me bastó para preguntarme si, después de todo, había tomado la decisión correcta.

Anoche, cuando cerré los ojos para intentar dormir, las imágenes de pesadilla de Giana golpeándome el pecho no me dejaban dormir. Podía oír sus gritos, ver las lágrimas que le cubrían las mejillas mientras me suplicaba que no le rompiera el corazón.

Y ella lo sabía, incluso sin que yo dijera una palabra: sabía que, en ese momento, no era yo.

¿Cómo lo supo? Nunca lo sabría. Pero incluso cuando la miré y le dije que habíamos terminado, luchó contra su propio dolor para intentar que despertara, para que me pusiera a mí mismo en primer lugar.

Eso fue lo que más me dolió, el hecho de que incluso en mi peor momento, ella viera a través de todo eso lo que sentía de verdad.

Pero lo que no entendía era que no se trataba de enfrentarme a Maliyah, ni siquiera a mi padre. Se trataba de cuidar a la única persona que había cuidado de mí.

No era el momento de ponerme en primer lugar.

Y algún día, esperaba que llegara el momento en que pudiera contárselo todo, hacer que lo entendiera.

Hasta entonces, estaba condenado a mi miseria.

—... el próximo partido. En eso es en lo que tenemos que concentrarnos. No estamos fuera, ni siquiera estamos cerca de quedarnos fuera. A estas alturas, tenemos casi garantizado un partido de la *bowl* —dijo Holden cuando volví en mí, dándome cuenta de que me había perdido la primera mitad de su discurso—. Tomen en cuenta sus errores, corríjanlos y vuelvan con ganas de más. Todos tenemos que hacer lo que nos toca. Ganar como un equipo, perder como un equipo —dijo, haciendo una pausa—. Y luchar como un equipo.

El entrenador Sanders se quedó observando el discurso

en un rincón del vestidor con los brazos cruzados. Estaba claro que él tampoco estaba contento con cómo se había desarrollado el partido, pero dejó que su capitán tomara el control.

Por todo el vestidor, los jugadores asentían con la cabeza, con una determinación feroz grabada en el ceño, reunidos alrededor de donde Holden había extendido la mano. La cubrieron con la suya y los ojos de Holden se cruzaron con los míos, la señal para que tomara el control y coreara uno de los cánticos de nuestro equipo.

Pero no lo hice.

Resoplé y coloqué la mano en lo alto de la montaña.

—Luchen a la de tres —dijo Holden—. Uno, dos...

—¡Luchen!

La respuesta del equipo resonó a nuestro alrededor solo un instante antes de que el suave murmullo de las conversaciones y la recogida de las cosas llenara el espacio; algunos se dirigían a las salas de entrenamiento o a las regaderas mientras que otros optaban por irse a casa.

Holden apareció junto a mí antes de que pudiera desatarme las botas.

—Vamos a caminar —me dijo, y no esperó a que le respondiera para salir de los vestidores.

Le seguí a regañadientes y, como el campo seguía cubierto de aficionados, jugadores del otro equipo y el circo mediático, me llevó al salón de pesas.

—Siéntate —me dijo, señalando un banco. Cuando lo hice, se puso las manos en las caderas y se quedó mirando el suelo un momento antes de mirarme a mí—. ¿Qué ha pasado?

—No...

—Me da igual que no quieras hablar de ello. Eres parte de este equipo, y eres una de las razones por las que hoy nos han puesto la P de perdedores en la frente. Estuviste de pena en la defensa, y como mucho nos diste el veinte por ciento de ti.

Me avergonzó lo cierta que era esa observación.

—Así que, como capitán, mi trabajo es averiguar qué está pasando, quieras o no. Puedes decírmelo ahora o puedo hacer de tu vida un infierno en cada entrenamiento hasta que lo hagas.

Apreté los labios.

—¿Me vas a hacer dar vueltas al campo o qué?

—Si es lo que hace falta.

Negué con la cabeza, con los codos apoyados en las rodillas y los hombros caídos.

—Es un asunto familiar. Nada que quiera compartir con nadie..., sin ofender.

—¿Se ha muerto alguien?

Fruncí el ceño.

—¿Qué? No. Y eso ha sido un poco directo, capi.

—Tengo que saber qué tan serio es esto.

—¿Por qué?, ¿para que puedas reemplazarme?

Me lanzó una mirada que hizo eco de su sentimiento anterior.

«Si es lo que hace falta».

Me pasé una mano por el pelo y volví a sentarme.

—He roto con Giana. He vuelto con Maliyah. Mi madre va a ingresar a rehabilitación. Mi padre es un pedazo de mierda al que no le importa nada de esto, y si me apartas del equipo, te juro por Dios que te mato, Holden, porque me estarías arrancando la única fuente de alegría que tengo. El futbol es mi salvavidas —dije, sorprendido por la forma en que se me hizo un nudo en la garganta al pronunciar esas palabras—. Es... es lo único que me queda.

Entonces lo miré, con el pecho agitado, y algo más suave se reflejó en su expresión mientras me miraba.

—Has vuelto con Maliyah —dijo, y decidió ignorar el resto.

Resoplé y volví a mirar al suelo.

—Sí.

—¿Y eso es lo que quieres?

—Sí —mentí, poniéndome en pie—. ¿Puedo irme ya, sargento, o me va a meter en el calabozo?

Holden me lanzó una mirada que me dijo que estaba claro que la broma no le había hecho gracia, pero, aun así, parecía lo bastante satisfecho como para dejar de torturarme, al menos por hoy.

—Vete —dijo, haciéndome señas para que me marchara—. Ponte las pilas para el lunes.

Asentí, pero antes de que pudiera llegar a la puerta, volvió a hablarme.

—Y no olvides que no somos solo tu equipo —dijo, deteniéndome.

Esperé, pero no me volví.

—Somos tus amigos. Somos familia. Sé que siempre eres tú el que está ahí para darle la mano a alguien, pero nosotros también podemos ayudarte, Clay. —Hizo una pausa—. Solo tienes que dejarnos hacerlo.

Algo en ese comentario me atravesó como un cuchillo caliente clavado entre las costillas, así que me limité a asentir para hacerle saber que lo había oído y me escabullí por la puerta, en dirección a los vestidores.

En cuanto doblé la esquina, allí estaba ella.

Giana estaba a contraluz en el otro extremo del pasillo, con el pelo alborotado en un chongo sobre la cabeza mientras jugueteaba con las llaves de su oficina y hacía malabares con un iPad bajo el brazo. Incluso desde la distancia, podía ver las ojeras que reflejaban las mías, los hombros caídos que me recordaban todo el dolor que le había causado.

Cuando se abrió la puerta, suspiró y miró hacia el pasillo.

Se quedó quieta cuando me vio.

El dolor que me quemaba el pecho era como experimentar todos los bloqueos de los que había sido víctima al mismo tiempo. Me destrozaba los huesos y me robaba el alma, y aun así aguanté cada horrible segundo para poder mirarla un poco más.

Abrió la boca y dio un paso hacia mí, pero se detuvo y volvió a apretar los labios.

Y se metió en la oficina, dando un portazo.

Giana

—Sabes que odio verte así —dijo mi padre, dándole un trago a su vaso de *bourbon* mientras yo movía la ensalada con el tenedor por el plato. Pensé que, si al menos la movía un poco, parecería que había comido algo, pero el montón de arúgula pastosa que me miraba no estaba de acuerdo.

Solté el utensilio y me senté en el asiento con un suspiro de derrota.

—Lo sé. Lo siento, papá.

—No quiero que te disculpes por lo que sientes. Quiero que hables conmigo de ello para que podamos averiguar si hay alguna forma de arreglar lo que te está haciendo daño.

—No la hay —le dije.

La comisura de los labios se le elevó un poco a la vez que fruncía el ceño y sus lentes negros con armazón de metal se movían con el movimiento. Hizo un círculo con el vaso y bebió otro sorbo antes de dejarlo en su sitio e inclinarse hacia delante.

Me devolvió la mirada con mis propios ojos aguamarina, pero los suyos eran más oscuros, al igual que su piel y su pelo. Pero cualquiera que pasara por la mesa podía ver que éramos parientes, podía ver cuánto lo prefería a mi madre.

—Está fuera de tu control, ¿eh?

Asentí y volví a agarrar el tenedor para tener algo que hacer con las manos.

Papá marcó un compás con los dedos en la mesa. «Bueno, estás en una edad en la que la vida va a empezar a pasar deprisa. Es probable que esta sea la primera de muchas cosas con las que te vas a encontrar y que están fuera de tu control».

—Me está llevando por el camino de la amargura —admití—. Y... duele.

Dije la última parte en voz baja e hice una mueca de dolor cuando el corazón me empezó a doler con el mismo dolor feroz con el que me había estado golpeando desde que Clay rompió conmigo.

Había roto conmigo.

Todavía no lo podía creer.

Siempre había pensado que las etapas del duelo iban en orden, pero me encontraba rebotando entre ellas como una bola de billar, golpeando en la negación solo para pasar a la ira de camino a la depresión. Sin embargo, aún no había llegado a la aceptación.

Una parte de mí esperaba no hacerlo nunca porque aceptarlo significaría que era real.

Seguía pareciéndome una pesadilla, algo que le estaba ocurriendo a otra persona. No dejaba de mirar el celular, quería que llamara, quería agarrarlo y enviarle un mensaje. Y cuando no deseaba encontrármelo en el estadio, me planteaba si presentar mi renuncia para salir de allí y no tener que volver a encontrármelo.

Había sido relativamente fácil mantenerme ocupada el día del partido. Incluso con la derrota, tenía muchos informes que hacer. Pero cuando salí del caos y me arrastré de vuelta a mi oficina, esperaba que ya se hubiera ido o, como mínimo, que hubiera vuelto a los vestidores.

Pero, por supuesto, estaba allí mismo, mirándome desde el otro lado del pasillo como si hubiera sido yo quien lo hubiera hecho pedazos.

Tenía tantas ganas de correr hacia él como de maldecirlo y escupirle en el ojo.

Estaba hecha un desastre.

Y lo que más me dolía no era lo que había hecho, sino saber que había algo más detrás de lo que me había contado. Era como leer las trescientas primeras páginas de un *thriller* y que te arrancaran el final, sin saber nunca qué secretos te había estado ocultando el protagonista durante todo ese tiempo.

Aunque sabía que estaba tan dolido como yo, no me dejaba entrar.

¿Qué otra cosa podía hacer?

—Esto no tendrá nada que ver con el joven tan encantador que te hacía tanta ilusión presentarme hoy, ¿verdad? ¿El que de repente tiene gripe?

No le respondí.

Papá se acercó, me agarró de la muñeca y esperó a que soltara el tenedor para atraer mis manos hacia las suyas.

—No puedo ayudarte si no me hablas, ratona.

Negué con la cabeza.

—Es que... no sé ni por dónde empezar.

—Por el principio suele estar bien.

Intenté imitar su sonrisa, pero no lo conseguí.

—Tienes que olvidar que soy tu hija durante los próximos diez minutos.

Papá levantó una ceja.

—Bueno, ahora no te irás hasta que me cuentes todo.

Y así lo hice.

No me di cuenta de lo mucho que necesitaba contarle a alguien lo que había pasado entre Clay y yo hasta que las palabras salieron de mí como una avalancha, cada vez más deprisa, hasta que todo se volvió tan borroso que no fui capaz de hablar. Le hablé de Shawn, del trato, de cómo Clay quería recuperar a Maliyah. Omití los detalles escabrosos de cómo habíamos jugado exactamente a nuestro jueguito, pero no me reprimí al hablar de lo amigos que nos habíamos hecho, de lo mucho que sabía que le importaba.

Lo mucho que yo me preocupaba por él.

Cuando terminé, papá silbó por lo bajo y me dio un golpecito en la mano.

—Bueno, no te digo que no quiera matar a ese chico por hacerle daño a mi niña.

—Papá.

—Tampoco consigo entender por qué aceptarías fingir salir con alguien —añadió—. Aunque, ahora, algunos de los títulos de tus libros tienen más sentido. *My Fake Bodyguard*.

Sonreí un poco.

—Pero —continuó— estoy de acuerdo contigo en que aquí hay algo que no cuadra.

—¿Verdad? —Me incliné hacia adelante como si mi padre y yo estuviéramos investigando el caso juntos—. O sea, creo que podría aceptarlo si hubiera juzgado mal su carácter, si hubiera malinterpretado las señales y hubiera dejado que un deportista imbécil se aprovechara de mí.

Papá arqueó una ceja que me hizo enrojecer y apartar la mirada, optando por no dar más detalles.

—Pero lo conozco. Lo conozco quizá mejor que cualquiera de sus compañeros de equipo. Y no creo que, de repente, de la nada, decidiera que quería volver a estar con Maliyah. Quiero decir, papá..., que estaba llorando cuando rompió conmigo.

—Los chicos también lloran, ¿sabes? —dijo con una sonrisa burlona.

—Sí, pero... cuesta mucho —señalé—. ¿No?

Papá asintió.

—Sí, de hecho sí. Pero puede que llorara porque sabía que te estaba haciendo daño. Bien podría querer terminar la relación, pero no causarte dolor en el proceso.

Fruncí el ceño, desinflándome al darme cuenta de que era una posibilidad.

—Supongo que no había pensado en eso.

Papá me dio unas palmaditas en la mano.

—Sé que esto es difícil, ratona. Lo creas o no, salí con unas cuantas chicas bastante en serio antes de encontrar a tu madre. Sé lo que es que te rompan el corazón.

Me replegué sobre mí misma, con el corazón oprimiéndome el pecho con dolor, como si estuvieran marcándome.

—Pero si Bonnie Raitt me enseñó algo, es que no puedes hacer que alguien te ame si no lo hace.

—Espera —dije—. Esa es una canción de Adele.

—Es un *cover*.

—¿Es de Bonnie Raitt?

Mi padre parpadeó.

—Voy a ignorar el hecho de que mi hija no sepa quién es Bonnie Raitt y volveré a ir lo importante, que es lo siguiente —dijo, inclinándose hacia mí. Sus ojos azules brillaron con calidez, una sonrisa comprensiva se dibujó en sus labios tras la que se reflejó en los míos—. Llegados a este punto, no importa lo que creas saber sobre lo que podría estar ocurriéndole a este chico en privado. Lo único que tienes que saber es lo que pasó de verdad, lo que él te contó y lo que sabes con certeza. —Hizo una pausa—. Te miró a los ojos y te dijo que se acabó.

El labio inferior me tembló y mi padre me dio un apretón en la mano.

—En algún momento tendrás que aceptarlo y seguir adelante. No digo que haya que correr, ni que no vaya a doler cada paso del camino. Pero a veces la vida es así. Es levantarse, vestirse y poner un pie delante del otro hasta que un día... el dolor desaparece. ¿Y sabes qué?

—¿Qué? —susurré.

—La vida tiene una forma curiosa de sorprendernos y traernos algo aún mejor más adelante.

Tragué saliva, asintiendo, tratando de encontrar consuelo en sus palabras.

—Creo... creo que le quiero, papá.

Las palabras se me quebraron al final de la confesión, las lágrimas me nublaron la vista mientras miraba a mi padre, que parecía que acabara de caerme por un precipicio delante de sus ojos.

—Ay, cariño —dijo, y en un instante se levantó de su lado de la mesa y se sentó en el mío.

Me envolvió en un abrazo feroz, uno que me caló hasta los huesos mientras me aferraba a él y me dejaba llorar.

—Está bien quererlo.

—¿Aunque él no me corresponda?

—Eso es lo que pasa con el amor —dijo, dándome un beso en el pelo—. No hace falta que sea correspondido para que sea real.

No sé cuánto tiempo estuvimos allí sentados, papá abrazándome mientras yo me derrumbaba en un antro lleno de universitarios ruidosos, pero saboreé cada momento de consuelo que me brindó.

Y a la mañana siguiente, me desperté con la misma agonía insoportable que me había atormentado desde que Clay me rompió el corazón. Pero esta vez, no me rendí a ella. No analicé en exceso cada palabra que me había dicho ni repasé todos los momentos que pasamos en mi cama. No me aferré al recuerdo de su risa, ni a cómo aún podía cerrar los ojos y sentir sus manos en mi cara, sus labios sobre los míos.

Esta vez, me vestí.

Me puse los zapatos.

Y con un paso lento tras otro, seguí adelante.

28
Giana / Clay

Giana

Una semana después, esperaba en la banca de la puerta de Rum & Roasters, envuelta en mi abrigo para protegerme del frío viento. No había sido una buena elección ponerme las mallas y la falda, pero extrañaba la temporada de faldas. Estaba cansada de usar suéteres y pantalones, y quería estrenar la falda con bigotes de gato cosidos.

Por razones que probablemente nunca admitiría ante nadie, ni siquiera ante mí misma.

Así que me froté las piernas a través de la tela delgada para intentar entrar un poco en calor, y escruté a los estudiantes que pasaban por allí con la mirada para ver si veía a Shawn. En cuanto llegara, podríamos meternos en la cafetería para poder descongelarme.

No sabía muy bien por qué había sentido la necesidad de llamarlo, de pedirle que nos viéramos, pero algo me decía que confesarle todo me ayudaría a poner fin a todo aquello. Desde luego, no iba a conseguir nada parecido a un punto final con Clay, así que tal vez era el intento desesperado de mi corazón por recuperar parte del control que me habían robado.

Mi celular vibró en el bolsillo del abrigo y suspiré al ver el mensaje que había en él cuando lo saqué.

Shawn: Lo siento, llego un poco tarde. Estaré allí enseguida.

Escribí una respuesta, pero antes de que pudiera enviarla, la sombra de alguien se cernió sobre mí.

—Bonita falda, pero no sé cómo demonios no se te están congelando los pechos.

Fruncí el ceño, levanté la cabeza y, con los ojos entrecerrados por el sol, descubrí a una Riley risueña mirándome fijamente.

Sonreí, mirándome los bigotes que tenía en el regazo.

—¿Quizá es porque no tengo pechos para que se me congelen?

Riley se rio.

—Hazme hueco.

Lo hice, y Riley se sentó a mi lado, entrelazando su brazo con el mío y calentándome al instante con su calor corporal a través de la sudadera deportiva que llevaba puesta, mucho más cómoda. Solté un pequeño suspiro de satisfacción, tanto por el calor como por la comodidad que me proporcionaba.

—¿Qué haces sentada aquí con este frío, rarita?

Me reí entre dientes.

—Esperar a alguien.

—¿A Clay?

Su nombre me absorbió la sonrisa de la cara como si hubiera pasado una aspiradora.

—No —dije, tragando saliva—. A un amigo.

Riley asintió, callándose un segundo antes de preguntar:

—¿Vas a contarme alguna vez lo que pasó entre ustedes?

—Lo haría si lo supiera.

Frunció el ceño.

—¿Qué quieres decir?

—Quiere decir que ha vuelto con Maliyah, pero... sé que eso no es lo que él quiere en realidad.

—¿Cómo lo sabes?

Dejé escapar un suspiro, mirándola un segundo de reojo antes de girarme para mirarla de frente y, como sabía lo importantes que eran para ella los pactos, le ofrecí el meñique.

—¿Me prometes que no le dirás a nadie lo que te voy a contar?

Sus ojos se iluminaron, con total seriedad, mientras enlazaba su dedo con el mío.

—Mis labios están sellados.

Y con esa promesa, lo solté todo.

No le conté la versión que le había contado a mi padre, la que había suavizado y en la que había omitido muchos detalles, sino la historia completa. Le hablé de nuestro acuerdo, de cómo había sido falso al principio, a lo que ella se emocionó y declaró que lo sabía. Le dije que, de algún modo, las cosas habían cambiado. Mis mejillas se tiñeron de rojo cuando admití que era virgen, y cómo Shawn con su canción estúpida y sensual me había hecho entrar en pánico y pedirle a Clay que me ayudara a dejar de serlo.

Todo.

El observatorio, la subasta, los días y las noches que habíamos pasado envueltos el uno en el otro.

La ruptura.

No pude contener las lágrimas cuando le conté esa parte, y ella me dio un apretón en la mano y asintió como si supiera exactamente lo que sentía. Después de lo que pasó entre

Zeke y ella el semestre pasado, no me cabía duda de que así era.

—Entonces, como te he dicho, te contaría lo que pasó si yo misma lo entendiera, pero no lo entiendo. Él solo... acabó con todo. Y no me importa lo que diga sobre volver con Maliyah, sé que no es lo que quiere, pero no sé por qué está haciendo esto.

—¿Crees que se sintió mal por hacerle daño? ¡O quizá tiene algo contra él! —Riley pasó de una cosa a otra—. Oh, ¡Dios mío, tal vez sea una traficante de drogas furtiva y él quedó atrapado en su red, y ahora lo tiene agarrado por los huevos y no tiene otra opción!

Parpadeé.

—Bueno, leo libros románticos de mafiosos por gusto, y ni siquiera mi cerebro llegó a eso.

Riley se encogió de hombros.

—Podría ser. Yo solo lo digo.

Sonreí, pero se me borró la sonrisa enseguida al negar con la cabeza, intentando aún procesar lo que me había estado atormentando desde que se marchó de mi departamento aquella noche.

—No lo sé. Pero mi padre me dio un sabio consejo la semana pasada. Me dijo que quizá nunca obtendría las respuestas que necesito —le dije—. Y que tenía que seguir adelante.

Riley frunció el ceño.

—¿Por qué eso hace que me entren ganas de llorar?

—Porque es horrible e injusto —respondí—. Pero... tiene razón. No sé qué me está ocultando Clay, por qué lo ha hecho, pero lo que de verdad importa es que lo ha hecho. Ha roto conmigo. —Me encogí de hombros—. Por mucho que me mate, tengo que aceptarlo y buscar la manera de seguir adelante.

Riley negó con la cabeza.

—Eres más fuerte que yo.

—Díselo a las pijamas manchadas de helado y a las montañas de pañuelos que hay ahora mismo en mi habitación.

Riley apoyó la cabeza en mi hombro y volvió a pasar su brazo por el mío.

—Lo quieres —susurró.

Se me formó un nudo en la garganta.

—Sí.

—¿Verdad que es lo peor?

Se me escapó una carcajada.

—Sí. —Asentí con la cabeza—. La verdad es que sí.

Se quedó callada un rato y luego me dio un apretón en el brazo.

—Lo siento mucho. Y también estoy muy enojada contigo por no haberme contado nada de esto. Somos amigas, Gi.

—No estoy acostumbrada a tener amigos —admití.

—Bueno, pues empieza a acostumbrarte. Sobre todo porque si alguna vez vuelves a tener un banquete secreto de placer en el que un hombre ponga en práctica tus fantasías más obscenas, quiero que me cuentes todos los detalles sucios.

Me reí con eso, pero entonces una aguda tristeza me atravesó los pulmones.

—Dios, eso ha sido lo más romántico que alguien ha hecho por mí.

—Ese chico es único —dijo Riley en voz baja y, por un momento, nos quedamos en silencio. Luego se incorporó y me dio un codazo—. Pero tú también lo eres. Y vas a estar bien, pase lo que pase.

—Gracias, Riley.

Sonrió, y entonces sus ojos brillaron en algún lugar detrás de mí.

—Tu cita está aquí.

Se levantó y yo me giré para ver a Shawn que se dirigía hacia nosotras con la funda de la guitarra colgada del hombro derecho. Me saludó con un gesto tímido al verme y me levanté para unirme a Riley.

—Gracias por contármelo —me dijo, y luego, con un movimiento de cabeza hacia Shawn, añadió—: Y buena suerte.

Con un fuerte abrazo, se marchó, justo a tiempo para que Shawn se detuviera en el extremo de la banca.

Sonreí e hice un gesto hacia la cafetería.

—¿Vamos?

Hubo un silencio incómodo mientras hacíamos fila y tomábamos café, y Shawn encontró una mesa vacía justo en el centro del local una vez que tuvimos nuestras bebidas entre las manos. Se sentó él primero y apoyó la guitarra contra la mesa, y yo me senté enfrente.

—Gracias por venir.

Asintió.

—¿Cómo estás?

—Estoy... —Hice una pausa—. Horrible, la verdad —admití, pero con una sonrisa—. Pero estaré bien. Con el tiempo.

—¿Por eso me llamaste? ¿Para hablar?

—Sí, pero la verdad es que no era para hablar sobre mí. Bueno, más o menos. —Sacudí la cabeza—. Es que... hay algo que quiero que sepas. Algo que mereces saber.

Shawn enarcó una ceja y, tras darle un último sorbo al café y respirar hondo, le hablé del trato que había hecho con Clay en esta misma cafetería, del papel que Shawn había desempeñado en toda nuestra relación. Omití los detalles que le había contado a Riley, incluso algunos que le había contado a mi padre, y me concentré en disculparme por jugar con él a un juego del que ni siquiera era consciente.

Lo que más me dolió fue decírselo a él, sobre todo cuando vi que lo invadía una fría determinación al darse cuenta de que todo entre nosotros había sido minuciosamente elaborado. Cuando terminé, me llevé el café a los labios y esperé a que lo procesara.

Suspiró y se pasó una mano por el pelo.

—Bueno —dijo al final—. No voy a mentirte y decirte que no me gustaría haberme fijado en ti antes de que Clay fingiera salir contigo y luego, en consecuencia, te enamorara.

Sonreí.

—Pero —continuó— me alegra conocerte ahora.

Sus ojos bailaron en la escasa luz de la cafetería mientras lo decía, y sentí que me invadía una oleada de alivio.

—¿De verdad?

—De verdad —dijo—. Quizá podríamos empezar de cero.

El pánico se apoderó de mí y me puse roja. No había pensado en esa posibilidad, en que siguiera queriendo salir conmigo. De hecho, pensé que se enojaría. Pensé que me maldeciría y me llamaría psicópata antes de salir de la cafetería hecho una furia.

—Eh...

—Como amigos —aclaró, inclinándose hacia delante con una sonrisa cómplice.

Sonrió aún más cuando solté un suspiro de alivio y se levantó, con los brazos abiertos para abrazarme.

Yo también me puse en pie y me dejé abrazar por él, apretándolo con la misma fuerza cuando me envolvió entre sus brazos.

—Amigos —acepté.

Lo miré cuando nos separamos y negó con la cabeza, arqueando una ceja.

—No puedo creer que me hayas engañado.

—No puedo creer que intentaras ligarte a alguien que tenía novio.

—Oye, en mi defensa, lo hiciste parecer un novio de mierda.

—Me parece justo —reconocí, me soltó despacio y ambos volvimos a sentarnos.

—Hablando de eso... Lo siento. Por la ruptura.

Asentí, con la presión dolorosa de mis pulmones en el pecho.

—Gracias. Yo también.

Y con la verdad a flor de piel entre nosotros, sentí que un pequeño resquicio de paz envolvía mi corazón desgarrado. Papá tenía razón. No iba a suceder de la noche a la mañana. No iba a dejar de sufrir ni de echar de menos a Clay, no en mucho tiempo.

Pero seguía aquí. Todavía respiraba, todavía vivía.

Y no quería rehuir el dolor mientras seguía adelante.

Me recordó todo lo que era, todas las emociones poderosas que había sentido con Clay en el tiempo que nuestras vidas estuvieron unidas. No quería olvidar nunca esos latigazos de dolor, no quería olvidar nunca lo que era que me abrazara, que me tocara, que me besara.

Que me amara.

Quizá no pudiera tenerlo para siempre.

Pero me aferraría a cada pedacito de él que me diera durante el resto de mi vida.

Y después, también.

Clay

Estaba harto del invierno de Boston.

Y, técnicamente, aún no era invierno. Estábamos en pleno otoño, pero la mezcla de lluvia y nieve que me atravesaba la piel como si fueran hierros candentes y diminutos no me parecía otoñal.

En California, el otoño era sinónimo de noches frescas y días cálidos. Era sinónimo de sol y cielos azules despejados. Rara vez teníamos noches por debajo de los diez grados, y la mayoría de los días rondaban los veintiún grados.

Para mí, ese era el clima para jugar al futbol americano.

Pero ¿los masoquistas que crecieron aquí, en Nueva Inglaterra? Les encantaba jugar con esta mierda de clima. Zeke sacaba la lengua con una sonrisa victoriosa después de un gran pase de regreso, Riley bailaba un poco después de anotar un gol de campo de treinta y tres yardas. ¿Y yo? Me quejaba cada minuto hasta que corríamos hacia los vestidores para bañarnos, anhelando el agua caliente que nos esperaba dentro.

Cuando vi a Giana, caminé con paso más lento.

Estaba demasiado concentrada en reunir a algunos de los jugadores para el en vivo de Instagram que había programado como para fijarse en mí, así que aproveché el momento para ver cómo sus rizos rebotaban como a cámara lenta mientras señalaba, dirigía y mangoneaba a todo el mundo. Tenía la piel más brillante, los ojos aún cansados, pero sin las líneas rojas que tenían antes. Mantenía la cabeza alta, concentrada en la tarea que tenía entre manos, como si no tuviera nada más en mente.

Tenía mejor aspecto del que había tenido en semanas.

Y yo sabía que era gracias a Shawn.

La siguiente inhalación me quemó al recordar lo que se me grabaría en el cerebro para el resto de mi vida. El domingo había estado estudiando para un examen de anatomía y apenas había podido mantener los ojos abiertos, sobre todo por las vueltas que había dado en la cama toda la noche, que ya eran parte de mi rutina de sueño. Así que, en un intento desesperado por concentrarme, me acerqué a Rum & Roasters.

Pero no llegué a entrar.

A través de las ventanas de la cafetería, empañadas por el calor del interior que combatía el frío del exterior, la había visto.

Entre los brazos de Shawn.

El corazón me dolió al ver cómo lo abrazaba con fuerza antes de mirarlo con una sonrisa que antes solo me pertenecía a mí. Él había dicho algo para hacerla reír, y eso fue lo máximo que pude aguantar antes de tener que apartar la mirada y pasar de largo.

Había pasado página.

Dios, quería alegrarme de que lo hubiera hecho. Quería sentir alivio porque no la había destrozado del todo, porque Shawn estaba allí para recoger los pedazos que yo había dejado atrás. Quería encontrar consuelo en saber que ella iba a estar bien, que él iba a cuidar de ella.

Pero eso solo hizo que me volviera loco por poseerla y me mareara por la rabia.

Fue una traición que me atravesó el estómago como una espada, y que vacié en cuanto salí de la cafetería y encontré un bote de basura en la banqueta que rodeaba el campus.

Fue algo que me merecía, algo que no debería haberme sorprendido ni molestado lo más mínimo.

Pero me mató.

—Hola —dijo Maliyah, sacándome de mis recuerdos y desviando mi atención de Giana hacia ella. Me rodeó la cintura con los brazos y se puso de puntitas para darme un beso en los labios antes de que pudiera apartarme—. ¡Qué buen entrenamiento! Vamos dentro. Me estoy congelando.

Tragué saliva y asentí con la cabeza mientras la llevaba bajo el brazo con las mismas náuseas a las que ya estaba acostumbrado.

Y me fijé en la mirada de Giana mientras entrábamos, y

se la sostuve mientras pasaba sus ojos de mí a Maliyah y viceversa. Aquellos ojos azul caribe me atravesaron incluso a metros de distancia, y quise memorizarlos, mirarlos tanto tiempo que no olvidara su forma y color exactos mientras viviera.

Pero se dio la vuelta y volvió a lo que estaba haciendo, sin mostrar un ápice de emoción que demostrara que le importaba.

Tal vez odiaba este clima porque reflejaba cómo me sentía. Quizá odiaba el clima porque encajaba muy bien con mi estado de ánimo. Tal vez anhelaba el sol y el cielo despejado porque pensaba que podrían actuar como una especie de droga milagrosa que me sacara de mi triste niebla.

—Pidamos *sushi* —dijo Maliyah cuando llegamos a los vestidores, soltándome para que pudiera continuar por el pasillo hasta el de las porristas—. ¿Te bañas, te cambias y nos vemos aquí?

—Claro.

Sonrió, pero había algo triste en sus ojos al verme. Tendría que haber estado ciega para no ver lo mal que me sentía, por mucho que intentara fingir que estaba bien para ella, para mi madre y para Cory.

—¿Estás bien?

Logré asentir.

—Solo tengo frío. Y estoy cansado.

Su boca se torció hacia un lado.

—Puedes hablar conmigo, ¿sabes? Sé... sé que todavía tenemos mucho que resolver. Sé que te hice daño, que traicioné tu confianza. Pero... te conozco. Probablemente mejor que nadie.

Quería poner los ojos en blanco por lo equivocada que estaba.

—Sé cuándo no estás bien.

—Es que tengo muchas cosas en la cabeza.

—Bueno, podemos hablar de ello. Durante la cena.

Una vez más, asentí con la cabeza.

Abrió la boca como si quisiera decir algo más, pero lo pensó mejor. Luego se dio la vuelta y se dirigió al pasillo mientras yo entraba a los vestidores.

El equipo ya estaba acostumbrado a mi actitud amargada. Habían dejado de darme la lata y de intentar sacarme información. Ahora me evitaban, como si fuera una gripe que no querían contraer.

Me desvestí en silencio, dejándome puestos los calzones de la marca Under Armour hasta que llegué a la regadera, sobre todo por el bien de Riley. Cuando me quedé solo con algunos chicos, me desnudé por completo y suspiré con fuerza cuando me cayó encima el primer chorro de agua caliente y vapor.

La piel me ardió en señal de protesta antes de adaptarse, y luego todos mis músculos se relajaron a la vez, y me quedé allí bajo la regadera, encantado de estar así durante horas. Pasé la cara por debajo del agua y cerré los ojos mientras el calor me envolvía.

Hasta que, de repente, el agua se volvió fría.

—¡Qué demonios!

Estiré la mano a ciegas hacia la llave, pero me encontré con una camiseta mojada. Entonces, en mi confusión ciega, el agua desapareció, me arrojaron una toalla y me empujaron hacia abajo hasta que quedé sentado de espaldas contra la fría pared de azulejos.

—Tápate la anaconda —dijo Zeke, con una voz que reconocería en cualquier parte. Utilicé la toalla para limpiarme los ojos antes de dejarla sobre mi regazo y levanté la vista para encontrarme con él y con Holden de pie junto a mí.

—Fuera —dijo Holden al chasquear los dedos hacia los otros dos chicos que estaban en las regaderas conmigo. Me dirigieron una mirada que decía que rezarían por mí antes de salir a las órdenes de nuestro capitán.

—¿Qué demonios está pasando? —pregunté.

—Riley —gritó Zeke, ignorándome, y donde los dos tipos acababan de desaparecer, ella se asomó por la esquina, asegurándose de que yo estaba cubierto antes de entrar del todo.

—Perdón por la emboscada salvaje —dijo Riley, cruzándose de brazos mientras se unía a los otros dos que estaban a mi lado—. Pero no sabíamos qué más hacer para que hablaras.

—¿Hablar?

—Queremos saber qué está pasando —dijo Holden, rellenando los huecos—. Y no mentiras de mierda o medias verdades que has estado escupiendo cuando alguien tiene el valor de presionarte. No estás bien. Y si estar con Maliyah fuera lo que de verdad querías, estarías en una nube en vez de ser una versión humana de Ígor, el burro de Winnie the Poo.

Suspiré.

—Quiero estar con Maliyah.

En cuanto las palabras salieron de mis labios, Riley lanzó una mirada a los chicos, y ambos retrocedieron justo a tiempo para abrir la llave y hacer llover agua helada sobre mí.

—¡Riley! ¡Qué demonios!

Levanté los brazos para protegerme, aunque no podía, hasta que volvió a cerrar la llave. La toalla que me cubría el regazo estaba empapada y fría.

—Recibirás un baño de agua helada cada vez que digas una estupidez como esa —me advirtió—. Así que, si yo fuera tú, volvería a intentarlo.

Gruñí.

—Esto es una estupidez, no...

Intenté ponerme de pie, pero Zeke me puso una mano firme en el pecho, empujándome otra vez contra la pared.

—Deja de intentar arreglártelas solo con lo que sea que esté pasando —dijo, con voz alta y firme—. Carajo, Clay, ¿no ves que tus amigos están preocupados por ti? Has estado ahí para cada uno de nosotros en algún momento —continuó, y miré detrás de él hacia donde Riley y Holden asentían con la cabeza antes de que mis ojos se encontraran de nuevo con los de Zeke—. Déjanos ayudarte ahora.

Algo vulnerable y lleno de sentimiento se me quedó atorado en la garganta, y aparté la mirada de ellos, dirigiéndola a las regaderas vacías mientras tragaba lo que fuera que me estaba ahogando. Me quedé en silencio durante un buen rato, negando con la cabeza, con la intención de responder con algún comentario.

Pero no tenía ninguno.

Al final cedí, suspiré y dejé caer la cabeza contra los azulejos.

—Es una larga historia —murmuré.

Riley bajó con cuidado hasta la baldosa mojada, a mi lado, sin importarle que le empapara los pantalones. Se acercó y me agarró del antebrazo.

—Tenemos tiempo.

Zeke y Holden también se sentaron.

—Podríamos movernos a algún sitio que no sea la regadera —sugerí.

—De ninguna manera —dijo Riley—. Quiero la amenaza de la llave sobre de ti. Literalmente.

Sonreí y, tras soltar un suspiro, les conté todo.

Me sorprendió la facilidad con la que me salieron las palabras una vez que empecé a hablar, comencé por el trato que había hecho con Giana y terminé con la escena de pesadilla en su departamento, que fue la última vez que habíamos hablado.

Los tres se inclinaron hacia mí, escuchándome con atención, y al final intercambiaron miradas antes de que Holden sacudiera la cabeza y dijera:

—Entonces, ¿hiciste todo esto por tu madre?

Asentí con la cabeza.

—Sé que puede que para ti no tenga sentido, pero... ha hecho tanto por mí, ha renunciado a tanto...

—Lo entiendo mejor de lo que crees —dijo Holden, y su mirada se mantuvo severa sobre la mía. Pero no dio más detalles antes de añadir—: Lo entiendo. Es tu madre. Te ha criado. Pero, amigo..., la madre es ella. Se supone que es ella quien tiene que hacer esas cosas.

Fruncí el ceño.

—Bueno... ¿y?

—Que tú eres el niño. Eres su hijo. Y por mucho que la quieras y desees ayudarla, es una adulta que primero tiene que ayudarse a sí misma.

—Pero no puede. No sin mí.

—Sí, sí puede —dijo Riley—. Tu madre tomó muchas decisiones que la llevaron hasta aquí. Y sé que sientes que tienes que arreglarlo tú por ella, pero si no tiene que hacerlo por sí misma... —Riley se encogió de hombros—, ¿cómo va a aprender la lección y a madurar de verdad?

—Esta no es tu batalla —añadió Zeke—. Estamos totalmente a favor de que ayudes a tu madre si lo que necesita es rehabilitación, y encontraremos la manera de llevarla hasta allí. Pero ¿esto? ¿Aceptar dinero de Cory a cambio de renunciar a la chica que te ha hecho más feliz de lo que nunca te hemos visto? —Sacudió la cabeza—. Esa no es la respuesta.

—Pero ¿qué otra cosa puedo hacer? —pregunté, levantando las manos—. Ya he pedido un préstamo. No puedo seguir así. Mi padre no va a ayudarme. Y no quiero que me seleccionen antes de tiempo.

—Eso no va a pasar —dijo Holden, como si ni siquiera fuera una opción a considerar. La mirada igual de severa de Zeke me dijo que pensaba lo mismo.

—Lo resolveremos. Danos tiempo para pensar —dijo Riley—. Y hasta entonces, tu madre es adulta. Puede cuidar de sí misma, el problema es que tienes que dejar que lo haga. Tienes que quitarle la muleta y demostrarle que no la necesita. Puede andar sola.

—¿Y si no lo hace? ¿Y si se cae?

Zeke miró a Riley y luego volvió a mirarme.

—Se levantará. Eso es lo que hacemos todos, nos levantamos y volvemos a intentarlo.

Negué con la cabeza, incluso cuando sus palabras empezaban a despejar la niebla de mi cabeza.

—Ya acepté el cheque de Cory. Mi madre lo cobró. Está en rehabilitación gracias a él. Y él... él se preocupa por nosotros —dije, sin darme cuenta de cuánto dolía eso hasta que las palabras salieron—. A su maldita manera, lo está demostrando.

—Lo que está haciendo es conseguir lo que quiere —discutió Riley. Zeke le dirigió una mirada mordaz que hizo que cerrara la boca, aunque me di cuenta, por lo coloradas que estaban sus mejillas, de que se trataba de un esfuerzo por no decir nada más.

—Dile que agradeces su ayuda y su oferta, pero que has cambiado de opinión —dijo Holden con calma—. ¿Y si retira el dinero y ella tiene que volver a casa? Una vez más, ya lo resolveremos.

—Y, además, sé que te hizo daño en el pasado, pero nada de esto es justo para Maliyah —añadió Riley, incapaz de seguir callada por más tiempo—. Por lo que nos has contado, Cory y tú son muy parecidos. Los dos buscan ayudar a la gente que quieren. Pero esta no es la forma de hacerlo. —Se encogió de hombros—. Tu madre está sufriendo. Maliyah también. Seguro que se arrepienten de las decisiones que han tomado y que las han llevado a donde están ahora. Pero eso no significa que tengas que asumir la responsabilidad de arreglarlo todo y hacer que todo vaya mejor, porque eso solo hará que se sientan más vacías.

—Entonces, ¿qué se supone que tengo que hacer ahora? —pregunté.

—Estar ahí para ella y ya —dijo Riley, y sacudió la cabeza mientras una sonrisa se dibujaba en sus labios—. Dile a tu madre que la quieres y que la comprendes. Escúchala cuando lo necesite. Apóyala cuando te pida consejo. Cuando decida qué quiere hacer a continuación, ofrécele toda la ayuda que puedas dentro de tus posibilidades físicas, emocionales, mentales y económicas.

—Quererla durante los momentos difíciles mientras le recuerdas que no durarán para siempre —añadió Holden, y una vez más, había algo tan solemne en su mirada que me pregunté si hablaba desde la experiencia, desde una lección que él mismo había aprendido.

—Tienes derecho a ser feliz, Clay —dijo Riley en voz baja—. Y no tienes por qué soportar la carga de los demás. Ya has hecho bastante.

Tragué saliva y eché la cabeza hacia atrás mientras miraba la llave de la regadera.

—No quiero hacerle daño.

—Es tu madre —dijo Zeke enseguida—. En todo caso, estará orgullosa de que pongas límites. Ella también quiere lo mejor para ti. Y estará bien, amigo. Te lo prometo.

Cerré los ojos y sacudí la cabeza, no porque me negara a

escuchar, sino porque odiaba que todo lo que decían tuviera sentido. Tal vez era algo que había sabido todo el tiempo, algo que se escondía bajo la superficie de mi necesidad de ser quien le arreglara todo a mi madre, a Maliyah, a cualquiera que estuviera en mi vida y que tuviera problemas.

—¿Dónde estaban todos estos sabios consejos hace dos semanas? —susurré con una risa triste.

—Aquí mismo. Eras demasiado orgulloso para pedir ayuda a tus amigos —dijo Riley.

—Es verdad —admití con un suspiro. Luego miré a cada uno de ellos—. Los escucho. Y... sé que tienen razón.

—¿Te ha dolido mucho? —bromeó Zeke con una sonrisa burlona.

Yo también intenté sonreír, pero me quedé a medias mientras pensaba en todo.

—Hablaré con Cory. Y llamaré a mi madre para explicárselo todo. Maliyah quiere comer *sushi* justo después de esto, así que supongo que puedo hablar con ella primero. Se merece saber la verdad.

Se me revolvió el estómago al pensarlo. Sería una decepción para cada uno, pero sabía que no tenía más remedio que enfrentarme al problema que había creado.

—¿Y con Giana? —me presionó Riley.

Me dolió el pecho.

—Ha pasado página.

Riley frunció el ceño.

—Oye, te quiero, Clay, pero ¿cómo eres tan tonto? —Negó con la cabeza—. Esa chica está muy lejos de pasar página. Ella... —Riley inspiró una bocanada de aire que detuvo sus próximas palabras—. Tienes que hablar con ella.

—Está con Shawn —dije, las palabras casi me mataron al murmurarlas—. Es demasiado tarde.

—¿De qué hablas? —preguntó Riley.

—Los vi juntos el domingo. Estaban en la cafetería. —Tragué saliva—. La estaba abrazando y ella lo miraba y se reía. —Hice una pausa—. Como debería hacer. Quiero que sea feliz.

—Alto ahí —dijo Riley, poniéndose de pie con brusquedad—. No está con Shawn, idiota. Se vio con él para contarle todo lo que había pasado. Necesitaba una forma de ponerle fin a todo y sabía que no iba a conseguir ese fin de ti.

Zeke y Holden se levantaron igual que ella y yo sacudí la cabeza, confundido.

—¿Cómo lo sabes?

Inclinó la barbilla.

—No te preocupes por cómo lo sé. De lo que tienes que preocuparte ahora es de cómo arreglarlo.

La cabeza me daba vueltas. Me levanté para unirme a ellos, moviendo con cuidado la toalla para que siguiera cubriéndome hasta que pudiera atármela a la cintura.

—No... no puedo —dije—. Metí la pata hasta el fondo.

—Argh, eres exasperante —dijo Riley, llevándose las manos a las caderas. Entonces miró a Zeke—. ¿Fuiste así de tonto cuando rompimos?

—Peor —respondió.

Riley puso los ojos en blanco y entonces volvió a concentrarse en mí.

—Leíste sus libros, ¿verdad?

Entrecerré los ojos.

—¿Tú cómo sabes eso?

—Responde a la pregunta.

—Sí, leí sus libros.

—Bueno, bien, ¿solo prestaste atención a las escenas de sexo o leíste el final? —Me tendió la mano, como si la respuesta flotara en el aire entre nosotros—. Te está esperando. Está esperando que le digas la verdad: que la cagaste, que la quieres, que eres un idiota, que lo sientes y que no puedes vivir sin ella. —Sonrió—. Esta es la parte en la que consigues a la chica, idiota.

—El gran gesto —añadió Zeke, y enarqué las cejas cuando se encogió de hombros—. ¿Qué? Puedo ser romántico —dijo a modo de defensa.

Negué con la cabeza, pasándome una mano por el pelo mientras la esperanza revoloteaba en mi pecho de forma peligrosa. Quería apagarla como una llama que no debía encenderse, pero creció y creció hasta convertirse en un incendio forestal cuando una idea floreció bajo el humo.

—Los engranajes están girando, ¿no? —preguntó Holden con una sonrisa burlona.

Lo miré a él, a Riley, a Zeke..., a mis amigos que, básicamente, habían corrido hacia un edificio en llamas para salvarme. Y la cantidad de gratitud que sentí fue excesiva para contenerla, para expresarla en palabras..., pero esperaba que ellos lo vieran. Esperaba que lo supieran.

—¿Qué tienes en mente? —preguntó Zeke.

—Y lo que es más importante —añadió Riley—. ¿Cómo te ayudamos?

29
Giana

—Leo, me haces falta en la sala de prensa, ahora —dije y jalé de su camiseta manchada de hierba.

Hizo una broma que no llegué a oír porque nuestra becaria gritaba por el audífono que Holden estaba acorralado en el campo y que no podía escapar.

—Yo me encargo —dije por el micro, y luego solté a Leo, con la esperanza de que recorriera el resto del pasillo hasta donde habíamos instalado el palco de prensa antes de que saliera corriendo al campo.

Era una completa locura, como solo puede provocar un partido en Acción de Gracias.

Como solo puede provocar un partido de la *bowl*.

Era como si ya hubiéramos ganado el título, y como si el campo estuviera lleno de confeti dorado y rojo brillante. Me abrí paso entre la muchedumbre, que seguía alborotada, de camino a la línea de las cincuenta yardas, donde un amplio grupo de cámaras y periodistas se había reunido en torno a Holden.

—Sí, estamos concentrados y enfocados en el próximo partido —contestó mientras me abría paso a través del muro.

—¿No están pensando en el partido de *playoffs* contra los

Huskies? —le preguntó un periodista, volviendo a ponerle el micrófono en la cara a Holden.

—Nos preocuparemos por eso cuando lleguemos allí. Por ahora, vamos por Carolina del Norte.

Me interpuse entre él y el equipo.

—Por favor, diríjanse a la sala de prensa, tendremos entrevistas completas con los jugadores, incluido Leo Hernandez, que se está preparando ahora. Holden irá más tarde. Gracias.

No esperé a que empezaran a gritar más preguntas, a pesar de que les había dicho que habíamos terminado en el campo, antes de alejar a Holden, lo cual resultaba cómico, ya que me superaba en altura y era al menos el doble de grande que yo.

—Gracias —dijo mientras avanzábamos entre la multitud.

—Eres más grande que yo, ¿sabes? Podrías haberlo parado tú antes.

—No quiero ser maleducado. Soy el capitán. Si alguien tiene que hacer frente a los periodistas rabiosos, soy yo.

Sonreí.

—Eres demasiado bueno para este mundo, Holden Moore.

Cuando por fin llegamos al túnel que conducía al estadio, los guardias de seguridad cerraron el paso a todo aquel que no formara parte del equipo. Holden caminó hacia los vestidores mientras yo me dirigía a la sala de prensa.

Aquel paseo tranquilo no duraba más de sesenta segundos, pero fueron suficientes para que mi mente vagara hacia Clay.

Un mes.

Había pasado casi un mes desde que rompimos y aún no podía pensar en él sin que todo el cuerpo se me estremeciera.

No estaba tirada por ahí, rota y dando pena, pero desde luego estaba lejos de haberlo superado, lejos de olvidarlo o de pensar siquiera en intentar salir con otra persona.

Cada vez que lo veía en el campo mi corazón se encendía con el deseo de animarlo, de ser la persona a la que corría después del partido, la persona a la que abrazaba. Luego me odiaba por ello y hacía todo lo posible por evitarlo, pero cuando no lo veía me ponía aún peor que cuando lo veía.

Fingí que no le prestaba atención cuando en realidad todos mis sentidos estaban pendientes de él hasta el punto de que tenía más de una pregunta grabada a fuego en el cerebro. Una de las más apremiantes era por qué no lo había visto con Maliyah desde hacía más de una semana. Ella ya no se le pegaba después de cada entrenamiento, ni intentaba succionarle la cara después de un partido.

Parecían amigos, cordiales, pero... no actuaban de forma romántica.

No sabía por qué estaba tan atenta a los detalles. El masoquismo era algo a lo que me estaba aficionando, supongo.

Pero hoy había sido especialmente imposible ignorarlo.

Había tenido posiblemente el partido más espectacular de su carrera. No tuvo una intercepción, ni dos, sino tres, y una de ellas la convirtió en *touchdown*. Estaba dándolo todo, y yo sabía que los periodistas iban a estar pidiendo a gritos hablar con él después de aquello.

No sabía cómo iba a encontrar la profesionalidad suficiente para hablar con él sin echarme a llorar.

Sacudí la cabeza y decidí que podría ocuparme de ello más tarde. Ahora mismo, tenía que convencer a Leo, y luego conceder la entrevista exclusiva con Riley y Zeke que me habían prometido si ganábamos hoy.

—Ay, perfecto —dije al doblar la esquina de la sala de prensa y encontrar a Zeke y Riley detrás del muro con el emblema del equipo. Podía oír a Leo respondiendo a las preguntas, haciendo reír a toda la sala, como siempre—. Ya no tengo que perseguirlos. ¿Están preparados para ser los siguientes?

—Nací preparada —dijo Riley, y Zeke y ella intercambiaron una mirada que hizo que se me escapara una sonrisa.

—¿Qué ha sido eso?

—¿Qué? —preguntó Zeke.

Señalé el espacio que había entre ellos.

—Esa... mirada que acaban de intercambiar —dije—. Dios mío. No estarán a punto de soltar una bomba en directo por la televisión, ¿verdad? ¿Están comprometidos o algo así? —Me dio un infarto al mirar a Riley—. Demonios, ¿estás embarazada?

Aunque susurré eso último, los ojos de Riley se abrieron como platos antes de darme un manotazo en el brazo.

—Auch —dije, frotándome la zona.

—No seas tonta —dijo—. Vamos a darles la exclusiva sobre nuestra relación, como prometimos que haríamos toda la temporada. Simplemente queríamos garantizar primero que estábamos concentrados y que podíamos asegurarnos este partido. Y ni se te ocurra susurrar cosas así —añadió, sin atreverse a pronunciar de nuevo la palabra «embarazada» en voz alta—. Empezarás una cadena de rumores.

Fruncí el ceño, todavía frotándome el brazo mientras los observaba, pero no tuve tiempo de indagar más en lo que fuera que escondían antes de que Charlotte le hiciera a Leo la señal para la última pregunta desde al lado del escenario del podio.

—Bueno, ya les toca —les dije, y en cuanto Leo bajó de la tarima, Riley y Zeke ocuparon su lugar.

Las cámaras parpadeaban como locas.

Todos hablaban por encima de los demás, intentando

captar la atención de la pareja para hacer la primera pregunta mientras Zeke le acomodara la silla a Riley para que se sentara antes de que él hiciera lo mismo. Compartieron una mirada de adoración, Zeke agarró la mano de Riley y la sostuvo encima de la mesa baja mientras un centenar de *flashes* más los asaltaban.

—Joe —dijo Zeke, señalando con la cabeza a un conocido reportero de la sección local de deportes. Siempre que podíamos, nos gustaba hacerle favores, sobre todo porque la emisora local cubría todos los deportes de la universidad y porque Joe era un periodista simpático, más concentrado en el futbol que en los chismes.

—Riley, fallaste tu primer lanzamiento de campo en el segundo cuarto, pero acabaste pateando el más largo hasta la fecha en el tercero. ¿Cómo te recuperaste de esa primera patada y volviste a concentrarte?

—Con los años he aprendido a no dejar que una mala jugada me afecte y a concentrarme en ser constante. Todo el mundo tiene tiros malos, lanzamientos malos, recepciones perdidas, pero eso no tiene por qué definir un partido. —Entonces compartió una mirada cómplice con Zeke—. Además, cuando Zeke tuvo ese regreso de sesenta y dos yardas al comienzo de la segunda mitad, supe que tenía que llevar a cabo mi plan para ponerlo en evidencia o nunca dejaría de escucharlo hablar de eso.

La sala se llenó de risas y Riley dio paso al siguiente reportero.

Observé asombrada desde un lado del escenario cómo respondían a cada pregunta y, por supuesto, al cabo de un rato empezaron a concentrarse más en su relación que en el partido. Lo afrontaron todo como profesionales, dando pequeños detalles sobre cómo había sido salir juntos mientras jugaban en el mismo equipo, sin entrar en demasiados detalles. Hicieron bromas, mostraron su respeto por el otro y por el equipo y, en el momento oportuno, uno de los dos soltó la frase perfecta que hizo que toda la sala sonriera a su amor juvenil.

Incluida yo.

Incluso mientras se me revolvía el estómago y me dolía el pecho con el tipo de dolor que solo puede venir de haber tenido una vez lo que ellos tenían y haberlo perdido igual de rápido.

A Charlotte le encantó cada minuto de la entrevista. Se inclinó hacia mí y habló en voz baja para que los micrófonos no la captaran.

—No sé cómo has conseguido que dieran esta entrevista, pero has hecho un excelente trabajo, Jones.

Sonreí mientras Charlotte le daba a Zeke la señal para responder a una pregunta más.

Miró las manos levantadas, la gente que gritaba su nombre, y luego señaló a alguien cerca del fondo.

—Clay Johnson —dijo.

Se me paró el corazón.

Los murmullos se apoderaron de la multitud mientras todas las cabezas se giraban en dirección a Clay, que se encontraba al fondo de la sala. Le eché un vistazo desde el lado del escenario, con muy poca visibilidad, pero pude ver su imponente figura, su rostro solemne mientras agarraba una silla que estaba cerca y se subía a ella.

Aún llevaba el uniforme, la camiseta blanca manchada de tierra, hierba y sudor. También tenía el pelo despeinado por el sudor y las líneas negras que se había dibujado bajo los ojos antes del partido estaban embarradas.

Pero seguía siendo impresionantemente guapo, fuerte y embriagador sin esfuerzo alguno.

—Eh, sí, me preguntaba... —dijo cuando estuvo completamente de pie encima de la silla, y gritó las palabras por encima de la multitud—. ¿Alguno de los dos ha hecho alguna vez algo tan estúpido que casi acaba con la relación?

Un nudo del tamaño de una pelota de golf se me formó en la garganta ante la pregunta, ante la forma en que mi corazón se aceleró con las palabras.

Zeke y Riley se sonrieron el uno al otro.

—Los dos hemos cometido errores —respondió Riley—. Pero cuando nos equivocamos, lo admitimos. Y siempre volvemos al otro.

La sala volvió a concentrarse en ellos, se tomaron algunas fotos y se levantaron más manos, confundidas sobre si esa era o no la última pregunta.

—Te agradezco que compartas esa respuesta —dijo Clay, y las cabezas volvieron a girarse, la confusión inundó a todos los que intentaban averiguar qué demonios estaba pasando. Yo incluida.

—Y ustedes tienen una historia muy buena.

—Gracias, Clay —dijo Riley, mirando a Zeke con ojos brillantes mientras se inclinaba hacia él.

—Pero la nuestra es mejor.

El corazón me dio un vuelco y me detuve durante un largo suspiro cuando los ojos de Clay se clavaron en los míos.

—Espera..., ¿la nuestra? —preguntó alguien, y hubo una breve pausa antes de la locura, antes de que todas las cámaras se dirigieran hacia Clay y los reporteros lucharan por encontrar micrófonos que pudieran sostener hacia él, ya que todos los de la prensa estaban concentrados en Riley y Zeke en el podio.

—Sí, la nuestra —confirmó Clay—. La historia de Giana Jones y la mía.

—Dios mío —susurré, tapándome la boca con manos temblorosas.

—Oh, Dios mío —repitió Charlotte, aunque su voz era más firme y estaba llena del desdén de una agente de relaciones públicas cuyo cliente se había vuelto loco.

—Probablemente no conozcan a Giana Jones, al menos no por su nombre. Pero es la chica guapísima que siempre nos está dando la lata, la que les consigue las entrevistas y las exclusivas en los pódcast y los anuncios publicitarios. —Su boca se curvó hacia arriba mientras miraba a cada cámara—. Y es mi novia. Al menos, lo era, antes de que yo lo arruinara todo.

Charlotte chasqueó los dedos, despertándome de mi ensimismamiento.

—Arregla esto —siseó. Asentí con la cabeza, salí corriendo de detrás del escenario y me abrí paso entre la multitud que se hacía cada vez más densa alrededor de Clay.

Clay, el que ahora sostenía un libro para que todo el mundo lo viera.

—*Blind Side* —dijo, mostrando una sencilla portada negra—. La historia de cómo fingí salir con la chica de mis sueños y luego la perdí por ser un idiota.

Hubo una mezcla de risas y murmullos de preguntas mientras la multitud se inclinaba hacia mí, dificultándome aún más el paso.

—Disculpen, disculpen —murmuré, empujando tan educadamente como pude.

Clay abrió el libro, lo levantó y mostró las horribles figuras de palitos dibujadas en su interior junto al texto en grande, como si fuera un libro para niños.

—Érase una vez una hermosa princesa de relaciones públicas llamada Giana —dijo, mostrando la figura de palitos con lentes, pelo rizado y corona. Se lamió el pulgar y pasó la página—. Y un *safety* idiota llamado Clay.

La multitud se echó a reír con el siguiente dibujo, que

era una figura de palitos y una camiseta demasiado ajustada.

—Disculpen —dije, abriéndome paso entre la última parte de la multitud. Cuando se separaron, alguien murmuró «Creo que es ella», y antes de que pudiera impedirlo, las cámaras se movieron.

Hacia mí.

El pánico se apoderó de mí cuando por fin alcancé a Clay justo cuando pasaba la siguiente página.

—Clay y Giana hicieron un trato. Él la ayudaría a llamar la atención del príncipe de Rum & Roasters, y ella le ayudaría a poner celosa a su exnovia. ¿Cómo? Fingiendo que salían. —Pasó la página, mostrando las dos figuras de palitos abrazadas ante la mirada de la gente—. Pero lo que sentían el uno por el otro no tenía nada de falso.

Se me estrujó el corazón y, por mucho que quisiera oír el resto de lo que fuera que contenía ese triste librito, estiré la mano hacia su camiseta jalé de ella.

—Clay, para.

Me miró.

—No.

—Clay —susurré entre dientes, intentando ser lo más profesional posible. Me volteé hacia la multitud—. Si quieren tomarse un descanso, Holden Moore vendrá dentro de diez minutos para responder a más preguntas —dije.

Nadie se movió.

Y mucho menos Clay.

—No —repitió, saltando de la silla y dejándose caer frente a mí. Se me cortó la respiración cuando su olor me envolvió, cuando se acercó más y más hasta que quedamos pecho con pecho.

O, mejor dicho, pecho contra abdomen.

—No. No voy a detenerme. No puedo parar, Giana. Ya

no puedo esconderme ni fingir. No puedo dejar que mi orgullo me impida ser honesto y admitir que la ca...

Hizo una pausa, con una sonrisa incómoda en los labios mientras corregía su vocabulario.

—Lo he arruinado. Lo he hecho mal.

Tragué saliva, con las costillas oprimiéndome los pulmones de forma dolorosa.

—Te hice daño. Sé que lo hice. Y también sé que no merezco la oportunidad de explicártelo todo, de admitir mis errores y pedirte perdón. —Frunció el ceño—. Pero voy a hacerlo de todos modos porque te quiero, Giana Jones.

La sala se alborotó, las cámaras empezaron a dispararse y los micrófonos se acercaron a nosotros todo lo que pudieron mientras Clay acortaba la distancia conmigo y me apartaba el pelo de la cara con una mano.

—Te quiero —repitió, esta vez más bajo, como si quisiera que solo yo lo oyera—. Me encantan tus libros subidos de tono, tus documentales raros y tu obsesión por la comida chatarra de color naranja.

Me atraganté con algo entre una carcajada y un sollozo.

—Me encanta cómo vistes, y cómo te iluminas cuando hablas del universo, y cómo has visto a través de cada muro que he intentado poner entre el resto del mundo y yo, y has sabido quién era incluso cuando ni siquiera yo lo sabía.

Sacudió la cabeza y se humedeció los labios antes de continuar.

—Me encanta que creas en mí y que te empeñes en demostrar que todo el mundo se equivoca cuando te juzgan demasiado rápido. Me encanta que te desafíes a ti misma. —Hizo una pausa—. Me encanta que me desafíes.

Me apoyé en la palma de su mano, el labio inferior me tembló antes de que lo mordiera para mantenerlo quieto.

—Me encanta todo de ti, las cosas grandes y las pequeñas, las tonterías y las cosas serias. Y siento haber sido un idiota y haber intentado terminar nuestra historia antes de que tuviera la oportunidad de empezar.

Cerré los ojos, sin darme cuenta de que las lágrimas habían inundado mis ojos hasta que aquel movimiento volvió a liberarlas y dos riachuelos corrieron en silencio por mis mejillas.

Clay las apartó con el pulgar.

—Sé que tengo mucho que explicarte y te prometo que te lo contaré todo. Pero ahora mismo, lo único que necesito es que sepas que puede que haya fingido mucho durante el tiempo que hemos pasado juntos, pero nunca he fingido lo que sentía por ti. —Su pulgar se deslizó por mi mandíbula—. Eres la dueña de mi corazón desde el primer beso falso, gatita.

Algo parecido a una carcajada me abandonó cuando volví a abrir los ojos, y Clay esperó a que lo mirara antes de levantar el libro que tenía entre las manos.

—Este borrador necesita un repaso —dijo, intentando sonreír, aunque la sonrisa se le borró enseguida cuando sus ojos buscaron los míos, con el mismo dolor que yo sentía reflejado en ellos—. ¿Qué me dices? ¿Quieres que lo reescribamos juntos?

Unas cuantas lágrimas más me resbalaron en silencio por las mejillas, Clay las secó antes de que tuvieran la oportunidad de llegar a la línea de mi mandíbula mientras negaba con la cabeza. Recorrí su mirada con el corazón acelerado por la esperanza que me había devuelto.

Resoplé, agarré el libro y le di la vuelta entre las manos mientras miraba la horrible portada y la tipografía.

—Solo si empezamos de cero —susurré, y sonreí mientras lo miraba de reojo—. Porque esto es lo más feo que he visto en mi vida.

La sala estalló en carcajadas, y casi me había olvidado de la multitud hasta ese momento. Pero no tuve tiempo ni de sonrojarme antes de que Clay me quitara el libro de la mano y lo dejara caer al suelo.

—Trato hecho —dijo.

Y luego me besó.

Sus brazos me envolvieron en un abrazo feroz, haciéndome perder el equilibrio hasta que los dedos de mis pies rozaron el suelo. Le rodeé el cuello con los brazos y me aferré a él mientras me besaba sin aliento bajo los *flashes* de muchas cámaras.

—¡Así se hace! —oí gritar a Zeke, y la sala estalló en aplausos.

Eso me devolvió al momento y me ruboricé, rompí nuestro beso y hundí la cabeza en el pecho de Clay mientras él sonreía y me arropaba a su lado.

—Bueno, bueno —dijo, levantando la otra mano—. No más preguntas. Podrán leerlo todo en nuestro libro. —Entonces me miró—. Si alguna vez dejamos de besarnos el tiempo suficiente para escribirlo.

Riley emitió un silbido fuerte cuando Clay me estrechó entre sus brazos y me besó, provocando otro estruendo de aplausos, antes de llevarme a través de la multitud y salir por la puerta. Las cámaras y el equipo intentaron seguirnos, pero Riley y Zeke los contuvieron, al igual que Charlotte, que se giró y se cruzó de brazos cuando cerramos la puerta que daba al pasillo del equipo.

—Ay, Dios —dije, zafándome de los brazos de Clay—. Charlotte, lo siento mucho. Yo...

—¿Lo sientes? —preguntó, severa, y entonces una lenta sonrisa se dibujó en su cara—. ¿Por qué? ¿Por ponernos en la primera página?

Parpadeé.

—Yo..., eh...

—No pasa nada —dijo, a regañadientes, antes de girarse y señalar a Clay—. Pero no vuelvas a hacer tonterías de esas. Y los dos me deben una entrevista con el periodista que yo elija. Una larga.

—Sí, señora —respondió Clay.

Charlotte sonrió divertida, haciéndome un gesto con la mano mientras pasaba a mi lado con sus tacones altos.

—Busquen una habitación antes de que nos hagan vomitar a todos.

Volví a esconder mi cara en el pecho de Clay, y entonces él usó sus nudillos para inclinar mi barbilla, envolviéndome en sus brazos antes de girarse para mirar a Zeke y Riley.

—Gracias por ayudarme a dejar de pensar solo en mí. —dijo.

Zeke pasó el brazo por los hombros de Riley.

—Cuando quieras, amigo.

—¿Ustedes dos estaban metidos en esto? —pregunté, señalándolos.

—Ajá —respondió Riley—. Aunque no nos eches la culpa por esas figuras de palitos. Me ofrecí a ayudarle a dibujar y se negó.

—Mis figuras de palitos son una obra maestra —dijo Clay, con la cabeza bien alta.

Riley y yo intercambiamos miradas antes de que los cuatro estalláramos en carcajadas.

—No me puedo creer que hayas hecho eso —dije, sacudiendo la cabeza mientras miraba a Clay. El corazón me latió más deprisa cuando me di cuenta de que me abrazaba y estábamos juntos.

Juntos.

—No puedo creer que me des la oportunidad de explicarme —respondió.

—Hablando de eso, los dejamos solos para hablar de ello —dijo Zeke, y Riley y él hicieron un gesto con los dedos antes de desaparecer por el pasillo, dejándonos solos a Clay y a mí.

Me giré en sus brazos, mis dedos se arrastraron por su pecho antes de engancharlos detrás de su cuello.

—¿Esto es real? —pregunté, con el pecho adolorido porque sentía que estaba soñando.

Clay tragó saliva, asintió y me acercó hacia él.

—Siento haberte hecho dudar de lo que siento por ti. Siento haberte hecho daño.

—Sabía que no querías hacerlo.

—Lo sé —dijo y negó con la cabeza—. Cosa que es una locura, por cierto. ¿Cómo lo supiste?

—Porque te conozco —dije sin más, buscándolo con la mirada—. Porque yo también te quiero.

Clay soltó un suspiro y su frente se inclinó para encontrarse con la mía.

—Diablos, qué bien me siento al oírte decir eso.

Sonreí y me puse de puntitas para darle un beso. Los dos inhalamos hondo al contacto, saboreando la sensación del beso mientras Clay introducía su lengua para probar la mía.

—Quiero que me cuentes todo —susurré—. Pero primero quiero que me lleves a casa.

30
Giana

—Eso es... mucho —confesé cuando Clay me contó todo lo que había pasado. Tenía la cabeza apoyada en su pecho y él dibujaba círculos en mi espalda desnuda con la punta de los dedos. Cada nueva espiral me provocaba escalofríos hasta los dedos de los pies, y me acurrucaba en él como una gata saciada, todavía adolorida entre los muslos por cómo me había poseído en cuanto cruzamos la puerta de mi departamento.

No podía dejar de tocarlo. No podía dejar de abrazarlo, de besarle la piel con suavidad y de aspirar su aroma para convencerme de que esto era real, de que estaba aquí, de que estábamos juntos.

—Lo sé —dijo, con la punta de un dedo recorriendo mi hombro—. Siento no habértelo contado. Seguro que habrías reaccionado como Riley, Zeke y Holden, y me habrías hecho entrar en razón.

Fruncí el ceño.

—No lo sé. La verdad es que habría llorado más y me habría aferrado a ti todo lo que hubiera podido antes de tener que dejarte ir.

—¿Dejarme ir?

Me apoyé sobre un codo y lo miré.

—Lo entiendo, Clay. Lo que tu madre ha hecho por ti es algo muy valioso, y no te culpo por querer hacer lo mismo por ella, por querer dárselo todo, a pesar de los demonios contra los que pueda estar luchando. La quieres —dije encogiéndome de hombros—. Y las madres van antes que las novias.

Su sonrisa fue triste, con el ceño fruncido.

—No quiero que nada ni nadie se interponga entre nosotros. Y creo que eso es lo que he olvidado. Puedo ayudar a los que quiero sin sacrificar lo que me hace feliz. —Hizo una mueca—. Aunque ahora no tengo ni idea de lo que voy a hacer por ella.

—¿Está en casa?

Asintió con la cabeza.

—Fue más que comprensiva cuando le conté todo. De hecho, vi a la mamá osa salir de su interior —añadió con una sonrisa divertida—. Quería matar a Cory, pero le dije que lo tenía controlado y que confiara en mí. —Hizo una pausa—. O Cory está muerto ahora mismo y aún no lo sabemos.

Me reí entre dientes.

—En cualquier caso, está en casa y está buscando trabajo. Está orgullosa de mí, y me quiere, y me comprende. Pero... —sacudió la cabeza— sé que todavía no está bien, Giana. Sé que necesita ayuda. Puede que esté bien durante un tiempo: que encuentre trabajo, que encuentre a un chico. Pero el ciclo siempre se repite.

Me quedé mirándome la mano que tenía en su pecho.

—¿Y si hubiera una manera? —susurré.

—¿Una manera de qué?

—De ayudar a tu madre como de verdad necesita que la ayuden.

Clay enarcó las cejas.

—¿Y si pudieras hacerte cargo de las facturas durante un

tiempo y, aun así, mandarla a rehabilitación? Quizá no a una tan lujosa, pero sí a una que esté bien.

—Creo que eso sería increíble —dijo Clay, acariciándome la mejilla—. Pero también creo que es imposible, a menos que esté dispuesto a pedir un préstamo muy considerable.

—No tienes por qué hacer eso.

Clay me miró con curiosidad cuando me senté del todo y me crucé de piernas. Se deslizó hasta apoyar la espalda en la cabecera, expectante.

—Un patrocinador se ha puesto en contacto con nosotros y quiere hacer una campaña importante antes de los partidos de la *bowl* y la final.

La curiosidad de su rostro desapareció y la reemplazó una expresión firme.

—No.

—Escúchame —dije, levantando las manos—. No será como lo de Kyle Robbins.

—¿En qué se diferenciaría?

—Porque tú no quieres hacerlo por las mismas razones —le expliqué, sin problemas—. Y no sería un compromiso duradero.

—Tengo que estar concentrado en el campo ahora mismo. Estamos a un mes de la temporada de la *bowl*.

—Y puedes estarlo. Mira —dije, tomándole las manos—. Un anuncio. Un evento en el que firmes unos tenis. Quizá tengas que usarlos de forma exclusiva durante un tiempo, pero no para siempre. Puedo llegar a un acuerdo con el que te sientas cómodo.

Clay frunció el ceño, pensativo.

—¿Puede ser así?

—¿Cuando eres el mejor *safety* del país? —Arqueé una ceja—. Puede ser como tú quieras que sea.

Sonrió divertido, apoyando la cabeza en la cabecera mientras me estudiaba.

—Ahora suenas como mi agente, gatita.

—Quizá lo sea algún día.

—¿Es algo que te gustaría hacer?

Me encogí de hombros.

—No lo sé. Puede. Charlotte me dijo algo cuando me renovó el contrato. Me dijo que ya había conseguido demostrar que la gente se equivocaba conmigo, pero que ahora quería que me preguntara qué es lo que realmente quiero de esto para poder llegar hasta allí y conseguirlo.

Clay se incorporó.

—No lo digo de broma, si quisieras ser mi agente, te aceptaría sin dudarlo. Apuesto a que Zeke, Riley y Holden también lo harían. Tal vez incluso Leo, si el fanfarrón hijo de puta no intenta representarse a sí mismo.

El corazón me dio un vuelco al imaginarlo, pero le hice un gesto para que lo olvidara.

—Podemos hablar de eso más tarde. Ahora vamos a concentrarnos en conseguirle a tu madre la ayuda que necesita.

Clay suspiró y jaló mis manos hasta que me desplomé en sus brazos mientras él volvía a recostarse contra la cabecera.

—Eres demasiado buena para mí.

—No, es que no estás acostumbrado a estar en una relación en la que el amor y la atención sean recíprocos.

—Me va a costar acostumbrarme.

—Menos mal que tenemos todo el tiempo del mundo.

Sonrió, dándome un beso en el pelo.

—¿Maliyah está... está bien?

Clay negó con la cabeza.

—Solo tú preguntarías si mi exnovia está bien.

—O sea, se lo has contado todo, ¿no? —Fruncí el ceño—. Oír eso no tiene que ser fácil para nadie.

—No lo fue —asintió, con la mirada perdida entre nosotros—. Lloró mucho, y la abracé e intenté consolarla lo mejor que pude. Pero al final me dijo que lo entendía. Dijo que ella me había hecho el mismo daño, lo cual era cierto. Creo que estaba más molesta por su padre —admitió—. Y sé que él no está muy contento con que le haya contado lo que pasó.

—Bueno, me alegra que lo hicieras. Se merecía saber la verdad.

—Sí. Y, aunque parezca raro..., creo que ahora podríamos ser amigos. No íntimos —se apresuró a decir—. Pero... llevarnos bien. Tener una relación cordial. Aunque no sé si puedo decir lo mismo de Cory. Creo que sus días de actuar como mi padre suplente han terminado.

Le pasé una mano por el bíceps.

—¿Y qué hay de tu verdadero padre?

Soltó un suspiro.

—Eso todavía no he empezado a afrontarlo. Pero... le debo una disculpa. Ahora veo mejor que, cuando me enojé con él, solo intentaba ayudarme.

—Para ser justos, podría estar un poco más presente.

—Podría —aceptó Clay—. Quizá ahora... lo haga.

Sonreí, asentí con la cabeza y observé cómo las yemas de mis dedos dibujaban líneas en su piel.

—Aunque estoy un poco enojada contigo —admití al cabo de un rato.

—Deberías estarlo.

—No por todo esto —dije, moviendo una mano como si estuviera a los pies de mi cama—. Pero ¿has sabido durante casi dos semanas que la habías cagado, que querías recuperarme, y has esperado para decírmelo?

—Oye —dijo, levantándose el tiempo suficiente para inclinarse y agarrar su libro de mi mesita de noche—. Lleva tiempo escribir e imprimir un libro, ¿de acuerdo? Incluso uno así de cutre.

Se lo quité de las manos y sonreí al hojearlo.

—Es horroroso, de verdad.

—Lo sé.

—Pero no te hacía falta el libro para decirme lo que sentías —señalé, mirándolo de reojo.

—Tenía que ser un gran gesto —argumentó—. No podía presentarme aquí con el rabo entre las piernas.

—Podrías haberlo hecho.

—No habría sido tan romántico.

—O público —dije riéndome.

—Ahora todo el mundo sabe que eres mía. —Clay me quitó el libro de las manos y lo tiró a un lado antes de inmovilizarme entre las sábanas, besándome por todo el cuello mientras yo me reía y me retorcía por las cosquillas.

Al cabo de un rato, se detuvo, balanceándose sobre los codos por encima de mí. Sus ojos color jade escrutaron los míos, tragó saliva y negó con la cabeza.

—¿Qué? —le pregunté.

—Es que... pensé que te había perdido. Para siempre. Pensé que nunca volvería a estar aquí, abrazándote así, tocándote, besándote. —Arrugó la cara en señal de dolor—. Me sentía un desgraciado sin ti.

—No te quiero contar cuántas bolsas de Cheetos me comí.

Sonrió y me apartó el pelo de la cara antes de quitarme los lentes y dejarlos a un lado. Luego me atrajo hacia él y rozó sus labios con los míos con una ternura entrañable.

Mi cuerpo cobró vida bajo aquel beso, bajo sus manos enormes, que me inmovilizaron las caderas debajo de él, y él rodó sobre mí. Ya tenía una erección bajo la ropa interior, y gemí al sentirlo, clavándole las uñas en la espalda.

Toda conversación cesó a medida que aquellos besos se hacían más y más profundos, hasta que jadeamos y gemimos y nos despojamos de la poca ropa que nos habíamos puesto tras nuestra primera ronda. Cuando estuvimos completamente desnudos, Clay rodó sobre su espalda y me ayudó a subir a su regazo.

Pero entonces me subió más.

—¿Qué estás haciendo? —jadeé.

—Quiero tenerte en mi cara.

Me resistí, pero no tuve la oportunidad de escabullirme o discutir con él antes de que me levantara de un jalón, colocando la parte posterior de mis muslos contra sus hombros y mi vagina justo encima de su cara. Deslizó las manos por mi caja torácica y me agarró el trasero con ambas palmas mientras me jalaba hacia él.

Y no tuve más remedio que agarrarme.

Levanté las manos en busca de la cabecera y me agarré con fuerza mientras él no solo deslizaba la lengua contra mí, sino que usaba las manos que tenía sobre mi trasero para moverme también las caderas contra él.

Fui hacia delante y hacia atrás y me acerqué a su boca mientras él me hacía girar las caderas en círculos con rapidez, succionaba y lamía.

Fue vertiginoso en el mejor de los sentidos, y casi me avergoncé de lo rápido que me vine para él, de cómo se quedó allí lamiendo hasta el último segundo de mi orgasmo. Solo cuando estuve completamente saciada y temblorosa, me ayudó a bajar con cuidado y me puso boca abajo, besándome por toda la espalda antes de desaparecer el tiempo que tardó en agarrar un condón.

Vi las estrellas cuando se deslizó en mi interior desde atrás y me agarró las caderas, levantándome para que me arqueara ante él mientras se retiraba antes de volver a penetrarme. Estaba desesperada por estar cerca de él, así que me puse de rodillas y con una mano le rodeé el cuello mientras con la otra le tocaba el trasero.

Él gimió cuando lo apreté, metiéndolo más dentro de mí a la vez que le apretaba las nalgas y le pedía más. Me besó el cuello y me chupó el lóbulo de la oreja mientras yo gemía y me estrechaba contra él.

—Eres mía, Giana Jones —me gruñó en el oído, mientras me recorría el pecho con la mano hasta aprisionarme la garganta. Me arqueé, jadeando de placer—. Y nunca te dejaré escapar.

Cuando regresamos a mi departamento, la primera vez que volvimos a intimar fue rápida, desesperada y rabiosa, y terminó antes de que ninguno de los dos pudiéramos tomarnos un respiro. Pero esta vez, Clay fue lento y decidido con cada embestida. Justo cuando creía que estaba listo para venirse, se apartaba y me daba un beso largo y profundo mientras nos cambiaba de postura.

Se vino después de que yo tuviera otro orgasmo, con mis tobillos sobre sus hombros mientras él terminaba con fuerza. Y cuando me llevó a la regadera, con las piernas demasiado débiles para moverse por sí solas, se hundió bajo el chorro de agua caliente y me acunó contra su pecho.

—Te quiero —susurró, levantándome la barbilla.

—Te quiero —dije, enredando mis dedos en el pelo mojado de su nuca.

Y entonces me besó y, por primera vez en mi vida, me sentí la protagonista.

Este era mi felices para siempre.

31
Clay / Giana

Clay
Un mes después

Todos nos quedamos mirando al entrenador Sanders unos veinte segundos sin decir nada.

Y entonces, estalló el caos.

—¡¿Qué?!

—No puedes irte.

—Acabamos de perder un partido de la *bowl,* ¿y ahora esta mierda?

—Acabamos de perder, literalmente.

—Vamos con todo. ¿Por qué nos dejarías?

—¡No podemos hacer esto sin ti!

Me quedé mirando cómo se desarrollaba la situación, con el corazón atorado en la garganta mientras intentaba tragar saliva. Una mirada a Holden, que permanecía callado y tranquilo en un rincón, me dijo que él también seguía reflexionando y que intentaba decidir cómo debía reaccionar un líder ante esta noticia.

Nuestro entrenador nos dejaba.

Estábamos en la cresta de la ola y él se iba a trabajar a la NFL.

No podía culparlo. Sabía que, a la hora de la verdad, ninguno de nosotros podría. Para casi todos era un sueño jugar en la liga, y casi todos los entrenadores universitarios soñaban con el día en que fueran invitados.

Pero acabábamos de perder el partido de *playoffs* contra una de las mejores universidades del país. Estábamos abatidos, deprimidos, pero no fuera de la competición. En todo caso, esa derrota solo hizo que lo deseáramos más.

Ahora tendríamos un entrenador nuevo que tendría que aprender a guiar a esta manada de lobos hambrientos.

Después de que el ruido llegara a un nivel insoportable, el entrenador Sanders extendió las manos y tragó saliva mientras esperaba que nos tranquilizáramos.

—Sé que estas no son noticias fáciles de asimilar —dijo—. Y créanme cuando les digo que para mí tampoco ha sido una elección fácil. He estado con ustedes en cada paso del camino. Estoy orgulloso de lo que he construido aquí, de lo que hemos construido juntos. Y no me cabe la menor duda de que el año que viene levantarán el trofeo. Se me revuelve el estómago por no estar allí sosteniéndolo con ustedes.

Se me humedecieron los ojos y resoplé, maldiciéndome por dentro mientras ocultaba la cara al equipo.

—No me necesitan.

Hubo varios gritos en desacuerdo, pero el entrenador volvió a levantar las manos.

—No me necesitan. Pueden hacerlo, ya sea conmigo, con otro entrenador o por su cuenta. Son fuertes. Son diligentes. Dedicados. Y tienen talento. —Asintió con la cabeza, mirándonos a los ojos—. Nunca lo olviden. Nunca dejen de luchar. Y nunca olviden que, incluso al otro lado del país, estoy con ustedes y creo en ustedes.

La tristeza en el vestidor era tan palpable que podía saborearla. Acabábamos de arrastrar nuestros traseros fuera del campo después de una derrota en el *bowl*, y ahora, una noticia aún peor nos golpeaba en la cabeza sin que lo esperáramos.

Dábamos pena.

Tras un rato de silencio, Holden se levantó y se colocó junto al entrenador. Le dio una palmada en el hombro, los dos intercambiaron un gesto de respeto antes de que Holden se volteara para mirar al equipo.

—El entrenador tiene razón —dijo, y recorrió la sala con los ojos llenos de determinación.

Juraría que lo vi asumir un papel de liderazgo aún mayor, si eso era posible. Era como si el barco se hundiera y el capitán tomara el único bote salvavidas, así que el primer oficial tomó el timón, haciendo todo lo posible por estabilizarnos a mitad de la tormenta.

—Este no es nuestro fin. Esta temporada hemos demostrado a todo el país que somos un equipo al que todos deberían temer. Hemos estado a punto de quedar invictos, y esta noche hemos demostrado nuestra valentía y nuestro coraje contra el mejor equipo del país —añadió, señalándose a la espalda como si aún estuviéramos en el campo.

Era cierto. No nos habían dado una paliza en la derrota. Había sido solo de tres puntos, un gol de campo que habían metido demasiado tarde, en el último cuarto, para que no pudiéramos hacer nada, aunque lo intentamos.

—Puede que esta noche no hayamos ganado —dijo Holden, y asintió con la cabeza al mirar a su alrededor—. Pero aún podemos hacerlo. Nuestra copa nos espera. Ahora, ¿van a darle la espalda porque perdamos a parte de nuestra familia? Nuestros hermanos —dijo, señalando a un par de veteranos. Luego sonrió y arqueó una ceja hacia el entrenador—. Nuestro padre.

De alguna manera nos hizo reír a todos, incluso en el momento más oscuro, y el entrenador le dio un puñetazo en el brazo, pero él también estaba sonriendo.

—¿Creen que querrían que nos rindiéramos?

Uno de los veteranos se levantó, señalándonos a todos con su gigantesco dedo.

—Si no ganan el año que viene, volaré desde cualquier parte del país y les daré una patada en el trasero a todos y cada uno de ustedes.

Otro estudiante de último año se le unió.

—Yo te ayudaré.

—¿Lo ven? —dijo Holden, haciendo un gesto hacia ellos—. ¿La derrota de hoy? Escuece. Duele como el demonio. Es injusta, como si nos hubieran robado nuestra única oportunidad. Pero la cosa es que esta no es nuestra última bala. Tenemos otra en la recámara. —Hizo una pausa para dejar que aquello calara hondo—. Entonces, ¿vamos a tirar la toalla? ¿O vamos a luchar?

—¡Luchar! —dijo Leo, y saltó de donde estaba sentado frente a un casillero.

—¡Luchar! —dijo Zeke, levantándose también de un salto.

Uno tras otro, todos los miembros de nuestro equipo se pusieron en pie, levantando los puños con el ceño fruncido, con un nuevo fuego encendido.

Yo me puse en pie al último, encorvado mientras movía la cabeza y me escurría entre la multitud como una criatura de la noche. Caminé al ritmo de una canción que no sonaba, pero Kyle se dio cuenta y empezó a marcar el ritmo en el casillero más cercano.

—¡¿Quiénes somos?!

—¡NBU!

Su respuesta fue tan fuerte que casi me tumbó.

—¡¿Qué queremos?!

—¡Lo que quieren todos los campeones!

Cualquiera que pasara por este vestidor pensaría que estábamos locos. Acabábamos de perder el partido del *bowl*, y aquí estábamos, cantando como si lo hubiéramos ganado.

—¿Cómo ganamos?

—¡Luchando con destreza!

—¿Y si todo falla?

—¡GOLPE EN LA CABEZA!

Esa última parte sonó confusa y llena de lo que parecían gritos de guerra de todos los presentes. Los cascos golpeaban contra los casilleros, los tacos pisaban el suelo y mis compañeros se golpeaban el pecho como guerreros.

Miré a Holden a través de la locura, que lucía una ligera curvatura de la boca mientras me hacía un gesto con la cabeza: mi capitán, y yo, su nuevo primer oficial.

No importaba que el entrenador se fuera.

El año que viene sería nuestra temporada.

Y nadie nos la quitaría.

Giana

La Nochevieja fue una mezcla de tristeza y pérdida, de celebración y renacimiento, una mezcla yuxtapuesta que cuanto más intentaba entender, más me mareaba.

Apoyé la espalda contra el pecho de Clay en el bar de la azotea, me rodeaba con esos enormes brazos que me abrigaban más que el abrigo demasiado grande para mí que tenía puesto. Llevaba callado desde la derrota en el partido del *bowl*, desde la noticia de que el entrenador Sanders se iba a la NFL.

—¿Te están comiendo vivo tus pensamientos ahí dentro? —le pregunté, pasando las manos por sus antebrazos, donde me tenía abrazada. Nuestros ojos miraban las luces de Dallas que parpadeaban ante nosotros, con los fuegos artificiales empezando a sonar a pesar de que aún faltaban unos minutos para la medianoche.

Clay soltó un suspiro y me apretó con más fuerza.

—Todo está cambiando —dijo en voz baja.

—Eso no tiene por qué ser malo.

—No —dijo—. Pero me desestabiliza.

Me giré en sus brazos, le rodeé el cuello con los míos y atraje su mirada desde la ciudad hasta mí.

—Eres el hombre más seguro que conozco —le dije con sinceridad—. Y con Holden a tu lado, sé que los dos pueden mantener unido al equipo y enfrentarlos a lo que se avecine. Zeke y Riley también estarán ahí. Y Leo. —Hice una pausa—. Diablos, hasta Kyle parecía animado esta noche.

Clay se rio.

—Su única preocupación es que espera que el nuevo entrenador sea un pelele para que pueda volver a sacar el celular al campo. El entrenador Sanders no lo permitiría.

—Seguro que el nuevo entrenador tampoco.

Clay suspiró y negó con la cabeza.

—Estoy nervioso —admitió—. Pero tienes razón. No es nada que no podamos afrontar.

Asentí con la cabeza, jugueteando con el pelo de su nuca mientras me ponía de puntitas, buscando más contacto.

—¿Sabes...? He estado pensando en lo que dijiste. Sobre lo de ser agente.

Enarcó una ceja.

—¿Sí?

—Sí... y... creo que quiero intentarlo.

Clay sonrió, era la primera vez que sus ojos se iluminaban de verdad desde la noticia del entrenador.

—Espera, ¿en serio? Carajo, gatita, eso es increíble.

—No te emociones mucho por ahora —le dije, más que nada porque era un peligro que yo me emocionara demasiado—. Hablé con Charlotte sobre ello. Dijo que me ayudaría, que me presentaría a algunas personas y que me dejaría encargarme de dirigir a los chicos que tienen contratos NIL en vigor.

—¡Qué locura! —dijo Clay, ignorando mi petición de que no se emocionara demasiado. Me levantó, haciéndome girar mientras algunos de sus compañeros retrocedían para que no los golpeara con mis tacones. Cuando volvió a dejarme en el suelo, me agarró la cara con las manos—. Estoy muy orgulloso de ti.

Me sonrojé y me apoyé en su palma.

—Ya veremos qué pasa.

—Oh, yo ya sé lo que va a pasar.

—Cuéntamelo.

—El año que viene ganaremos el campeonato. Y al año siguiente me seleccionarán en la primera fase y tú serás mi agente y negociarás la prima de fichaje más increíble que jamás se haya visto.

Solté una carcajada.

—¿Y qué pasa ahora?

Clay tomó una bocanada de aire y sus ojos verdes buscaron los míos mientras me colocaba un rizo por detrás de la oreja. Luego me pasó el pulgar por la mandíbula y me enmarcó la cara, acercándome más.

—Ahora, me paso todo el período de descanso mimando a mi chica —dijo y, mientras la multitud que nos rodeaba empezaba la cuenta regresiva desde diez, se inclinó más hacia mí—. Empezando por darle el primer beso del año.

Tres..., dos..., ¡uno!

Levanté la barbilla para ir a su encuentro, la boca de Clay reclamó la mía, y mi corazón salió volando como un millón de mariposas mientras los fuegos artificiales retumbaban en mi corazón.

Agradecimientos

A mi casi marido, Jack, gracias por responder a todas mis preguntas mientras escribía esta saga. Ambos sabemos que soy más de la NFL, así que las reglas universitarias me confunden todo el tiempo. Gracias por aclararme las cosas y por estar siempre ahí con un beso todos los días. Te quiero.

Mami Von, gracias porque por ser tan fanática del futbol hiciste que yo también me obsesionara mientras crecía. Y gracias por apoyar siempre mis sueños.

A mis lectoras alfa: Lily Turner, Frances O'Brien, Kellee Fabre, Trish REINA Mintness y Monique Boone, gracias por dejarme adentrarlos en este viaje y por comprenderlo cuando no hacía más que seguir y seguir creciendo. ¡No me cansaba de Giana y Clay! En esta ocasión, sus comentarios han sido esenciales y no tengo palabras para darles las gracias por su ayuda.

Mi equipo beta siempre es clave en mi proceso de escritura, pero esta vez me han ayudado mucho con algunas notas de edición que han cambiado por completo la percepción de este libro, ¡en el mejor de los sentidos! Carly Wilson, Sarah Green y Janett Corona, gracias por dedicarme su tiempo y atención.

Elaine York, de Allusion Publishing, no tengo palabras para expresar lo mucho que te quiero y te aprecio. Gracias por adaptarte a mis fechas de entrega y por no cansarte nunca de corregirme el uso de «*further*» en lugar de «*farther*» porque, admitámoslo, nunca voy a aprendérmelo.

A Ren Saliba, gracias por la impresionante fotografía para la portada con la que Clay cobró vida. Nunca me cansaré de mirar esa ceja y ese fuego.

A mi querida amiga Tina Stokes, GRACIAS por quererme y por no decir nunca que no a una nueva aventura. Y gracias por dejar que me obsesionara con Clay y Giana en nuestro viaje a Virginia. Te quiero.

Muchas gracias a mis amigos de Valentine PR por dar a conocer esta serie y ayudar a otros a enamorarse de ella. Y a nuestra comunidad de blogueros (que los incluye a ustedes, *bookstagrammers* y *booktokers*). Nadie sabría que escribo libros si no fuera por ustedes. Son el pilar de lo que hacemos, y les doy las gracias por ello.

Por último, gracias a USTEDES, lectores. ¡Puedo hacer lo que hago gracias a ustedes! Gracias por leer libros independientes y por hablar hasta la saciedad de los libros que les gustan. Sobre todo, quiero dar las gracias a los que están en Kandiland (http://facebook.com/groups/kandilandks) y me siguen en redes sociales. Hacen que esto sea aún más divertido cada día y ya ansío vivir muchas más aventuras juntos.